현대문학의 정신사

현대문학의 정신사

초 판 인 쇄	2018년 04월 30일
초 판 발 행	2018년 05월 10일
저 자	송 기 한
발 행 인	윤 석 현
발 행 처	도서출판 박문사
책 임 편 집	최 인 노
등 록 번 호	제2009-11호
우 편 주 소	서울시 도봉구 우이천로 353 성주빌딩 3층
대 표 전 화	02) 992 / 3253
전 송	02) 991 / 1285
홈 페 이 지	http://www.jncbms.co.kr
전 자 우 편	bakmunsa@hanmail.net

ⓒ 송기한, 2018. Printed in KOREA

ISBN 979-11-87425-91-5   93810   정가 26,000원

현대문학의 정신사

송 기 한 저

박문사

머 리 말

현대문학이 정착한 지도 꽤나 오랜 세월이 되었다. 그런데 현대문학이라 할 경우, 현대란 시기적으로 내용적으로 무엇인지가 문제될 수 있을 것이다. 영어의 모던(modern)을 두고 우리는 근대라고도 하고 현대라고도 번역하지만, 서구의 경우는 근대 이후의 세계를 그냥 모던으로 부른다. 한국 현대사에서 정치적 변곡점인 1945년 광복을 전후하여 근대와 현대로 분류하는 것이 일반화된 정식으로 받아들여진다. 여기에 어떤 마땅한 철학이 있는 것이 아님을 알 수 있다. 단지 정치적 사건이 그 중심에 놓여 있을 뿐이다. 그러나 보다 엄밀하게 말하면, 서구의 경우처럼, 근대와 현대를 따로 구분하는 논리가 허약한 것이 사실이다. 따라서 이보다는 서구에서 흔히 받아들여지는 것처럼, 봉건시대, 곧 프리모던(pre-modern)과 구분하여 모던이라 명명하는 것이 옳을 듯하다.

이에 근거하면, 개화기 전후의 시기를 현대로 부르는 것은 전혀 이상한 일이 아닐 것이다. 어떻든 책의 제목으로 현대문학의 정신사라고 했으니 이에 걸맞은 개념이 제시되어야 함은 당연한 이치일 것이다.

한국의 현대사가 굴곡진 흐름으로 진행되어 온 것은 익히 알려진 바와 같다. 누구나 이 시기를 현대성 내지 근대성으로 이해하고 이에 대한 정의를 해왔음에도 뚜렷한 결론이 내려진 것이 없다. 또 그러한 일들만으로도 벅찬 마당에 일제 강점기라는 하중을 또다시 지고 있어야 하니 이 시대란 실로 불행의 연대라고 하지 않을 수 없을 것이다. 어디 그뿐인가. 해방 이후 전개된 분단과 전쟁은 또 어떻게 기능해 왔단 말인가.

이런 전제를 받아들인다면, 한국 사회의 현대성이란 중층적이고 복합적인 것일 수밖에 없다고 단언할 수 있을 것이다. 그런데 그러한 복합성은 늘상 어느 한편으로의 기울기를 요구하고 있기 마련이다. 그것은 어쩌면 숙명과도 같은 것이었다. 가령, 일제 강점기에 인생과 우주의 섭리를 이야기하고 존재론적 운명을 이야기해도 그 한 끝에는 일제라는 터울로부터 벗어날 수 없었다는 점이 그것이다. 그리하여 작품의 한 끝에 언제나 시대의 질긴 끈을 달고 살 수밖에 없었고, 그 결과 작품의 의미나 작가정신은 일정 정도 훼손 될 수밖에 없었던 것이다. 그러나 그런 이해의 결과가 전연 잘못되었다고 할 수도 없는 것이 현실이기도 하다.

그런데 그런 이중의 잣대는 해방 이후라고 해도 크게 달라진 것은 없었다. 전쟁과 분단, 그리고 이어진 군사독재, 그 대항담론으로서의 민주화 운동은 일제 강점기의 그런 이중역의 사태를 결코 멈추게 할 수 없었다. 한국 현대 문학에서 제대로 된 정신사가 전개될 수 없었음은 모두 이런 배경 속에 그 원인이 있었다.

정신사는 사상사의 범주 속에서 논의되어야 한다. 아니 어쩌면 그것을 초월하는 곳에 정신사의 영역이 놓여 있는 것인지도 모르겠다. 사상이 주로 외부와의 관계망 속에서 강력한 자장을 발휘하는 것이지만, 정신사는 그러한 영역을 포회하는 것이기 때문이다. 그만큼 정신사는 개인의 범주나 문학사의 범주에서, 보다 포괄적인 성격을 갖는다고 할 수 있을 것이다. 사상사라는 말보다 정신사라는 말을 굳이 쓴 것은 이로써 해명될 수 있으리라고 생각된다. 그리고 그것

6

은 두 가지 경로로 설명이 가능한데, 하나는 존재론적인 것에서, 다른 하나는 관계론적인 것에서이다. 전자는 근원이나 본질에 속하는 것이어서 보편성을 갖고 있고, 후자는 사회적인 국면에서 형성되는 것이어서 특수성의 영역에 속한다고 볼 수 있을 것이다.

그러나 특수성의 문제라고 해서 그것이 어느 특정 인간의 생물학적 국면이나 개별적인 국면의 것이라고 굳이 한정할 필요는 없을 것이다. 그것은 일반화된 것, 혹은 공통적인 것에서 어느 개인이 어떻게 수용할 것인가 혹은 경험할 것인가의 문제일뿐 결코 고립적인 것은 아니기 때문이다.

한국의 현대는 서구적인 경로에서 매우 일탈된 곳에서 시작되었다. 이는 현대성의 문제가 자생성의 문제와 분리하기 어려운 실타래를 만들어 놓았는데, 당대를 겪었던 문인들이 많은 혼란을 겪었던 것도 이 때문이라 할 수 있다. 특히 불구화된 현대성의 경험들은 제대로 된 그 특색을 도출할 수 없게 만들었거니와 설사 그렇다고 하더라도 그것이 서구의 그것보다 현저히 미달된 상태의 것으로 반추하게 만들었다. 뿐만 아니라 우리만의 특수한 현대성이라 할지라도 너무 한쪽으로 기우는 경향 또한 피할 수 없었다. 그러나 이를 두고 부정적인 평가를 가질 필요는 없다고 하겠다. 특수하고 고유한 것이 어쩌면 더욱 큰 시대적 가치가 있는 것이기 때문이다. 그런 사례들을 우리 문인들에게서 목도하는 것은 매우 즐거운 일이 아닐 수 없을 것이다.

우리는 그러한 즐거움을 한 시인을 통해서 이해할 수 있다. 가령 소월의 경우가 그러하다. 소월은 우리의 현대성을 죽음으로 파악하고, 그것의 부활을 꿈꾸어왔던 시인이다. 그의 시에서 전략적으로 드러나는 이미지가 바로 무덤인데, 소월은 그 무덤 속에 있는 육신에 혼을 주입시킴으로써 진정한 생명의 불씨를 얻고자 했다. 이런 발상이 민족주의나 애국주의로 설명할 수 있는 것은 당연한 일이거니와 이런 특수성이야말로 한국만이 보지하고 있는 고유한 현대성이 아닐까 하는 것이다.

일제 강점기와 해방 이후의 굴곡진 역사를 살아간 문인들은 무수히 많다. 그들의 정신사를 모두 다루어야 하는 것이 당면한 임무이자 연구자의 숙명이지만, 몇몇의 문인들을 통해서 우선 그 경로만이라도 이해하는 것 또한 좋은 방법이라고 생각한다. 좋은 고견이 있기를 바라면서----

2018년 눈이 내린 용운골에서

제1장

김소월시의 자연과 반근대성 연구

1. 소월 연구의 현주소

한국 사람치고 소월 시인(1902-1934)을 모르는 사람은 없을 것이다. 그의 시 한두 편 정도를 암기하는 것은 물론이거니와 그의 시에 표명된 정서의 감응력에 공감하지 않는 한국인도 드물 것이다. 그만큼 그는 한국 사회와 한국 근대시사에서 독보적인 존재로 우뚝 서 있는 것이다. 그는 일찍이 개화의 물결이 거세게 몰아쳤던 평안북도 정주에서 태어났다. 뿐만 아니라 근대시의 선구자였던 김억을 오산학교에서 만나는 행운도 얻은 터였다. 이런 조건들이 시인으로서의 소월을 만들었고, 또 그의 정신세계를 형성하게끔 하는 근본 요인이 되었다.

그동안 소월에 대한 연구는 광범위하게 이루어진 편이어서 새로운 방법론으로 작품 속에 내재된 내포를 정립한다는 것은 쉬운 일이 아니다. 따라서 지금까지의 모든 연구를 일일이 나열하는 것은 의미 없는 일이거니와 그 대강의 흐름을 제시하면 다음과 같다. 크게 형식과 내용의 측면으로 분류하면 전자의 경우, 소월 시에 드러나는 리듬의식, 이른바 전통적 율조가 어떻게 그의 시에서 구현되는가 하는 것이 연구의 주된 테마가 되었다. 이러한 연구의 주된 내용은 근대 이후 치열하게 전개된 자유시의 리듬이 갖는 한계와 그 대안으로 등장한 전통 율조에 관해서인데 즉, 대안으로서의 전통 율조가 소월 시에 나타난 7·5조 리듬의 요체라는 것이다.

그리고 다른 하나는 내용적 측면에 대한 연구이다. 이는 몇 가지 국면으로 구분할 수 있는데, 먼저 꼽을 수 있는 것이 전기적 연구이다. 소월의 삶이 매우 극적이었던 까닭에 그의 전기와 시와의 상동성 관계는 일찍부터 주목의 대상이 되어 왔다. 특히 소월을 키웠던 계모 계희영의 추억은[1] 그의 작품 세계를 이해하는 데 많은 도움을 주었다. 둘째는 당시를 풍미했던 낭만주의 사조와의 연관성이다. 특히 3·1운동 이후 불기 시작한 전통에 대한 관심의 환기는 소월 시에 내재된 정서의 폭과 깊이를 더욱 확장시켜주었다.[2] 셋째는 소월 시에 나타난 영원성의 문제이다. 김동리에 의해 처음 제기된 소월과 자연의 관계, 그 연장선에서 논의된 영원성의 문제는, 근대를 조정해나가는 소월의 자의식을 해명하는 데 커다란 시사점을 준 바 있다.[3] 넷째는 시와 사회의 구조적 상동성에 대한 접근 방식이다. 특히 역사적 전망의 부재에 따른 폐쇄적 자의식이 만들어낸 여성적 편향성이야말로 소월 시의 최대 특징이자 약점이라는 것이 이 연구의 핵심 요체이다.[4] 그리고 마지막으로 그의 시에 나타난 민족의식이다.

---

1 계희영, 『약산 진달래는 우련 붉어라』, 문학세계사, 1982.
2 오세영, 『한국 낭만주의 시연구』, 일지사, 1985.
3 김윤정 외, 「전통과 영원성의 감각연구」, 『한국현대시인론』, 청운, 2015.

소월이 접했던 다양한 사상들, 특히 동학과 천도교의 영향에 따른 민족의식의 고양이 혼의 구현과 몸으로의 일체화라는 형식으로 귀결되었다는 점을 밝히면서, 그의 시의 핵심이 땅이라는 육체로 현현되었다는 것이다. 실상 소월 시의 궁극이 땅과 같은 구체적 실체에서 유토피아가 구현되었다는 점에서 이 논의는 매우 의미 있는 것이라 할 수 있을 것이다.[5]

이렇게 다양한 관점과 주제로 소월 시에 대한 접근이 이루어져 왔지만, 여기서 한 가지 아쉬운 점이 있는 것도 사실이다. 그러한 아쉬움이란 어느 특정 연구자 자신만이 갖고 있는 것은 아닐 것이다. 근대시가 형성된 이후 가장 관심을 가졌던 테마 중의 하나는 이른바 근대와 근대성에 관한 문제였다. 그것은 근대시를 여는 효시역할을 한 육당이나 춘원도 비껴갈 수 없는 문제였다. 그러니 이보다 조금 뒤에 등장한 소월의 경우도 근대 시인에게 막중한 비중으로 다가오는 이 문제를 우회하거나 회피하기는 어려웠을 터이다. 물론 소월 시에 있어서 근대 이전의 영원성의 문제라든가 자연에 관한 문제를 가장 처음 제기한 것은 익히 알려진 대로 김동리에 의해서였다. 「청산과의 거리」라는 글에서 김동리는 소월 시가 갖는 비극성의 함의를 자연이라는 유기체적 질서와의 분리에서 찾고, 그 좁힐 수 없는 간극이야말로 소월 시의 한계이자 근대인으로 대처할 수 있는 인간 소월의 가장 큰 결함으로 지적한바 있다.[6] 영원의 영역이 비껴간 자리

4 김윤식, 『한국 근대문학사상비판』, 일지사, 1987.

5 신범순, 한국현대시학회 편, 「김소월의 시혼과 자아의 원근법」, 『20세기 한국시론 1』, 2006.

6 김동리, 「청산과의 거리」, 『한국현대시연구』, 민중서관, 1977.

에 근대의 자율성이 놓인다는 김동리의 지적은 매우 탁월한 것이었다. 이를 기점으로 소월 시에서 드러나는 자연의 의미라든가 반근대성에 대한 논의들은 무수히 제기되어 왔지만, 어느 것 하나 명쾌하게 정리되거나 뚜렷한 해법을 제시하지 못한 것 또한 사실이다. 그만큼 소월 시에 있어서 자연의 의미는 매우 중요한 역사철학적인 내포를 갖고 있는 것이어서 이를 근대성의 맥락이나 식민지 근대화의 전략과 결부시켜 설명하는 경우는 희귀했다고 할 수 있을 것이다.

소월은 대중의 정서를 가장 많이, 그리고 공통적으로 함유시켜 작품화한 보기 드문 시인이다. 그의 시에서 드러나는 이러한 공통분모가 남북의 연구자들이나 독자들로부터 사랑받고 애송되는 주요한 이유가 될 것이다. 소월 시의 향토성과 보편성이야말로 한민족의 정서를 단일하게 이끌어내는, 혹은 하나로 묶어내는 중요 수단이라는 점에서 그러하다. 그런데 그러한 공통분모의 배음에 놓인 것이 소월 시에서 드러나는 근대 풍경이다. 풍경이란 단순한 완상을 넘어서는 곳에 위치한다. 만약 그것이 호기심이나 관심거리의 수준을 넘어서지 못하는 이상, 그것은 단지 근대인의 평범한 소일거리에 불과할 것이다. 소월이 자신의 작품에서 직조한 풍경의 배음에 놓인 것, 그의 표현대로 시의 음영이 자리하고 있는 것이 자연의 장대한 파노라마였던 것이다.

2. 「시혼」과 반근대성

소월이 자신의 첫시집 『진달래꽃』을 매문사에서 낼 무렵, 그의 처음이자 마지막이라 할 수 있는 시론인 「시혼」을 쓴 바 있다. 1925년

『개벽』 59호에 발표했으니 시집 『진달래꽃』보다 몇 달 앞서는 시기였다. 「시혼」은 소월의 개인 창작시론이기도 하면서 한국 근대 시사에서의 본격 시론이기도 하다. 그것이 이 시론의 의의인데, 기왕의 연구자들도 이 점에 주목해서 그것이 갖는 의미에 대해 문학적, 혹은 시사적 의미를 부여하려고 노력했다. 그 방향은 대략 두 가지 각도에서 시도되었는데, 하나는 그가 여기서 언급한 자연의 의미이고 다른 하나는 시혼의 시대적 의미에 대한 것이었다. 소월이 표방한 자연의 의미에 대해 천박한 해석도 있었지만[7], 그 나머지 대부분은 근대인으로서 포회하고자 했던 소월의 정신적 지향점이랄까 근대적 의미에 대해 천착하고 있다. 그리고 '시혼' 역시 근대 시인이 통상적으로 함의하는 시정신의 차원에서 그 의미론적 분석이 있어 왔다. 특히 영혼은 사람의 본질이라는 측면에서 접근하여 영혼과 육의 적절한 교합이야말로 「시혼」이 갖는 궁극적 함의라고도 했다.[8]

「시혼」 속에 표명된 소월의 의도에 대해서 대부분 동의하는 것처럼, 근대의 일상인이 가질 수 있는 시정신의 의미를 소월 나름대로 천착한 것이 이 글의 핵심 요체였다. 「시혼」 속에 표현된 소월의 정신이 이 범위를 비껴가는 것은 아니다. 앞서 언급대로 소월은 다른 누구보다도 근대의 세례를 일찍 그리고 풍족히 받을 수밖에 없는 환경에서 자라나왔다. 그는 서구 문명이 가장 일찍 들어온 서도 출신이었다. 뿐만 아니라 자신의 아버지가 철도 부설과 관련된 상황 속에서 정신적, 육체적 좌절을 겪은 터였다. 그렇기에 소위 근대성의

---

7 송욱, 김학동 편, 「소월의 시론에 대한 비판」, 『김소월』, 서강대출판부, 1998.
8 신범순, 앞의 글.

제반 양상이나 식민지 근대성이 갖는 제반 모순에 대해 누구보다도 심각히 받아들일 수밖에 없는 처지에 있었다. 그러한 시대적 배경이 시를 만들게 하는 시정신의 핵심으로 자리하게 되었음은 당연한 일이었다고 하겠다.

「시혼」은 그러한 의도와 배경 속에서 소월 자신의 독특한 세계관이 개입하여 만들어진 글이다. 그렇기에 그의 시세계를 탐색해 들어가는 데 있어서 이 글이야말로 가장 중요한 시해석의 시금석이 된다고 할 수 있을 것이다.

「시혼」은 두 가지 사유가 중층적으로 결합되어 나온 것으로 판단된다. 하나는 근대의 역사철학적인 맥락이고 다른 하나는 식민지 근대가 갖는 모순의 맥락에서이다. 그러나 우리 근대 시사가 그러한 것처럼, 이 둘의 관계는 병렬의 관계로 현현하는 것이 아니라 동일한 틀 내에서 작용하는 유기적인 조직과 같은 것이었다. 다른 말로 하면 어느 하나가 다른 것을 딛고 우위에 있는 관계가 아니라 상호 보족의 관계에서 형성된 것이라는 의미이다. 이런 전제에 설 때, 소월시에서 드러나는 근대성의 문제와 민족주의적 색채가 동일한 음영 속에서 생성된 것임을 이해할 수 있게 된다.[9]

소월의 유일한 시론인 「시혼」이 발표된 것은 1925년 『개벽』 25호에서이다. 길지 않은 이 글에서 소월은 자신의 시세계가 지향하고 있는 것이 무엇인지, 그리고 근대에 대한 자신의 생각이 어떤 것인지 비교적 명쾌하게 밝히고 있다. 여기서 명쾌하다고 했지만, 그것

---

9 물론 이런 이해는 소월이 천도교나 오산학교 시절 이 사상에 물든 김억이나 조만식, 더 넓게는 이 학교 전체의 풍토로부터 받은 영향에서 자유로운 것이 아니었을 것이다. 위의 글 참조.

은 어디까지나 후대의 연구자에 의한 판단의 결과이지 소월 자신이 뚜렷하게 의식한 것이라고는 할 수 없다. 그럼에도 불구하고 「시혼」 속에 함의된 내용에서 근대에 대한 사유, 그리고 시에 대한 그의 뚜렷한 입장을 읽어낼 수 있다. 그런 면에서 이 글은 몇 가지 층위에서 그 분석이 가능한데, 그 첫 번째가 소위 반근대성에 대한 사유이다.

> 다시 한번, 도회의 밝음과 지껄임이 그의 문명으로써 광휘와 세력을 다투며 자랑할 때에도, 저 깊고 어두운 산과 숲의 그늘진 곳에서는 외로운 버러지 한 마리가, 그 무슨 설움에 겨웠는지, 쉼없이 울고 있습니다. 여러분, 그 버러지 한 마리가 오히려 더 많이 우리 사람의 정조답지 않으며 난들에 말라 벌바람에 여위는 갈대 하나가 오히려 아직도 더 가까운 우리 사람의 무상과 변전을 설워하여 주는 살뜰한 노래의 동무가 아니며, 저 넓고 아득한 난바다의 뛰노는 물결들이 오히려 더 좋은 우리 사람의 자유를 사랑한다는 계시가 아닙니까.[10]

여기서 소월은 자연을 문명의 안티테제로 설정해놓고 있다. 인간의 긍정적 삶의 조건을 위해서는 문명보다는 자연을 우위에 두고 있는 것인데, 실상 이런 사유는 소월의 시대에 매우 예외적인 것이 아닐 수 없다. 반문명의 기치를 들고 모더니즘 문학이 본격적으로 등장하기 시작한 것이 1920년대 후반이고 보면, 자연과 문명의 이분법에 관한 소월 자신의 판단은 매우 전위적인 것이었다고 할 수 있을

---

10 오세영 편저, 「시혼」, 『김소월』, 문학세계사, 1996, pp.246-247.

것이다. 소월에게 있어 자연은 안분지족이나 무위자연과 같은 도락의 차원을 넘어서는 곳에 존재하기 때문이다. 그는 이렇듯 근대라는 거대한 축을 뛰어넘고자 하는 역사철학적 함의를 자연의 구경적 의미에서 찾고 있는 것이다.

음풍농월의 차원이 아니라 삶의 근본적 요건으로서의 자연을 의미화하는 것은 근대성의 맥락에서 매우 유효한 전략 가운데 하나이다. 정지용 이후 현대시가 도달하고자 했던 궁극적 지향점 가운데 하나가 자연이었다는 점은 소월의 자연관이 주는 의미의 함량이 어떤 것인가를 잘 말해주는 대목이 아닐 수 없다.

그리고 자연의 근대적 의미와 더불어 「시혼」에서 읽어낼 수 있는 또 다른 의미는 소위 '시혼'에 관한 것이다. 자구 그대로 풀이하자면 소월은 시와 혼을 결합해서 시혼이라는 용어를 만들어냈지만, 그것의 궁극적 초점은 혼의 영역에 두지 않았는가 할 정도로 그것의 의미와 근대적 맥락을 매우 강조하고 있다. 그는 여기서 그것을 다음과 같이 정의하고 있다. 첫째 시혼의 근간이 되는 영혼이 있고, 그것은 모든 사람에게 고유하게 존재한다고 본다. 영혼이란 인간의 영역에서 가장 높이 느낄 수도 있고 가장 높이 깨달을 수도 있는 힘, 또는 가장 강하게 진동이 맑게 울리어 오는, 반향과 공명을 항상 잊어버리지 않는 악기와 같은 것이고, 또 모든 물건이 가장 가까이 비치어 들어옴을 받는 거울과 같은 것으로서 보고 있다.[11]그런 각자의 양태들이 곧 우리의 영혼의 표상이라고 한다. 둘째, 이렇게 형성된 영혼은 결코 변하지 않는 것, 곧 시간과 공간을 초월하여 존재하는 항구

11 위의 글, p.247.

적인 어떤 것으로 인식한다.[12] 셋째는 그러한 영혼은 동일한 사람 내에서도 변하지 않으며, 작품 속에서 얼굴을 달리 하며 나타나는 것은 그것을 감싸고 있는 음영에 따라 달리 보일 뿐이라고 이해한다.

　소월은 시혼에 대해 이렇게 장황하게 설명하고 있지만, 그 핵심은 그것이 모든 사람들의 사유 속에 내재하고 있는 것이고, 변하지 않는 항구적 성질을 갖고 있다는 것으로 요약할 수 있다. 그는 시혼의 그러한 항구성과 견고성을 말하기 위해 스승인 김억이 자신의 작품을 두고 평한 대답에서도 똑같이 표명한다. 김억은 소월의 작품 「님의 노래」와 「자나 깨나 앉으나 서나」를 비교하면서 전자를 "너무도 맑아, 밑까지 들여다보이는 강물과 같은 시다. 그 시혼 자체가 너무 얕다"고 하고, 후자를 "시혼과 시상과 리듬이 보조를 가까이 하여 걸어 나아가는 아름다운 시다"[13]라고 했다. 이런 평가에 대해 소월은 다음과 같이 이해를 달리한 바 있다. 한 사람의 시혼 자체가 같은 한 사람의 시작에서 금시에 얕아졌다 깊어졌다 할 수 없다는 것과 또는 시작 마다 새로이 별다른 시혼이 생기는 것이 아니라는 것, 둘째는 작품 속의 음영이 차이가 있더라도 각개 특유의 미를 갖고 있기에 시정신의 편차, 곧 시혼의 차이는 있을 수 없다는 것이다.

　여기서 알 수 있는 것처럼, 소월에게 있어 시혼은 어느 계기에 의해 바뀌거나 혹은 작품의 고유성 속에서 새로이 생성되는 가변적인 어떤 것이 아니다. 그것은 한 개인의 영혼 속에 지속적으로 사유되는 변치 않는 어떤 것으로 강력한 포즈를 취하면서 작품 속의 짙은

12　위의 글, p.248.
13　위의 글, p.253.

아우라로 기능하고 있는 것으로 본다.

소월에게 「시혼」은 그 자신의 시정신을 알 수 있는 좋은 수단이 된다. 그렇기에 그것은 짧은 생애에 결코 적지 않은 작품들을 남긴 그의 작품 세계를 이해하는 길잡이 역할을 한다고 하겠다. 그러나 이런 장황한 설명에도 불구하고 소월이 「시혼」에서 말하고자 했던 의도는 크게 두 가지였다고 생각된다. 하나는 반근대성으로서의 자연의 의미이고, 다른 하나는 항구적 가치 혹은 정신으로서의 시혼의 의미이다. 그런데 이 둘의 관계는 상이하면서도 동일한 것이기도 하다. 그렇다면, 그러한 동일성과 상이성은 어떤 맥락을 갖고 있는 것일까. 이 물음에 대한 올바른 답이야말로 소월 시의 본질에 이르는 길이 아닐까 한다.

자연이 근대성의 사유로 편입되기 시작한 것은 계몽의 실패와 밀접하게 연결되어 있다. 자연의 비자동성이야말로 근대가 직면한 가장 큰 위기였기 때문이다. 따라서 계몽이 위협받는 시기마다 자연은 동일한 함량이나 가치로 수면위로 떠오르기 시작했다. 신이 떠난 중세의 영원성을 대신할 수 있는 것은 오직 자연이라는 영원성뿐이었기 때문이다. 소월이 언급한 반문명적 태도는 일단 여기서 그 시사적 의의를 찾아야 할 것으로 보인다.

둘째는 소월이 「시혼」에서 그토록 강조했던 시혼의 영원성이랄까 항구성에 관한 것이다. 실상 이 문제도 그 음역을 확장시켜 보면 근대적 맥락으로부터 자유로운 것이 아니다. 근대의 일반적 맥락이 일시적 속성에서 탐색되는 것은 자연스러운 일이었다. 근대를 일시성, 우연성, 순간성과 같은 휘발적 속성에서 이해되는 것은 이런 이유 때문이다. 그 일시성의 건너편에 있는 것이 항구성이다. 그런 영원적 요소에 대한 강조야말로 근대의 실패를 역설적으로 보증하는 지표가 아닐 수 없을 것이다.

근대를 불변성의 가치로 맨 처음 인식한 사람은 잘 알려진 대로 엘리어트이다. 그의 대표 글인 「전통과 개인의 재능」에서 전통의 요소를 강조한 것은 근대의 제반양상과 분리하여 설명할 수 없는 것들이었다.[14] 그는 이글에서 시인은 개성을 표출할 것이 아니라 그것으로부터 도피할 것을 권장했다. 물론 개성으로부터의 도피는 일차적으로 반낭만주의적 기류에서 나온 말이지만, 그 숨겨진 함의를 추적해 들어가게 되면 반근대적인 요소가 더 짙게 깔려 있음을 알 수가 있다. 그것이 곧 비가변성으로서의 전통의 내포적 의미이다. 뿐만 아니라 이 전통적 가치 속에는 삶에 대한 새로운 조건 또한 녹아들어가 있음을 보게 된다. 그것은 근대성의 궁극적 과제가 삶에 대한 긍정적 개선에 놓여 있기 때문이다.

이렇듯 엘리어트에 의해 제기된 전통의 의미란 크게 세 가지 국면에서 이해된다. 하나가 반낭만적 정서라면, 다른 하나는 반근대적 태도이다. 그리고 세 번째는 모더니즘의 사상의 깊이와 관련된다. 여기서 사상적 깊이가 모더니즘계 문학에서 주요한 테마로 등장하게 된 것은 이 문학이 갖는 형태주의적 태도에서 기인한 것이었다. 얄팍한 형식위주의 문학적 취향이 현대의 복잡한 의식을 모두 담아내기에는 역부족이었기 때문이다.

엘리어트의 전통론에서 소월의 「시혼」과 관련하여 특히 주목의 대상이 되는 부분은 두 번째의 반근대적 태도이다. 전통이란 항구적

---

14 T. S. Eliot, 황동규 편, 「전통과 개인의 재능」, 『엘리어트』, 1989.

특성을 갖고 있는 것이어서 근대의 가변적인 속성과는 대척점에 놓이는 것이다. 근대의 일반적 속성인 일시성, 우연성, 순간성은 인간의 안식처 구실을 했던 영원성을 박탈해간 요소들이다. 따라서 그러한 순간적 속성에 맞대응하는 영속적 요인들이야말로 미로에 갇힌 근대인의 운명을 올바르게 바로잡을 수 있는 지렛대가 된다고 믿어왔다. 실상 엘리어트의 전통론이 가졌던 근본 의도도 여기에 놓여 있었다고 해도 과언이 아닐 정도로 전통은 불완전한 근대인이 포회할 수밖에 없는 영원한 향수와 같은 것이었다.

소월이 '시혼'을 일정한 속성을 갖고 있는 것이라는 것, 그리고 변하는 것이 아니라는 것, 시간과 공간을 초월하여 존재하는 것이라 규정한 것은 근대의 일시성과 우연성, 혹은 순간성에 대응하는 방식이었다고 할 수 있을 것이다. 근대를 영원의 감각에서 정초하는 것은 근대에 대한 부정성 없이는 성립하기 어려운 것이다. 특히 식민지 근대화가 차곡차곡 이루어지던 한반도 현실에서 이런 반근대적인 의식만으로도 불온한 현실에 대한 완곡한, 그러나 강력한 항변이라 할 수 있을 것이다. 그런데 현실에 대한 그러한 불만은 소월에게는 더욱 예외적인 것으로 다가왔던 것으로 보인다. 그 원인은 몇 가지 측면에서 접근해볼 수 있는데, 하나는 식민지 근대인이면 누구나 가질 수 있는 반제국주의 의식이다. 이는 비단 소월 한사람에게만 국한되는 문제는 아니고, 민족모순의 뼈저린 시련을 겪은 주체들이라면 누구나 받아들일 수밖에 없었던 정서였다. 그리고 두 번째는 가족사적인 불행이다. 물론 이런 불행이 민족모순이라는 현실과 분리하기 어려운 것은 사실이지만, 소월에게 더욱 큰 아픔으로 다가왔던 것은 가족 내부의 불행이라는 직접성 때문일 것이다. 잘 알려진 바와 같이 그의 부친은 일제의 만행으로 불구가 된 아픈 역사를 갖고 있었다.

그리고 마지막 세 번째는 오산학교 재학시절부터 받아온 강력한 민족주의의 영향이다. 자신의 작품에 이니셜을 넣을 만큼 소월은 민족주의자였던 조만식 선생 등을 무척 흠모해온 터였다. 그것은 안서 김억의 경우도 마찬가지였다. 여기에 한 가지 더 덧붙인다면, 소월 자신이 일본 유학 체험에서 얻은 식민지 지식인의 고뇌가 추가될 수 있을 것이다. 그는 일본 유학 시절에 관동대지진을 겪었고, 이를 계기로 수학을 포기하고 귀국한 바 있다. 그런데 이곳에서 얻은 식민지 지식인의 자의식과 더불어 일제에 의해 저질러진 조선인 학살은 그로 하여금 더욱 민족주의자의 면모를 갖게 했을 것이다. 이런 비극적 체험들이 소월을 민족적인 것에 눈을 돌리게 하고, 자신의 작품 속에 적극 시화하는 동인이 되었을 것으로 판단된다.

이런 계기들이 근대성와 민족성의 자연스런 결합의 장을 마련하게 했던 바, 그것이 시혼이라는 무대이다. 그는 시혼을 절대 불변하는 영원성의 어떤 것으로 이해했다. 이런 이해의 저변에 근대의 일시성과 같은 휘발적 속성들이 깔려 있음은 물론이다. 그리고 거기에 한 꺼풀 더 덧씌워진 것이 민족성이다. 이는 타민족에 대한 대타의식이면서 근대의 일시성을 초월하는 어떤 구실 역할을 했다. 이런 입론에 설 때, 그의 시의 중심 테마이자 소재인 자연의 의미와 혼, 그리고 땅의 의미가 제대로 이해될 수 있을 것으로 보인다. 그것은 별개로 존재하는 개별성이 아니라 하나의 계선으로 존재하는 유기적 실체라는 점에서 소월시의 정신사적 흐름을 잇게 하는 중심축이 된다고 하겠다.

3. 근대적 자의식과 그 초월의 양상들

1) 청산과의 거리와 원형적 삶에 대한 그리움

소월시에서 근대성의 맥락을 가장 먼저 읽어낸 사람은 잘 알려진 대로 김동리이다. 그는 앞의 글에서 소월시에 나타난 비극적 세계관이나 한의 정서를 청산과의 거리에서 찾았다. 실상 김동리가 말한 청산이란 자연의 전일적 세계이다. 그것은 인간과 자연이 분리되기 이전인 통합의 세계이며, 조화롭고 유기적인 세계이다. 그런데 인간은 그 전일적 세계로부터 떨어져 나와 스스로 삶의 방향을 조정해나가는 자율적 인간, 곧 근대적 인간이 되었다는 것이다. 이런 분리야말로 근대인의 조건을 규정하는 근본 틀이라 할 수 있을 것이다.

> 산에는 꽃 피네
> 꽃이 피네
> 갈 봄 여름 없이
> 꽃이 피네
>
> 산에
> 산에
> 피는 꽃은
> 저만치 혼자서 피어 있네
> 산에서 우는 새여
> 꽃이 좋아
> 산에서

사노라네

산에는 꽃 지네
꽃이 지네
갈 봄 여름 없이
꽃이 지네
　　「산유화」 전문

　인용시에서 볼 수 있는 것처럼, 자연은 완벽한 어떤 것으로 제시
된다. 자연이 그런 조건을 갖추고 있다는 것은 뻔한 상식임에도 불
구하고 소월은 그러한 자연의 모습을 상식의 차원에서 제시하지 않
는다. 어쩌면 그것이 소월시의 수준이나 작품의 완성도를 담보해주
는 조건일 것이다. 일단 이 작품에서 제시되는 자연의 완벽성은 순
환적 흐름에서 찾아진다. 근대의 시간성이 직선적 시간관에 의해 조
성되는 것은 잘 알려진 일인데, 이와 반대되는 순환적 시간관은 반
근대성을 대표한다. 시간이 원으로 제시되면서 시간의 흐름, 곧 직
선적 방향을 원리적으로 차단시킨다. 소월이 주목한 것도 그러한 시
간성의 연장선에 놓여 있다. 이 작품에서 드러나는 순환성은 형식과
내용 모두에서 가능한데, 우선 형태적인 측면에서 보면 이 시는 앞
의 2연과 뒤의 2연이 완벽하게 대조된다. 마치 미술의 데카코마니
기법처럼 좌와 우가 똑같은 대칭 쌍을 이루고 있는 것이다. 이런 모
양은 뫼비우스의 띠처럼 처음과 끝이 존재하지 않는 순환의 관점에
서 이해될 수 있을 것이다.
　그리고 두 번째는 내용적인 국면에서의 순환성이다. 이 작품의 소

재는 꽃의 개화와 낙화의 과정으로 되어 있는 바, 이런 계기적 순서 역시 순환적 질서를 떠나서는 설명할 수 없을 것이다. 뿐만 계절의 순환 또한 이 작품에서 순차적으로 제시되고 있는데, 이런 변환이야 말로 가장 대표적인 순환 시간이라 할 수 있을 것이다.

소월이 파악한 것처럼, 「산유화」에서 자연은 계속 돌고 도는 구조로 제시되고 있는데, 이런 시간적 흐름이야말로 영원성의 한 단면일 것이다. 그것은 근대 이전의 시간관일 뿐만 아니라 자연을 기술적으로 지배하는 근대 이후의 시간관에 맞서는 시간성일 것이다. 근대와 계몽이 의심받을 때마다 역설적으로 자연이 그 대안으로 부상한 것도 그것이 갖는 영원적 속성 때문이다. 그런데 소월, 곧 근대인은 그러한 영원으로부터 떨어져 나와 다시는 거기로 합류하지 못하는 불행한 존재로 전락하고 만다. 자연을 상징하는 꽃이 인간으로부터 저만치 떨어져 끊임없는 평행선을 유지하고 있기 때문이다. 그 화해할 수 없는 거리야말로 근대인이 감당해야만 하는 슬픈 운명이 아닐 수 없다.

「산유화」에서 표명된 자연의 의미가 근대인의 슬픈 운명에서 만들어지는 것이라면, 소월은 자연의 근대적 의미를 최초로 발견한 시인이라는 전제가 가능할 것이다. 한국 근대시사에서 근대성을 작품의 맥락 속에 구상화시키고 이를 의미화시킨 것은 모더니스트들에 의해 처음 시도되었다. 그러나 그 방향은 제각각 다른 형태로 인식했는데, 김기림의 경우는 과학의 긍정성에서, 정지용은 이미지의 신기성에서, 김광균은 회화적 이미지즘의 수법에서 받아들였다. 그리고 그 마지막 귀결, 곧 근대성의 최종 여정이라 할 수 있는 통합의 사유는 1930년 후반 정지용의 백록담, 곧 자연에서 가능해졌다. 그는

자연의 근대적 의미를 통합의 감수성으로 인식함으로써 모더니즘
이 나아갈 중요한 방향을 제시해주었다. 모더니즘의 맥락에서 자연
의 궁극적 의미가 정지용에게서 새롭게 의미화된 것이라면, 소월의
「산유화」는 이보다 훨씬 앞서서 의미화된 것이라는 점에서 그 시사
적 의의가 있는 것이라 할 수 있다. 어쩌면 한국적 의미의 자연, 혹은
근대적 의미의 자연을 처음 발견한 것이 소월이라는 가설도 세워볼
수 있는 것처럼 보인다. 그런 만큼 「산유화」에서 시도된 자연의 의미
는 이전의 경우에서는 거의 찾아볼 수 없는 획기적인 것이었고, 이
발견만으로도 소월의 문학적 가치는 아무리 강조해도 지나치지 않
을 것이다.

> 뛰노는 흰 물결이 일고 또 잦는
> 붉은 풀이 자라는 바다는 어디
>
> 고기잡이꾼들이 배 우에 앉아
> 사랑 노래 부르는 바다는 어디
>
> 파랗게 좋이 물던 남빛 하늘에
> 저녁놀 스러지는 바다는 어디
>
> 곳 없이 떠다니는 늙은 물새가
> 떼를 지어 쫓기는 바다는 어디
>
> 건너 서서 저 편은 딴 나라이라

가고 싶은 그리운 바다는 어디

「바다」 전문

자연이라는 유기체적 완결성, 중세의 영원성을 상실한 인간이 다시금 그것을 회복하고자 하는 의지를 드러내는 것은 당연한 이치일 것이다. 인용시는 그러한 갈망을 그리움의 정서로 표방한 작품이다. 「시혼」에서 언급한 것처럼, 바다는 자연의 일부이고 불완전한 삶을 완결시켜 줄 수 있는 공간이다. 이런 동경은 낭만적 아이러니와 그에 따른 동경의 문제에서도 발생할 수 있는 것이긴 하지만[15], 보다 근본적으로는 영원성을 상실한 근대인의 우울한 자의식에서 촉발된 것임은 의심의 여지가 없을 것이다.

「산유화」에서처럼, 소월은 자연을 이상화시키고 이를 닮고자 하는, 이상화된 욕망을 발산시킨다[16]. 이런 욕망은 물론 불완전한 근대인이 가질 수밖에 없는 한계의식에서 기인한 것이다. 완성과 비완성의 교호 과정에서 전자로의 틈입이야말로 가장 자연스런 삶의 흐름이기 때문이다.

어떻든 소월의 자연은 이상화된 공간으로 제시된다. 그와 대비해서 인간은 매우 불완전한 존재로 구현된다. 이런 이분법이야말로 근대가 만들어낸 운명이며, 영원성을 잃고 스스로 조율해나가는 근대인의 슬픈 표정이라 할 수 있을 것이다.

---

15 소월 시의 낭만성에 대해서는 오세영의 앞의 책 참조.
16 최승호, 『서정시와 미메시스』, 역락, 2006, p.16.

엄마야 누나야 강변살자
뜰에는 반짝이는 금모래 빛
뒷문 밖에는 갈잎의 노래
엄마야 누나야 강변 살자
「엄마야 누나야 강변살자」 전문

이런 의식이 인용한 시에서처럼 이상적 공간에 대한 갈망으로 나타나는 것은 당연할 것이다. 여기서 강변이란 반근대성의 공간이며, 중세를 대신할 또 다른 영원성일 것이다. 이런 곳으로의 기투야말로 인식의 완결성을 이루어내기 위한 근대인의 처절한 욕망일 것이다.

2) 영원성으로서의 무덤 이미지와 혼의 현재화

한국 근대 시사에서 자연을 근대성의 자장으로 처음 편입시킨 것은 이렇듯 소월이었다. 말을 바꾸면 자연의 근대적 의미는 소월에 의해 처음 의미화되었다고 보는 것이 옳을 듯하다. 자연은 인간과 더불어 유기체적인 전일성을 이루는 대상이 아니라 인간으로부터 분리되어 저 멀리 외따로 떨어져 있는 존재로 현상되고 있는 것이다. 그리하여 그것은 기술적 지배의 대상이 될 수도 있고, 또 인식의 완결성을 이루어주는 이상화의 대상이 되기도 했다. 근대에 들어 자연은 이렇게 이중성의 대상으로 현현되면서, 지배와 피지배의 팽팽한 긴장관계 속에서 그 의미가 실현되고 있었던 것이다.

자연이 갖는 이중적 의미는 인간의 욕망이 지향하는 방향에 따라 어느 한쪽으로 치우칠 수밖에 없다. 그것이 자연의 근대적 의미일 것이다. 이는 계몽의 성패여하에 따라 분명한 결과를 초래할 수밖에 없게 되는데, 실상 지금 여기의 현실에서 계몽의 빛을 말하기 어려운 것이 사실이다. 그렇기에 자연은 개발의 대상이 아니라 이상적 대상으로 인식 주체에게 다가올 뿐이다.

「산유화」에서 분리된 자연이 소월에게 현실 인식의 구체적 좌표였다면, 그 불완전한 현상에 대한 대항담론이 그리움으로서의 자연이었다. 이 자연은 역사철학적인 맥락에서 보면, 완전한 전일체였고, 유기적인 단일성의 세계가 펼쳐지는 장이었다.

그러한 자연의 의미와 더불어 소월의 시에서 또 하나 주목해서 살펴보아야 할 것이 혼의 문제이다. 소월은 자신의 시론 「시혼」에서 이를 영혼이라고도 하고 시혼이라고도 했는데, 이 의미항 역시 이상화된 자연의 연장선에 놓여 있다는 점에서 주목의 대상이 된다. 앞서 언급대로 소월은 '시혼'을 항구성과 영원성을 갖는 어떤 것으로 이해했다. 만약 그것이 이런 시간적 속성을 갖고 있다면, 이 의미 역시 자연의 그것과 동일한 맥락에서 탐색될 수 있는 것이다. 근대의 휘발적 속성에 맞서는 것이 반근대의 담론이다. 그러한 반담론 가운데 가장 대표적인 것이 자연이다. 그것이 근대에 대한 반담론으로 가장 먼저 부각되는 것은 인간 역시 그 경계 내에 있는 존재이기 때문이다. 그럼에도 자연과 인간이 이렇게 대립하는 것은 인간 속에 내재한, 도구화된 욕망에 그 원인이 있다. 그런데 이 욕망을 이끄는 것이 근대의 휘발적 속성들이다. 이를 제어하는 것만이, 그리하여 본래의 자연적 속성으로 되돌려 그 일시적 속성을 영원의 맥락으로 편입시키는 일만이 근대의 어둠으로부터 벗어나는 일이 될 것이다.

근대는 일시성, 우연성과 같은 순간적 속성을 그 특징으로 하고 있다. 반면 소월은 그러한 속성들에 대한 안티담론으로 자연과 같은 영원의 맥락에 기대고자 했다. 근대는 자신을 자연으로부터 분리시켰지만 다시금 그 자연으로 회귀하고자 하는 것이 그의 자연시의 근본 주제였다. 소월은 그런 자연의 연장선에서 혼을, 근대의 또 다른 대항담론을 설정하고자 했다. 그 요체는 앞서 언급한 영원성의 맥락에서이다. 근대가 일시성과 순간의 감각을 유효한 인식지표로 설정하고 있다면, 소월의 시혼은, 자연과 더불어 근대에 대한 반담론으로써 매우 유효한 전략이었다고 할 수 있을 것이다.

「시혼」에서 소월은 그것이 구체적으로 무엇인지 명확하게 밝혀놓은 바가 없다. 다만 그것은 항구성과 영원성의 맥락으로만 풀이되고 있었을 뿐이다. 그러나 이러한 한계에도 불구하고 그의 작품들을 꼼꼼하게 읽어보면 그 구체적인 실제가 무엇인지 대강은 짐작할 수 있게 된다. 바로 역사에로의 경도이다. 소월을 뚜렷한 모더니스트로 규정하는 것에는 어려운 점이 있지만, 그의 시정신이 나아간 행로를 따라가다 보면, 서구 모더니스트들에게서 흔히 볼 수 있는 일반적인 경로를 알 수 있게끔 해준다. 모더니즘의 정신이 자의식의 분열과 일탈에 놓여 있다면, 그 반대편에 놓여 있는 것이 완전성에 대한 희구일 것이다. 서구의 경우 그 여정이 보통은 중세의 유토피아나 종교적 구원의 세계가 전범적인 역사 모델이었음은 익히 알려진 일이다. 소월을 이들이 나아간 행로에 그대로 적용하는 것은 어려운 일이지만, 그 나름의 독특한 경로 또한 이들의 궤적 속에서 추측해 볼 수 있는 것도 가능할 것이다. 그것이 앞서 말한 역사인데, 특히 이러한 이미지들은 그의 시에서 자주 반복되는 일련의 '무덤'시에서 확인할 수 있다.

그 누가 나를 헤내는 부르는 소리

붉으스름한 언덕, 여기저기

돌무더기도 움직이며, 달빛에,

소리만 남은 노래 서리워 엉겨라,

옛 조상들의 기록을 묻어둔 그곳!

나는 두루 찾노라, 그곳에서,

형적 없는 노래 흘러 퍼져,

그림자 가득한 언덕으로 여기저기,

그 누구가 나를 헤내는 부르는 소리

부르는 소리, 부르는 소리,

내 넋을 잡아끌어 헤내는 부르는 소리.

「무덤」 전문

무덤은 삶과 죽음의 경계지대에 놓인 것이다. 죽은 자가 완벽하게
사라진 것도 아니고 또 그렇다고 살아있는 상태도 아닌 어중간한 형
태가 무덤의 존립양식이다. 그런 상태에서 또 다른 부활을 노리고
있는 것이 무덤의 미정형의 상태가 아닐까 한다. 그런 맥락에서 그
것은 삶과 죽음의 경계지대에 놓여 있는 것이라 할 수 있다. 이것이
무덤의 표면적인 모습이라면, 소월은 그것의 성격을 또 다른 곳에서
찾고 있다. 바로 5행의 "옛 조상들의 기록을 묻어둔 그곳"라는 인식,
바로 역사로 보는 것이다. 소월은 역사를 과거의 것이 아니라 현재
진행형으로 이해한다. 그것이 살아서 나를 부르고 있기 때문이다.
"그 누가 나를 헤내는 부르는 소리"가 황혼의 어스름을 배경으로 곧
신비주의적인 몽환 속에서 시적 자아를 환기시키고 있기 때문이다.

이를 두고 혼의 울림, 혹은 일깨움이라고 한다면, 소월이 기대하고자 했던 것은 의식과 무의식의 경계가 불분명한 몽환의 상태를 즐기는 것이 아님이 분명하다. 그가 이 소리를 통해서 환기하고자 하는 것은 "옛 조상들의 기록"일 것이기 때문이다. 소월은 어째서 무덤을 역사의 기록이라고 인식하고, 또 그것이 자신의 혼을 일깨우는 매개라고 판단했던 것일까. 이런 물음에 대한 답이야말로 소월이 인식한 반근대적인 것의 실체를 알 수 있게 해주는 대목이 아닐 수 없다. 그것은 자연과 연장선에 놓이는 또 다른 영원성이기 때문일 것이다. 그리고 그가 「시혼」에서 말한 불멸의 어떤 것과도 관련이 있을 것이다.

이런 맥락에서 「무덤」이 반근대적 의미에서 시사하는 바는 크게 두 가지이다. 하나는 영혼에 이르는 과정으로서의 말의 역할이다. 소월은 영혼을 몸이나 말보다도 높은 영역으로 파악했다[17]. 그러면서 그것은 변치 않는 항구적 영원성을 갖는 것으로 이해했다. 이에 의하면 말은 영혼으로 가는 중간 단계에 놓인 것이라는 전제가 가능하다. 따라서 「무덤」에서 나를 부르는 소리는 불변한 영원의 영역으로 가는 도정이 된다고 하겠다. 「초혼」을 비롯한 그의 시에서 소리의 음역이 중요한 것은 그것이 영혼으로 안내하는 주요한 수단이기 때문이다.

그리고 다른 하나는 무덤이 갖는 역사적 의미이다. 모더니즘의 도정에서 자연이 갖는 의미는 아무리 강조해도 지나치지 않을 것이다. 모더니스트 정지용에게서 발견된 자연의 의미는 한국적 모더니즘

---

17 오세영 편저, 앞의 글, p.247.

이 나아가야할 최종 목표로 받아들여져 온 것이 사실이다. 특히 전범적인 역사, 서구의 천년왕국과 대비되는 이상적인 역사모델을 가져보지 못했던 한국적 현실에 비추어보면, 구조체지향이라는 모더니즘의 거대한 흐름에서 자연이 차지하는 비중을 알 수 있게 해주는 대목이 아닐 수 없는 것이다. 그러나 자연이 갖는 그러한 형이상학적 함의에도 불구하고 관념적 편향이라는 비판을 비껴가기 어려운 것 또한 사실이다. 자연이 어떤 구체성이 아니라 막연히 존재하는 추상성이라는 측면에서 그러하다. 그것이 한국적 모더니즘이 갖는 장점이자 필연적 한계이기도 하다. 그런데 소월 시의 주제는 그러한 영역을 벗어난 곳에서 형성되고 있다는 점에서 그 의미가 있다.

「무덤」에서 나를 헤내어 부르는 소리는 자연의 아우라로부터 벗어나는 경계지대에 놓이는 음성이다. 그러면서 영혼 속으로 이끌려 들어가는 중간 단계가 되기도 한다. 그런데 그 영혼이란 바로 역사의 기록, 곧 민족 속에 도도히 흘러내려오고 있는 심연과도 같은 것이다. 그런 항구적, 내재적 흐름은 근대의 일시성이라든가 우연성에 맞서는 좋은 수단이 아닐 수 없는 것이다.

산산이 부서진 이름이여!
허공 중에 헤어진 이름이여!
불러도 주인 없는 이름이여!
부르다가 내가 죽을 이름이여!

심중에 남아 있는 말 한 마디는
끝끝내 마저 하지 못하였구나.

사랑하던 그 사람이여!
사랑하던 그 사람이여!

붉은 해는 서산 마루에 걸리었다.
사슴의 무리도 슬피 운다.
떨어져 나가 앉은 산 위에서
나는 그대의 이름을 부르노라.

설움에 겹도록 부르노라.
설움에 겹도록 부르노라.
부르는 소리는 빗겨 가지만
하늘과 땅 사이가 너무 넓구나.

선 채로 이 자리에 돌이 되어도
부르다가 내가 죽을 이름이여!
사랑하던 그 사람이여!
사랑하던 그 사람이여!

「초혼」 전문

초혼이란 육체로부터 나간 영혼을 합쳐지게 해서 다시금 생명이
부활하도록 하는 제의 가운데 하나이다. 따라서 그것은 간절한 기
원의 욕망을 담아내고 있다. 불가능하지만 가능하다고 믿는 의식,
그런 염원이 「초혼」의 음성을 만들어낸다. 이 음성은 「무덤」의 경
우와 달리 정반대 편에서 울려난다. 「무덤」에서 "나를 헤내는 부르

는 소리"에 이끌리던 시적 자아는 「초혼」에 이르면 반대의 위치에 서서 애절하게 부르는 주체로 변해있기 때문이다. 소월은 무덤을 사이에 두고 한편으로는 이곳에서 나를 부르는 소리를 듣고, 다른 한편으로는 내가 그 혼을 부르고 있는 것이다. 그는 이런 상호피드백적인 과정을 통해서 영혼과 육체의 완전한 결합을 갈망하고자 했다.

이런 간절한 부름 속에 담겨져 있는 것이 현재의 위기에 대한 대응이다. 그것은 근대에 맞서는 영원의 영역이고, 혼의 영역이다. 자연을 대신할 수 있는 새로운 것, 그것을 혼의 울림 속에서 되살리고자 했다. 그 구체적인 실제가 무덤 속에 잠겨있는 것, 곧 민족의 심연에 면면히 흐르고 있는 역사였다.

3) 영혼과 육체의 구체적인 만남-역사와 땅

근대의 역사철학적 의미는 개인적 한계와 범위를 초월하는 곳에 위치한다. 근대성의 제반 양상이라든가 사조로서의 모더니즘이 개인의 일탈된 정서에 근거하고 있더라도 그 외연이 사회적 맥락과 분리하기 어려운 것은 이와 밀접한 관련이 있기 때문이다. 특히 팽창된 자의식, 피로와 같은 사적 정서들이 개인의 문화 차원에서 국한되지 않음도 그 연장선에 놓인 경우이다. 이를 두고 모더니즘의 발생론적 토양이나 배경으로 설명하기도 한다.

근대성의 제반 양상이 사회적 음역으로부터 벗어날 수 없는 것이라면, 특히 일제 강점기라는 특수한 현실을 겪고 있는 조선의 현실에서는 더욱 그러했을 것이다. 이는 소월에게도 예외적이지 않았다. 「무덤」이나 「초혼」에서 이미 그 자취를 어느 정도 읽어낼 수 있었던 것처럼, 소월의 근대적 자의식도 식민지라는 시대적 영역이 비껴갈 수 있는 성질의 것은 아니었다고 할 수 있다. 여기에는 두 가지 전제가 있어야 하리라고 본다. 하나는 일탈된 영원성을 회복하는 문제와 다른 하나는 그러한 정서가 식민지 현실과 어떻게 접맥되어야 하는가 하는 것 등등이다.

소월은 후기로 접어들수록 현실지향적인 시들을 많이 발표하기 시작했다. 이 시기에 이르러 초기에 보여주었던 센티멘털한 정서라든가 여성편향성의 정서들은 점차 사라지면서 삶의 긍정성과 건강성을 담보하는 정서들로 채워지기 시작했다.

> 무연한 벌 위에 들어다 놓은 듯한 이 집
> 또는 밤새에 어디서 어떻게 왔는지 아지 못할 이 비.
> 新開地에도 봄은 와서 가냘픈 빗줄은
> 둑가의 어슴푸레한 개버들 어린 엄도 축이고,
> 난벌에 파릇한 뉘 집 파밭에도 뿌린다
> 뒷 가시나무밭에 깃들인 까치떼 좋아 지껄이고
> 개굴가에서 오리와 닭이 마주 앉아 깃을 다듬는다.
> 무연한 이 벌 심어서 자라는 꽃도 없고 메꽃도 없고
> 이 비에 장차 이름모를 들꽃이나 필는지?
> 장쾌한 바닷물결, 또는 구릉의 미묘한 기복도 없이
> 다만 되는 대로 되고 있는 대로 있는 무연한 벌!
> 그러나 나는 내버리지 않는다. 이 땅이 지금 쓸쓸하다고.
> 나는 생각한다. 다시금, 시원한 빗발이 얼굴에 칠 때,
> 예서뿐 있을 앞날의 많은 변전의 후에

이 땅이 우리의 손에서 아름다워질 것을! 아름다워질 것을!

「상쾌한 아침」 전문

　이 작품의 기본 소재는 무연한 벌, 곧 신개지이다. 이곳은 새로운 개척지임에도 불구하고 아무런 연고도 없으며, 다만 그 방기된 상태에서 비가 오고, 까치떼가 깃들며, 오리와 닭이 마주 깃을 닦기도 하는 미정형의 공간이다. 그리하여 여기는 아무도 돌보지 않는 까닭에 자라는 메꽃도 없고, 그저 있는 그대로 방치되어 있는 무연한 벌에 불과할 뿐이다. 이 작품에서 묘파되는 무연한 벌이란 인간의 손길이 미치지 않은, 자연 그대로의 상태이다. 물론 이런 미정형의 상태는 원시성의 한 단면을 보여주는 것이어서 모더니즘이 지향하는 삶의 원형질을 담보해주는 증표로 기능할 수도 있을 것이다. 그러나 소월이 인식하는 이곳은 근대성의 사유로 편입된, 건강한 의미로 새롭게 구조화되는 자연이 아니다. 그의 시의 표현대로 영혼이 떠난 육체에 불과한 날 것의 상태, 불모지에 불과할 뿐이다. 그곳이 생의 약동적 공간으로 거듭 태어나려면 어떤 적절한 형식이 주어져야 한다. 소월은 그것을 영혼과 육체의 만남, 곧 혼의 투입이라고 판단하고 있는 듯하다. 그러한 혼의 주입행위가 「초혼」의 도정이었거니와 만약 이 제의를 통과하게 되면, 이 땅은 "예서뿐 있을 앞날의 많은 변전의 후에/이 땅이 우리의 손에서 아름다워질 것을! 아름다워질 것"이라고 보는 것이다.

　땅에 대한 거듭되는 갈망은 역으로 그 부재에 대한 결핍의식 없이는 성립할 수 없는 것이다. 이런 면들은 민족주의자로서 가질 수밖에 없는 소월의 세계관과 분리하기 어려운 것이라 하겠다. 이는 현실인식과 관련하여 가장 많이 언급되는 다음의 시에서 확인할 수 있다.

나는 꿈꾸었노라, 동무들과 내가 가지런히
벌가의 하루 일을 다 마치고/ 석양에 마을로 돌아오는 꿈을,
즐거이, 꿈 가운데.

그러나 집 잃은 내 몸이여,
바라건대는 우리에게 우리의 보섭 대일 땅이 있었더면!
이처럼 떠돌으랴, 아침에 저물손에
새라 새로운 탄식을 얻으면서.

동이랴, 남북이랴,
내 몸은 떠가나니, 볼지어다.
희망의 반짝임은, 별빛이 아득함은,
물결뿐 떠올라라, 가슴에 팔다리에.

그러나 어쩌면 황송한 이 심정을! 날로 나날이 내 앞에는
자칫 가늘은 길이 이어가라, 나는 나아가리라.
한 걸음, 또 한 걸음, 보이는 산비탈엔
온 새벽 동무들, 저 저 혼자…… 산경(山耕)을 김매이는.
「바라건대는 우리에게 우리의 보섭 대일 땅이 있었더면」 전문

인용시는 민족주의자로서의 한 단면을 매우 적절히 보여주는 시

이다. 뿐만 아니라 이 시기에 이만한 정도만큼의 뿌리의식이나 민족의식을 보여준 시도 드물 것이다. 물론 이 시기에 이와 견줄 수 있는 시가 전혀 없는 것은 아니다. 이상화의 「빼앗긴 들에도 봄은 오는가」가 바로 그것이다. 그러나 이 작품은 민족주의적 의식보다는 프롤레타리아 의식에 보다 근접해 있다. 문학 작품이 갖는 상징성이나 중의성을 감안하면 상화의 작품에서도 민족주의적 색채를 전혀 무시할 수는 없을 것이다. 그 연장선에서 소월의 이 작품도 프롤레타리아의식으로부터 완전히 자유롭다고 할 수도 없을 것이다. 소월이 활동하던 20-30년대에 계급주의 운동이 가장 활발하게, 그리고 모든 문인들에게 많은 비중으로 영향을 끼쳤기 때문이다.

그럼에도 소월의 이 작품을 신경향파 문학의 영향으로만 국한시키는 것에는 무리가 따른다. 계급의 관점보다는 민족의식이 보다 강하게 느껴지는 까닭이다. 그리고 이 작품은 땅이라는 물리적 차원을 뛰어넘는 곳에서 의미화된다는 점에서 그 범위를 초월하기도 한다. 「무덤」의 경우처럼, 이 작품에서 함의하는 땅도 결국 역사나 민족과 같은 어떤 초월적인 성격을 갖는다. 그것은 지금 여기의 존재들에게 삶의 적절한 환경을 제공해주는 근본 토대이다. 소월은 그 기본적인 삶의 토대를 상실했다. 이렇듯 땅에 대한 희구는 결핍의 정서가 기본 배음으로 깔려 있었던 것이다.

우리 두 사람은
키 높이 가득 자란 보리밭, 밭고랑 위에 앉았어라.
일을 필(畢)하고 쉬이는 동안의 기쁨이여.
지금 두 사람의 이야기에는 꽃이 필 때.

오오 빛나는 태양(太陽)은 내려 쪼이며
새 무리들도 즐거운 노래, 노래 불러라.
오오 은혜(恩惠)여, 살아있는 몸에는 넘치는 은혜(恩惠)여,
모든 은근스러움이 우리의 맘속을 차지하여라.

세계(世界)의 끝은 어디? 자애(慈愛)의 하늘은 넓게도 덮혔는데,
우리 두 사람은 일하며, 살아 있어서,
하늘과 태양(太陽)을 바라보아라, 날마다 날마다도,
새라 새롭은 환희(歡喜)를 지어내며, 늘 같은 땅 위에서.

다시 한 번(番) 활기(活氣) 있게 웃고 나서, 우리 두 사람은
바람에 일리우는 보리밭 속으로
호미 들고 들어갔어라, 가즈란히 가즈란히,
걸어 나아가는 기쁨이어, 오오 생명(生命)의 향상(向上)이여

「밭고랑위에서」 전문

　인용시는 땅에 대해 읊은 소월의 작품 가운데 가장 건강성이 묻어
나오는 것이다. 삶에 대한 이런 건강성 혹은 희열의식은 어디에서
나오는 것일까. 이 작품을 이끌어가는 근본 모티프는 일종의 조화감
이다. 그 조화감은 먼저 '우리'라는 서정적 자아의 틀에서 시작된다.
소월의 시들은, 아니 대부분의 서정시들의 주체가 일인칭 단수로 종
결되는 것은 잘 알려진 일이다. 민중시나 현실참여시처럼 공동체지
향의식이 강한 작품들에서 복수의 자아들이 등장하는 것은 쉽게 발
견되지만, 서정시의 경우에는 매우 드문 일이라 할 수 있을 것이다.

뿐만 아니라 개인의 우울과 한의 정서로 점철되었던 소월의 시에서 인용시와 같은 '우리'가 시의 주체로 등장하는 사례는 찾아보기가 매우 어려운 것이 사실이다. 그만큼 이 작품이 소월의 문학세계에서 차지하는 비중은 매우 높다 할 것이다.

다음 이런 조화감은 '살아 있는 몸'의 실체에서 찾아진다. 그러나 이 몸은 단순히 육체의 의미에서만 국한되지 않는다. 그것은 생의 건강성을 유지하기 위한 온갖 질료를 받아들인 상태로 존재하기 때문이다. 이 시의 시적 공간은 태양과 바람을 받아서 보리가 자라고 새무리들이 즐거운 노래를 부르는 평화로운 곳이다. 이 공간에서 "우리 두 사람은 호미들고 들어가 김을 매"면서 열락의 정서를 경험한다. 그러한 노동 속에서 우리들은 "기쁨에 젖고 생명의 향상"을 느끼게 된다. 이렇듯 모든 생명이 건강하고 조화롭게, 그리고 자유롭게 살아가는 땅이야말로 소월이 원망했던 궁극적 실체였다. 역사의 구체적 실체가 땅이었다. 그러므로 땅은 자연의 연장선에 놓인 것이며, 무덤의, 곧 역사의 구체적 실체였다. 땅은 또한 민족주의적 정서가 짙게 깔려 있다는 점에서 식민지 근대화의 모순을 담아낸 것이기도 했다. 그 모든 것이 현재화되어 시인의 의식 속에 충만할 때, 비로소 생명의 향상이 이루어지는 것이다.

소월에게 중요했던 것은 건강한 삶에 대한 갈망이었다. 그것은 근대인이 경험할 수밖에 없었던 역사철학적인 상황에서도 그러했고, 또 식민지 모순에서 기인한 것이기도 했다. 그는 그 대항담론을 모색하는 과정에서 시혼의 의미를 구현했고, 그것이 펼쳐지는 장을 모색했다. 그 도정에서 만난 것이 땅의 발견이었다. 그것은 단순한 땅이 아니라 영혼이 결합된 땅, 역사를 함의한 땅이었다.

이런 맥락에서 소월 시에서 드러나는 땅의 의미는 대략 다음 몇 가지로 정리할 수 있을 것으로 이해된다. 첫째는 반근대적 의미항이다. 이는 자연의 근대적 의미와 연장선에 놓이는 것이다. 소월이 지속적으로 탐색했던 것은 영원의 문제였다. 자연이 그러했다면, 민족의 심연에 내려오는 역사 또한 지속성이나 항구성이라는 측면에서 그러할 것이다. 그가 「무덤」을 통해서 자신의 자아를 일깨우는 영원의 소리, 역사의 기록을 탐색하는 것은 이와 관련되어 있다. 그것은 모두 영원이라는 맥락, 반근대의 연장선에서 마련된 것이다. 둘째는 식민지 근대의 모순을 타파하기 위한 구체적인 실천으로서의 땅의 의미이다. 땅은 곧 민족이라 할 수 있는데, 단순히 삶의 기본 조건을 충족시키는 매개가 아니라 식민지 모순에 대한 대항담론의 측면을 갖고 있었기 때문이다. 식민지 시대에 있어서 한국의 근대적 좌표는 철학성과 역사성이 분리하기 어렵게 결합되어 있었다. 이런 중층성이야말로 식민지 근대에서 극복해야할 주요한 과제가 아니었을까 한다.

4. 근대성의 새로운 실험

소월의 작품 세계는 단순하지가 않다. 비록 그는 짧은 순간을 살다 갔지만, 그가 남긴 시세계는 결코 작은 범위에 머물지 않고 다양한 해석의 여지를 줄 만큼 많은 내포를 갖고 있었다. 그의 시에는 민요와 같은 전통지향성의 시들이 있고, 모더니즘 지향의 시들이 있는가 하면, 자유시나 정형시와 같은 작품들도 있다. 뿐만 아니라 님이나 자연, 땅, 설화 등을 소재로 다양한 시세계를 구축하기도 했다. 이런 편린들은 그를 단순히 한의 시인이나 전통의 시인, 우울의 시인과 같은 몇몇 틀로 한정화시키는 것을 거부해왔다. 실제로 그에 관해 쓴 무수히 많은 논문과 논평들은 그의 시세계가 추구하는 음역의 다양성을 말해주는 것이기도 하다.

그러나 이런 다기성에도 불구하고 소월의 시에서 가장 중요하게 작동되는 테마 혹은 소재는 자연이 아닌가 한다. 자연의 근대적 의미를 완성시킨 것은 정지용이지만, 이보다 10여년 앞서 자연의 근대적 의미를 발견한 것은 소월이다. 어쩌면 소월은 최초의 근대인, 자연을 처음으로 근대적 의미항에 놓은 시인일지도 모른다. 그만큼 그의 시에서 드러나는 자연의 의미는 새롭게 조성된 것이라 할 수 있다.

소월은 자신의 유일한 시론인 「시혼」에서 영혼의 항구성을 강조한 바 있다. 그는 이 영혼을 단순히 사람에게 국한되는 영혼이 아니라 보다 포괄적인 의미의 항구성으로 이해했다. 그리고 이를 시혼이라는 말로 대치해서 시창작상에 있어 시정신, 곧 시혼은 가변적인 것이 아니라 항구적인 것이라고 이해했다. 시혼에 대한 이런 의미는 엘리어트가 말한 전통의 의미와 거의 동일한 것이었다. 따라서 시혼은 근대의 순간성, 일시성과 맞서는 대항담론의 의미를 갖고 있었다. 소월의 시혼의 의미를 근대적 맥락에서 읽어내고 이를 영원으로 이해한 것은 매우 적절한 것이었다고 할 수 있다.

그런 다음 소월은 이 시혼을 영원성이나 항구성 같은 추상성으로만 한정하지 않고 이를 역사적 맥락으로 이해하고자 했다. 그것이 무덤의 이미지이다. 그는 무덤을 역사의 기록으로 이해하고, 이 기록이 자신의 정신을 일깨우는 소리라고 판단했다. 소월이 시혼의 구체적 실체를 역사의 범위로까지 끌고 들어간 것은 매우 의미 있는 것이었다고 하겠다. 이는 식민지 근대의 모순과 밀접한 관련이 있는 것이기 때문에 그러하다. 불온한 근대를 극복하기 위해 서구의 모더니스트들이 천년왕국이나 역사의 유토피아를 탐색해 들어간 것은 잘 알려진 사실이다. 역사적 맥락, 곧 역사의 혼을 더듬어 들어가기 시작한 소월의 행보는 서구 모더니스트들이 보여주었던 행로와 어느 정도 유사점을 갖고 있는 것이었다.

이 무덤에서 길어 올린 혼이 육신과 어우러져 만나는 장소가 땅이다. 소월에게 땅은 역사의 혼이 결합된 것이면서 다른 한편으로는 민족모순이라는 현실적 상황이 결합된 실체였다. 땅은 항구적 흐름이라는 반근대적 대항담론을 담아내는 것이면서 식민지 모순을 초월하기 위한 수단이었다. 그것은 근대의 모순을 해결하기 위한 또 다른 유토피아이며, 역사의 새로운 장을 열기 위한 시인의 고뇌의 표현이었던 것이다.

현대문학의 정신사

제2장

임화 시의 변모 양상
- 계급모순에서 민족모순으로 -

1. 임화 초기 시의 저변

임화는 1908년 서울 낙산에서 태어나 1953년 남로당의 일원들이 숙청 될 때 함께 생을 마감한 비극적 시인이다. 여기서 그의 삶을 두고 '비극적'이란 말은 쓰게 된 것은 그만큼 그의 삶이 처절했고, 문제적이었기 때문이다. 일제 강점기의 임화를 열외로 두고 한국문학을 논할 수 없을 만큼 그는 근대문학사에서 우뚝 서 있는 존재였다. 그는 재능있는 시인이었고, 비평가였으며 문학사가였고 영화배우였다. 뿐만 아니라 해방직후 주요 정치세력의 한 축을 담당했던 남로당의 핵심이론가이기도 했다. 한 사람의 어깨 위에 이렇게 많은 짐이 놓여져 있다는 것이야말로 그 사람의 운명을 예감해주는 척도가 아닐 수 없는데, 그런 복잡한 실타래가 임화로하여금 정치적인 죽음으로 내몰리게 한 것이 아닐까 한다.

잘 알려진 바와 같이 임화는 문학인이었지만 혁명가이기도 했다.

문학과 혁명, 어쩌면 서로 합일할 수 없는 것처럼 보인 양극단에 그의 발자국이 놓여 있다는 것이야말로 그를 불구화된 존재로 인식하게끔 하는 지렛대가 되었을 것이다. 임화 문학에 접근했던 많은 연구자들이 범했던 근본 오류들도 모두 이 평행선이 준 간극에서 온 측면이 강하다고 할 수 있다. 문학은 감성의 영역이고, 그렇기에 이성을 초월한 곳에 위치한다. 반면 혁명이란 논리의 영역, 이성과 밀접하게 연결될 수밖에 없는 것이어서 감성과는 뚜렷이 구분된다. 그의 문학 속에 내재하는 이 화해할 수 없는 거리감이 만들어낸 질곡이야말로 임화 문학을 너무 기계적으로 몰아간 계기가 된 것은 아닐까. 특히 시의 경우에 있어서는 더욱 그러했는데, 시의 독자성이라든가 자율성에 대해서는 애써 외면하면서 그것이 임화의 서사적 논리, 비평적 논리에 얼마나 근접했는가에 따라서 그 성공여부를 물어왔던 연구 태도야말로 그 대표적 예증이 아닐까 한다. 한 사람의 정신적 산물인 시적인 것과 산문적인 것이 상보관계에 놓일 수밖에 없는 당연한 이치에도 불구하고, 임화에게는 이것이 너무 기계적으로 작동한 것이 아닌가. 그런 관계에 있어서 언제나 중심에 놓인 것이 산문이었고 비평의 영역이었다. 그리하여 이 영역으로부터의 미달인가 초월인가를 두고 그의 시들은 평가되어왔다. 이것이 문학원론상에서 흔히 말해지는 재단비평의 오류이기에 임화의 시들은 새롭게 조명될 필요가 있다고 하겠다.

시는 정서의 황홀과 같은 서정 영역에 의해서 발언된다고 하는 정신적 허약성 때문에 리얼리즘의 영역에서 늘상 소외되어 왔다. 반면 그 반대 편에 놓인 산문의 영역은 인과성이나 논리성 때문에 현실을 올바르게 조명해낼 수 있다는 미망에 빠져 있었던 것이 사실이다.

그렇기에 임화 문학의 경우에 있어 시는 그의 비평이나 산문에 비해 논리적 완성도랄까 세계관의 정립에서 한걸음 비켜 서 있는 것으로 이해되어 왔다.

그러나 한 사람의 정신사적 구조를 일관되게 파악할 수 있는 것은 비평도 아니고 산문도 아니며, 더더욱 이론의 영역은 아닐 것이다. 이들 영역이야말로 시류에 의해 대번에 바뀌는 것이기에 전일적 정신구조를 이해하는데 있어 난망한 것들이 아닐 수 없다. 시 역시 이런 외적 환경에 의해 쉽게 흔들릴 소지가 있긴 하지만, 그러나 그 강도에 있어서는 이들 영역과 확연히 구분된다고 하겠다. 어째서 그러한가는 문학의 본질에 속하는 것이거니와 또한 시인의 임무와도 밀접한 관련이 있는 문제일 것이다.

시는 자아와 세계의 끊임없는 대화 속에서 탄생한다. 대상과 일체화될 수 없다는 이 불화 내지 거리감이야말로 시의 존재영역을 만들어내는 결정적인 요소라 할 것이다. 따라서 그 화해될 수 없는 간극을 좁히기 위한 지난한 고투가 시인의 임무이며, 또 사명이 될 것이다. 그리고 그 최후의 목표가 유토피아일진대, 임화의 시들은 '그곳'에 이르는, 그 마지막 그리움을 위한 임무를 위해 끊임없는 사투를 벌여왔다. 그렇기에 임화의 정신구조를 이해하는데 이 장르만큼 좋은 수단도 없을 것이라는 것이 필자의 판단이다. 그러므로 시는 비평의 하위영역이나 단순한 수단이 될 수 없으며, 또 논리적인 구조를 뛰어넘을 만큼의 역동성도 필요없는 장르라 할 수 있을 것이다.

임화를 이해하고, 그의 문학에 접근하기 위해서는 이런 방법적 자각이야말로 가장 일차적인 과제라 할 수 있을 것이다. 이런 경로를 통해서 임화 시에 접근해야만 그의 정신사적 구조라든가 식민지 상황에 대처하는 그의 문학을 이해할 수 있을 것이다.

임화의 문학에 있어 시가 그의 사상적 여로를 밝히고 나아가는 단순한 통로가 아니라는 사실에 동의한다면, 그리고 그것이 비평적 실천의 단순한 매개가 아니라는 사실에 동의한다면, 그의 작품들은 일단 상황적 논리에 의한 해석의 틀로부터 초월되어야 한다는 점이 지적되어야 하겠다. 이는 곧 문학과 실천, 시와 이념을 동일선상에 놓고 이해하고자 하는 기계론적 오류의 한계를 벗어날 수 있는 계기도 될 수 있을 것이다. 임화는 진보적인 신념을 가졌기에 그의 시들은 그러한 형상으로 착색되어야 하고, 또 그 기준에의 정합성 여부에 따라 그의 시들은 성공과 실패로 받아들여져 온 것이 사실이다. 그러나 그러한 잣대는 그의 정신사적 발전 구조에서 매우 중요한 시금석이 되는 초기시들에 대해서 거의 외면하는 결과를 가져왔고, 또 시인의 전일적인 정신사를 일관하는 기준이 무엇인지에 대해서도 제대로 규명하지 못하는 한계를 가져왔다. 이런 오류들은 임화를 계급주의자로만 너무 몰아간 탓이며, 일제 강점기 시인들에게서 어쩔 수 없이 발견될 수밖에 없는 민족주의적인 색채에 대해서는 전연 고려하지 않은 탓이라 할 수 있다.

임화가 계급주의적인 관점에서 시를 썼고, 비평을 했으며, 이를 토대로 혁명가의 길을 걷긴 했지만, 그것이 임화의 모든 모습을 설명해주는 것은 아니다. 일제 강점기에 계급모순에 천착한 것이 하나의 오류였다는 해방직후의 자기비판이 있긴 했지만[1], 계급모순에 의

---

1 해방직후 식민지시대 카프문학에 종사했던 구성원들은 일제 강점기의 현실인식이 민족모순이 아니라 계급모순에 서 있었다는 것은 상황에 대한 인식오류라고 했다.

한 저항이 반드시 일면적인 것이었다고는 할 수 없을 것이다. 거기에는 그러한 모순과 갈등을 초월하는 그 무엇이 있었으며, 이에 대한 천착이야말로 일제 강점기 문학인들의 내면을 올바르게 이해할 수 있을 것으로 보인다. 그러한 이해의 도정에서 중요한 시금석이 바로 시인으로서의 삶을 살아간 임화일 것이다.

그럴 경우 임화의 정신구조랄까 시정신이 제대로 이해될 수 있을 것인데, 이러한 시도들이 전연 새로운 시도는 아니다. 김윤식은 그러한 임화의 모습을 "가출아의 반항"의식에서 찾은 바 있는데, 이런 시도는 임화의 정신구조를 하나의 준거틀로 이해했다는 점에서 의의가 있는 경우라 할 수 있을 것이다. 그러나 이런 빼어난 검토에도 불구하고 임화의 최후의 여정이 무엇일까하는 것, 곧 계급주의자로서 당연히 가야하는, 당파성의 획득에 있었다고 함으로써 임화의 시를 너무 기계적으로 해석했다는 단점이 있다[2]. 그 연장선에서 임화의 시를 "낭만적 열정"에 기반한 것으로 파악하고, 그 열정의 행로들이 만들어내는 성채들이 곧 임화 시의 근간을 만들어냈다는 연구도 있었다.[3] 그러나 이런 이해도 "가출아의 반항"이라는 연장선에서 한 걸음 더 나아간 것이라는 할 수 없다. 반항과 열정은 부재의식에 기반한, 동전의 양면과 같은 것이기 때문이다. 이 외에도 세계관의 변화와 그 실천으로서의 시의 변화를 탐색한 연구도[4] 있고, 임화 시에 드러나는 기법이나 의장 등 형식적 관점에서 살펴본 것도 있지만[5],

---

2 김윤식, 『임화연구』, 문학사상사, 1989.
3 이숭원, 「임화시의 낭만적 열정」, 『20세기 한국시이론』, 국학자료원, 1997.
4 김용직, 『임화문학연구』, 세계사, 1991.
5 특히 임화의 시에 드러나는 타자지향적 수법이나 대화적 기법 등에 주목한 연구들

이는 어디까지나 수사적 차원의 문제일 뿐, 임화 시의 본질이나 전반적인 구조가 무엇인지를 포착해내지는 못했다고 할 수 있다. 이외에도 임화시를 전반적으로 연구한 것도 있지만, 그 정신사적 구조를 하나의 계선으로 일관하지 못하는 한계가 있다.[6]

이들 연구의 공통점은 임화의 시들이 끊임없는 자기모색을 해왔고, 그 지향점이 어디로 행했는가, 곧 계급문학의 전범적 모델일 수 있는, 당파성의 실현이었다는 것으로 귀결되고 있다. 이는 하나도 틀린 해석이 아니지만, 그러나 그의 시들을 너무 계급주의 관점에서만 이해하려고 하는 기계주의적 오류를 갖고 있었다는 점에서 그 한계가 있다고 하겠다. 그것은 임화 시의 중요한 변수인, 흔히 시집 『현해탄』 시기에 전면적으로 드러나기 시작하는 민족모순에 관한 것은 거의 언급하지 않고 있는 것이다. 어떻게 계급모순이 민족모순으로 전화했으며, 그것이 해방직후의 상황과 어떻게 연결되는지에 대해서는 명쾌한 결론을 내리지 못하고 있는 것이다. 대부분의 경우 이러한 변화가 계급사상의 후퇴라든가 새로운 상황에 대한 시적 반응 정도로만 이해되고 있을 뿐, 민족모순이 전면적으로 부상하게 된 계기, 그리고 계급모순과의 관련성에 대해서는 제대로 규명되지 않았다고 하겠다.

임화는 정말 계급문학만을 추구한 사람인가. 그에게는 일제강점기를 어떻게 인식했고, 또 이를 어떤 방식으로 초월하고자 했던 것

이 여기에 속한다. 가령, 정효구, 「임화 단편서사시에 나타난 방법적 특성」,(한국현대시인론, 시와시학사, 1995),송기한의 「임화 단편서사시의 대화적 담론구조」 (『한국현대시사탐구, 다운샘, 2005) 등이 그러하다.

6 김재홍, 「낭만파 프로시인, 임화, 『카프시인비평』, 서울대 출판부, 1990.
김정훈, 『임화 시 연구』, 국학자료원, 2001.

인가. 그에게는 계급만 있고 민족애 같은 것은 전연 없었던 것이었을까. 카프집단에게 덧씌워지고 있던, 오늘날 북한 문학사에서 의도적으로 배제되고 있듯이 상황판단의 오류에 의한 민족모순에 대한 부재와 그에 따른 계급모순만을 고지식하게 고집한, 이 시기에 정말 쓸모없는 오류 내지는 관념의 덩어리였던가.

임화의 시에 대한 올바른 이해에 이르지 않고는 이런 의문들은 쉽게 해소되지 않는 난수표와 같은 것이다. 그만큼 임화의 시들에는 많은 음역이 존재하고 있으며, 그의 시들 속에 내재된 의미들은 쉽게 지나칠 수 없는 요소들 또한 내포되어 있는 것이라고 하겠다.

2. 다양한 실험, 자기모색, 그리고 님에 대한 그리움

임화가 처음 쓴 시작품은 1924년 12월 8일자 『동아일보』에 발표된 「연주대」로 알려져 있다. 이 시점에 그는 같은 신문에 「해녀가」를 비롯해서, 「낙수」, 「소녀가」, 「실연 1,2」를 연달아서 발표한다. 이런 사실을 미루어볼 때, 그의 본격적인 문학활동이 1924년 후반기에 이루어졌음을 알 수 있다. 그러나 이 시기의 작품들에서 어떤 뚜렷한 문학적 경향을 보인 것은 아니었다. 이 이후에는 「밤비」(「매일신보」, 1926.9.12.)라는 민요를 쓰기도 했고, 「향수」(『매일신보』, 1926.12.9.)라는 정형시도 썼다. 뿐만 아니라 당시에 유행하던 7,5조의 「연주대」를 쓰기도 했다. 이 이후에 그가 모더니즘 형식의 「지구와 박테리아」(『조선지광』, 1928.8)를 창작한 것은 익히 알려진바 있다. 이런 사실을 감안하면 이 시기 임화의 창작행위가 내용과 형식 등 다방면에 걸쳐서 이루어지고 있음을 알 수 있다.

한 시인에게서 다양한 형식과 내용의 작품이 시도되고 있다는 것은 문학에 대한 열정일 수도 있고, 문학적 자기동일성이 아직 완성되지 않은 것일 수도 있다. 뿐만 아니라 일부 시인들에게서 흔히 볼 수 있는 유행병적인 멋의 감각에서도 이 시인의 특색의 일단을 살펴볼 수도 있을 것이다. 그런데 중요한 것은 임화의 이러한 시경향들이 모두 이 시기 문단에서 유행하고 있었던 것이라는 사실이다. 김억이나 소월에 의해 주도되던 것이 민요의 부흥이었고 민요시의 창작이었다. 7, 5조의 형식 또한 이때 이들에 의해 주도되고 있었다. 민요적 형식과 내용이 1920년대의 문화부흥 현상과 분리하기 어려운 것인만큼 임화 시에서 드러나는 이러한 특색들도 이 시기의 그러한 유행과 밀접한 관련을 갖는 것이라 하겠다. 그만큼 임화의 시창작 행위도 문단의 권역으로부터 벗어나지 못하고 있었으며, 그러한 영향관계가 그의 작품세계 형성에 매우 중요한 기제로 작용하고 있었다는 점이다. 이는 한 시인으로 올곧이 서기 위한 모색기라는 사실을 인정하지 않을 수 없는데, 이 가운데 특히 주목해야할 부분이 시의 내용이다.

> 죽은 듯한 밤은 땅과 하늘에
> 가만히 덮였고
> 음울한 대기는 갈수록 컴컴한
> 저 하늘 끝에서 땅 위를 헤매는데
> 소리 없이 자취를 감추고 나리는 가는 비는
> 고요히 졸고 있는 나무 잎에

구슬 같은 눈물을 지워

어둔 밤에 헤매면서 우는

두견의 슬픈 눈물같이 굴러 떨어진다

남모르게 홀로 뛰는 혼령아

이 어둔 비 오는 밤에도 쉬지 않고 날뛰며

무엇을 너는 찾느냐?

「무엇찾니」 전문

　인용시는 임화의 작품발굴이 제대로 있기 전에 첫 작품으로 알려
진, 1926년 《매일신보》에 발표된 「무엇찾니」이다. 20년대를 풍미하
던 또다른 사조였던 세기말 사상이 이 작품에서도 어렵지 않게 읽어
낼 수 있긴 하지만, 이 작품이 함의하는 의도는 무엇보다 방황하는
서정적 자아일 것이다. 그러한 방황이 새로운 단계로 나아가기 위한
도정의 몸부림이겠는데, 그것을 표상하는 것이 "남모르게 홀로뛰는
혼령"이다. 날뛰는 혼령이야말로 가출아의 방황에서 오는 에네르기
일 수도 있고, 또 새로운 도약을 위한 낭만적 열정일 수도 있다. 그러
나 그것이 표상하는 것이 무엇이든 간에 대부분의 서정시가 그러하
듯 이 작품 속의 화자도 정주할 수 없는 공간 속의 헤매임, 곧 방황하
는 시정신을 아주 뚜렷하게 보여주고 있다는 점이다. 이런 맥락에서
제목이 시사하는 것처럼, 이 작품은 임화 시의 출발 내지 시도동기
에 해당된다는 점에서 그 의미가 있는 것이라 할 수 있다. 곧 임화의
시의 출발은 방황하는 혼령에 있었으며, 그러한 방황을 정지시켜 줄
대상에 대한 그리움이야말로 그의 시학의 목적이었다고 할 수 있다.
　초기 시는 흔히 시정신의 미완성이나 모색의 시기, 혹은 자기동일

성이 확보되기 이전의 것으로 인식됨으로써 한 시인의 정신세계를 문제삼을 때, 예외적 국면으로 놓여지기 마련이다. 그런 관행은 임화의 경우에서도 크게 다르지 않은데, 『임화연구』라는 임화의 전 문학세계를 기술한 김윤식은 초기 시를 그저 자기동일성이 확립되기 이전의 것들로 초기 시의 존재의의를 말하고 있다[7]. 물론 이런 경우도 그가 나중에 계급주의자가 되었다는 점에 기초하여 선판단한 결과에 지나지 않는 것이라 하겠다. 그런만큼 임화의 초기 시들은 그저 **빼어난** 카프시로 나아가기 위한 모색의 정도로만 이해되었을 뿐, 이들 작품 세계가 이후의 시세계와 어떤 연관성을 갖고 있는지에 대해서는 심도있는 연구결과는 보여주지 못했다는 것이다.

그러나 임화의 초기 시는 단순한 습작 시절의 유희가 아니라 이후 계급주의자 혹은 민족주의자로 나아가기 위한 전사적 국면이 내재되어 있다는 점에서 결코 소홀히 취급되어서는 안된다고 판단된다. 임화 초기시들은 앞서 언급대로 형식적인 국면에서 이 시기 유행하던 여러 문예적 측면들이 골고루 반영되어 나타나는데, 이는 내용적인 측면에서도 예외가 아니다.

> 밤마다 우는 벌레의 울음은
> 내일의 하늘에 별이 빛나면
> 또 다시 듣자고 바라기나 해도
>
> 한번 가신 그 님의 그림자는

---

7 김윤식, 앞의 책 참조.

달이 몇 번이나 떴다 넘어도

또 다시 오실 줄은 모르십니다

「구고(舊稿)」 전문

    이 시의 주된 테마는 님에 대한 그리움이다. 1920년대 중반에 본격적으로 발표되기 시작한 임화의 시들이 문단의 유행과 밀접한 관련이 있음을 지적하였거니와 이 작품 또한 그러한 관련양상으로부터 벗어나 있는 것이 아니다. 1920년대 시의 주류화가 님의 상실과 그에 대한 그리움의 시학이었음은 익히 알려진 바이다. 김억을 비롯한 소월, 파인이 그러했고, 만해와 이상화가 그러했다. 뿐만 아니라 육당 또한 자신의 시조집 『백팔번뇌』에서 님에 대한 애뜻한 그리움의 정서를 표방한 바 있다. 이들이 추구한 님이 조국의 또다른 이름이었음은 두말할 필요도 없겠거니와 임화에게도 이는 똑같은 경우라 할 수 있다.

    일제강점기의 님이 조국과 등가관계임은 익히 알려진 사실이다. 그것은 일제의 감시를 우회하는 좋은 상징이었고, 나라를 빼앗긴 주체들에게 정신적 위안을 주는 절대 표징이기도 했다. 임화가 그리워한 님의 주체가 민족의 경계내에서 사유될 수밖에 없었던 것은 초기를 대표했던 「혁토」에서 분명히 확인할 수 있다.

    뭇 사람놈들의 잇샷에 올라/이미 낡은 지가 오래인 시뻘건 나토일지라도/그것은 조상의 해골을 파묻어 가지고/대대로 물려나려왔던 거룩한 땅이며/한없이 거칠어진 부지일망정/여기는 가장 신성한 숨소리 벌덕이며/이 땅의 젊은 사람들에

게 끊임없이/귀 넘겨 속삭여주는 우리의 움이어라/분명코 그
것은 무엇이라 중얼대는 것이다/침묵한 무언중에서 쉬일 새
없도록/그러나-그것을 짐작이나마 할 사람은/오직 못나고
어리석으며/말 한마디도 변변히 못 내는 백랍 같은 입 가지고
구지레한/백포를 두른 그리운 나의 나라의/비척어리는 사람
의 무리가 있을 따름이다/오오! 그러나/비록 그렇게 못생기고
빈충맞인 친구일지라도/그것은 나의 동국인이요 피와 고기를
나눈 혁토의 낡은 주인이며--/나의 조선의 민중인 것이다//

「혁토」 전문

　　1920년대의 주된 시적 테마가 님이라고 한다면, 임화의 경우처럼
그것이 분명한 테두리를 갖춘 채 드러나는 경우는 매우 드물다고 할
것이다. 물론 잠재된 심연 속에 이 시기 시인들의 작품에서 표명된
님이 조국인 것은 당연하겠지만, 그러나 이를 조국이라든가 조선이
라고 지칭하는 것은 쉽지 않은, 매우 예외적인 일이었기 때문이다.
임화는 이 시에서 조국을 혁토, 곧 붉은 흙이라고 했다. 이는 척박함
의 또다른 표현인데, 그는 이를 곧바로 "한없이 거칠어진 부지"로 은
유화함으로써 일제 강점기의 상황논리를 대신하고 있다. 임화는 혁
토, 곧 조선을 조상대대로 면면히 내려오는 움, 곧 터전이라 했고, 그
것이 끊임없이 우리의 귀에 중얼거리며 대화하고 있다고 하겠다. 땅
과 혼의 부활을 외치고 있는 것인데, 실상 이런 발상은 소월에게서
도 쉽게 확인할 수 있는 부분이다. 소월은 죽은 육체에 혼을 불어넣
음으로써 새로운 생명의 탄생을 예비하고자 했다. 그 생명이 조국의
부활임은 당연한 것인데[8], 이런 현상은 임화에게도 그대로 재현되고

있는 것이다.

임화 초기 시에 드러나는 조국이랄까 민중에 대한 인식은 그 뻔한 상식에도 불구하고 매우 중요한 함의를 갖고 있다. 임화는 계급주의 자라는 아우라에 갇혀서 운신의 폭이 매우 좁은 모습을 보여주었다. 뿐만 아니라 그 도정에 놓인 것이 모더니스트였다. 이런 모습들은 자본주의의 두가지 대립쌍인 모더니즘과 리얼리즘이 자연스럽게 표명된 것이라 받아들여졌다. 새로운 전위의 세계로 나아간다든가 자본주의의 불온성을 인식하는 기초가 두 가지 사조에서 동일하게 드러난다는 점에서 이 두 사유가 동일한 주체에게서 드러나는 것이 전연 이상한 경우는 아니었기 때문이다. 그러나 중요한 것은 모더니스트에서 리얼리스트로 전이했고, 또 그러한 도정이 지극히 자연스러웠으며, 그의 문학이 카프와 더불어 완성되었다고 하는 전제는 초기 시의 편린들이 보여주는 여러 정서들에 대해서는 애써 외면한 결과라 할 수 있다.

임화의 초기 시에는 많은 정서의 폭들이 담겨져 있다. 그리고 그것이 모더니스트라든가 리얼리스트로 전화하기 위한 습작의 단계로 치부될 수 없을 만큼 그 나름의 독자적인 자율체계를 갖고 있는 것이었다. 이는 임화 후기 시의 정신 세계와 결코 분리될 수 없는 것이며, 경우에 따라서는 이 사유체계가 이후 전개될 그의 시 속에 하나의 굳건한 심연으로 자리하고 있다는 사실이다. 이 점은 아무리 강조해도 지나치지 않는데, 그는 계급주의자이기에 일제 강점기의 현실에 대해 누구보다도 정확하게 응시하고 있었기 때문이다. 그 응

---

8 송기한, 「김소월 시의 자연과 반근대성연구」, 『비평문학』59, 한국비평문학회, 2016.3.

시의 결과가 님이라든가 조국에 대한 애틋한 사유로 드러나고 있는 것이다.

따라서 임화가 자신의 정체랄까 주체성에 대한 인식은 초기 시에서 이미 형성된 것으로 보아야 한다는 점이다. 「우리 오빠와 화로」와 같은 작품에서 자기 동일성이 완성되었다는 것은 임화의 작품 세계를 계급주의자라는 관점에서만 고찰한 결과일 뿐이다. 그는 계급에 의한 갈등에 앞서 민족에 의한 갈등을 이미 인식하고 있었던 것이다. 그것이 님에 대한 그리움이었고, 조국에 대한 정서적 환기였던 것이다. 다시 말해서 초기시부터 임화의 심연에 자리한 것은 민족이었으며, 조국이었다는 전제가 가능하다는 점이다. 그 온전한 형체를 찾기 위한 것이 임화 시의 본모습이며, 그러한 열정은 그의 마지막 시집인 『너 어느 곳에 있느냐』에까지 지속되어 나타난다는 것이 필자의 판단이다.

3. 계급모순과 대결의식

님과 그리움, 그리고 조국에 대한 어렴풋한 인식으로 만들어진 것이 임화 초기 시의 모습이었다. 그러나 1927년에 들어서면서 임화의 시들은 전연 다른 양상으로 바뀌기 시작한다. 이른바 카프의 제1차 방향전환기에 맞물려 그의 시들은 뚜렷이 계급적 성향을 드러내기 시작한 것이다. 무정부 노동자라는 이유로 사형당한 작코 반제티의 죽음을 애도한 「담-1927」을 거쳐, 「젊은 순라의 편지」에 이르면 그의 시들은 온전한 경향시의 모습을 띠게 된다. 전자의 경우가 단지 애도시의 성향을 갖는 것이라면 후자의 경우는 노동자의 세계를 다룬 것이라는 점에서 이 작품이 임화의 본격적인 경향시라고 할 수 있을 것이다.

우선 임화 앞에 놓여 있는 것은 일본 제국주의였다. 이미 초기시에서부터 드러나기 시작한 민족애 등이 그의 의식 저변에 녹아들어가 있었음은 당연한 일이거니와 카프에 본격적으로 기댐으로써 일본 제국주의에 대한 저항의 무기는 더욱 체계적으로 획득된 셈이다. 일본제국주의가 자본주의와 등가라는 관계설정만큼 임화의 의식을 뚜렷이 드러내주는 것도 없을 것이다. 그는 이 시기에 이르러 기념적인 작품들을 써내었다. 「젊은 순라의 편지」 이후 그가 쓴 작품이 바로 「네거리의 순이」, 「우리 오빠와 화로」이다.

　　사랑하는 우리 오빠 어저께 그만 그렇게 위하시던 오빠의 거북무늬 질화로가 깨어졌어요/언제나 오빠가 우리들의 '피오닐'* 조그만 기수라 부르는 영남(永男)이가/지구에 해가 비친 하루의 모 든 시간을 담배의 독기 속에다/어린 몸을 잠그고 사 온 그 거북무늬 화로가 깨어졌어요.//

　　그리하야 지금은 화젓가락만이 불쌍한 우리 영남이하구 저하구처럼/똑 우리 사랑하는 오빠를 잃은 남매와 같이 외롭게 벽에 가 나란히 걸렸어요.//오빠……/저는요 저는요 잘 알았어요./웨 그날 오빠가 우리 두 동생을 떠나 그리로 들어가신 그날 밤에/연거푸 말은 궐련[卷煙]을 세 개씩이나 피우시고 계셨는지/저는요 잘 알았어요 오빠.//언제나 철없는 제가 오빠가 공장에서 돌아와서 고단한 저녁을 잡수실 때 오빠 몸에서 신문지 냄새가 난다고 하면/오빠는 파란 얼굴에 피곤한 웃음을 웃으시며/……네 몸에선 누에 똥내가 나지 않니 하시던 세상에 위대하고 용감한 우리 오빠가 웨 그날만/말 한 마디 없이 담배 연기로 방 속을 메워 버리시는 우리 우리 용감한 오빠의 마음을 저는 잘 알았어요./천정을 향하야 기어올라 가든 외줄기 담배 연기 속에서 오빠의 강철 가슴 속에 백힌 위대한 결정과 성스러운 각오를 저는 분명히 보았어요./그리하야 제가 영남이의 버선 하나도 채 못 기었을 동안에/문지방을 때리는 쇳소리 바루르 밟는 거치른 구두 소리와 함께 가 버리지 않으셨어요.//그러면서도 사랑하는 우리 위대한 오빠는 불쌍한 저의 남매의 근심을 담배 연기에 싸 두고 가지 않으셨어요./오빠 그래서 저도 영남이도/오빠와 또 가장 위대한 용감한 오빠 친구들의 이야기가 세상을 뒤집을 때/저는 제 사기(製絲機)를 떠나서 백 장의 일전짜리 봉통(封筒)에 손톱을 부러뜨리고/영남이도 담배 냄새 구렁을 내쫓겨 봉통 꽁무니를 뭅니다./지금 만국지도 같은 누더기 밑에서 코를 고을고 있습니다.//오빠 그러나 염려는 마세요./저는 용감한 이 나라 청년인 우리 오빠와 핏줄을 같이 한 계집애이고/영남이도 오빠도 늘 칭찬하든 쇠 같은 거북무늬 화로를 사온 오빠의 동생이 아니어요?/그리고 참 오빠 아까 그 젊은 나머지 오빠의 친구들이 왔다 갔습니다./눈물나는 우리 오빠 동모의 소식을 전해주고 갔어요./사랑스런 용감한 청년들이었습니다./세상에 가장 위대한 청년들이었습니다./화로는 깨어져도 화젓갈은 깃대처럼 남지 않았어요./우리 오빠는 가셨어도 귀여운 '피오닐' 영남이가 있고/그리고 모 든 어린 '피오닐'의 따뜻한 누이 품 제 가슴이 아직도 더웁습니다.//그리고 오빠……/저뿐이 사항하는 오빠를 잃고 영남이뿐이 굳세인 형님을 보낸 것 이겠습니까?/섧지도 않고 외롭지도 않습니다./세상에 고마 운 청년 오빠의 무수한 위대한 친구가 있고 오빠와 형님을 잃은 수 없는 계집아이와 동생/저의들의 귀한 동무가 있습 니다.//그리하야 이 다음 일은 지금 섭섭한 분한 사건을 안 고 있는 우리 동무 손에서 싸워질 것입니다.//오빠 오늘 밤 을 새워 이만 장을 붙이면 사흘 뒤엔 새 솜옷이 오빠의 떨리 는 몸에 입혀질 것입니다.//이렇게 세상의 누이동생과 아우 는 건강히 오는 날마다를 싸움에서 보냅니다.//영남이는 여 태 잡니다. 밤이 늦었어요.//누이동생

「우리 오빠와 화로」 전문

이 작품은 김기진이 눈물을 흘릴 정도로 감명을 받았다는, 카프시 의 전개에 있어서 한 단계 나아간 것으로 평가받았던 시이다. 그는 이전까지의 카프시가 관념우위라든가 이념에 지나치게 편향된 나 머지 개념시라든가 뼈다귀 시를 양산하게 되었는바, 이런 현상은 시 의 맛을 상실케하여 독자로부터 카프시를 유리시키는 결과를 가져 왔다고 했다. 그러나 「우리 오빠와 화로」는 기왕의 그러한 카프시와 달리 내용이 사실적이고 진솔하여 독자대중에 대한 정서적 감응력 이 매우 높은 작품이라는 것이다. 이런 정서의 동일한 조응성이 「우 리 오빠와 화로」의 장점이며, 앞으로의 카프시는 이런 방향으로 나 아가야한다는 것이 김기진의 주장이었다[9]. 여기서 다시 '단편서사

시'논쟁을 거론하는 것은 중언부언이며, 중요한 것은 임화가 이런 시작 태도를 통해서 자신의 사상과 문학적 실천을 전개해나갔다는 데 있을 것이다.

임화는 이 작품에서 투쟁하는 근로자와 그의 가족, 그리고 민중연대성에 대해 자연스럽게 펼쳐보였다. 약하지만 강한 어조로, 객관적 정황 제시라는 사실적 실감을 통해서 이를 자연스럽게 독자에게 감응시키고자 한 것이 이 작품의 특색이었다. 이전의 카프시가 주관 위주의 시였다면, 이 작품은 객관 위주의 시였고, 이를 바탕으로 프롤레타리아의 이념을 매우 자연스럽게 전달하고자 한 것이 이 시의 함의였다. 이 시기 리얼리즘 계통의 시들을 일별할 때, 이런 시작 태도와 수법을 보여준 것이 거의 전무했다는 점에서 시인으로서의 임화의 위치가 무엇인지를 잘 말해주는 작품이라고 하겠다.

「우리 오빠와 화로」에서 보듯 이 시기 임화가 보여준 사상적 편린은 계급모순이었다. 이에 의해 견인된 당파적 결속이야말로 일본 제국주의를 타도할 가장 강력한 수단으로 생각했던 듯 하다. 그렇기에 그는 이런 단편서사시류나 이 시기 진행된 여러 논쟁에서 볼셰비키적 방법으로 무장한 다음 이를 토대로 강력히 싸울 수 있었다. 임화는 새로운 전망의 획득과 미래의 유토피아가 과학적 인식인 마르크시즘을 토대로 가능할 수 있다는 것을 알게 된 것이다. 그것이 계급모순이었는데, 이는 이 시기 가장 직접적이고 어쩌면 정확한 현실인식이 민족모순이라는 것을 압도하는 형국이었다. 계급성과 프롤레타리아 연대주의, 국제주의와 같은 마르크시즘에 의해 과학적으로

9 김기진, 「단편서사시의 길로」, 『조선문예』, 1929, 5.

추동되는 모든 방법들이 자신의 이론적, 사상적 무기가 되었던 것인데, 이에 기대는 것이 곧 현재의 모순을 타개할 수 있는 일차적인 수단으로 판단한 것이다.

항구의 계집애야! 이국의 계집애야!/도크를 뛰어오지 말아라 도크는 비에 젖었고/내 가슴은 떠나가는 서러움과 내어쫓기는 분함에 불이 타는데/오오 사랑하는 항구 요꼬하마의 계집애야!/도크를 뛰어오지 말아라 난간은 비에 젖어 왔다//「그나마도 천기가 좋은 날이었더라면?⋯⋯」/아니다 아니다 그것은 소용없는 너만의 불쌍한 말이다/너의 나라는 비가 와서 이도크가 떠나가거나/불쌍한 네가 울고 울어서 좁다란 목이 미어지거나/이국의 반역 청년인 나를 머물게 두지 않으리라/불쌍한 항구의 계집애야 울지도 말아라//추방이란 표를 등에다지고 크나큰 이 부두를 나오는 너의 사나이도 모르지 않는다/내가 지금 이 길로 돌아가면/용감한 사나이들의 웃음과 알지못할 정열 속에서 그날마다를 보내던 조그만 그 집이/인제는구둣발이 들어간 흙자국밖에는 아무것도 너를 맞을 것이없는 것을/나는 누구보다도 잘 알고 생각하고 있다//그러나항구의 계집애야! 너는 모르지 않으리라/지금은 〈새장 속〉에자는 그 사람들이 다 너의 나라의 사랑 속에 살았던 것도 아니었으며/귀여운 너의 마음속에 살았던 것도 아니었다//그렇지만/나는 너를 위하고 너는 나를 위하여/그리고 그 사람들은 너를 위하고 너는 그 사람들을 위하여/어째서 목숨을 맹세하였으며/어째서 눈 오는 밤을 몇 번이나 거리에 새웠던가

//거기에는 아무 까닭도 없었으며/우리는 아무 인연도 없었다/더구나 너는 이국의 계집애 나는 식민지의 사나이/그러나 오직 한 가지 이유는/너와 나 우리들은 한낱 근로하는 형제이었던 때문이다//그리하여 우리는 다만 한 일을 위하여/두 개 다른 나라의 목숨이 한 가지 밥을 먹었던 것이며/너와 나는 사랑에 살아왔던 것이다//오오 사랑하는 요꼬하마의 계집애야/비는 바다 위에 내리며 물결은 바람에 이는데/나는 지금 이 땅에 남은 것을 다 두고/나의 어머니 아버지 나라로 돌아가려고/태평양 바다 위에 떠서 있다/바다에는 긴 날개의 갈매기도 오늘은 볼 수가 없으며/내 가슴에 날던 요꼬하마의 너도 오늘로 없어진다//그러나 요꼬하마의 새야/너는 쓸쓸하여서는 아니 된다 바람이 불지를 않느냐/하나뿐인 너의 종이 우산이 부서지면 어쩌느냐/어서 들어가거라/인제는 너의 게다 소리도 빗소리 파도 소리에 묻혀 사라졌다/가보아라 가보아라/나야 쫓기어 나가지만은 그 젊은 용감한 녀석들은/땀에 젖은 옷을 입고 쇠창살 밑에 앉아 있지를 않을 게며/네가 있는 공장엔 어머니 누나가 그리워 우는 북륙의 유년공이 있지 않느냐/너는 그 녀석들의 옷을 빨아야 하고/너는 그 어린것들을 네 가슴에 안아 주어야 하지를 않겠느냐/가요야! 가요야! 너는 들어가야 한다/벌써 사이렌은 세 번이나 울고/검정옷은 내 손을 몇 번이나 잡아다녔다/인제는 가야 한다 너도 가야 하고 나도 가야 한다//이국의 계집애야!/눈물은 흘리지 말아라/거리를 흘러가는 데모 속에 내가 없고 그 녀석들이 빠졌다고/섭섭해 하지도 말아라/네가 공장을 나왔을 때 전주

뒤에 기다리던 내가 없다고/거기엔 또다시 젊은 노동자들의 물결로 네 마음을 굳세게 할 것이 있을 것이며/사랑에 주린 유년공들의 손이 너를 기다릴 것이다//그리고 다시 젊은 사람들의 연설은/근로하는 사람들의 머리에 불같이 쏟아질 것이다//들어가거라! 어서 들어가거라/비는 도크에 내리고 바람은 데크에 부딪친다/우산이 부서질라/오늘 쫓겨나는 이국의 청년을 보내 주던 그 우산으로 내일은 내일은 나오는 그 녀석들을 맞으러/게다 소리 높게 경빈가도를 걸어야 하지 않겠느냐//오오 그러면 사랑하는 항구의 어린 동무야/너는 그냥 나를 떠나 보내는 서러움/사랑하는 사나이를 이별하는 작은 생각에 주저앉을 네가 아니다/네 사랑하는 나는 이 땅에서 쫓겨나지를 않는가/그 녀석들은 그것도 모르고 같이 있지를 않는가 이 생각으로 이 분한 사실로/비둘기 같은 네 가슴을 발갛게 물들여라/그리하여 하얀 네 살이 뜨거워서 못 견딜 때/그것을 그대로 그 얼굴에다 그 대가리에다 마음껏 메다쳐버리어라//그러면 그때면 지금은 가는 나도 벌써 부산 동경을 거쳐 동무와 같이 요꼬하마를 왔을 때다//그리하여 오랫동안 서럽던 생각 분한 생각에/피곤한 네 귀여운 머리를/내 가슴에 파묻고 울어도 보아라 웃어도 보아라/항구의 나의 계집애야!/그만 도크를 뛰어오지 말아라//비는 연한 네 등에 내리고 바람의 네 우산에 불고 있다//

「우산받은 요코하마의 부두」 전문

나카노 시게하루의 「비내리는 品川驛」과 맞대응으로 쓰여졌다고 알려진 이 작품은 임화의 계급모순이 어떤 것인가를 잘 일러주는 것이어서 매우 흥미롭다. 여기에 구현된 내용은 일본에서 사상운동을 하다가 쫓겨나 조선으로 되돌아가는 청년과, 그와 작별하는 이국 노동자 여성의 안타까운 이별이다. 「우리 오빠와 화로」에서 드러난 인물구성과 상황구성이 거의 동일한 형태로 나타나고 있는데, 이 시기 임화의 사상구조와 그 일관성을 이해하는 데 좋은 본보기가 되는 작품이라고 하겠다.

그런데 「우리 오빠와 화로」와 특별히 구별되는 점은 현해탄을 사이에 두고 형성되고 있는 임화의 자의식이다. 김윤식은 이 작품이 나카노의 「비내리는 品川驛」과 대비될 수 있다고 했는데, 나카노는 이 작품의 중간에 쓰여진대로 조선의 노동자를 그들 혁명에 있어 최소한의 수단으로 파악했다고 한다.[10]

> 오오!
> 조선의 산아이요 계집아인 그대들
> 머리끗 뼈끗까지 꿋꿋한 동무
> 일본 푸로레타리아-트의 압짭이요 뒷군
> 가거든 그 딱딱하고 두터운 번질번질한 얼음장을 투딜여 깨쳐라
> 오래동안 갇혔던 물로 분방한 홍수를 지여라
> 그리고 또다시 해협을 건너뛰여 닥쳐 오너라[11]

---

10 김윤식, 『임화』, 한길사, 2008, p.103.
11 나카노 시게하루, 「비내리는 品川驛」, 『무산자』, 1928, 5.

나카노는 조선의 노동자를 "일본 푸로레타리아트의 앞잡이요 뒷군"이라고 했는데, 김윤식은 이를 일본 프로작가들이 보여주고 있는, 조선인에 대한 인식을 여실히 보여준 것이라고 이해했다.[12] 이른바 민족적 에고이즘이 일본 프로작가의 숨겨진 의식이며 그것은 조선의 프로작가들에게 없는 것이라 했다. 이런 사유에까지 나아가지 못한 임화를 코민테른의 유치한 신자라고 평가했다. 물론 조선과 일본 사이에 놓인 현해탄의 절벽을 이해하지 못한 임화의 순수성이 있을 수도 있을 것이다. 뿐만 아니라 오로지 기계적 혁명만을 저돌적으로 추동함으로써 자신의 사상적 과제를 완성하고자했던 임화의 무식성을 탓할 수도 있을 것이다.

그러나 중요한 것은 이 작품을 쓸 무렵 임화에게 있어서 민족에 대한 사랑이나 현해탄이 주는 거리감은 실상 무용지물이나 다름없었다는 사실이다. 이때의 임화에게 필요했던 것은 전위적인 계급투쟁이었고, 이를 줄기차게 추동함으로써 민족의 장벽은 쉽게 뛰어넘을 수 있는 것이라 믿었을 것이다. 그리고 그 결과가 민족에 대한 봉사일거라고 판단했을 것이다. 그런 그에게 현해탄이 갈라놓은 조선과 일본의 구분, 뿐만 아니라 조선노동자와 일본노동자의 구분이란 한갓 사치에 불과했을 것이다. 그렇지 않고서야 민족적 차별과 모순이 분명히 존재하고 있는 현실에서 어떻게 프롤레타리아 국제주의를 주장할 수 있었을까.

님에 대한 그리움과 유토피아를 향한 임화의 탐색은 온전한 모습으로서의 조국을 향한 것이었는데, 이곳에 이르기 위해서는 투쟁이

---

12 김윤식, 위의 책.

필요했고, 그 수단으로써 마르크시즘을 받아들였을 뿐이었다. 일제의 검열도 있었겠지만, 이 시기 임화의 어떤 산문이나 시에서도 민족해방에 관해서 직설적으로 표명한 경우는 없었다. 어쩌면 그러한 모습은 계급주의자라는 틀에 갇혀서 쉽게 현현되지 않았을 수도 있다. 그에게 중요했던 것은 민족해방투쟁이었고, 그에 이르는 방법과 수단을 동원하여 이를 시의적절하게 이용하면 그만이었기 때문이다. 그렇기에 「우산받은 요코하마의 부두」에서 보는 것처럼, 철저한 당파적 결속만이 필요했고, 코민테른이 제시한 것처럼, 프롤레타리아 국제주의라는 아주 기본적인, 그러나 꼭 필요한 과정을 여과없이 받아들였던 것이다.

그러나 이런 환경에도 불구하고 임화의 자의식 속에는 민족에 대한 현실과 이에 대한 끊없는 관심이 내재되어 있었다고 하는 것이 올바른 이해일 것이다. 계급 속에 갇힌, 민족 현실에 대한 적확한 인식이 그의 작품 속에 어렴풋한 흔적이나마 계속 구현되고 있었기 때문이다. 그러한 예가 그의 대표작 가운데 하나인 「네거리의 순이」이다.

네가 지금 간다면, 어디를 간단 말이냐?/그러면 내 사랑하는 젊은 동무,/너, 내 사랑하는 오직 하나뿐인 누이동생 순이,/너의 사랑하는 그 귀중한 사내,/근로하는 모든 여자의 연인......./그 청년인 용감한 사내가 어디서 온단 말이냐?//눈바람 찬 불쌍한 도시 종로 복판에 순이야!/너와 나는 지나간 꽃피는 봄에 사랑하는 한 어머니를/눈물 나는 가난 속에서 여의었지!/그리하여 너는 이 믿지 못할 얼굴 하얀 오빠를 염려하고,/오빠는 가냘픈 너를 근심하는,/서글프고 가난한 그 날 속에서도,/순이야, 너는 마음을 맡길 믿음성 있는 이곳 청년을 가졌었고,/내 사랑하는 동무는……/청년의 연인 근로하는 여자 너를 가졌었다.//겨울날 찬 눈보라가 유리창에 우는 아픈 그 시절,/기계 소리에 말려 흩어지는 우리들의 참새 너희들의 콧노래와/언 눈길을 걷는 발자국 소리와 더불어 가슴 속으로 스며드는/청년과 너의 따뜻한 귓속 다정한 웃음으로/우리들의 청춘은 참말로 꽃다웠다고,/언 밤이 주림보다도 쓰리게/가난한 청춘을 울리는 날,/어머니가 되어 우리를 따뜻한 품속에서 안아주던 것은/오직 하나 거리에서 만나 거리에서 헤어지며,/골목 뒤에서 중얼대고 일터에서 충성되던/꺼질 줄 모르는 청춘의 정열 그것이었다./비할 데 없는 괴로운 가운데서도/얼마나 큰 즐거움이 우리의 머리 위에 빛났더냐?//그러나 이 가장 귀중한 너 나의 사이에서/한 청년은 대체 어디로 갔느냐?/어찌 된 일이냐?/순이야, 이것은……/너도 잘 알고 나도 잘 아는 멀쩡한 사실이 아니냐?/보아라! 어느 누가 참말로 도적놈이냐?/이 눈물 나는 가난한 젊은 날이 가진/불쌍한 즐거움을 노리는 마음하고,/그 조그만, 참말로 풍선보다 엷은 숨을 안 깨치려는 간지런 마음하고,/말하여 보아라, 이곳에 가득 찬 고마운 젊은이들아!//순이야, 누이야!/근로하는 청년, 용감한 사내의 연인아!/생각해 보아라, 오늘은 네 귀중한 청년인 용감한 사내가/젊은 날을 부지런한 일에 보내던 그 여윈 손가락으로/지금은 굳은 벽돌담에다 달력을 그리겠구나!/또 이거 봐라, 어서./이 사내도 네 커다란 오빠를……/남은 것이라고는 때 묻은 넥타이 하나뿐이 아니냐/오오, 눈보라는 "트럭"처럼 길거리를 휘몰아간다.//자 좋다, 바로 종로 네거리가 예 아니냐!/어서 너와 나는 번개처럼 두 손을 잡고,/내일을 위하여 저 골목으로 들어가자,/네 사내를 위하여,/또 근로하는 모든 여자의 연인을 위하여……//이것이 너와 나의 행복 된 청춘이 아니냐?//

「네거리의 순이」 전문

이미 많은 사람들이 언급했던 것처럼, 이 작품은 근로하는 청년과 이를 사랑하는 누이동생 순이, 그리고 누이의 오빠로 구성된 작품이다. 이런 형식을 두고 「우리 오빠와 화로」의 경우처럼, 김기진은 단편서사시로 규정했는데, 이런 시 양식은 어찌 보면 카프시의 전형이라는 측면에서 그 의미가 크다고 하겠다. 이전의 시들이 주로 개인의 주관적 감정과 통일된 감정으로 사상을 직접적, 기계적으로 전달했다면, 임화의 시적 방법은 인용 시의 경우처럼, 간접화의 방식에서 찾을 수 있다. 그것이 등장인물의 제시에 따른 배역시의 형태와 일정한 서사적 구조 등 시적 자아의 감정을 최대한 억제하는 간접 제시의 방식이다.

이런 시 형식과 더불어 주목해야할 부분이 바로 여성인물의 등장이다. 이를 남성성과 대립하는 여성 콤플렉스로 설명되기도 하지만, 가장 중요한 시적 기능은 이른바 호소적 감응력의 효과에서 찾을 수 있을 것이다. 남성적 힘이 작용하는 곳에서 여성적 화자를 내세우는 것 자체가 예외적인 것이 아닐 수 없는데, 이른바 실천으로서의 문학, 운동으로서의 문학은 강력한 남성성에 의해 지배되는 것이기 때문이다. 따라서 여성화자의 등장이 그러한 대결구도를 어느 정도 순화시키는 기능은 할 수 있을 것이다. 그러나 이 시기의 카프 시들이 독자대중으로부터 외면당하는, 자기고립주의에 빠진 폐해를 인정한다면, 여성화자는 그러한 부정성을 극복해 줄 수 있는 시적 기제라는 점에서 의미가 큰 경우라 하겠다. 여성이 모성적 상상력의 근원이라는 점에서 일탈된 정서에 일관성을 주기에 그러하다.

팔봉이 「단편서사시의 길로」에서 카프시가 독자 대중으로부터 외면당한 가장 큰 원인 가운데 하나로 소위 재미의 국면을 이야기했는데, 여성화자의 등장이야말로 이전의 카프시가 보여주지 못했던 그러한 측면을 충분히 보충한다 하겠다. 둘째는 1920년대 시의 주류화 경향이었던 여성화자의 등장과 「네거리의 순이」가 결코 분리될 수 없다는 점이다. 앞에서 지적한 것처럼, 임화는 1920년대의 문화적 감수성을 누구보다도 쉽게 그리고 열정적으로 받아들였다. 그는 형식적인 국면에서나 내용적인 국면에서 당시에 유행하던 문학적 조류들에 매우 민감하게 반응하였는데, 이 작품에서의 여성화자도 그 연장선에 있는 경우이다. 여성성이 남성성의 이면에 놓이는 것이면서도 다른 한편으로는 그보다 더 강력한 저항의 힘을 발휘하고 있었던 것이 1920년대의 시적 호소력이었다. 따라서 1920년대의 여성화자가 소위 국가상실에 따른 시적 반응이었다는 사실을 감안하면 「네거리의 순이」는 그런 여성성의 구체적 실현이라 할 수 있을 것이다.

「네거리의 순이」는 근로하는 청년과 이를 사랑하는 순이, 그리고 그러한 과정 속에서 감옥에 간 청년이라는, 남녀 관계와 계급갈등의 정서 속에서 쓰여진 시이다. 이 작품 속에 포지된 이런 의미와 해석이 전연 잘못된 것은 아니다. 그럼에도 불구하고 간과하지 말아야 할 것은 임화가 초기시부터 늘상 관심을 갖고 있었던 것은 그리움의 정서와 '님'에 대한 실체였다는 사실을 염두에 두어야 한다는 점이다. 그러한 정서가 이 작품에서도 어렴풋이 녹아들어가 있는바, "눈바람 찬 불쌍한 도시 종로 복판"이라는 귀절이다. 잘 알려진 바와 같이 경성은 조선의 수도이고, 종로는 경성의 핵심적인 공간에 자리하고 있다. 따라서 종로가 갖는 상징적인 의미는 단순한 거리라든가 광장으로서의 의미를 뛰어넘는 곳에 위치한다. 임화는 그러한 종로의 거리를 눈바람이 휘날리는 암흑의 공간으로 이해했다. 눈과 겨울이 갖는 이미지가 일제강점기의 모순을 상징적으로 드러내는 것이라면, 임화의 이런 판단은 척박한 노동공간을 해방시키기 위한 기회의 공간으로만 이해하지 않았을 것이다. 그것은 자신이 성장하고 새로운 질서가 도래하기 위한, 곧 초기시부터 줄기차게 추구했던 '님'이 현현하는 공간으로 사유하지 않았을까 한다.

종로를 그런 내포와 활력의 공간으로 이해한 것이 마지막 둘째연이다. 종로는 이제 역사적 공간으로서만 존재하는 것이 아니라 생생한 힘이 살아있는 역동적인 공간으로 거듭 태어나게 된다. "너와 내가 번개처럼 두 손을 잡고/내일을 위하여 저 골목으로 들어가는", 새로운 도약을 위한 실천의 공간으로 묘사되고 있기 때문이다.

모든 문학이 그러한 것처럼, 은유나 상징을 비롯한 문학적 의장들은 단 하나의 의미로 이해되지 않는다. 「네거리의 순이」에서 드러나는 투쟁의식과 전투의식의 고취는 노동계급의 전위성과 실천성으로 이해될 수 있는 것이지만, 그 이면의 숨겨진 함의는 그런 경계를 뛰어넘는다. 종로가 지닌 상징적 의미의 발견이 이 시의 핵심일 수 있는데, 새로운 도약을 위한 무대 혹은 해방의 공간, 그리고 노동을 초월하는 민족해방투쟁의 의미의 내포가 바로 그러하다.

마르크시즘은 이론과 실천의 교묘한 배합 속에 이루어지며, 특히 불합리한 현실에 대한 인식과 이에 대응하는 논리가 견고하고 매우 과학적이다. 임화는 비평적인 측면에서는 그러한 논리적 원칙을 철저히 지켜나갔지만, 자신의 정서적 반영인 작품 속에서는 이와 차별되는 편차를 보여왔다. 그것이 팔봉과 벌인 단편서사시논쟁이며, 그 결과 자기 시에 대한 자아비판을 내렸음에도 불구하고 그는 계속해서 「우리 오빠와 화로」와 같은 계열의 단편서사시를 상재했다. 이런 사실로 미루어볼 때, 임화의 문학전개에 있어서 비평 따로 시 따로 양립하는 현상이 끊임없이 진행되어 온 것이 아닌가 한다. 그는 천상 신인이었으며, 그것이 그의 사상적 본질과 흐름을 보여준 아이콘이었다고 할 수 있다. 어떻든 그의 이론과 시적 실천이 함께 나아간 것은 단편서사시 계통의 시를 창작해내었을 때만 유효했다.

4. 계급모순에서 민족모순으로

1930년대에 이르러서 조선의 현실을 둘러싼 객관적 환경들은 많은 변화를 가져오게 된다. 1931년 만주사변이 발발하면서 제국주의는 점점 섹트화되어 가고 있었고, 이에 따라 진보적인 문학운동도 잦은 탄압을 겪으면서 서서히 활력을 잃어가게 되었다. 1934년 임화는 자신이 서기장으로 있던 카프를 해산시킴으로써 리얼리즘 문학, 아니 더 정확하게는 불온한 현실에 맞서는 강력한 수단 하나를 잃어버리고 만다. 카프의 해산은 진보적 문학운동의 중단이라는 측면에서도 근대문학사의 큰 획을 긋는 사건이지만, 임화자신에게도 많은 변화를 가져오게 한 사건이었다. 현실에 대응할 수 있는 강력한 힘이랄까 수단을 잃어버렸기 때문이다.

일제에 저항할 수 있는 유효한 수단을 잃어버렸을 때, 임화가 취할 또다른 방법이란 무엇이었을까. 시를 제외하고 임화가 자신의 사상을 표명할 수 있었던, 두가지 중요한 수단은 비평과 산문이었다. 우연의 일치인지는 몰라도 이 시기에 라프(RAPF)에서 제기되었던 사회주의 리얼리즘이 일본을 거쳐 조선에 들어오게 된다. 이 창작방법이 사회주의 건설기에 제시된, 당의 존재와 밀접한 관련을 갖는 것이었지만, 이를 수용한 조선의 현실은 전연 다른 상황에 놓여 있었다. 그 문화차이랄까 상황차이가 만들어낸 것이 전향에 대한 욕구였고, 변증법적 리얼리즘으로부터의 탈출이었다. 주조의 상실에 대한 대안으로 받아들여진 이 창작방법이 원리적으로 수용될 수 없었음은 당연한 이치인데, 이때, 제기된 임화의 비평이 '주체의 건설'[13]이나 '낭만주의론'[14]과 같은 것들이다. 임화가 이 시기에 특히 관심을 가졌던 것이 '주체'와 '낭만적 꿈'이었던 바, 그의 이러한 변신은 이 시기의 이런 문학적 환경과 분리하기 어려운 것이었다. 전자는 유동하는 현실과 그에 따른 주체의 방황에 대한 안티테제였고, 후자는 그러한 현실에 대응하는 미래의 기획이었다. 그러므로 이 둘의 상관관계는 서로 분리하기 어려운 쌍생아와 같은 것이었다고 할 수 있다.

논리적인 사유를 즉자적으로 반영하는 산문의 세계가 이런 모양새를 취했다면, 감성적 사유에 보다 가까운 시의 세계는 어떠했을까.

---

13 임화, 「주체의 재건과 문학의 세계」, 『문학의 논리』, 학예사, 1939.
14 임화, 「위대한 낭만정신」, 《동아일보》, 1936.11.4.

이 물음에 대한 해답이야말로 임화의 정신구조를 이해하는 데 있어 매우 중요한 척도가 아닐까 한다. 비평과 달리 이 시기의 임화의 시들은 이른바 전망의 부재로 나타난다. 그가 '낭만주의론' 등에서 제기했던 미래의 꿈과 같은 구체적 전망 등이 작품에서는 제시되지 못하고 있는 것이다. 그렇다고 시인 스스로가 그런 질곡이나 암흑에 갇혀서 좌절하고 있었던 것은 아니다.

시퍼렇게 흘러내리는 노들강,

나뭇가지를 후려꺾는 눈보라와 함께
얼어붙어 삼동 긴 겨울에 그것은
살결 센 손등처럼 몇 번 터지고 갈라지며,
또 그 위에 밀물이 넘쳐
얼음은 두 자 석 자 두터워졌다.

봄!
부드러운 바람결 옷깃으로 기어들 제,
얼음판은 풀리고 녹아서,
돈짝 구들장 같은 조각이 되어 황해바다로 흘러간다.

이렇게 때는 흐르고 흘러서, 넓은 산 모서리를 스쳐내리고,
굳은 바위를 깎아,
천리 길 노들강의 하상을 깔아놓았나니,
세월이여! 흐르는 영원의 것이여!

모든 것을 쌓아올리고, 모든 것을 허물어내리는,
오오 흐르는 시간이여, 과거이고 미래인 것이여!
우리들은 이 붉은 산을, 시커먼 바위를,
그리고 흐르는 세월을, 닥쳐오는 미래를,
존엄보다도 그것을 사랑한다.

몸과 마음, 그밖에 있는 모든 것을 다하여...
세월이여, 너는 꿈에도 한번
사멸하는 것이 그 길에서 돌아서는 것을 허락한 일이 없고,
과거의 망령이 생탄하는 어린것의 울음 우는 목을 누르게 한
일은 없었다.
너는 언제나 얼음장같이 냉혹한 품안에
이 모든 것의 차례를 바꿈 없이
담뿍 기르며 흘러왔다.

우리들은
타는 가슴을 흥분에 두근거리면서 젊은 시대의 대오는
뜨거운 맥이 높이 뛰는 두 손을 쩍 벌리고,
모든 것을 그 아름에 끼고 닥쳐오는 세월! 미래!
그대를 이 지상에 굳건히 부여잡는다.
우리는 역사의 현실이 물결치는 대하 가운데서
썩어지며 무너져가는 그것을 물리칠 확고한 계획과
그것을 향해갈 독수리와 같이 돌진할 만신의 용기를 가지고,
이 너른 지상의 모든 곳에서 너의 품안으로 다가선다.

오오, 사랑하는 영원한 청춘 세월이여,
너의 그 아름다운 커다란 푸른빛 눈을 크게 뜨고,
오오, 대지의 세계를 둘러보라!
누구가 정말 너의 계획의 계획자이며!
누구가 정말 너의 의지의 실행자인가?

오오, 한 초 한 분
온 세계 위에 긴 날개를 펼치고 날아드는 한 해여!
우리는 너에게 온 세계를 요구한다.
낡은 것과 새로운 것의 불닿는 말썽 가운데서
우리는 요구한다.
좋을 것을, 더 좋은 것을,
오직 우리들만이
세월이여! 이것은 미래인 너에게 요구할 수 있고
한 눈 깜박할 새 천만 리 달아나는 너의 팔을 잡고
즐거운 미래를 향하여 달음칠 수가 있다

네가 알듯이 오직 우리들만이 - 그리하여
우리들이 한 번 그 가슴을 찌를 때
우리들이 한 번 돌부리를 차고 피를 흘리며 넘어질 때
우리들이 또 한 번 두 다리를 건너고 들쳐일어나 앞을 향하여
고함을 지르고 내달을 제
세월이여! 너는 손뼉을 치며 우리들의 품으로 달려들어라!

오 - ㄴ 세계를 네 품에 가득 부둥켜안고

오오! 감히 어떤 바람이 있어, 어떤 힘이 있어,

물결이여, 돌아서라! 하상이여, 일어나라! 고 손짓할 것이며,

세월이여, 퇴거하라! 미래여, 물러가거라! 고 소리치겠는가?

미래여! 사랑하는 영원이여!

세계의 모든 것과 함께 너는 영원히 젊은 우리들의 것이다

「세월」 전문

이 작품은 카프해산기 임화의 대표작 가운데 하나인 「세월」이다. 임화는 이 시기에 투쟁 전선에 임하는 계급주의자의 면모를 드러내지 않는다. 이러한 단면들은 단편서사시를 창작해내었던 시기와 현격히 구분되는데, 무엇보다도 중요한 특징은 시의 형식적 국면에서 찾을 수 있다. 단편서사시가 타자지향적 수법을 주로 사용했다면, 이 시기의 작품들에서는 그런 의장이 전연 나타나지 않는다. 주관의 통일은 있으되 그것이 제시의 방법이 아니라 서정적 자아의 통일 상태로 시가 만들어지고 있는 까닭이다. 그것은 곧 배역시의 소멸을 말하는데, 이런 창작태도의 변신은 계급모순에 대한 인식 소멸과 밀접한 관련이 있다. 카프 시의 성립근거는 이데올로기의 확립과 대중화에 놓여 있었다. 정론적 이념의 올곧은 확립과 대중적 확산이 카프시의 존재의의였지만, 객관적 상황이 점점 열악해지고 더이상 진보의 깃발이 휘날리지 못했을 때, 카프시의 그러한 음역도 현저히 축소될 수밖에 없었다.

앞으로 나아갈 길과 또 역으로 과거로 회귀할 길이 막혀있을 때,

시적 자아가 선택할 수 있는 것이란 무엇일까. 「세월」이 내포하는 의미가 중요한 것은 이 작품이 이런 상황 속에서 만들어졌다는 것인데, 임화가 이 작품에서 현재의 상황에 대해 일차적인 비유로 내세운 것이 이른바 흐름의 상상력이다. "시퍼렇게 흘러가는 노들강"이야말로 꽉 막힌 역사의 질곡을 뚫고 나아가는 거대한 물결이라는 것이 그러한 현실을 직시하는 임화의 솔직한 심정이었을 것이다. 그러한 흐름을 배가시켜주는 매개체로써 임화는 봄이라는 신화적 상상력도 도입하고 있는데, 이 계절이 함의하는 것이 소생이며, 생명의 근원일진데, 그러한 생동성이야말로 '노들강의 거침없는 흐름'과 동일한 차원에 놓이는 것이었을 것이다.

흐름이란 시간의 속성을 전제로 하는 것이다. 카프의 행로가 좌절되고 진보적 문학흐름이 더 이상 나아가지 못할 때, 꼭 필요한 것이 어쩌면 흐름과 같은 진보의 속성이었을 것이다. 뿐만 아니라 그것은 미래에 대한 시간적 속성까지 담보되는 것이었다. 그러한 시간이 담보될 때, 비로소 시적 자아에게 '미래는 주체화'될 수 있었기 때문이다. 미래가 자기화될 때, 유토피아에 대한 희망이 생기는 것이고, 역사적 전망이 열리는 것이다. 임화가 이 시기에 유난히 강조했던 것이 왜 '미래'였고 '시간'이었으며, '꿈'이었던 것인가 하는 것이 이제 어느 정도 밝혀졌다고 생각된다. 이런 상상력은 이 시기의 많은 작품들 속에서 읽어낼 수 있는데, 가령, 「암흑의 정신」, 「주리라 모든 것을」, 「옛책」 등등이 그러하다. 이들 작품 속에 구현된 현실에 대한 방황과 몸부림, 그리고 미래에 대한 꿈 등은 당대의 암흑을 견디고자 했던 시적 자아의 처절한 절규가 그 원인이었다고 하겠다.

임화는 이런 좌절 속에서 주체의 재건이나 낭만적 정신 등을 제기하면서 새로운 활로를 모색중이었다. 이런 과정은 시창작에도 영향을 끼치게 되었는바, 「세월」 등의 작품에서 보여주었던 방황하는 자아의 모습은 더 이상 찾아보기 어렵게 되었다. 이때부터 임화의 시들은 이전의 국면에서 찾아볼 수 없는 새로운 단계로 나아가게 되는데, 바로 민족에 대한 새로운 발견이다.

임화가 펼쳐보인 초기시의 주제가 님에 대한 그리움과 유토피아에 대한 희구였다. 이런 인식에 이르게 된 것은 이때의 문학적 유행을 쉽게 받아들인 측면도 있지만 임화의 경우도 이런 시대적 흐름으로부터 자유롭지 못했다는 증좌이기도 하다. 임화도 다른 시인의 경우와 마찬가지로 민족애라는 시대의 임무와 분리하기 어려운 상태에 놓여 있었던 것이다. 이에 이르기 위해서 그에게는 강력한 투쟁 도구가 필요했던 것인데, 마르크시즘이야말로 그러한 그의 욕구를 충족시켜주기에 유효한 수단으로 다가오게 된 것이다. 그것이 1930년대 중반이전이었다면, 이 이후 객관적 상황은 매우 열악해졌다. 이제 운동으로서의 문학, 실천으로서의 문학은 곧 마르크시즘은 임화에게 더 이상 유효한 수단이 되지 못했다. 그에게는 이전과는 다른 새로운 실천이나 인식이 필요했던 것이다.

작품집『현해탄』의 세계에서 임화 시를 지탱하고 있는 근본 축은 계급주의자로서의 그것이 아니다. 실천으로서의 문학이 더 이상 가능하지 않았을 때, 시적 자아가 응시한 것이 바로 민족 그 자체였기 때문이다. 이를 두고 임화시의 역사성이라고도 하고, 경직된 이데올로기를 극복하는 수단이라고도 했지만[15], 그러나 임화에게 있어 이

---

15 김용직, 「경향시의 총사령-임화론」, 『한국현대시사(상)』, 한국문연, 1996, p.543.

런 변화가 초기부터 견지해온 일관된 정신의 결과였다는 사실은 아무리 강조해도 지나치지 않을 것이다. 임화가 계급주의자를 포기하지 않기 위해서 자신의 창작활동에 역사, 현실을 능동적으로 수용한 것이 아니라 그는 식민지 시대의 다른 시인들의 경우처럼 민족을 포기하지 않았기에 역사, 곧 민족의 불온한 현실에 대해 천착해 들어간 것이다.

바다는 잘 육착한 몸을 뒤척인다.
해협 밑 잠자리는 꽤 거친 모양이다.

맑게 갠 새파란 하늘
　높다란 해가 어느새 한낮의 카브를 꺾는다.
물새가 멀리 날아가는 곳,
부산 부두는 벌서 아득한 고향의 포구인가!

그의 발밑,
하늘보다도 푸른 바다,
태양이 기름처럼 풀려,
뱃전을 치고 뒤로 흘러가니,
옷깃이 머리칼처럼 바람에 흩날린다.

아마 그는
일본 열도(列島)의 긴 그림자를 바라보는 게다.
흰 얼굴에는 분명히

가슴의 '로맨티시즘'이 물결치고 있다.

예술, 학문, 움직일 수 없는 진리……
그의 꿈꾸는 사상이 높다랗게 굽이치는 동경(東京),
모든 것을 배워 모든 것을 익혀,
다시 이 바다 물결 위에 올랐을 때,
나는 슬픈 고향의 한 밤,
횃보다도 밝게 타는 별이 되리라.
청년의 가슴은 바다보다 더 설레었다.

바람 잔 바다,
무더운 삼복의 고요한 대낮,
이천오백 돈(噸)의 큰 기선이
앞으로 앞으로 내닫는 갑판 위,
흰 난간 가에 벗어젖힌 가슴,
벌건 살결에 부딪치는 바람은 얼마나 시원한가!

그를 둘러 산 모든 것,
고깃배들을 피하면서 내뿜는 고동 소리도,
희망의 항구로 들어가는 군호 같다.
내려앉았다 떴다 넘노니는 물새를 따라,
그의 눈은 몹시 한가로울 제
뱃머리가 삑! 오른편으로 틀어졌다.

훤히 트이는 수평선은 희망처럼 넓구나!
오오! 점점이 널린 검은 그림자,
그것은 벌써 나의 섬들인가?
물새들이 놀라 흩어지고 물결이 높다.
해협의 한낮은 꿈 같이 허물어졌다.

몽롱한 연기,
희고 빛나는 은빛 날개,
우뢰 같은 음향,
바다의 왕자가 호랑이처럼 다가오는 그 앞을,
기웃거리며 지내는 흰 배는 정말 토끼 같다.

'반사이!' '반사이!' '다이닛⋯⋯'
이등 캐빈이 떠나갈 듯한 아우성은,
감격인가? 협위인가?
깃발이 '마스트' 높이 기어 올라갈 제,
청년의 가슴에는 굵은 돌이 내려앉았다.

어떠한 불덩이가,
과연 충계를 내려가는 그의 머리보다도
더 뜨거웠을까?
어머니를 부르는, 어린애를 부르는,
남도 사투리,
오오! 왜 그것은 눈물을 자아내는가?

정말로 무서운 것이……
불붙는 신념보다도 무서운 것이……
청년! 오오, 자랑스러운 이름아!
적이 클수록 승리도 크구나.

삼등 선실 밑
동그란 유리창을 내다보고 내다보고,
손가락을 입으로 깨물을 때,
깊은 바다의 검푸른 물결이 왈칵
해일처럼 그의 가슴에 넘쳤다.

오오, 해협의 낭만주의여!
　　　　　　　「해협의 로맨티시즘」 전문

　1930년대 중반 임화의 시선은 노동의 현장이 아니라 바다로 향하
게 된다. 그런데 이러한 시선의 변화는 임화 시의 변모나 그의 세계
관이 무엇인지를 탐색하는데 있어 매우 중요한 근거가 된다. 노동
현장을 떠난 임화에게 있어 바다, 곧 현해탄이란 무엇인가. 근대시
가에서 이 바다를 처음으로 작품의 소재로 끌어들인 시인은 육당 최
남선이다. 육당이 일본 유학을 마치고 창간한 것이 『소년』이었는데,
이 잡지의 특집이 바로 '바다'였고, 여기에 최초의 신체시로 알려진,
바다를 소재로 한 「해에게서 소년에게」가 실렸다. 육당에게 바다는
세계로 나아가는 통로였고, 또 근대를 이해하고 알아가는 통로이기
도 했다. 그것이 현해탄이었음은 두말할 필요도 없거니와 이 바다는

1930년대의 임화에게 다시 중요한 시적 기제가 되고 있는 것이다.

동시대를 살았던 육당과 임화에게 있어 바다는 어떤 동질성과 이질성이 있는 것일까. 바다가 근대를 받아들이고 세계로 나아가는 통로역할을 했다는 것은 이 두 시인에게 있어 동일한 경우였다. 이들에게 바다는 모두 앎의 의지를 충족시켜줄 매개였기 때문이다. 그리고 이들에게 있어 바다 너머의 근대화된 일본이야말로 수용하고 발전시켜야할 궁극적인 목적이었다. 반면 육당과 임화에게는 분명한 차이점 또한 노정하고 있었는데, 임화에게 바다란 곧 국경의 개념이었다는 것이다. 국경이란 무엇일까. 그곳은 이곳과 저곳의 차이가 분명히 감지되는 공간이며, 하나와 다른 하나가 서로 피드백하는 매우 예민한 지대이기도 하다. 바다가 국경이었다는 것은 민족간의 대립이나 이질성이 분명히 의식되는 공간이 된다. 초기부터 임화의 의식 저변에 깔려있는 민족애가 본격적으로 드러날 수밖에 없는 상황적 요건이 비로소 갖추어지게 된 셈이다.

임화가 「해협의 로맨티시즘」에서 응시한 현해탄의 모습은 크게 두 가지이다. 하나는 계몽이 오가는 통로이고, 다른 하나는 민족의 현실에 대한 사실적 인식이다. 시적 자아는 현해탄을 넘나드는 갑판 위에서 "일본 열도의 긴 그림자를 바라보며", "가슴의 로맨티시즘이 물결치고" 있음을 느끼게 된다. 시적 자아가 감각하는 로맨티시즘이란 계몽으로서의 그것, 곧 진보에 대한 낭만적 열정일 것이다. 그 구체적인 결실이 다음 연에 나타나 있는데, "예술, 학문 움직일 수 없는 진리---/그의 꿈꾸는 사상이 높다랗게 굽이치는 동경/모든 것을 배워 모든 것을 익혀,/다시 이 바다 물결 위에 올랐을 때,/나는 슬픈 고향의 한 밤,/해보다도 밝게 타는 별이 되리라./청년의 가슴은 바다보다 더 설"레는 자아를 발견함으로써 '바다'에 대한 시인의 정체성이 무엇인지 확인하게 되는 것이다. 이 구절에 이르게 되면 현해탄을 대하는 임화의 구체적인 사유를 읽어낼 수 있는바, 그는 근대화된 일본을 막연히 동경하는, 소위 현해탄 콤플렉스라고 하는 것과는 전혀 상관없는 의식을 보이고 있다[16]. 여기서 임화의 민족주의가 무엇인지를 구체적으로 알 수 있는데, 그것은 우선 계몽주의자로서의 그것이다. 그러나 임화에게 계몽의식으로 무장된 근대 초기의 상승하는 부르주아지의 의식만 있었다면, 그는 계급주의자가 되지는 않았을 것이다. 뿐만 아니라 계몽이 나아갈 길을 상실했을 때, 흔히 빠지게 되는 천박한 영웅주의로부터 자유롭지도 않았을 것이다. 이것의 궁극적 모습이 전향이었고, 친일에의 길이었음은 역사가 증명하는 것이었다. 어떻든 임화에게는 현해탄 콤플렉스도 없었고, 계급주의자라는 틀에 갇혀 민족의 현실에 대해 외면하지도 않았다. 오히려 바다를 새롭게 사유하면서, 그에게 국경이라는 문제가 예민하게 다가왔고, 그 의식의 끝에 민족적 에고이즘이 놓여있었다고 하겠다.

실상 임화의 작품에서 예외적으로 취급되었던『현해탄』의 시가들은 초기시와 밀접히 대응되고 있다는 점에서 그 시의 본류가 무엇인지를 극명하게 보여주는 것이라 하겠다. 민족에 대한 따듯한 시선과 열악한 현실에 대한 분노, 제국주의에 대한 적개심 등이 그러했는데, 그러한 의식은 일본과 조선이 극명하게 대비되는 이 시의 후반부에 잘 나타나 있다. 여기서 일본과 조선은 위계질서상의 상하의 관계로 구현되고, 그러한 대조를 통해서 양 민족 사이에 놓인 처지랄까 상

---

16 신승엽, 「식민지 시대 임화의 삶과 문학」, 『북의 시인 임화』, 미래사, 1987, p.318.

황이 직설적으로 그려진다. "'반사이!' '반사이!' '다이닛'----/이등 캐빈이 떠나갈 듯한 아우성은,/감격인가? 협위인가?"라고 전제한 다음 "깃발이 '마스트' 높이 기어올라갈 제,/청년의 가슴에는 굵은 돌이 내려앉았다"고 함으로써 일본에 대한 시적 자아의 시선이 무엇인지를 밝히고 있다. 욱일승천기를 앞세우고 일본천황폐하 만세를 외치는 제국주의자들의 기세등등한 모습이야말로 식민지 청년에게는 "굵은 돌로 내려앉는" 억압으로 다가왔을 뿐이다. 제국주의자와 곧바로 맞서는 임화의 의식은 저항의 '불덩이'였고, 그것은 다른 어떤 것보다도 뜨거울만큼 가열찬 것이었다. 그런 자의식들이 민족애로 발전하는 것은 지극히 자연스러웠다고 하겠다. "어머니를 부르는, 어린애를 부르는,/남도 사투리,/오오! 왜 그것은 눈물을 자아내는가?"라는 민족에 대한 애틋한 회한이야말로 민족애 없이는 성립할 수 없는 정서들이라 할 수 있다.

임화가 계급주의자로 인식되고, 또 그러한 길을 올곧이 걸어온 그였기에 그를 이런 사상적 범주 속에 묶어내는 것은 자연스럽다. 만약 그가 식민지 청년이 아니었다면, 그를 이 영역과 분리하여 사유하는 것이 매우 어려웠을 것이다. 그러나 일제 강점기의 모든 문인들이 그러했던 것처럼, 임화 역시 이 환경으로부터 자유롭지 않았다. 그 앞에 놓인 것이 무엇보다 민족모순이었고, 계급모순은 어쩌면 부차적인 것이었을지 모른다. 조국 해방투쟁에 있어 직접적인 무력투쟁도 필요했지만, 이론투쟁 또한 요구되었다. 그 사상적 무기로서 과학적 인식과 실천이 담보된 마르크시즘이야말로 가장 유효한 투쟁수단이었을 것이다. 객관적 상황이 허용될 때, 진보적 운동은 매력적인 것이었지만, 상황이 열악한 경우에는 이를 지속적으로 전개시키기 매우 어려웠을 것이다. 1930년대 중반이란 시기는 바로 그런 사상투쟁과 진보적 문학운동이 더 이상 나아갈 수 없는 상황이었다. 이럴 때 임화가 선택할 수 있는 길이란 이와 견주는 그 무엇, 곧 등가항이 필요했을 것이다. 그것이 조선의 발견이었고 민족애에 대한 적극적인 발현이었던 것은 아닐까.

사회구성체와 이를 토대로 전개되는 실천적 운동에서 어떤 모순 관계를 앞에 둘 것인가는 인접한 사회적 상황과 개인의 세계관에 의해서 결정될 문제이다. 따라서 어느 것이 우선하는 것인가하는 문제를 두고 객관적 인식이나 과학성 유무를 굳이 물어야 할 이유는 없다고 본다. 일제 강점기란 분명 민족모순이 당연히 먼저여야만 하는 필연적 상황이었다. 그러나 합법적 투쟁을 할 수밖에 없는 국내의 상황에서 이를 전면에 내세우는 것은 쉽지 않은 일이었을 것이다. 검열도 문제이거니와 강력한 검거상황도 염두에 두어야 했기 때문이다. 그렇기에 그 대안으로 생각할 수 있는 것이 일본과 조선에서 어느 정도 허용되고 있는 계급문학 운동이었을 것이다. 따라서 민족모순을 내세워야하는 상황에서 계급모순을 앞에 두는 오류를 범했다고 하는 해방직후의 카프의 자기비판이나 북한의 주체문예이론은 어느 정도 수정되어야 하지 않을까.

『현해탄』의 세계는 단편서사시들과 달리 주체 중심의 시들로 구성되어 있다. 타자중심이 아니라 자아중심의 시들이 등장하기 시작했는데, 이러한 변모는 바로 상황인식의 변화에 따른 당연한 결과였다. 더 이상 계급투쟁의 노선이 합법화되지 못하는 상황 속에서 임화가 선택한 것은 민족모순을 전면적으로 내세우는 것이었다. 그런 노선설정이야말로 '님'에 대한 그리움과 '유토피아'를 추구한 초기 시세계와 부합하는 것이면서 임화 시의 일관성을 보증하는 것이었기 때문이다. 그 일관성이란 다름아닌 민족해방투쟁의 지속성이다.

이 바다 물결은/예부터 높다.//그렇지만 우리 청년들은/두려움보다 용기가 앞섰다./산불이/어린 사슴들을/거친 들로 내몰은 게다.//대마도를 지나면/한가닥 수평선 밖엔 티끌 한 점 안 보인다./이곳에 태평양 바다 거센 물결과/남진(南進)해 온 대륙의 북풍이 마주친다.//몬푸랑보다 더 높은 파도,/비와 바람과 안개와 구름과 번개와,/아세아(亞細亞)의 하늘엔 별빛마저 흐리고,/가끔 반도엔 붉은 신호등이 내어 걸린다.//아무러기로 청년들이/평안이나 행복을 구하여,/이 바다 험한 물결 위에 올랐겠는가?//첫번 항로에 담배를 배우고,/둘쨋번 항로에 연애를 배우고,/그 다음 항로에 돈맛을 익힌 것은,/하나도 우리 청년이 아니었다.//청년들은 늘/희망을 안고 건너가,/결의를 가지고 돌아왔다./그들은 느티나무 아래 전설과,/그윽한 시골 냇가 자장가 속에,/장다리 오르듯 자라났다.//그러나 인제/낯선 물과 바람과 빗발에/흰 얼굴은 찌들고,/무거운 임무는/곧은 잔등을 농군처럼 굽혔다./나는 이 바다 위/꽃잎처럼 흩어진/몇 사람의 가여운 이름을 안다.//어떤 사람은 건너간 채 돌아오지 않았다./어떤 사람은 돌아오자 죽어 갔다./어떤 사람은 영영 생사도 모른다./어떤 사람은 아픈 패배(敗北)에 울었다./—그 중엔 희망과 결의와 자랑을 욕되게도 내어 판 이가 있다면, 나는 그것을 지금 기억코 싶지는 않다.//오로지/바다보다도 모진/대륙의 삭풍 가운데/한결같이 사내다웁던/모든 청년들의 명예와 더불어/이 바다를 노래하고 싶다.//비록 청춘의 즐거움과 희망을/모두 다 땅 속 깊이 파묻는/비통한 매장의 날일지라도,/한번 현해탄은 청년들의 눈앞에,/검은 상장(喪帳)을 내린 일은 없었다.//오늘도 또한 나 젊은 청년들은/부지런한 아이들처럼/끊임없이 이 바다를 건너가고, 돌아오고,/내일도 또한/현해탄은 청년들의 해협이리라.//영원히 현해탄은 우리들의 해협이다.//삼등 선실 밑 깊은 속/찌든 침상에도 어머니들 눈물이 배었고,/흐린 불빛에도 아버지들 한숨이 어리었다./어버이를 잃은 어린아이들의/아프고 쓰린 울음에/대체 어떤 죄가 있었는가?/나는 울음소리를 무찌른/외방 말을 역력히 기억하고 있다.//오오! 현해탄은, 현해탄은,/우리들의 운명과 더불어/영구히 잊을 수 없는 바다이다.//청년들아!/그대들은 조약돌보다 가볍게/현해(玄海)의 물결을 걷어 찼다./그러나 관문해협 저쪽/이른 봄바람은/과연 반도의 북풍보다 따사로웠는가?/정다운 부산 부두 위/대륙의 물결은,/정녕 현해탄보다도 얕았는가?//오오! 어느 날/먼먼 앞의 어느 날,/우리들의 괴로운 역사와 더불어/그대들의 불행한 생애와 숨은 이름이/커다랗게 기록될 것을 나는 안다./1890년대(年代)의/1920년대(年代)의/1930년대(年代)의/1940년대(年代)의/19××년대(年代)의/…………/모든 것이 과거로 돌아간/폐허의 거칠고 큰 비석 위/새벽별이 그대들의 이름을 비출 때,/현해탄의 물결은/우리들이 어려서/고기떼를 쫓던 실내[川]처럼/그대들의 일

생을/아름다운 전설 가운데 속삭이리라.//그러나 우리는 아직도/이 바다 높은 물결 위에 있다.//

「현해탄」 전문

이 작품은 임화가 현해탄 선상에서 시대의 임무에 대해 스스로에 결의를 표명한 시이다. 그러한 까닭에 민족애라든가 조국애 등은 「해협의 로맨티시즘」보다 직접적으로 구현되어 나타난다. 카프 해산이후 시간이 흐를수록 소위 민족모순은 그의 작품에서 더욱더 강화되어 표현되고 있는 것이다. 이 시의 화자는 지금 현해탄을 오가는 선상에 있다. 조선과 일본을 연결하는 실질적인 교통수단이 관부연락선밖에 없었음을 감안하면 제국주의 일본이라든가 근대와 소통하는 유일한 길이 이 선편이었던 셈이다. 임화를 비롯한 조선의 청년들이 이 배에 올라탄 것은 오직 '산불'의 강요 때문이었다. 그것이 "어린 사슴을 거친 들로 내몰았다"는 것이 임화의 현실인식인데, 그 주체가 일본 제국주의임은 당연할 것이다. 이 시기의 이런 시적 표현을 통해서 민족모순을 강렬하게 드러낸 경우로 영랑을 들 수 있다. 영랑은 이시기에 유명한 「독을차고」에서 반민족적 주체를 '이리', '승냥이'로 표현한 바 있다[17]. 제국주의가 영랑에게 '이리, 승냥이'였다면, 임화에게는 '산불, 거친 들'이었던 것이다. 이런 표현을 보면, 이 시기의 대결구도는 민족적인 것에 놓여 있음을 알 수 있고, 강요된 선택이 가져온 철저한 이분법의 논리가 작동하고 있었다.

---

17 영랑은 「독을차고」에서 "앞뒤로 덤비는 이리 승냥이 바야흐로 내 마음을 노리매"라고 함으로써 지조를 지키고자 하는 자신의 의지를 꺾으려는 제국주의에 대해 통렬한 경계의식을 드러내고 있다.

따라서 이 시기 임화가 지향하고 했던 선택은 지극히 당연한 결론 이었다. 곧 그가 체득한 현해탄의 감수성, 그에 따른 일본행이 근대를 동경해서도 아니고, 더구나 제국주의적 편향을 드러내기 위한 것도 아니다. 이들은 강제적으로 내몰렸지만, 그러나 이를 통해 임화는 근대를 배우고자 했으며, 그 귀결점이 조국애, 민족애로 나아가고자 하는 것이었다. 청년들이 "평안이나 행복을 구하기 위해 이 바다 험한 물결 위에 오른" 것이 아니라는 근거는 이런 상황과 분리하기 어려운 것이라 할 수 있을 것이다.

임화는 현해탄을 근대가 단지 밀려오기만 하는 수동적인 공간으로 이해하지 않았다. 뿐만 아니라 제국주의 일본의 침략 공간으로 그것을 이해한 것은 더더욱 아니다. 그는 현해탄을 피동적인 공간이 아니라 능동적 공간으로 인식했다. "현해탄은 청년들의 해협"일 뿐만 아니라 "영원히 우리들의 해협으로" 받아들였기 때문이다. 이는 임화가 현해탄을 동경한 것과는 거리가 멀었다는 뜻이다. 그는 여기서 식민지 조선의 암울한 현실을 발견하면서(삼등선실밑 깊은 속/찌든 침상에도 어머니들 눈물이 배었고/흐린 불빛에도 아버지들 한숨이 어리었다./어버이를 잃은 어린 아이들의/아프고 쓰린 울음에/대체 어떤 죄가 있었는가?/), 이를 딛고 새로운 역사를 만들고자 했다. 현해탄이 역사의 새로운 공간, 주체적 공간으로 거듭 태어나게 되는 것인데, 그가 "우리는 아직도 이 바다 높은 물결 위에 있다"라고 한 것은 이런 이유 때문이다. 임화에게 현해탄은 과거형이 아니라 현재진행형이며 또 미래에 대한 공간으로 거듭 태어나는 것이다.

5. 해방공간과 민족모순, 그리고 인민성

일제 강점기 민족해방투쟁에 있어서 임화가 선택한 것은 계급모순이었다. 특히 제국주의에 대한 처절한 대항담론으로서 마르크시즘이 이 시기에 용인된 것도 이 사유를 전개하는데 있어서 매우 유효한 수단이 되었다. 그러나 1930년대 중반 카프가 해산되면서 더 이상 맑시즘은 용인되지 못했다. 그런 상황 속에서 임화가 투쟁의 무기로 선택한 것은 민족모순이었다. 그러나 일제 강점기에 이런 세계관을 갖는 것 자체가 강력한 실천을 요구하는 것이었기에 이를 전면적으로 추동해나가는 것은 쉬운 일이 아니었다. 대신 그의 시세계는 민족애나 조국애 같은 원초적 의식을 표명함으로써 일제 강점기의 불온한 현실에 대응하고자 했다. 이 시기 그의 시들은 민족문학 건설에 있어서 방해되는 것들에 대해서 직접적인 분노를 일관되어 있다. 그 대항담론으로 상징적 알레고리를 통해서 이 모순을 드러내고자 했다. 민족애로 걸러진 그의 시들이 타자지향적이 아니라 자아중심적으로 변모하게된 것은 이런 저간의 사정을 반영하고 있었다. 민족애의 편향과 그 적에 대한 분노는 서정적 순간에 의해서 충분히 표출될 수 있는 것이기 때문이다.

1930년대 후반에 민족모순을 견지했던 임화가 해방직후에 선택했던 것은 무엇이었을까. 실상 임화의 시를 통해서 해방전후의 그러한 과정에 대해 탐색한 글을 보기가 드물뿐더러 설사 있다고 하더라도 상황 논리에만 빠져서 이에 꿰맞추는 형국만을 보여왔다. 이런 태도가 임화의 정신사를 일관되게 보여주는 것이 될 수 없음은 자명한 일일 것이다.

잘 알려진 것처럼 임화가 해방직후에 민족문학의 노선으로 내세운 것이 인민성이었다. 이것이 민족반역자나 친일분자를 제외한 해방 정국의 모든 계층을 아우르는 것임은 그의 비평적 선언[18]에 잘 드러나 있다. 그가 제일 먼저 만든 조직이 '조선문학건설본부'였고, 이 조직의 이론적 근거가 바로 인민성이었다. 그 이후 또다른 문예단체가 조직되어 문예학의 근거로 당파성을 내세운 것은 잘 알려진 일이다[19]. 남쪽 문단에서 결성된 이 두 진보적 단체가 지향한 차이점이란 계급성의 도입여부였다. 프롤레타리아예술가동맹의 주장은 문학이 하나의 이데올로기이기 때문에 타협주의적 성향이 짙은, 임화중심의 인민성이 민족문학의 중심이념으로 자리할 수 없다는 것이다. 프롤레타리아의 세계관에서 보자면 이들이 표방한 문학상의 계급성이 어느 정도 현실에 부합하는 것이라 할 수도 있을 것이다.

그러나 임화가 보기에 해방정국에서 여전히 유효한 것은 계급문제보다는 민족문제였다고 판단한 듯 싶다. 그의 이런 사유는 식민지 이전부터 형성된 것이다. 하지만 임화에게 중요한 것은 민족문학의 건설이었고 그것은 민족해방투쟁이 전제되는 경우에만 가능한 것이었다. 임화는 초기시부터 해방직전에 이르기까지 민족해방투쟁에 있어서 의미있는 사상과 투쟁의 무기를 선택하는데 있어 언제나 유연한 태도를 갖고 있었다. 어느 것이 외적 현실에 보다 부합하는가 하는 방법적 성찰에 매우 세심한 관심을 기울였다는 뜻이다. 그의 그러한 태도들이 해방이후에 크게 달라진 것은 아니다. 임화는 민족

18 임화, 「문학의 인민적 기초」, 중앙신문, 1945.12.8.
19 임화의 노선에 반감을 갖고 있던, 한효, 이기영 등이 중심이 되어 문학에 있어 당파성을 주장한 조선프롤레타리아예술가동맹이 바로 그것이다.

문학 건설에 있어서 인민성이라는 보다 포괄적인 틀을 내세웠는바, 실상 그 이면에 놓인 중요한 계기는 민족반역자라든가 친일분자와 같은 민족모순에 기반한 것들이었다고 할 수 있다. 이 시기에 민족모순은 여전히 유효한 문예학의 방법론이었고, 또 이에 대한 올바른 실천이야말로 새나라건설, 민족문학건설이 제대로 세워질 수 있다고 믿었던 것으로 보인다[20]. 이 시기 파업투쟁을 형상화한 「우리들의 戰區」에서도 이런 특징적인 단면들이 잘 나타나 있다.

> 침입자를 방어하라
> 저항하거든 대항하라
> 그래도 들어오거든
> 생명이 있는 한 싸우라
> (중략)
> 인민의 원수들은 이 철도로 재빨리 친일파와 반역자를 실어다가
> 인민의 자유를 파괴할 온갖 密議를 여는 데 분주하였다
> 우리들이 사랑하는 철도로 하여금
> 새로운 공화국에 문화와 과학을 실어올 大路가 되게 하기 위하여
> 밤과 낮을 헤아리지 않고 근면하였을 때
> 인민의 원수들은 이 철도로 썩어빠진 전제주의와 파시즘의

---

20 친일의 문제가 지금 현재에도 여전히 진행형인 문제로 남아있는 것을 보면, 임화의 이러한 판단이 얼마나 선험적이고 정확한 것이었나 하는 것을 알 수 있을 것이다.

독소를 실어다가

평화로운 조국에 내란의 씨를 뿌리려고 음모하였다

「우리들의 戰區」부분

이 시는 1946년 9월 용산철도 파업을 형상화한 작품이지만, 임화
의 초점은 노동쟁의 그 자체, 곧 계급적 관점에 서 있지 않다. 인민성
을 민족문학의 계기로 내세운 임화답게 그가 관심을 갖고 있는 부분
은 친일파와 민족반역자와 민족간의 갈등에 관한 것이었다. 철도가
인민의 반역자인 "친일파와 반역자를 실어다가 인민의 자유를 파괴
할 온갖 밀의를 여는데 분주하였다"고 보는 것이 그것이다. 노동의
승리가 친일파를 비롯한 반민족적인 것의 준동을 철저히 경계하고
있는데, 이런 시각이야말로 해방직후 임화의 노선이 무엇인지를 잘
말해주는 예증이 아닐까 한다.

임화에게 계급모순과 민족모순은 언제나 동전의 양면처럼 작동
하고 있었다. 1946년 5월 정판사 위폐사건을 계기로 시작된 남로당
의 신전술 채택과 그 이후 벌어진 미군정과의 본격적인 갈등을 시작
으로 임화가 노동계급의 당파성을 민족문학의 주요한 기제로 내세
우게 되는데, 실상 이런 변모도 임화가 가지고 있던 이런 사상적 유
연성에서 나온 것이라 할 수 있다. 물론 이들 사건의 이면에 도도히
흐르고 있었던 것이 민족모순이었음은 두말할 필요도 없거니와 그
가 당파성을 내세운 계기도 결국에는 미군정과 남로당 사이에 빚어
진 민족모순에 그 원인이 있었던 것이다. 이런 맥락에서 본다면 식
민지 시기의 민족모순이 해방직후에도 곧바로 이어지고 있음을 알
수 있는데, 해방정국에 빚어진 철도파업을 비롯한 일련의 노동투쟁

도 실상은 계급모순에 의해 작동된 것이 아니라는 사실, 그리고 1950년 한국전쟁의 과정에서 서로의 적으로 인식한 미군과 인민군의 관계 등도 모두 이 구도에서 자유롭지 않다는 사실을 감안하면, 민족모순은 임화 시에 있어서 주요 근간이라 할 수 있을 것이다.

아직도/이마를 가려/귀밑머리를 땋기/수줍어 얼굴을 붉히던/너는 지금 이/바람 찬 눈보라 속에/무엇을 생각하여/어느 곳에 있느냐//머리가 절반 흰/아버지를 생각하여/바람 부는 산정에 있느냐/가슴이 종이처럼 얇아/항상 마음 아프던/엄마를 생각하여/해 저무는 들길에 섰느냐/그렇지 않으면/아침마다 손길 잡고 문을 나서던/너의 어린 동생과/모란꽃 향그럽던/우리 고향집과/이야기 소리 귀에 쟁쟁한/그리운 동무들을 생각하여/어느 먼 곳 하늘을 바라보고 있느냐//사랑하는 나의 아이야/벌써 무성하던/나무 잎은 떨어져/매운 바람은/마른 가지에 울고/낯익은 길들은/모두 다 눈 속에 묻혀/귀기울이면 어데선가/들려오는 얼음장 터지는 소리//아버지는 지금/물소리 맑던 낙동강가에서/악독한 원수들의 손으로/불타고 허물어진/숱한 마을과 도시를 지나/우리들의 사랑하던/서울과 평양을 거쳐/철벽으로 첩첩한 산과/천리 장강이 여울마다 우는/자강도 깊은 산골에 와서/어데메에 있는가 모를/너를 생각하여/이 노래를 부른다//사랑하는 나의 아이야/은하가 강물처럼 흘러/남으로 비끼고/영광스런 우리 군대가/수도를 해방하여/자유와 승리의 노래/거리마다 가득찼던/아름다운 여름밤/전선으로 가는 길 역에서/우리는 간단 말조차/나눌

사이도 없이/너는 전라도로/나는 경상도로/떠나갔다//이동안/우리들 모두의/고난한 시간이 흘러/너는 남방 먼 곳에/나는 아득한 북방 끝에/천리로 또 천리로 떨어져/여기에 있다 그러나/들으라//사랑하는 나의 아이야//이러한 도적의 침해에/우리 조선인민이 어느/한번인들 굴해본 적이 있으며/한사코 싸워 물리치지/아니한 때가 있었는가/보라 우리 영웅적 인민군대는/벌서 청천강을 건너/평양을 지나/다시금 남으로 남으로 내려가고/형제적 우리 중국인민지원부대는/폭풍처럼 달려와/미구에 너의 곳에/이를 것이다/기다리라//사랑하는 나의 아이야//엷은 여름옷에/삼동 겨울바람이/칼날보다 쓰라리고/진동치는 눈보라가/연한 네 등에 쌓여/잠시를 견디기 어려운/몇 날 몇 밤일지라도/참고 싸우라/악독한 야수들의/포탄과 총탄이/눈을 뜰 수 없이/퍼부어내려도//사랑하는 나의 딸아//경애하는 우리 수령은/무엇이라 말하였느냐/한 치의 땅/한 뼘의 진지일지라도/피로써 지켜내거라/한 모금의 물/한 톨의 벼알일지라도/원수들에 주지 않기 위하여/너의 전력을 다하거라/원수가 망하고 우리가/승리할 때까지 싸우라/그리하여 만일//사랑하는 나의 아이야//네가 죽지 않고 살아서/다시금 나와 만날 수 있다면/나부끼는 조국의 깃발 아래/승리의 기쁨과 더불어/우리의 만남을/눈물로 즐길 것이고/불행히도 만일/네가 이미 이 세상에 없어/불러도 불러도 돌아오지 않고/목메어 부르는 나의 소리를/영영 듣지 못한다면/아버지의 뜨거운 손이/엄마의 떨리는 손이/동생의 조그만 손이/동무들의 굳은 손이/외딴 먼 곳에서/아버지를 생각하여/엄

마를 생각하여/동생을 생각하여/동무를 생각하여/고향을 생
각하여/조국을 생각하여/외로이 흘린 너와/너희들의 피를/백
배로 하여/천 배로 하여/원수들의 가슴팍이/최후로 말라 다
할 때까지/퍼내일 것이다.//사랑하는 나의 아이야//한밤중 어
느/먼 하늘에 바람이 울어/새도록 잦지 않거든/머리가 절반
흰 아버지와/가슴이 종이처럼 얇아/항상 마음 아프던/너의
엄마와/어린 동생이/너를 생각하여/잠 못 이루는 줄 알어라//
사랑하는 나의 아이야//너 지금/어느 곳에 있느냐

「너 어느 곳에 있느냐」 전문

  이 작품은 임화의 전선시집 『너 어느 곳에 있느냐』의 제목이 된 것
인데, 그만큼 시인이 아주 강한 애착을 보인 시라고 할 수 있겠다. 뿐
만 아니라 미제 스파이라는 제목을 뒤집어쓰고 처형된 임화의 세계
관이 의심된 작품이기도 하다. 임화의 죽음이 정치적인 계기에서 온
것이든 아니면 미제스파이에서 온 것이든, 그는 어떻든 시인이었기
에 시의 맥락 속에서 그 원인을 찾아야 하는 것이 아닐까 한다. 임화
의 전선시집 『너 어느 곳에 있느냐』가 민족모순에 의해 쓰여진 작품
임은 여기에 수록된 작품들을 꼼꼼히 읽어보면 대번에 알 수 있는
일이다. 이 작품집의 기본 구도는 인민군과 미군, 곧 북한과 미국으
로 설정되어 있었기 때문이다. 해방이전의 일본과 조선이, 북한과
미국으로 그 위치만 바뀐 형국이 된 것이다.
  그러면 어째서 이 작품이 문제가 되었을까. 북한에서 이 작품의
내용을 문제삼은 것은 엄호석이다[21]. 그는 이 작품이 인민군의 사기
를 떨어뜨리는(가슴이 종이처럼 얇아/항상 마음 아프던/엄마를 생

각하여), 반동적 구절이라고 했다. 영웅적 혁명전쟁에서 혁혁한 공을 세우고 돌아오라고 고대하는 것이 조선의 어머니일진데, 이렇게 가슴이 종이처럼 얇아서 기다리는 조선의 어머니는 하나도 없다는 것이 엄호석의 주장이었다. 북한 신예비평가의 이 호기로운 지적이 어느 정도의 정합성을 갖는가 하는 것은 별개로 두고라도, 임화가 표방한 이런 시적 변화는 매우 예외적인 것이 아닐 수 없다고 하겠다. 일제 강점기 이후 임화는 언제나 예리한 이론과 빈틈없는 논리로 소위 비당파적인 요인들에 대해 가감없이 비판했고, 또 승리해 왔다. 그는 과학적 인식을 바탕으로 논리정연한 이론들로 상대방의 허술한 사유를 들춰내고, 제거하는데 있어서 거의 독보적인 감각을 보여주었다. 뿐만 아니라 그의 사상과 정서의 질을 온전하게 담보하는 시의 영역에 있어서도 그는 일관된 태도를 유지해왔다. 임화에게 있어서 일제강점기의 일차적인 과제는 민족해방에 있었으며, 그에 이르는 길을 그는 상황에 따라 모순의 인식을 매우 가변적이고 유연하게 대처해왔다. 그는 계급모순과 민족모순을 적절하게 교차시키면서 자신의 추구했던 님의 실체에 대해서 접근하고자 했기 때문이다.

그러나 「너 어느 곳에 있느냐」에 이르면 임화의 그러한 모습은 이전 시기와 구분해 볼 때, 일탈이라고 보는 것이 타당할 정도로 엇나가 있는 것이 사실이다. 특히 민족해방투쟁이라는, 그들의 관점에서 절대 절명의 시기이자 민족모순을 계기로 총력매진해야 할 즈음에 그가 들고 나온 것이 이렇듯 가족주의적 소시민의 세계관이었다. 물

---

21 류만, 『현대조선시문학연구』, 사회과학출판사, 1988, p.18.

론 이런 정서가 시였기에 가능하지 않았을까 하는 동정론도 가능할 수 있겠지만, 새로운 당파주의와 결속을 내세워야할 상황속에서 이런 소부르주아성이 쉽게 용인되지 않았을 것으로 보인다. 일제 강점기부터 지속적으로 견지해왔던 민족모순이 이렇듯 허무하게 무너지고 가족주의적 한계에 그쳐버린 것, 이것이 시인 임화가 보여주었던 한계가 아닐까 한다. 그것이 시인 임화의 비극이었고, 민족모순을 바탕으로 한 그의 민족애는 더 이상 나아가지 못한채 좌절하고 말았던 것이다.

6. 에필로그

임화는 영락없는 계급주의자이다. 그의 산문이 그러했고, 그의 사상이 그러했으며, 이념선택이 자유로웠던 해방공간의 행적 또한 그러했다. 따라서 그의 문학 세계를 이해하는데 있어 이런 선입견은 언제나 작동하고 있었다. 그것이 그의 작품들을 교조적으로 이해하는데 받쳐졌다. 그 결과 이념의 선을 중심으로 그것에 부합하면 과학적 세계관을 가진 것으로, 그렇지 않으면 거기서부터 일탈을 한 것으로 받아들여졌다. 이런 논리가 카프 시기의 문인들의 정신사적 구조를 이해하는데 있어 어느 정도 부합하는 것은 사실이지만, 그러나 이 잣대에 전적으로 기대는 것도 많은 문제점을 내포한다고 하겠다. 그 가운데 하나가 조선이 일제강점기의 현실이라는 것, 그리고 이들의 내면에 어쩔 수 없이 녹아들 수밖에 없었던 식민지인들의 향수랄까 저항같은 정서들이 분명 내재할 수 있다는 것 등등이 무시될 수 있는바, 이는 임화의 경우에도 똑같이 적용되는 것이라 하겠다.

실제로 임화의 시들을 꼼꼼히 들여다보면, 계급주의적 요소뿐만 아니라 민족주의적인 요소들이 산재되어 나타나는데, 이런 면들에 대해서는 그동안 소홀히 취급되어온 것이 사실이다. 뿐만 아니라 후기 시에 내재되어 있는 그러한 민족주의적 요인들은 이미 초기시에서부터 분명한 모습을 띠고 있었다. 그것이 님에 대한 모색과 그리움의 세계였다. 임화 시의 그러한 면들은 자기동일성이 형성되기 이전의 어수룩한 습작시가 아니라 그의 모든 정신세계를 이해하는 중요한 단면들이라는 점에서 결코 쉽게 처리되어서는 안되는 요소들이다. 님에 대한 추구는 일시적으로 유행하던 것이든, 아니면 식민지 지식인의 갈급하는 정서에서 우러나온 것이든, 시대의 조류였다. 이는 민족모순이 빚어낸 당연한 결과이며, 민족해방투쟁을 자신의 시적 임무로 수용했던 임화에게도 동일한 형상으로 다가오는 문제였다.

임화는 민족해방투쟁이라는 거대한 흐름 속에서 경우에 따라서는 마르크시즘을 수용하고 이를 투쟁의 수단으로 받아들였다. 이는 그가 계급주의자 여부를 묻는 것과는 상관없는 문제였다. 그에게 필요한 것은 저 거대 제국주의에 대응할 수 있는 수단이었다. 이를 위해서는 무엇이든 받아들일 수 있었는데, 억압에 대한 투쟁을 수행하는데 있어서 마르크시즘은 그의 적절한 투쟁 수단이었다. 그가 이를 먼저 받아들인 것은 민족모순에 입각한 민족해방투쟁이 최우선의 가치임에도 불구하고, 직접적인 민족해방투쟁은 검열이라든가 투옥이라는 위험이 상존할 수밖에 없었기 때문이다. 대신 당대의 사회에서 어느 정도 용인되었던 맑시즘은 그런 민족해방투쟁을 수행하는

데 있어서 적절한 매개내지는 수단이 될 수 있었다. 계급모순과 민족모순이라는 이 두가지 축을 상황에 맞게 적절히 넘나들었는데, 맑시즘을 토대로 한 진보주의 운동이 더 이상 나아갈 수 없었던, 1930년대 중반에 그는 계급주의자에서 민족주의자로 전환하게 된다. 뿐만 아니라 이런 변모는 해방직후에도 철저히 반친일적인 노선과, 반제국주의 노선으로 나아감으로써 해방이전과 동일성을 이루게 된다. 그것은 임화가 계급모순과 민족모순을 자신의 변혁운동에 얼마나 적절히 이용했는가를 알 수 있게끔 한다. 이는 결국 임화를 두고 계급주의자인가 혹은 민족주의자인가를 구분할 필요가 없다는 사실을 말해주는 것이다. 그에게 중요했던 것은 변혁기에 살았다는 사실, 그 속에서 자신에게 꼭 들어맞는, 민족문학 건설에 있어서 최선의 방식이 무엇이었던가를 찾았다는 점이다. 그는 객관적 상황에 맞게 계급모순과 민족모순을 적절히 수용했고, 이를 토대로 자신의 변혁운동을 완성해간 인물이다.

현대문학의 정신사

제3장

이미지즘과 육사의 상관관계

1. 육사론의 행방

육사는 1904년 경북 안동에서 태어나 1944년 북경 감옥에서 옥사할 때까지 길지 않은 삶을 살고 갔다. 그의 삶의 여정이 극적일 수 있었던 것은 독립운동과 투옥, 그리고 옥사라는, 저항적인 요소를 모두 갖추었기 때문일 것이다. 실상, 일제 강점기 동안 육사만큼 저항적 몸짓을 활발하게 그리고 강력하게 표방한 시인도 없을 것이다. 그는 작품활동을 통해 이를 실현했고, 또 실제 행동을 통해서도 이를 실천적으로 보여주었다. 그렇기에 그를 일제 강점기 최대 저항 시인이라고 불러도 무방할 것이다.

육사가 이렇게 굴곡진 삶을 살 수 있었던 것은 거의 생리적인 조건 때문에 그러하지 않았나 생각된다. 잘 알려진 바와 같이 그는 퇴계의 14대손이라는 뿌리가 있었고, 식민지에 대한 강력한 저항의 공간 가운데 하나였던 경북 안동 출신이라는 신분적 배경을 갖고 있었다. 유교적 기반이 강했던 이 지역의 특수성과 개인의 특수성이 결합되어 그로하여금 다른 어떤 문인보다도 저항이라는 의식을 자연스럽게 수용했을 것으로 보인다.

육사의 성장배경과 삶의 조건이 이러했기에 그의 시를 해석하는 일차적인 척도 역시 이 부분에 맞추어져 진행되어 왔다. 가령, 그의 시의 구조가 한시에 바탕을 둔 기승전결 구조라든가, 혹은 전경후정과 같은 한시의 미학적 특성들이 그의 작품에 모두 구현되고 있기 때문이다. 이렇듯 한시와 불가분의 관계에 놓여 있다는 전제야말로 육사시를 대하는 절대 선입견이 되어 온 것이다.

그러나 한시의 특성과 그 미학적 감수성을 모두 받아들이고 있다고 해서 육사의 작품을 이 영역에서 이해하는 것은 기계론의 한계를 벗어나지 못할 것이다. 이는 많지 않은 그의 시들을 꼼꼼히 읽어보면 금방 알 수 있는 것처럼, 그의 시들이 모두 한시의 틀에서 이해하고 해석하기에는 매우 다양한 특성들로 이루어져 있기 때문이다.

독립운동과 그에 따른 투옥의 과정을 반복하고 있는 와중에도 시에 대한 육사의 열정과 관심은 매우 남달랐던 것으로 보인다. 그가 처음 시를 발표한 것은 1933년 봉천 조선군관학교 1기를 수료한 이후이다. 『신조선』에 「황혼」을 발표한 것이 그것인데, 이 작품은 유교적 세계관이나 한시적 속성으로 국한되어 있지 않다. 여기에는 존재론적 고독과 같은 인간의 근원적 문제 뿐만 아니라, 근대시의 한 조류였던 엑조티시즘적인 요소, 곧 모더니즘적인 의장도 드러나 있기 때문이다. 이런 특장들은 그의 시들이 어느 한가지 요인에 의해서 형성되지 않았음을 보여주는 예증이 될 것이다.

길지 않은 생애를 통해서 육사가 보여준 작품들은 많지 않지만,

그는 다른 어느 시인못지 않게 문학에 대한 열정을 가졌던 것으로 보인다. 1937년에는 이상, 서정주, 신석정, 김광균 등과 더불어『자오선』의 동인으로 참여했는가 하면, 같은 시기에『시학』의 동인으로도 활동했다. 이 과정에서 그는 문학인으로서 갖추어야할 소양과 시대의 조류에 대해 어느 정도 이해했던 것으로 보인다. 그의 시에서 매우 두드러지게 나타나는 이미지즘적인 요소가 바로 그러하다.

육사가 시인으로 본격적인 활동을 하던 시기인 1930년대 중반은 시사적으로 매우 다양한 좌표들이 설정된 시기였다. 이때는 진보주의 문학운동을 표방하던 카프의 활동이 잠잠해들어가던 시기인데, 그 여파로 많은 유파들이 문단의 중심으로 부상하고 있었다. 생명파라든가 순수파, 해외문학파, 주지파 등등의 사조들이 활발하게 활동하고 있었는데, 이런 상황은 문화의 시대라 일컬어졌던 1920년대 초반을 능가하는 것이었다. 20년대가 억압에 따른 문화적 분출이라는 측면을 넘어서지 못하고 있는 반면에, 30년대는 예술의 다양성이라는 미명하에 많은 사조들이 그 나름의 존재의의 속에 펼쳐지고 있었던 것이다.

육사의 시세계가 이러한 시대의 흐름에 예민하게 반응했던 것은 자연스러운 일이었으며, 그의 시에서 표나게 드러나고 있는 이미지즘의 성향 역시 그러한 시사적 흐름과 무관하지 않았던 것으로 이해된다. 육사의 시에서 이미지즘의 성향은 매우 중요한 요소임에도 불구하고 기왕의 연구에서 크게 주목의 대상이 되지 못했다. 물론 이러한 접근태도가 문학과 사회의 필연적 관계 속에서 직조되고 있었던 육사의 시세계를 왜곡시키는 것은 물론 아니다. 어찌 보면, 시와 현실 사이, 그리고 이미지즘의 방법적 의장과 그 정신 속에 내재한 음역이 저항성으로 표방되는 그의 시세계를 한층 업그레이드 시킬 수 있는 단초가 되는 것은 아닐까.

2. 이미지즘과 현실, 그리고 육사시의 출발

1937년 창간된 『자오선』은 1호만 내고 더 이상 발간되지 않았다. 이 잡지에 글을 실은 사람들은 약 20여명 정도인데, 이상을 비롯해서 오장환, 서정주, 김광균, 신석초 등등 당시 모더니즘계 시인들의 대다수가 여기에 참여하고 있었다. 시기적으로 30년대 후반에 해당하는 이때에 다수의 시인들이 참여하는 잡지의 발행이 쉽지 않은 일이었음은 이 잡지가 창간과 동시에 종간되었다는 사실에서 쉽게 유추할 수는 일이다.

그러나 잡지의 창간이 어느 한순간에 이루어지는 것이 아닌 이상 그 도정에 수많은 문학적 이해와 교류가 있었을 것으로 판단된다. 특히 이 잡지에 참여한 시인들 대부분이 모더니즘에 경도되었다는 사실에 주목할 필요가 있다. 이상과 오장환, 서정주는 말할 것도 없거니와 자신의 시를 모더니즘의 경향으로 보는 시선에 한사코 반대했던 김광균의 경우도 알게 모르게 이 영향으로부터 자유롭지 않았다. 이런 문단적 흐름을 이해하게 되면 이 동인에 참여했던 육사의 경우도 동일한 논리가 적용될 수 있을 것으로 보인다.

물새 발톱은 바다를 할퀴고

바다는 바람에 입김을 분다.
여기 바다의 은총이 잠자고 있다.

흰돛은 바다를 칼질하고
바다는 하늘을 간질러본다.
여기 바다의 아량이 간직여 있다.

낡은 그물은 바다를 얽고
바다는 대륙을 푸른 보로 싼다.
여기 바다의 음모가 서리어 있다.

「바다의 마음」 전문

인용시는 육사의 대표적인 이미지즘 계통의 작품이다. 정지용의
「바다」를 연상시킬만큼, 이 작품에는 '바다'의 이미지가 매우 선명
하게 제시되어 있는 것이다. 이러한 시적 의장은 당대 대표적인 이
미지스트였던 정지용이나 김기림, 김광균 등의 작품과 비교해도 손
색이 없을 정도이다. 남들보다 치열하게 살면서 독립운동에 몸을 바
쳤던 그가 어째서 이런 형식위주의 미학에 집착했던 것일까. 물론
어느 특정 시인의 세계관을 운위하는 데 있어, 형식 미학의 잣대로
검증하는 일만큼 어리석은 일도 없을 것이다. 특히나 그가 육사이기
에 더욱 그러하다고 하겠다. 그럼에도 불구하고 그가 이미지즘적인
요소에 경도된 것은 틀림없는 사실이다. 형식 미학의 한계가 무엇인
지에 대해 전혀 무감각하지 않았을 육사의 작품세계에서 이런 상위
를 어떻게 설명할 수 있을 것인가.

내 골방의 커-텐을 걷고
정성된 맘으로 황혼을 맞아들이노니
바다의 흰 갈매기같이도
인간은 얼마나 외로운 것이냐
(중략)
고비사막을 걸어가는 낙타 탄 행상대에게나
아프리카 녹음 속 활 쏘는 인디안에게라도
황혼아 네 부드러운 품안에 안기는 동안이라도
지구의 반쪽만을 나의 타는 입술에 맡겨다오

내 오월의 골방이 아늑도 하오니
황혼아 내일도 또 저-푸른 커-텐을 걷게 하겠지
精精이 사라지는 시냇물소리 같아서
한번 식어지면 다시는 돌아올 줄 모르나보다

「황혼」 부분

육사 시에서 드러나는 모더니즘에 대한 편향성은 그의 데뷔작인 「황혼」에서도 발견할 수 있다. 이런 면들은 그가 모더니즘의 세례를 많이 받았다는 증거이며, 그의 시들이 이 기반위에서 생산되었음을 말해주는 것이라 할 수 있다. 「황혼」을 이끄는 서정의 힘은 엑조티시즘과 감각화된 시어들이다. 전자의 경우, 근대 시인들이 시의 근대성을 수용하고 이를 시화하는 과정에서 가장 많이 받아들인 수법이다. 시어의 근대성이야말로 근대시의 출발내지는 완성으로 본 것이 이 시기 모더니스트들이 가졌던 문학관이었기 때문이다. 그리고 다른 하나는 이미지즘에 기초한 감각화된 정서들이다. 주로 일차적 감각에 의한 감각적 이미져리들이 작품의 주된 심상으로 제시되고 있는데, 이는 육사 시의 전반에서 검출되는 요소들이기도 하다. 이런 사실을 주목하게 되면, 육사 시들은 그 출발부터 이미지즘을 비롯한 모더니즘적 요소들을 여과없이 받아들였고, 또 이를 서정화의 수법으로 응용했다는 것을 추정할 수 있을 것이다.

육사가 시의 방법적 의장으로서 이미지즘을 도입한 것은 다음 몇 가지 요인에서 그 원인을 찾을 수 있을 것으로 보인다. 하나는 시의 서정성 확보차원이다[1]. 시의 내밀화와 서정을 확충해나가는 데 있어서 이미지의 요소만큼 좋은 방법적 특징도 없을 것이다. 그것은 시의 참신성과 농축성에서도 그러하지만 시어의 강렬성에서도 그러하다. 시어에 대한 그러한 집중화와 강렬함이 강하면 강할수록 서정의 폭을 넓혀나가는데 있어서 매우 효과적인 장치가 되기 때문이다. 실제로 저항성을 담보한 육사의 시들이 개념의 차원에서 읽히지 않고 정서의 울림과 서정의 폭이 매우 깊게 느껴지는 것은 모두 여기에 그 원인이 있다고 하겠다.

두 번째는 이미지즘 속에 내재된 세계관의 문제이다. 이미지즘이 처음 시도된 것은 익히 알려진 대로 흄의 불연속적 세계관에서 비롯된다[2]. 이 세계관에 반대되는 것이 몽환적 세계이다. 가령, 낭만주의의 연속적 세계관이 그러한데, 이는 주체 만능주의, 감정의 전일적 사고를 그 특징으로 한다. 감정이 전능한 까닭에 일상의 사물을 제

1 김재홍, 『한국현대시인연구』, 일지사, 1986.
2 황동규편, 『T.S. Eliot』, 문학과 지성사, 1989, p.26.

대로 보기가 힘든 것이고, 그 결과 모든 사물은 꿈의 세계라는 비현실적 상황에 놓이게 된다. 물론 이 낭만주의가 갖는 그러한 한계를 명확히 지적해준 것이 과학의 힘이었다. 인과론적 사유의 필연성이 가져온 결과야말로 연속적 세계관이 갖는 한계를 극복해주었다.

낭만적 애매함의 세계를 지양극복하기 위해서 구체적 일상의 사물에서 인식이 시작해야한다는 흄의 논리는 여기에 의거한 것이었다. 다만 시의 인식이 일상에서 시작하되 기왕의 시야와는 다른 것을 요구했는데, 그것이 곧 새로운 이미지로의 봐야 한다는 것이었다. 그들을 이미지즘으로 본 것은 여기서 유래한다[3]. 그런데 여기서 주목해야할 것이 구체적 일상이라고 하는 부분이다. 일상은 허구의 반대 자리에 놓인다. 그렇기에 그것은 철저한 리얼리티 없이는 성립불가능하다. 이런 구체적인 일상 지향성이 어쩌면 리얼리즘에서 요구하는 일상성, 반영성의 논리와 어느 정도 상관관계가 있는 것이 아닐까. 아마도 모더니즘과 리얼리즘의 전이가능성, 혹은 그 상관관계의 가능성도 여기서 그 실마리를 찾아야 하는 것이 아닐까. 그런 면에서 현실참여적인, 그리하여 저항시의 큰 흐름을 만들어내었던 육사 시의 의미는 이 이미지즘 속에 내포된 방법적 의장과 분리하게 어렵게 결합된 것이라 할 수 있다.

육사 시에 내재하는 이미지즘적 요소와 그것이 함의하는 내용 속의 관계는 『자오선』에서 함께 동인활동을 펼친 김광균의 시세계와 비교해도 어느 정도 유추 가능하다. 익히 알려진대로 김광균의 시들은 이미지즘의 시들로 알려져 있고, 그 방법적 구현이 생활시의 형

---

3 S.K. Coffman, *Imagism*, The Univ. of Oklahoma press, 1951, pp. 28-48.

태로 나타난 것으로 이해되어 왔다.[4] 김광균 자신의 완강한 부인에
도 불구하고 그의 시들이 모더니즘의 범주, 곧 이미지즘의 그림 속
에 놓여 있었다는 것은 부인하기 어려울 것이다.

> 나는 모더니스트가 아니다. 굳이 모더니즘이라는 것을 의
> 식하고 시작을 한 적은 없다. 물론 나의 시에는 시각적 회화
> 적인 이미지가 많이 나타나고 있는 것은 사실이다. 그러나 이
> 것은 내가 오랫동안 서울에 거주했기 때문인지도 모르겠다.[5]

그러나 시인이 이러한 항변에도 불구하고 김광균의 시의식을 탐
색해 들어가면 이미지즘과 생활정서와의 상관관계, 곧 카프 구성원
들의 의식과 비슷한 동반자적인 성향이 그대로 드러나 있음을 알 수
있다. 이는 카프문학자들 사이에 공통관계를 형성하고 있는 후일담
적 요소와 동일한 것으로서 그 구체적인 뿌리는 이미지즘이 추구한
의장에 있는 것이었다. 곧 이미지즘에 의한 구체적 일상성에 대한
인식이 동반자 의식을 낳게 했고, 그것이 결국에는 후일담 문학이라
는 양식으로 나아가게 된 것이다. 그의 시에서 드러나는 일상의 정
서는 전향이후 카프구성원들의 문학에서 표출되는 생활의 정서와
동일하다는 점에서 그러하다[6].

---

4 김윤식외, 『한국문학사』, 민음사, 1991, p.215.
5 김광균, 「작가의 고향-꿈 속에 가보는 선죽교」, 『월간조선』, 1988, 3.
6 송기한, 「김광균 시의 전향과 근대성의 문제」, 『한국시의 근대성과 반근대성』, 지
　식과 교양, 2012 참조.

3. 현실에 대한 시적 응전의 계기

식민지 시대에 있어 구체적인 일상이란 무엇일까. 그리고 현실에 대해 올곧은 인식을 하고 있는 자가 구체적 일상에 깊은 관심을 갖고 있을 때, 그의 의식이 나아가는 방향이란 무엇일까. 물론 이 둘의 형태가 결합될 경우 현실에 대한 강한 부정과 그러한 현실이 주는 부정성에 대해 개선하고자 하는 뚜렷한 의식을 갖는 것은 당연한 일이 될 것이다. 더군다나 검거와 투옥 등을 반복하다시피 체험한 육사에게 이와 같은 문학의식의 주입이 낳은 결과가 무엇인지 금방 알 수 있는 일일 것이다.

육사에게 들어온 구체적인 일상은 그것이 사물이기는 하되, 고립된 혹은 독립된 사물이 아니라 내포와 외연이 함께 어우러진 복합적인 것이었다. 다시 말하면, 고립된 사물로서 다가오는 것이 아니라 그의 주변을 에워싼 환경적인 것들이 더 복합적인 요인으로 다가오는 것이었다. 그것이 1930년대 식민지의 열악한 상황이라는 것은 잘 알려진 일이거니와 육사 시의 기본 의미항은 이 부분에서 시작된 것이라 할 수 있다. 그런 의미에서 고향 상실을 읊은 다음의 시는 그러한 육사의 세계관을 잘 대변하고 있다는 점에서 주목된다고 하겠다.

수만 호 빛이래야 할 내 고향이언만
노랑나비도 오잖는 무덤 위에 이끼만 푸르리라.

슬픔도 자랑도 집어 삼키는 검은 꿈

파이프엔 조용히 타오르는 꽃불도 향기론데

연기는 돛대처럼 내려 항구에 들고
옛날의 들창마다 눈동자엔 짜운 소금이 저려

바람도 불고 눈보라 치잖으면 못 살리라
매운 술을 마셔 돌아가는 그림자 발자취 소리

숨 막힐 마음 속에 어디 강물이 흐르뇨
달은 강을 따르고 나는 차디찬 강 맘에 드리노라.

수만 호 빛이라야 할 내 고향이언만
노랑나비도 오잖는 무덤 위에 이끼만 푸르리라.

「子夜曲」 전문

　인용시는 1930년대 흔히 차용된 것 가운데 하나인 고향을 소재로 한 작품이다. 먼저 이 작품에서 주목을 끄는 것이 이미지즘의 수법이다. 선명한 시각적 이미지 뿐만 아니라 가장 고급한 공감각적 이미지까지 효과적으로 구사되고 있다. 이러한 이미지의 조형성이 그가 즐겨 사용하던 이미지즘의 방법에 기초해 있는 것은 당연하거니와 그의 대부분의 시들이 이 의장으로부터 자유롭지 않다는 사실에 주목할 필요가 있는 것이다. 그만큼 그의 시에서 이미지즘을 제외하고 작품의 의미나 시사적 맥락을 논의하는 것은 불가능할 정도이다.

앞서 언급대로 이미지즘이 기초해 있는 방법적 정신은 구체적 일상이다. 일상성 없이 그것이 성립하는 것은 불가능한 일인데, 이러한 일상성에 대한 응시가 현실의 구석구석에 대해, 즉 본질적 요인이나 모순들에 대해 접근해 들어가는 것은 자연스러운 일이었을 것이다. 그것에 대한 예증이 곧 고향에 대한 현실인식이다. 육사의 눈에 포착된 고향이란 원초적 귀소본능이나 모성적 근원의 안온한 현실과는 무관한 것으로 다가온다. 이른바 뿌리뽑힌 삶에 대한 처절한 인식이 바로 그러한데, 실상 이러한 인식은 1930년대 시인들의 고향의식과는 매우 다른 위치에 놓이는 것이 아닐 수 없다.

30년대 시인들에게 나타나는 고향상실의식은 대개 국가의 부재의식과 분리하기 어려운 것이었다. 그리고 그 이면에는 유학생들 사이에 가로놓인 향수나 본원적 그리움에 대한 의식 등이 내재되어 있었다[7]. 실상 육사의 「子夜曲」도 이 범주에서 벗어나 있는 것은 아니다. 그럼에도 그의 고향의식은 이 시대의 시인들과 다른 일면을 보이고 있는데, 고향에 대한 전면적인 부정과 일탈된 공간의식이 바로 그러하다. 여기서의 고향은 산업화된 시대에서나 볼 수 있는, 황폐화된 그것으로, 혹은 본원적 그리움의 대상과는 동떨어진 궁핍한 모양으로 현현되는 것이다. 이러한 부정성이 식민지 현실에 대한 강력한 불만과 저항의식에 기초해 있는 것임은 당연한 일일 것이다. 그곳은 생산이라는 건강성이 아니라 "슬픔도 자랑도 집어 삼키는 검은 꿈"만을 잉태하는 불온한 공간으로 묘사될 뿐이다. 단지 고향의 열악한 현실을 목도하고 "매운 술을 마셔 돌아가는 그림자 발자취 소

---

7 한계전, 「1930년대 시에 나타난 고향 이미지에 관한 연구」, 『한국문화』16, 서울대 한국문화연구소, 1995,12, p.75.

리"만이 쓸쓸하게 서정적 자아의 귓전에서 울릴 뿐이다.

　　목숨이란 마-치 깨어진 뱃쪼각
　　여기저기 흩어져 마을이 한구죽죽한 어촌보다 어설프고
　　삶의 티끌만 오래 묵은 布帆처럼 달아매었다.
　　(중략)
　　쫓기는 마음! 지친 몸이길래
　　그리운 지평선을 한숨에 기오르면
　　시궁치는 열대식물처럼 발목을 에워쌌다.

　　새벽 밀물에 밀려온 거미인 양
　　다 삭아빠진 소라 껍질에 나는 붙어왔다
　　머-ㄴ 항구의 路程에 흘러간 생활을 들여다보며

　　　　　　　　　　　　　　　　　　　「路程記」 부분

　　육사는 1연에서 목숨을 "마-치 깨어진 뱃쪼각"이라고 표현했다.
30년대 이미지스트들이 흔이 사용하던 비유법으로 표현하고 있는
데, 이 수법도 이미지즘의 자장으로부터 크게 벗어나 있는 것이 아
니다. 그는 일상적 언어를 시어로 차용한 다음 이를 새로운 차원의
정서와 감각으로 풀어내고 있었다. 이런 수법이 시의 서정화를 강화
하고 정서의 폭과 넓이를 가져오게 하는 것은 분명한 일이거니와 보
다 중요한 것은 이런 과정을 통해서 그가 구체적 일상에 대해 보다
쉽게 접근하고 이를 자신의 시세계에 대한 확충으로 전이시켰다는
점에 있을 것이다.

육사는 자신의 삶을 깨어진 뱃쪼각과 같은 것으로 인식하고, 그 조그마한 조각이나마 실존적 삶의 도구로 간주하고자 했다. 그러한 삶이 편편치 못한 것이기에 늘 지쳐있는 상태였고, 그 생존의 여백을 겨우 채우고 있던 순결한 자의식마저 객관적 정세의 열악한 상황 속에서 늘 쫓기는 상태에 놓여 있었다. 곧 "새벽 밀물에 밀려온 거미인 양/다 삭아빠진 소라 껍질에 나는 붙어왔다"는 타율적 삶, 방랑적 삶이야말로 육사 자신의 자아 상태를 말해주는 주요 담론이라 할 수 있다.

현실에 대한 응시, 곧 사물에 대한 구체적인 응시가 낳은 것은 이렇듯 황폐화된 삶의 터전이었다. 그것이 곧 뿌리뽑힌 자에 대한 의식, 고향에 대한 반담론이었다. 고향에 대한 부정의식이 낳은 것은 방랑의식이었고, 삶의 근거를 잃어버린 상실의식이었다. 그러한 의식의 끝에 매달려 있는 것이 떠돌이의식이며, 육사시의 주요 주제가운데 하나인 유이민의식은 여기서 파생된 것이었다.

매운 계절의 채찍에 갈겨
마침내 북방으로 휩쓸려오다.

하늘도 그만 지쳐 끝난 고원
서릿발 칼날 진 그 위에 서다

어디다 무릎을 꿇어야 하나
한발 재겨 디딜 곳조차 없다.

이러매 눈감고 생각해 볼 밖에

겨울은 강철로 된 무지갠가 보다.

「절정」 전문

　인용시는 육사의 대표작 가운데 하나인 「절정」이다. 이 작품에는
육사 시가 지향했던 이미지즘의 수법과 그 정신, 그리고 현실인식이
매우 적실하게 표현되어 있다. 시각적 이미지 뿐만 아니라 촉각적
이미지, 그리고 공감각적 이미지가 시의 의미와 절묘하게 결합하여
이 시의 주제를 효과적으로 고양시키고 있는 것이다. 뿐만 아니라
이러한 이미지의 수법 속에서 식민지 시대를 헤쳐나아가겠다는 시
인의 자의식 또한 매우 극명하게 표명되어 있다.
　우선 여기서 시인은 일제하의 객관적 현실을 '매운 계절'로 표현
했고, 그 계절의 채찍에 의해 '북방'으로 휩쓸려오게 된다. 곧 그의
유이민적 삶이 자의적 선택이 아니라 타율적 강요에 의한 것임을 말
하고 있는 것이다. 그리하여 자동성을 상실한 시적 자아가 쫓겨오게
된 공간은 "하늘도 그만 지쳐 끝난 고원/서릿발 칼날 진 곳"으로 묘
사된다. 따라서 이 공간은 더 이상의 자율적 삶의 공간이 허락된 곳
도 아니고 인간적 삶의 조건이 허용된 곳도 아니다. 그곳은 오직 강
요에 의해서 만들어진 황폐한 공간만이 있을 뿐 삶의 긍정적 여건들
은 전혀 갖춰지지 않는 버려진 공간으로 사유된다. 그럼에도 시적
자아는 그 공간에서 더 이상 수동적 삶의 자세를 갖지 않겠다는 의
식 전환을 하게 된다. "한발 재겨 디딜 곳조차 없다"는 절대 절명의
회피할 수 없는 자의식이야말로 그러한 반전을 이끄는 주요 동력이
라 할 수 있을 것이다. 그리하여 그가 이른 사유의 끝은 "겨울은 강철

로 된 무지갠가 보다"라는 상황인식과 판단이다. 일방적으로 쫓겨오던 시인의 타율적 의식과 수동적 행동은 이 부분에 이르러서는 적극적 자세로 전환하게 된다. 그러한 능동적 행위는 겨울이라는 공감각적 이미지 속에서 이루어진다. 이 작품에서 자신의 현실인식과 인식전환을 이루어내는데 있어서도 그의 주요 시적 의장이었던 이미지즘의 수법이 차용된다. 곧 "겨울은 강철로 된 무지개"라는 이미지의 조형성에서 그 음역을 읽어낼 수 있는데, 실상 하나의 이미지에서 두가지 이상의 내포를 읽어내는 것은 쉬운 일이 아니다. 그런 면에서 육사 시에 나타난 이미지즘의 작시법이 얼마나 유효하게 기능하고 있는가를 말해주는 대목이라 할 수 있을 것이다. 육사는 겨울이라는 한계 상황 속에서 무지개로 표현된 미래에의 새로운 가능성을 읽어내고 있는 것인데, 이러한 현실인식이야말로 객관적 현실에 대한 올바른 이해와 그러한 현실에 응전하는 자아의 자세를 확인해주는 올바른 잣대라 할 수 있을 것이다.

4. 구체적 일상에서 표명되는 '손님'의 표상과 '초인'의식

이미지즘의 출발이 구체적인 일상에서 시작되었음에도 불구하고 그것이 경우에 따라서는 형식미학의 한계에 갇힐 위험성이 있는 것 또한 사실이다. 가령, 작품이 지나치게 이미지화되어 서경화나 풍경화가 되어버리는 경우들이 그러하다. 감정이 절제되고, 그리하여 낭만주의적 한계내지는 오류를 극복했다고 해서 이미지즘이 추구하는 방법이나 정신이 모두 달성되었다고 보기는 어려울 것이다. 내용과 형식의 종합적 결합을 도외시한 문학을 절대적 완결체로 보는 것은 또다른 미학적 한계를 노출할 수밖에 없기 때문이다. 이런 난점을 극복하기 위해 엘리어트는 이미지즘의 수법에 객관적 상관물이라는 비평적 용어를 도입하기에 이르렀다.[8] 이것이 의도하는 효과랄까 미학적 목적은 다음 두가지 측면에서 그 설명이 가능하다. 첫째는 개인의 주관적 감정이 문학 속에 그대로 표출되는 것은 불가능하기에 개인의 정서를 대변하는 적절한 대상을 발견해야한다는 의도에서이다. 이런 장치는 낭만주의 미학이 흔히 범할 수 있는 주관적 몽환성의 세계를 극복하기 위한 의도에서 비롯되었다. 곧 서정적 자아의 예술적 감정을 객관화하기 위한 시도가 객관적 상관물의 발견이었던 것이다. 그리고 둘째는 이미지즘이 가질 수 있는 형식 위주의 미학적 한계를 극복하기 위해서 이 수법이 도입되었다는 점이다. 시인이 발견한 심상, 상징 등은 개인성의 국면 보다는 보편성의 측면에서 사유되는 가장 큰 특징이라 할 수 있다. 따라서 대중의 영역에서 직조되는 심상이나 상징의 영역은 사회적 상황으로부터 분리하기 어려운 속성을 내포할 수밖에 없게 된다. 따라서 이미지즘이 범할 수 있는 형식 위주의 미학적 한계는 객관적 상관물의 발견에서 어느 정도 극복할 수 있는 계기를 갖게 된다.

육사가 자신의 작품세계에 이미지즘의 수법을 적극적으로 받아들이고 이를 서정화한 것은 앞서 지적한 바와 같다. 그의 시들에서 가장 먼저 산견되는 것이 이미지즘의 현란한 수사적 장치인 것은 이런 이유 때문이다. 그는 이미지즘의 수법을 받아들임으로써 서정의

8 T.S. Eliot, *The Sacred Wood,* London, 1969, p.100.

폭을 확충시켜왔고, 시의 사상성을 정밀화하는 장치로 이용했다. 그의 시들에서 감각되는 정서의 깊이는 바로 그러한 이미지즘의 수법이 가져온 효과에 의한 것이다. 정서의 깊은 각인이 사상의 폭과 깊이를 더 넓고 깊게 해주는 것은 당연한 이치일 것이다.

육사는 잘 알려진 대로 저항시인이다. 그를 이렇게 명명하도록 한 것은 시의 내용도 그러하지만 극적인 그의 전기적 삶에서 온 측면이 보다 강하다. 육사는 일제 강점기에 감옥에서 옥사한 시인이다. 그러한 전기적 사실자체만으로도 그를 저항시인의 범주에 넣기에 부족함이 없을 것이다. 그러나 단순히 옥사했다는 전기적 사실만으로 어떤 특정 시인을 저항시인으로 분류하기에는 어딘가 불충분한 면이 느껴진다. 적어도 저항시인이라면 극적인 삶도 중요하지만 작품으로 평가되어야 하는 항목 또한 절대적으로 필요하기 때문이다. 이런 요인이 육사의 시작품을 주목하게 되는 가장 주요한 이유 가운데 하나가 될 것이다.

육사는 시의 현실인식이랄까 시대의 의무를 작품 속에서 일구어낸 예외적 시인이다. 그에게 이런 헌사를 붙이는 것이 과연 지나치게 과분한 처사일까. 이 물음에 대한 답은 역시 그가 써낸 몇 안되는 작품 속에서 그 해답을 구해야 할 것이다. 육사 시의 특장이 이미지즘에 있다면, 그의 시에서 표명되는 저항의 소리 역시 이 음역에서 검토되어야 할 것이다.

　　내 고장 칠월은
　　청포도가 익어가는 시절

이 마을 전설이 주절이 주절이 열리고
먼 데 하늘이 꿈꾸며 알알이 들어와 박혀

하늘 밑 푸른 바다가 가슴을 열고,
흰 돛 단 배가 곱게 밀려서 오면

내가 바라는 손님은 고달픈 몸으로
靑袍를 입고 찾아온다고 했으니

내 그를 맞아 이 포도를 따먹으면
두 손은 함빡 적셔도 좋으련

아이야, 우리 식탁엔 은쟁반에
하이얀 모시 수건을 마련해 두렴

「청포도」 전문

인용시는 널리 알려진 대로 육사의 대표작 가운데 하나인 「청포도」이다. 이 작품이 육사의 명편이 될 수 있었던 것은 잘 짜여진 구조, 곧 완결된 시형식에서도 찾을 수 있지만, 그가 즐겨 사용하던 이미지즘의 수법에서도 찾을 수 있을 것이다. 이 작품은 이미지의 구사가 매우 적절하게 이루어진 수작이다. 흰 색과 푸른 색이 교차하면서 만들어내는 현란한 이미지야말로 이 시를 이끌어가는 주요 장치일 것이다. 뿐만 아니라 마치 지금 여기서 감각할 수 있는 듯한. 촉각적 이미지를 통해서 육사가 의도하는 목적이 곧 도래할 수 있을 것이라는 착시효과까지 만들어내고 있는 것이다. 이런 서정의 폭을 가능케 한 것이 바로 이미지즘의 의장이다.

그리고 이 작품에서 또 하나 주목해야 할 것이 소위 '손님'의 이미지이다. 손님이란 예기된 존재이면서도 경우에 따라서는 예기치 않는 존재이기도 하다. 어느날 갑자기 찾아오는 것이 손님의 또다른 모습이기 때문이다. 그러한 이중적 성격의 손님이, 자아의 의지에 따라 그 희구의 강도가 달라지는 모습이 매우 이채롭다. 서정적 자아의 의지가 강조될 경우 그가 바라는 손님은 그 예기성이 더 강화되는 운명을 갖고 있기 때문이다.

육사가 「청포도」에서 말하고자 했던 가장 강렬한 표현은 아마도 이 '손님'에 있었을 것이다. 뿐만 아니라 손님은 이미지즘의 수법에서 차용된 객관적 상관물이라는 점에서도 주목을 요한는 경우이다. 어쩌면 저항성으로 상징되는 육사의 시에서 가장 의미있는 부분이 이 상관물이 발견이 아닐까 한다.

육사를 저항문인으로 간주하는데 있어서 이의를 달 사람은 아무도 없다. 그것은 그의 시에서 표명된 저항의 색채랄까 몸짓 때문이다. 일제 강점기에 어떠한 문인도 그러한 정서를 강력히 표출한 경우는 거의 없었다. 「청포도」에서 '손님'은 그러한 의지의 표명이며 조국독립의 내포이다. 우회적이나마 조국독립에 대한 이미지를 이렇게 구체적으로 발견해낸 경우를 쉽게 찾을 수 없다는 점에서 육사 시가 갖는 저항의 강도를 이해할 수 있는 대목이 아닐 수 없는 것이다. 육사가 저항의 수준을 이 영역까지 끌어올릴 수 있었던 것은 구체적 일상이라는 이미지즘의 의장이 없이는 설명하기 어려운 부분이다.

동방은 하늘도 다 끝나고
비 한 방울 나리잖는 그 때에도
오히려 꽃은 빨갛게 피지 않는가.
내 목숨을 꾸며 쉬임 없는 날이여

北쪽 툰드라에도 찬 새벽은
눈 속 깊이 꽃 맹아리가 움직거려
제비떼 까맣게 날아오길 기다리나니
마침내 저버리지 못할 약속이여!

한 바다 복판 용솟음 치는 곳
바람결 따라 떠오르는 꽃城에는
나비처럼 취하는 回想의 무리들아
오늘 내 여기서 너를 불러 보노라

「꽃」 전문

　　일상의 현실이 본질에 가까워질 수 있는 것은 이를 받아들이는 주
체의 신념에 따라 좌우될 것이다. 따라서 「청포도」에서 '손님'으로
표상된 조국독립이란 확신이 없으면 불가능한 존재이다. 주어진 상
황에 대한 인식과 이를 받아들이고 해석하는 일은 서정적 주체의 자
유로운 영역이다. 그러나 불가능할 것 같은 극한의 상황에서 가능성
의 척도를 엿보는 일이야말로 인식주관의 확신이나 신념이 없이는
불가능할 것이다. 육사의 시에서 미래에 대한 희망이 단순히 희망차
원으로 그치지 않는 것은 이런 자세와 무관하지 않을 것이다.

육사 시의 강점은 거침없이 펼쳐지는 미래에 대한 확신에서 찾아진다. 실상 자신 앞에 놓여진 임무가 신념을 동반하지 못한다면 다가올 미래에 대한 희망은 보이지 않을 것이다. 그러나 육사의 시들은 그러한 한계나 장애를 초월한 곳에 놓여 있다. "동방은 하늘도 다 끝나고/비 한 방울 나리잖는 그 때에도/오히려 꽃은 빨갛게 피지 않는가"라는 확신이야말로 미래에 대한 시인의 강력한 신념의 표백이기 때문이다. 육사의 시들은 이렇듯 구체적 현실인식과 여기에 덧붙여진 신념의 표백이 덧씌워져 만들어낸 응집에서 구현된 것들이다.

> 까마득한 날에
> 하늘이 처음 열리고
> 어디 닭 우는 소리 들렸으랴
>
> 모든 산맥들이
> 바다를 연모해 휘달릴 때도
> 차마 이곳을 범하던 못하였으리라
>
> 끊임없는 광음을
> 부지런한 계절이 피어선 지고
> 큰 강물이 비로소 길을 열었다
>
> 지금 눈 내리고
> 매화 향기 홀로 아득하니
> 내 여기 가난한 노래의 씨를 뿌려라

다시 천고(千古)의 뒤에

백마(白馬) 타고 오는 초인(超人)이 있어

이 광야에서 목놓아 부르게 하리라

　　　　　　　　　「광야」 전문

　「광야」는 「꽃」과 「청포도」의 연장선에 놓인 작품이다. '손님'과 '꽃'의 이미지가 「광야」에서는 '초인'으로 대치되어 나타나고 있다는 점에서 그러하다. 이 작품을 이끌어가는 중심의 흐름도 이미지즘의 맥락으로부터 이해될 수 있다. 그만큼 「광야」의 시적 전개도 육사가 즐겨 구사했던 이미지즘의 수법에 의해 직조되고 있는 것이다. 조국 독립의 선지자로 상징되는 '초인'의 이미지 역시 이 의장의 특색 가운데 하나인 객관적 상관물로 설명할 수 있는 부분이다. 일상의 구체적 사물로부터 시인의 세계관을 이끌어내는 방식이 「청포도」의 그것과 똑같이 닮아 있기 때문이다.

　우선, 이 작품의 중심 공간은 우리나라이다. 그것이 역사적, 시간적 속성에 의해 광야라는 배음 속에 이루어짐으로써 조국의 신성성, 선험성이 강조되고 있다. 그러나 그 신성성을 침범하고 있는 것이 "눈 내리는 시절"의 열악한 현실이다. 육사는 조국이라는 신성성을 회복하기 위해 스스로 초인임을 자임했다. 현실에 대한 자신의 입장이 초인이라는 상관물에 덧씌워짐으로써 시인의 의도했던 목표에 쉽게 도달하고 있는 것이다.

　육사의 시들에서 드러나는 조국독립의 이미지는 이 시인만이 담보하고 있는 고유의 것이다. 식민지의 현실을 겨울과 눈으로 읽어내고, 이를 극복할 구체적인 매개로 '손님'과 '초인'으로 형상화한 것은 오직 육사의 경우 뿐이다. 이는 현실에 대한 직접성을 회피하는 우회성이면서 또다른 직접성으로 나아가는 기능적 장치이다. 이를 매개하는 의장이 이미지즘이었다. 그렇기에 이미지즘은 시인에게 서정의 폭을 확충하는 장치였고, 현실을 읽어내는 수단이었다. 이렇게 이해된 현실이 불온한 것임은 당연한 일이었거니와 육사는 이를 극복하는 초인의 이미지를 발견해냄으로써 식민지 체제에 온몸으로 저항하고자 했다. 그런 지시성이야말로 육사만의 득의의 영역이었다. 그리고 이를 매개하고 승화한 것이 이미지즘의 수법이었다. 따라서 육사에게는 이 의장이 서정의 장치이면서 사상을 표출하는 주요 매개가 되었다고 할 수 있다.

5. 이미지와 사상의 결합이 갖는 시사적 의의

이육사라는 이름에서 육사는 시인의 수인번호이다. 그가 이 숫자를 자신의 호로 사유할만큼 현실에 대한 올곧은 인식과 저항 의식은 강렬했다고 하겠다. 삶에 대한 그러한 처절한 의식은 여기서 그치지 않고 문학 세계에서도 그대로 이어나갔다. 그는 동양의 한시에 대해서도 관심이 있었고, 서구의 세련된 근대시에 대해서도 많은 관심을 가졌다. 독립운동과 피검, 투옥의 과정을 거듭하면서도 문학동인 『자오선』 등에 가입하여 활발한 활동을 벌인 것은 그의 문학적 정열이 어떠했는지를 말해주는 좋은 예증이 된다고 할 수 있다.

육사의 시들은 선경후정과 같은 한시의 세계를 도입하기도 했지만, 근대시의 주조 가운데 하나였던 이미지즘의 세례를 더욱 많이 받았다. 그가 이 사조에 대해 어떤 영향을 받았다거나 이에 기반한 시를 생산해내었다는 특별한 언급이나 기록이 존재하는 것은 아니다. 그럼에도 불구하고 그의 시세계에서 드러나는 이미지즘의 요소들은 매우 강렬한 것이어서 그가 이 영향으로부터 자유롭지 않은 것은 사실이다.

이미지즘이란 현실의 구체성에서 출발하는 사조이다. 낭만주의의 몽환적 태도에 대한 불만에서 출발했기에 이 사조가 지향하는 근저에는 일상의 구체성에 대한 세밀한 인식이 놓여져 있었다. 그런데 이미지즘은 형식주의의적 특성과 수법을 갖고 있음에도 불구하고 이 의장 속에 내재된 현실에 대한 구체적인 관심은 시인의 의도했든 혹은 그렇지 않았든 간에 미메시스라는 새로운 인식을 낳는 결과를 가져오게 된다. 모더니즘과 리얼리즘의 상호관계라는 세계사적 관심 주제를 불러일으킨 것도 이와 밀접한 관련이 있는데, 실상 육사의 시세계가 이 관계로부터 자유롭지 않다는 점에서 주목을 요하는 경우이다.

육사의 시에서 이미지즘이 서정의 폭을 확충시키는 기능도 하지만 현실에 대한 인식을 올곧게 하는 역할도 하고 있었던 것으로 보인다. 일상의 영역에서 출발하는 이미지즘의 수법상 현실에 대해 관심을 갖게 되는 것은 어찌보면 자연스러운 일이 아닐까 한다. 어떻든 육사의 시들은 대상에 대한 미메시스의 정밀성으로부터 벗어나지 못하는 한계 또한 갖고 있는 것이 사실이다. 그러나 그것이 식민지 현실이라는 객관적 열악성과 마주할 때, 저항의 범주로 편입되는 것은 자연스런 수순이 아니었을까 한다.

그러한 현실에 대한 객관적 인식과 사유가 만들어낸 것이 소위

'손님'과 '초인'의 이미지이다. 열악한 객관적 힘이 강력하게 작동하는 현실에서 이런 정도의 저항적 담론이나마 담아낼 수 있는 것은 육사만의 득의의 영역이었다고 할 수 있다. 그를 식민지 시대 최대의 저항시인이라 명명할 수 있는 근거도 이런 이미지에 대한 직접적 표출에 있을 것이다. 그런데 이런 직접성의 근원적 토대가 바로 이미지즘의 수법에서 온 것이라는 사실을 감안하면, 이 사조는 육사시가 만들어지고 나아가는 과정에서 매우 중요한 매개가 되었다고 할 수 있을 것이다. 육사에게 이미지즘은 단순히 서정의 보폭을 넓혀가는 형식적 장치로서만 기능한 것이 아니라 식민지 현실에 대해 강력하게 발언할 수 있는 매개로서 기능했다. 이는 식민지 현실에서 '손님'이나 '초인'의 이미지를 발견하고 불온한 현실을 타개해나는 추진체로 만들었다는 점에서 그러하다. 조국 독립에 대한 구체적 비전이나 미래상을 이만한 정도의 이미지로 만들어낼 수 있었던 경우가 거의 없었다는 점에서 육사 시의 시사적 의의는 보다 분명해진다고 할 수 있을 것이다.

제4장

이용악 시에 나타난 민족의식 연구

1. 이용악 시의 다양성

이용악은 1914년 함경북도 경성읍에서 출생했다. 이후 이곳에서 경성보통학교를 졸업하고, 일본의 동경 소재 상지대학(上智大學) 신문학과에 유학했다. 이때가 1934년부터 1938년까지였고, 시인으로 등단한 것도 이 무렵이었다. 1935년 『신인문학』 3월호에 「패배자의 소원」을 발표함으로써 비로소 문인의 길로 들어선 것이다. 이와 더불어 함경북도 명천 출신의 김종한(金鍾漢)과 함께 『이인(二人)』이란 잡지를 5, 6회 간행한 것으로도 되어 있다. 절친한 동향의 후배였던 유정(柳呈) 역시 시인이었기에 이용악의 문학적 배경이랄까 토대는 매우 견고했던 것으로 보인다. 그의 문학적 토양이 좋은 배경이었음을 강조하는 것은 이 시기가 갖는 특수성과 관련되어 있기 때문이다. 잘 알려진 것처럼, 1930년대 중후반기는 진보적 문학운동을 대변하던 카프활동이 쇠퇴하던 시기였고, 그 반대편에 놓인 문학적 흐름들도 동일한 운명을 맞이하고 있었다. 이런 흐름 속에서 이용악이 다양한 형태의 문인들과 문예사조에 노출되었다는 것은 매우 예외적인 상황이었다고 할 수 있을 것이다.

이용악의 문학들이 다양한 세례를 받아왔다는 사실은 실제 그의 창작행위에서도 그대로 드러나고 있다. 그는 이 시기에 모더니즘 계통의 시를 쓰기도 했고, 노동시를 쓰는가 하면, 순수 서정시에도 관심을 보여주었다. 어느 한 시기에 이렇듯 다양한 형태의 문학적 흐름들이 존재할 수 있다는 것은 한 시인에게 있어서 올바른 세계관이 성숙되지 못했다는 증좌일 것이다.

1937년 간행한 첫 번째 시집『분수령』에는 모더니즘 풍의 시가 있는가 하면, 카프지향적인 시도 있다. 「포도원」과 「병」이 전자의 경우라면, 「나를 만나거든」 등은 후자의 경우이다. 그 나머지 대부분의 경우는 서정시인데, 이런 흐름을 보면, 이용악이 이 시기에 문예사조에 매우 관심이 많았거나 아니면 습작기의 수준에 머물러 있음을 알게 해주는 증거일 것이다. 이는 그의 문학적 행로가 아직 뚜렷이 나타나지 않았음을 말해주는 것이라 할 수 있다. 그것은 모더니즘에서 출발하여 리얼리즘으로 바뀌어가는, 세계사적인 경로와 곧바로 맞아 떨어지기 때문이다. 실상 이 두 사조는 근대성을 두고 사유된다는 점에서는 공통의 기반을 갖고 있지만, 현실을 응시하는 자아의 태도에서는 커다란 차이점을 보인다. 이를 인식의 불철저라든가 전망의 존재여부에 의해 설명할 수 있지만, 중요한 것은 그 차이가 주는 인식이나 사조의 방향이다. 전망의 부재에 놓인 자아가 자기고립의 한계를 벗어나지 못하는 것이 모더니즘이라 할 수 있다면, 그 반대 편에 놓이는 경우가 리얼리즘이다. 그런데 이용악의 경우는 선후를 결정하기 힘들 정도를 이 두 가지 흐름이 혼재되어 나타나고 있다는 사실이다. 그러한 경향들이란 자기정립이 이루어지지 않은, 초기 이용악 시의 특색에 대한 일차적인 표징이 될 것이다.

그리고 두 번째는 이용악 시의 특징 가운데 하나인, 소위 유이민(流移民) 시세계들이 갖는 의미이다. 이 분야에 대해서는 연구가 제법 많이 진행된 편인데[1], 중요한 것은 그러한 유이민이 갖는 궁극의 의미일 것이다. 식민지 시대 유이민의 발생이 주로 일제 강점기의 현실과 분리하기 어려운 것이긴 하지만, 이를 좀 더 적극적인 측면에서 의미부여 해야 한다는 점이다. 그래야만 이용악 시가 갖는 일관성을 설명할 수 있을 것이고, 특히 해방 직후 그가 보여준 행보를 올바로 설명할 수 있기 때문이다. 그의 시들은 해방공간의 일반화된 대중성이 아니라 전위성을 보여주었다는 점에서 긍정적인 평가를 받기도 했다[2]. 그러나 이용악의 시들은 이런 전위성에도 불구하고 이 시기 남로당계 문학관을 적극적으로 받아들이거나 그 속에 편입되어 들어가지 못했다. 그는 해방 직후의 문제작이었던 「38도에서」라는 작품을 발표하지만, 김동석으로부터 이 시기에 대한 현실인식이 잘못되었다는 비판을 받고 있었기 때문이다[3]. 문학가동맹의 핵심 일원이었던 김동석의 입장에서 보면, 이용악이 보여준 애매모호한 세계관은 정당하지 못한 것으로 받아들여질 수 있었다. 그러나 이념보다는 민족, 특히 식민지 공간에서 일관되게 유지되었던 이용악의 민족주의적 시각에 비춰보면, 김동석의 그러한 평가는 일면적인 시

---

1 윤영천, 「민족시의 전진과 좌절」, 『이용악 시전집』, 창작과 비평사, 1988, pp.193-252.
2 신범순, 「해방공간의 진보적 시운동에 대하여」, 『해방공간의 문학-시』②, 돌베개, 1988, p.370.
3 김동석, 「시와 정치-이용악의 실 「38도에서」를 읽고」, 『해방공간의 비평문학』1 (송기한 외), 태학사, 1991, pp.173-175.

각임을 알 수 있다.

이용악이 일제 강점기에 지속적으로 관심을 표명했던 것은 유이민들의 삶이다. 이들의 삶이란 한마디로 말하면 뿌리 뽑힌 자들의 모습이다. 어느 시기에도 유이민들은 늘상 있는 것이긴 하나 식민지 시대에 그들의 존재가 특히 부각되었다는 것은 일제 강점기라는 상황, 곧 민족모순과 분리하기 어려운 것이라 할 수 있을 것이다. 한국의 역사, 아니 그것을 좀 더 미세한 범위로 한정하더라도 이 모순이 정당한 평가와 가치를 받지 못해 왔다. 진보주의 문학에서는 계급모순의 문학만이 관심의 초점이 되어 왔을 뿐이고, 민족 모순은 가장 실제적이고 정확한 현실인식이었음에도 불구하고, 이념대결의 역사에서 소외되어 왔기 때문이다. 이는 1930년대 중후반 가장 충실한 현실인식을 보여준 이용악의 문학이 올바른 평가를 받지 못한 것과 관련된다. 이제 유이민의 발생동기와 그것이 민족문학에서 차지하는 위치에 대해 올바른 평가를 내릴 때가 되었고, 이에 덧붙여 이용악의 문학 또한 새로운 의의를 부여받을 때도 되었다고 생각한다.

2. 자아의 각성과 존재론적 변이

초기 이용악의 문학들은 미정형의 상태에 놓여 있었다. 시정신이 갖춰지기 이전 그의 문학들이 다양한 사조로 나타난 것이 그 증좌라 할 수 있을 것이다. 그에게는 자본주의 현실을 대표하는 모더니즘적 경향과 리얼리즘적 경향이 혼재되어 나타나는가 하면, 서정적 경향의 작품들도 있었다. 그렇게 착종된 양상들이 하나의 세계관으로 정립되기 위해서는 올바른 세계관의 형성이 무엇보다 필요했을 것으로 보인다. 그의 전기적 삶과 사실들이 제대로 밝혀진 것이 없기에 어떤 계기로 새로운 시정신이 획득되었는가 하는 것에 대해 판단하는 것은 쉬운 일이 아니다. 다만 시인은 그가 생산한 작품이 일차적인 준거틀이 될 수 있기에 작품으로 이해하는 것이 가장 좋은 수단이 될 것이다.

세계관의 변화는 두가지 국면에서 고찰할 수 있는데, 하나는 앞서 말한 대로 전기적 사실들이 뚜렷이 밝혀진 것이 적다는 점에서 찾을 수 있다. 특히 그는 월북문인이었고, 북한에서 지속적으로 문학적 활동을 이어갔고, 어느 정도는 그쪽 문단의 평가를 받은 것으로 보인다[4]. 이러한 활동과 더불어 해방 이후 남북이 펼쳐온 금단의 역사에 비추어보면 그에 관한 자료들이 영성했을 것으로 이해된다.

그리고 다른 하나는 세계관에 대한 과학적 변화과정이다. 그는 초기에 리얼리즘에도 관심을 가졌지만 다른 한편으로는 모더니즘에도 경사되어 있었다. 이용악이 민족 현실을 발견한 이후에는 어떤 형태의 모더니즘 문학에 대해서도 관심을 표명하지 않은 것을 보면, 그의 문학관은 이 시기에 올곧게 정립된 것으로 보인다. 다만, 어찌하여 자의식이 팽창되고 외부와 고립될 수밖에 없었던 모더니즘 문학이 그로부터 분리되었는가 하는 것에 대한 자료들은 거의 없는 형편이다. 그것은 산문 자료뿐만 아니라 시의 경우도 마찬가지이다. 부조리한 현실과 이에 대한 치열한 자의식 등을 표명한 작품들이 거

---

4 북한 자료에 의하면, 이용악은 1950년대 후반 『평남관개시초』를 비롯한 작품활동을 활발히 전개해 온 것으로 알려져 있다.

의 없다는 뜻이다. 그런 작품들의 부재는 유이민을 향한 관심들이 어떻게 형성되었는가에 대해 명쾌하게 설명해주지 못했다. 따라서 많은 자료가 아니라 몇몇의 작품을 통해서 그의 세계관 형성에 대해 이해하는 것이 정도라고 생각한다.

산과 들이
늙은 풍경에서 앙상한 계절을 시름할 때
나는 흙을 뒤지고 들어왔다
차군 달빛을 피해
둥글소의 앞발을 피해
나는 깊이 땅속으로 들어왔다

멀어진 태양은
아직 꺼머 첩첩한 의혹의 길을 더듬고
지금 태풍이 미쳐 날뛴다
얼어빠진 혼백들이 지온을 불러 곡성이 높다
그러나 나는
내 자신의 체온에 실망한 적이 없다

온갖 어둠과의 접촉에서도
생명은 빛을 더불어 사색이 너그럽고
갖은 학대를 체험한 나는
날카로운 무기를 장만하리라
풀풀의 물색으로 평화의 의장도 꾸민다

얼음 풀린

냇가에 버들이 휘늘어지고

어린 종다리 파아란 항공을 시험할 때면

나는 봄볕 짜듯한 땅 우에 나서리라

죽은 듯 눈감은 명상-

나의 동면은 위대한 약동의 전제다

　　　　　「冬眠하는 昆蟲의 노래」 전문

　다소 사변적이고 이미지즘의 색채가 묻어나는 이 시가 이용악의 작품 세계에서 갖는 비중은 자못 크다고 하겠다. 그것은 자아각성이라는 인식의 큰 변화를 이 시만큼 보여주는 작품도 없기 때문이다. 또한 일제 강점기의 열악한 상황에 대해서도 상징이라는 시적 의장을 통해 예리하게 제시해주고 있다는 점에서도 그러하다.

　시인은 존재의 변이 과정을 동면에 비유하고 있고, 이를 통해서 각성된 자아의 행로를 '위대한 약동의 전제'로 설정했다. 이는 두가지 측면에서 그 의의가 있는 경우인데, 하나는 열악한 상황에 대한 시적 저항의지이다. 여기서 '앙상한 계절'이나 '차군 달빛', 혹은 '둥글소의 앞발'은 동면을 방해하는 요소들의 상징적 표현들이라 할 수 있다. 실상 일제 강점기의 열악성을 상징이라는 우회적 장치를 통해서 표현한 경우가 이용악에 의해 처음 시도된 것은 아니다. 일찍이 영랑은 이를 '이리'와 '승냥이'로 상징화한 바 있고[5], 임화는 '산불'과 '어린 사슴'의 관계[6]를 통해서 상징화한 바 있기 때문이다. 이용악은

5　김영랑, 「독을 차고」 참조.

식민지라는 현실과 그에 대한 저항의지를 이렇듯 동면이라는 의장을 통해서 존재의 변신을 하고 있었던 것이다.

그리고 다른 하나는 모더니즘의 인식 변화 과정이다. 이용악의 초기시들이 시의식이 부재하고 세계관이 제대로 형성되어 있지 않았음은 이미 지적한 바와 같다. 자본주의에 근거한 모더니즘과 리얼리즘이 그 태생적 교집합에도 불구하고 극단적 의미망으로 사유되고 있는 것은 잘 알려진 일이다. 그 평행화된 양축이 하나의 점으로 모아질 수 있다는 가능성은 언제나 존재한다. 곧 끊임없이 시도되고 있는 내적인 고민과 외적인 환경이 적절히 만났을 때 양극단은 비로소 하나가 된다. 우리 시사에서 이런 시도들은 임화나 김광균, 김기림 등을 통해서 확인한 바 있고, 해방 이후에는 박인환이나 김규동을 통해서 익히 보아온 터이다. 그러나 그것이 얼마나 많은 경우의 수를 갖고 있는 것인지, 또 경우의 수가 많다고 그 정당성이 확보되는 것인가 하는 것은 별개의 문제이다. 중요한 것은 정합성으로 나아가는 합법칙이 얼마나 설득력이 있는 것인가에 좌우될 문제라 할 수 있을 것이다.

이런 맥락에서 이용악은 이 시기 다른 시인들이 보여주었던 경로를 미약하게나마 보여주었다는 점에서 그 시사적 의의가 있는 경우이다. 우선, 「冬眠하는 昆蟲의 노래」에서 그 일단을 확인할 수 있는데, 이 작품에서 시적 자아는 결코 고정되어 있는 자아가 아니다. 이 자아는 과정 중의 주체, 형성 중의 주체이다. 그리고 그 외면적 환경을 제공하고 있는 것이 바로 '동면'이라는 과정이다. 이 동면의 과정

---

6 임화, 「현해탄」 참조.

은 스스로의 힘과 동력에 의해 시도된 것이기도 하지만, 외적인 힘에 의해 강요된 측면 또한 매우 강한 것이라 할 수 있다. 궁극적으로는 새로운 존재로의 변신과 이를 통해 열린 세상으로 나아가겠다는 것, 그것이 동면 중인 자아가 나아갈 수 있는 유일한 목표가 되고 있다.

현재의 불합리한 인식과 이를 통해 열린 세상으로 나아가겠다는 의지는 서정시의 경우 매우 드문 주제의식이라는 점에서 주목을 끈다고 하겠다. 이런 자아각성의 과정이란 카프 시의 경우에서도 쉽게 확인할 수 없다는 점에서 더욱 그러하다. 그 대표적 사례로 임화의 「우리 오빠와 화로」가 있다. 이 작품에서 시적 화자는 전위성으로 채색된 동지들의 행위를 예찬하고 이들의 발걸음에 대해 함께 동행할 수 있음을 다짐하고 있다. 다시 말해 시적 화자의 자아변신이 연대의식과 결부됨으로써 전위의 주체로 거듭 태어날 수 있음을 일러주고 있는 것이다. 그러나 「冬眠하는 昆蟲의 노래」에서 카프의 전위와 같은 의식이 감각되는 것은 아니다. 시적 자아의 목표가 어떤 것이어야 한다는 점이 분명히 제시되어 있지 않은 까닭이다. 뿐만 아니라 신경향파 시기의, 지식인의 자의식이나 소시민성의 기각과 같은 각성의 문제와도 전혀 무관하다. 그럼에도 이 작품은 민족모순이라는 거대한 서사성으로 나아가는 시인의 시세계를 선도하고 있는 시라는 점에서 그 의의가 있다 하겠다.

나는 나의 조국을 모른다
내게는 정계비 세운 영토란 것이 없다
―그것을 소원하지 않는다

나의 조국은 태어난 시간이고
나의 영토는 나의 쌍두마차가 굴러갈
그 구원(久遠)한 시간이다

나의 쌍두마차가 지나는
우거진 풀 속에서
나의 푸르른 진리의 놀라운 진화를 본다
산협(山峽)을 굽어보면서 꼬불꼬불 넘는 영(嶺)에서
줄줄이 뻗은 숨쉬는 사상을 만난다

열기를 토하면서
나의 쌍두마차가 적도선을 돌파할 때
거기엔 억센 심장의 위엄이 있고
계절풍과 싸우면서 동토대를 지나
북극으로 다시 남극으로 돌진할 때
거기선 확확 타오르는 삶의 힘을 발견한다

나는 항상 나를 모험한다
그러나 나는 나의 천성을 슬퍼도 하지 않고
기약없는 여로를
의심하지도 않는다

명일(明日)의 새로운 지구(地區)가 나를 부르고
더욱 나는 그것을 믿길래

나의 쌍두마차는 쉴새없이 굴러간다.

날마다 새로운 여정을 탐구한다

「雙頭馬車」 전문

이 작품 역시 「冬眠하는 昆蟲의 노래」와 더불어 1937년에 간행된 첫시집 『분수령』에 실린 시이다. 「쌍두마차」는 내용상 「冬眠하는 昆蟲의 노래」의 연장선에서 설명될 수 있는 작품이다. 첫째는 존재의 전환이라는 측면에서 그러하고, 다른 하나는 과정 중의 주체라는 측면에서 그러하다. 쌍두마차라는 기표가 시적 자아의 퍼스나라고 한다면, 이를 위협하는 객체는 '계절풍'과 '동토대'이다. 이는 「冬眠하는 昆蟲의 노래」의 '앙상한 계절'이나 '차군 달빛', 혹은 '둥글소의 앞발'과 등가관계로서 일제강점기의 상징적 표현들인 셈이다. 이는 이용악의 시들이 개인의 내면 차원에서 그치지 않음을 말해준다. 곧 사적 차원의 비판이 역사적 현실을 발견함으로써 공적 현실로 상승하고 있는 것이다[7].

그런데 이 쌍두마차는 "북극으로 다시 남극으로 돌진할 때" 이로부터 "확확 타오르는 삶의 힘을 발견"한다. 그런 힘의 역동성은 서정적 자아로 하여금 '모험'의 주체가 되게 하기도 하며, "기약없는 여정"을 '의심'하지도 않는 강한 주체가 되게도 한다. 이를 테면 서정적 자아는 역경 속에서 힘을 발견하고 이를 초월하는 절대 에너지를 발견하는 것이다.

또 하나, 인용시는 민족에 대한 발견이라는 측면에서도 의의가 있

---

7 김재홍, 『이용악』, 한길사, 2008, p.74.

는 경우이다. 서정적 자아는 첫행에서 "나는 나의 조국을 모른다"고
했다. 뿐만 아니라 "내게는 정계비 세운 영토란 것이 없다"고도 했
다. 여기서 조국을 모른다고 하거나 정계비 세운 영토가 없다는 것
은 일제 강점기의 현실, 곧 조국의 부재와 관련된다. 그리고 시인은
"정계비 세운 영토란 것을 소원하지 않는다"고도 했다. 이를 문면 그
대로 해석한다면, 조국이 필요없다는 뜻으로도 이해될 수 있을 것이
다. 그런데, 만약 그러하다면 이용악은 민족 반역자에 불과할 것이
고, 또 그가 그토록 자신의 시적 소재로 삼아온 유이민이란 것도 의
미없는 것이 될 것이다. 이는 그의 시들이 민족모순에 기반한 것이
고, 그것이 해방이후까지 계속 지속되었다는, 이글의 주제와도 크게
상위되는 것이라 할 수 있다.

그러나 이런 판단을 하기에는 이 시기 시인들의 내면의식에 쌓인,
국가에 대한 부정의식을 고려해야 한다는 점이다. 실상 식민지 시기
의 문인들에게 조선왕조로 대표되는 국가란 그리 긍정적인 모습으
로 비춰지지 않았다. 윤동주는 그런 오역의 역사를 '구리거울'로 표
현하고 이를 계속 닦아내려 하지 않았던가. 이런 맥락에 비춰보면
이용악 역시 동일한 의미의 해석이 가능하다고 하겠다. 그가 조국을
모른다고 한 것이나 정계비 세운 영토를 부정한 것은 일반적 의미의
조국이 아니라 불온한 역사의 현실을 만들어 낸 조선왕조였을 것이
다. 왕조는 역사적인 것일 뿐 항구적인 것이 결코 될 수 없다는 점에
서 윤동주나 이용악이 부정하는 조국은 어느 정도 설득력을 갖는 것
이라 하겠다.

그러한 사실을 뒷받침하는 것이 인용시의 두 번째 연이다. 시인은
"나의 조국은 내가 태어난 시간이고", "나의 영토는 나의 쌍두마차

가 굴러갈/그 구원한 시간"이라고 했다. 조국은 과거의 그것이 아니라 현재의 그것이라는 점에서 이 판단은 타당할 것이다. 뿐만 아니라 시인의 의지를 가득 담은 쌍두마차가 달려갈 장소도, "그 구원한 시간"이라는 점도 마찬가지의 경우이다. 시인에게 필요한 것은 과거가 아니고 지금 여기의 현재이다. 현재란 미정형의 상태에 놓여있는 것이기에 그 현재적 조건이 어떠하든 간에 시인의 의지대로 조국은 만들어가면 그뿐이다.

조국에 대한 현실인식과 그것이 어떤 모양새를 취해야 한다는 것은 오직 시인 자신의 몫이다. 중요한 것은 그러한 목표를 위해서 시적 자아가 취해야 할 방향일 것이다. 그는 미래로 나아가는 그러한 도정을 "의심하지 않는다"고도 했고, "쉴새 없이 나아가면서 새로운 여정을 탐구한다"고도 했다. 동면에 들어갔던 자아가 쌍두마차를 타고 드디어 새로운 여정 내지는 목표를 발견한 것이다. 이런 도정을 통해서 이용악은 현재를 발견하고, 그것이 요구하는 시대적 의무가 무엇인지를 비로소 발견하게 된 것이다. 그는 두꺼운 지층의 벽을 뚫고, 미래로 나아가는 쌍두마차에 비로소 올라탄 것이다.

3. 민족의 발견과 그 모순으로서의 유이민 의식

조국을 어떻게 규정하느냐에 따라 다양한 해석이 나오겠지만, 이용악이 가장 관심을 가졌던 것은 조국이라는 관념보다는 민족이라는 실체였던 것으로 보인다. 일찍이 주시경은 한 국가의 구성요소로,

민족, 땅, 언어 등 세가지 요소를 들었지만[8], 이용악의 경우 가장 중요한 국가적 요소는 민족이었다. 민족을 우선 순위에 놓고 보면, 실제로 그의 작품 세계에서 국경이라든가 국토의 개념은 크게 중요하지 않은 듯 보인다. 그의 대표시 가운데 하나인 「북쪽」의 경우를 보면 이를 쉽게 확인할 수 있다.

> 북쪽은 고향
> 그 북쪽은 女人이 팔려간 나라
> 머언 山脈에 바람이 얼어붙을 때
> 다시 풀릴 때
> 시름 많은 북쪽 하늘에
> 마음은 눈감을 줄 모른다
> 　　　　　　「北쪽」 전문

첫시집 『낡은 집』의 맨 앞자리에 실린 이 작품을 대하게 되면, 다소 당황스러운 것이 사실이다. "북쪽은 고향"이라고 아주 명시적으로 선언하고 있기 때문에 그러하다. 실상 우리에게 있어 북쪽은 결코 고향이 될 수 없으며, 오히려 그곳은 침략과 오욕을 우리 민족에게 가한 불온한 주체들의 공간이다. 그런데도 시인은 그 북쪽을 고향이라고 한 것이다. 그러나 시인에게 북쪽이 왜 고향일 수밖에 없나 하는 것은 다음 행에 분명히 밝혀져 있다. 바로 "여인이 팔려간 나라"이기 때문이다.

---

8 주시경, 「국어와 국문의 필요」, 『서우』2, 1907, p.33.

이 작품에서 여인이란 조국이 아니라 민족이라는 관점에서 환기되는 대상이다. 민족 구성원이 팔려간 곳이기에 시인의 근심은 깊어질 수밖에 없다. 여기서 "북쪽은 고향"이라는 시인의 선언에서 두 가지 관점을 시사받을 수 있다. 하나는 앞서 언급대로 민족의식에 대한 환기이다. 시인에게 중요한 것은 조국이라는 형식적 장치가 아니라 민족이라는 실체가 더 절실했던 것으로 이해된다. 그리고 다른 하나는 일제에 대한 비유적 저항이다. 여인이 팔려갔다는 상황 설정 자체가 민족에게는 상흔일 터인데, 시인은 그러한 정황을 역으로 상기시킴으로써 현재의 정황이 예전의 그것과 하나도 다를 것이 없다는 것을 암시적으로 제시한다. 이런 시인의 시적 의장은 「오랑캐꽃」에서도 그대로 드러난다.

- 긴 세월을 오랑캐와의 싸움에 살았다는 우리의 머언 조상들이 너를 불러 '오랑캐꽃'이라고 했으니 어찌 보면 너의 뒷모양이 머리태를 드리인 오랑캐의 뒷머리와도 같은 까닭이라 전한다. -

아낙도 우두머리도 돌볼 새 없이 갔단다.
도래샘도 띳집도 버리고 강 건너로 쫓겨갔단다.
고려 장군님 무지무지 쳐들어와
오랑캐는 가랑잎처럼 굴러갔단다.

구름이 모여 골짝 골짝을 구름이 흘러
백 년이 몇백 년이 뒤를 이어 흘러갔나.

너는 오랑캐의 피 한 방울 받지 않았건만

오랑캐꽃

너는 돌가마도 털메투리도 모르는 오랑캐꽃

두 팔로 햇빛을 막아 줄게

울어 보렴 목놓아 울어나 보렴 오랑캐꽃.

「오랑캐꽃」 전문

　서정주는 이 작품을 두고 "망국민의 비애를 잘도 표현했다"[9]고 말
한 바 있다. 이런 해석이 가능했던 것은 아마도 오랑캐꽃에 내포된
함의였을 것이다. 이 시의 부제에 의하면, 오랑캐꽃은 긴 세월동안
오랑캐와의 싸움에 살았다는 우리의 먼 조상들이 명명한 이름이다.
이런 역사성에 따라 오랑캐꽃은 결코 우리 민족과는 어떠한 친연성
도 가질 수 없는 대상이다. 그럼에도 시인은 이 꽃에 대한 애틋한 정
서를 표명하고 있다. 어떻게 이런 발상이 가능했던 것일까.
　실제로 이 작품을 꼼꼼히 읽어보면, 이 꽃에 위해를 가하는 주체
는 다름 아닌 '고려 장군님'이다. 고려의 장군님이 무섭게 쳐들어왔
기 때문에 "아낙도 우두머리도 돌볼 새 없이 갔고", "도래샘도 띳집
도 버리고 강건너로 쫓겨갈" 수밖에 없다고 진단했다. 우리 민족이
침략의 주체가 되기 힘든 상황이었음은 역사가 증명하는 바인데도
시인은 고려의 장군을 무지막지한 주체로 묘사했을 뿐만 아니라 오
랑캐꽃은 그 침탈의 역사를 상징하는 대상으로 우뚝 등장하고 있는
것이다.

　9 서정주, 「광복전후의 문단」, 조선일보, 1985.8.25.

시인이 오랑캐꽃을 서정화하면서 고려, 곧 우리를 폄하하고자 하는 의도가 아님은 자명한 일이다. 그럼에도 표면적으로는 그런 구도로 짜여져 있는 것이 이 시의 주제이다. 이 역시 「북쪽」의 경우와 비슷한 음역을 갖고 있는 경우라 할 수 있다. 그것은 다음 두 가지 의미를 갖는데, 하나는 검열에 대한 부담이 있었을 것이다. 1907년 광무신문지법 이후 민족 모순에 관한 것을 문자로 드러내는 것은 불가능한 일에 가까웠다. 이용악 자신이 이런 사실을 모르지는 않았을 것이다. 침략이 악이 될 수밖에 없었고, 그 상대편에 놓인 존재는 선한 것일 수밖에 없는 흑백논리의 시대에 이를 직선적으로 말하는 것은 쉽지 않은 일이 되었다. 그런 표명이야말로 반제국주의 의식과 곧바로 연결되기 때문이다. 그런데 시인은 이를 전도시켜 제시함으로써 검열이라는 수단을 우회하고자 한 것으로 보인다. 둘째는 오랑캐꽃을 우리 민족의 상징으로 표현함으로써 민족 모순의 상황을 알리고 싶었을 것이다. 이런 장치야말로 현실 정향적인 문학이 할 수 있는 최고의 수단일 것이고, 이용악이 응시하는 식민지 현실의 질곡이었을 것이다. 다시 말해 이는 민족의식과 분리해서 설명할 수 없다는 뜻이다.[10]

우리집도 아니고
일가집도 아닌 집
고향은 더욱 아닌 곳에서
아버지의 寢床 없는 最後의 밤은

---

10 김학동, 「유이민의 궁핍한 삶과 서사성」, 『현대시인연구』1, 새문사, 1995, p.909.

풀벌레 소리 가득 차 있었다.

露嶺을 다니면서까지
애써 자래운 아들과 딸에게
한 마디 남겨 두는 말도 없었고
아무을灣
설룽한 니코리스크의 밤도 완전히 잊으셨다.
목침을 반듯이 벤 채.

다시 뜨시잖는 두 눈에
피지 못한 꿈의 꽃봉오리가 갈앉고,
얼음장에 누우신 듯 손발은 식어 갈 뿐
입술은 심장의 영원한 停止를 가리켰다.
때늦은 醫員이 아모 말없이 돌아간 뒤
이웃 늙은이 손으로
눈빛 미명은 고요히
낯을 덮었다.

우리는 머리맡에 엎디어
있는 대로의 울음을 다아 울었고
아버지의 침상 없는 최후의 밤은
풀벌레 소리 가득 차 있었다.
「풀벌레 소리 가득차 있었다」 전문

이 작품은 이용악의 전기적 사실을 담고 있다. 시인이 언제 아버지를 잃었는지는 정확하게 알려진 것이 없다. 다만 그에게는 형과 동생이 있었고, 또 누이가 있었던 것으로 알려져 있을 뿐이다. 이렇게 다섯 남매와 어머니가 낯선 땅, 다른 나라에서 아버지를 여의게 된 것이다[11]

작품 속의 아버지는 국경을 넘나들며 장사를 했던 것으로 보인다. 그 생활고 끝에 아버지는 병을 얻었고, 제대로 된 치료를 받지 못한 채 죽어갔다. 유이민들의 비극적인 정서를 사실적으로 보여주고 있는 경우인데, 그의 시들은 이때부터 사실성과 객관성이 담보되면서 시형식들이 비교적 긴 형태를 취하기 시작했다. 사건을 서정화하기 위해서는 이야기 형식이 필요했을 것이고, 또 그것이 서사성을 확보하기 위해서는 최대한 객관성이 유지되어야 했을 것이다. 이용악의 시들이 이야기성을 수용하면서 주관이 현저하게 약화되기 시작한 것이다. 이런 구도는 이 시기 가장 빼어난 유이민들의 삶을 형상화한 것으로 알려진 「낡은 집」에서도 그대로 유지된다.

날로 밤으로
왕거미 줄치기에 분주한 집
마을서 흉가집이라고 꺼리는 낡은 집
이 집에 살았다는 백성들은
대대손손에 물려 줄
은동곳도 산호관자도 갖지 못했니라.

---

11 김용직, 『한국현대시인연구』, 서울대출판부, 2000, p.661.

재를 넘어 무곡을 다니던 당나귀
항구로 가는 콩실이에 늙은 둥글소
모두 없어진 지 오랜
외양간엔 아직 초라한 내음새 그윽하다만
털보네 간 곳은 아무도 모른다.

찻길이 놓이기 전
노루 멧돼지 족제비 이런 것들이
앞뒤 산을 마음놓고 뛰어다니던 시절
털보의 셋째 아들
나의 싸리말 동무는
이 집 안방 짓두광주리 옆에서
첫울음을 울었다고 한다.
"털보네는 또 아들을 봤다우
송아지래두 붙었으면 팔아나 먹지"
마을 아낙네들은 무심코
차가운 이야기를 가을 냇물에 실어 보냈다는
그날 밤
저릎등이 시름시름 타들어 가고
소주에 취한 털보의 눈도 일층 붉더란다.

갓주지 이야기와
무서운 전설 가운데서 가난 속에서
나의 동무는 늘 마음 졸이며 자랐다.

당나귀 몰고 간 애비 돌아오지 않는 밤
노랑고양이 울어울어
종시 잠 이루지 못하는 밤이면,
어미 분주히 일하는 방앗간 한구석에서
나의 동무는
도토리의 꿈을 키웠다.

그가 아홉 살 되던 해
사냥개 꿩을 쫓아다니는 겨울
이 집에 살던 일곱 식솔이
어디론지 사라지고 이튿날 아침
북쪽을 향한 발자국만 눈 위에 떨고 있었다.

더러는 오랑캐령 족으로 갔으리라고
더러는 아라사로 갔으리라고
이웃 늙은이들은
모두 무서운 곳을 짚었다.

지금은 아무도 살지 않는 집
마을서 흉집이라고 꺼리는 낡은 집
제철마다 먹음직한 열매
탐스럽게 열던 살구
살구나무도 글러리만 남았길래
꽃피는 철이 와도 가도 뒤울안에

꿀벌 하나 날아들지 않는다.

「낡은 집」 전문

시적 진실이 확보되기 위해서는 주관성이 최대한 배제되어야 한다. 그것이 또한 리얼리즘 시의 가장 중요한 원칙이기도 하다. 리얼리즘이라는 사조가 시에서도 가능한가에 대해서 많은 의문들이 던져져 왔고, 실제로 그 가능성에 대해 많은 탐색이 이루어져 왔다. 산문 양식에 적합한 리얼리즘론이, 주관이 압도하는 서정 양식에서도 가능한가하는 것이 이 논의의 요체였다. 리얼리즘에서 가장 중요한 항목이 이른바 전형성의 확보, 전망의 문제이다. 이를 뒷받침하는 것이 객관성이 담보된 서사성일 것이다. 서정시는 서사양식과 달리 이를 효율적으로 구현하는 데 한계가 있는 것이 사실이다. 그러니 리얼리즘이란 오직 서사양식에서만 가능하다는 논리가 펼쳐진 것이다. 그럼에도 서정시에서도 리얼리즘이 가능하다는 것을 보여준 사례가 얼마든지 있어 왔다. 바로 단편서사시 양식의 등장이다. 짧은 시형식 속에 서사성이 담보된 것이 이 양식의 특색인데, 임화의 「우리 오빠와 화로」에서 그 완성을 보았다고 알려져 있다. 서사성이란 객관성과 분리하기 어렵게 얽혀있는 요소이다. 시가 서정적 황홀의 순간에 생산되는 것이기에 서사성을 수용하기에 많은 단점이 있는 것은 사실이다.

그러나 시양식에서도 리얼리즘이란 충분히 실현될 수 있다. 전형성과 전망은 서정시 속에 구현된 서사성에 의해 얼마든지 가능하기 때문이다. 여기에 주관이 최대한 배제된 객관성이 확보된다면, 서정시에 있어서의 리얼리즘론은 완성된다. 실상 서사양식에도 주관성은 피할 수 없는 요소이기도 하다. 객관적 현실이 과도한 주관에 의해 왜곡되는 서사양식을 얼마든지 볼 수 있기 때문이다.

이런 측면에서 「낡은집」은 이야기 시, 곧 리얼리즘 시가 요구하는 제반 요소를 충실히 반영한 작품이라 할 수 있을 것이다. 이 작품은 1930년대 중후반 유이민들의 삶이 전형화된 대표적 사례이기 때문이다. 식민지 지배가 낳은 최대의 피해자가 일반 민중이었을 것이고, 그들의 삶이란 정주하지 못하고 떠도는 자들이었다. 그것을 어느 특정 지역으로 한정하지 않더라도 털보네의 삶은 이 시기의 대표단수, 곧 전형적 인물을 대표한다고 할 수 있다. 뿐만 아니라 이들을 유이민이 되게끔 한 시대적 상황 또한 전형적인 것이 아닐 수 없다. 다만 미래의 유토피아가 닫혀있는 것이 이 작품의 단점이 될 수 있을 것인데, 시대적 상황을 감안하면 이 또한 수긍할 수 있는 측면이 있다. 익히 알려진 대로 1930년대 중반은 카프가 해산된 때이기에 더 이상 진보주의 문학은 성립하기 어려웠다. 이미 많은 카프작가들이 전향을 했고, 문학 또한 시대적 상황을 후일담이라는 낯선 형식으로 표현하고 있었다. 그런 상황에서 미래에 대한 낭만적 열정을 표현하는 것은 불가능했을 것이다.

물론 이용악을 두고 카프 계열의 작가라고 단정하는 것은 쉬운 일이 아니다. 그가 한때 일본에서 노동자 생활을 했고, 이에 기반한 의식을 드러낸 작품을 쓰기도 했지만, 그렇다고 하더라도 그가 관심을 보인 것은 계급에 대한 인식이 아니라 민족의 처지에 관한 것이었다. 일제 강점기의 사회구성체를 놓고 계급모순의 관점에서 보는 것은 시대착오적인 것이다. 이러한 인식의 이면에 민족해방이 전제된 것이라 해도 이 모순을 앞에 두는 것은 오류라고 할 수 있을 것이다. 식민지라는 상황 자체가 근본적으로는 민족 모순에 의한 것이기 때문이다. 이런 맥락에서 이용악이 판단했던 민족의 비애와 그 모순에 대한 인식은 깊은 설득력을 갖는 것이라 하겠다. 식민지 시대에 민족의 비애를 이 시만큼 잘 표현한 작품도 없기 때문이다.

알룩조개에 입맞추며 자랐나
눈이 바다처럼 푸를뿐더러 까무스레한 네 얼골
가시내야
나는 발을 얼구며
무쇠다리를 건너온 함경도 사내

바람소리도 호개도 인전 무섭지 않다만
어드운 등불 밑 안개처럼 자욱한 시름을 달게 마시련다만
어디서 흉참한 기별이 뛰어들 것만 같애
두터운 벽도 이웃도 못미더운 북간도 술막

온갖 방자의 말을 품고 왔다
눈포래를 뚫고 왔다
가시내야
너의 가슴 그늘진 숲속을 기어간 오솔길을 나는 헤매이자
술을 부어 남실남실 술을 다르어
가난한 이야기에 고히 잠거다오

네 두만강을 건너왔다는 석 달 전이면

단풍이 물들어 천리 천리 또 천리 산마다 불탔을 겐데
그래두 외로워서 슬퍼서 초마폭으로 얼굴을 가렸더냐
두 낮 두 밤을 두루미처럼 울어 울어
불술기 구름 속을 달리는 양 유리창이 흐리더냐

차알삭 부서지는 파도소리에 취한 듯
때로 싸늘한 웃음이 소리없이 새기는 보조개
가시내야
울 듯 울 듯 울지 않는 전라도 가시내야
두어 마디 너의 사투리로 때아닌 봄을 불러줄께
손때 수집은 분홍 댕기 휘 휘 날리며
잠깐 너의 나라로 돌아가거라

이윽고 얼음길이 밝으면
나는 눈포래 휘감아치는 벌판에 우줄우줄 나설 게다
노래도 없이 사라질 게다
자욱도 없이 사라질 게다

「전라도 가시내」 전문

　이 작품은 해방 직후 간행된, 이용악의 세 번째 시집 『오랑캐꽃』에
실린 시이다. 유이민의 삶과 비극을 다루고 있다는 점에서, 「낡은 집」
과 하등 다를 것이 없다. 그러나 민족적 비애라는 정서적 국면에서
는 「낡은 집」을 능가하는 경우이다. 「낡은 집」은 전형성의 측면에서
는 매우 우수한 시일 뿐만 아니라 유이민들의 비극적인 정서를 객관

적으로 제시하고 있다는 측면에서도 성공한 편이다. 그럼에도 민족적 관점에서는 「전라도 가시내」가 「낡은 집」을 압도하는 형국이다. 그런 압도성은 이 작품 속에 제시된 지명의 특성과 깊은 관련을 맺고 있다.

이 작품의 배경은 북간도 어느 술막 쯤으로 추정된다. 거기서 전라도 가시내와 함경도 사내는 마주하고 있는 서사성으로 이 작품은 구성된다. 그러나 이곳은 "두터운 벽도 이웃도 못미더울" 만큼 무시무시한 공간이다. 이런 공간 설정이 초면 사이인 두 남녀의 연대의식을 강화하게끔 하는 시적 장치가 되고 있다. 그런데 그런 연대성을 가장 필요로 하는 필연적 계기는 바로 전라도와 함경도라는 지명에서 나온다. 지역성이 친근성을 매개로 한 유대의식을 강화하는 전제조건이라고 한다면, 이는 다른 측면에서 민족 모순의 강력한 표명이라 할 수 있을 것이다. 그것은 이들이 조선인이고, 조선적인 공간에서 성장한 인물이라는 사실을 환기해주기 때문이다. 지역성과 향토성만큼 사람들의 관계를 하나로 묶어주는 절대적인 힘도 없을 것이다. 그런 면에서 이 작품은 민족 모순이라는 시대적 과제를 가장 잘 대표해 주는 작품이라고 하겠다.

4. 귀향과 민족에 대한 새로운 발견

일제 강점기 유이민에 대한 비애와 민족이 처한 현실을 사실적이고 객관적으로 표현한 이용악은 여느 사람과 동일하게 갑작스럽게 해방을 맞이한다. 그 이전에 그는 해방 직전에 식민지 시대의 모든 문인들이 자유로울 수 없었던 친일의 혐의를 갖고 있었다. 몇몇 작품들에서 그 흔적을 발견할 수 있는데[12], 그러나 중요한 것은 작품 한두 개를 두고 이 시인의 경향 모두를 이야기할 수 없다는 점이다. 이 작품들이 갖는 진위 여부는 따로 검증해야 하겠지만, 이용악이 펼쳐보인 거대한 시의 흐름 속에서 한두 작품의 일탈을 두고, 이것을 그의 전생애를 결정하는 중요한 준거틀로 삼는 것은 매우 부당한 일이라고 하겠다.

해방 직후 이용악이 가졌던 관심 역시 유이민에 관한 것이었다. 일제 강점기에는 주로 떠나는 유이민이었다면, 해방 직후에는 돌아오는 유이민들에 대한 관심을 보여주었다. 그러나 유이민이라는 점에서는 동일하지만 그 내적인 성격은 현저하게 다른 것이었다. 전자가 민족 모순에 의한 것이었다면, 후자는 그것의 해소 과정에서 일어난 것이었기 때문이다.

> 무엇을 실었느냐 화물열차의
> 검은 문들은 탄탄히 잠겨졌다
> 바람 속을 달리는 화물열차의 지붕 위에
> 우리 제각기 드러누워
> 한결같이 쳐다보는 하나씩의 별
>
> 두만강 저쪽에서 온다는 사람들과

---

12 유정, 「암울한 시대를 비춘 외로운 시혼」, 『이용악전집』, 앞의 책, p.192. 1930년대 말 이용악의 작품 가운데, 「길」과 「눈내리는 거리에서」이 친일적 경향의 시라는 논란이 있다고 함.

쟈무스에서 온다는 사람들과
험한 땅에서 험한 변 치르고
눈보라 치기 전에 고향으로 돌아간다는
남도 사람들과
북어쪼가리 초담배 밀가루떡이랑
나눠서 요기하며 내사 서울이 그리워
고향과는 딴 방향으로 흔들려 간다

푸르른 바다와 거리 거리를
설움 많은 이민열차의 흐린 창으로
그저 서러이 내다보던 골짝 골짝을
갈 때와 마찬가지로
헐벗은 채 돌아오는 이 사람들과
마찬가지로 헐벗은 나요
나라에 기쁜 일 많아
울지를 못하는 함경도 사내

총을 안고 뽈가의 노래를 부르던
슬라브의 늙은 병정은 잠이 들었나
바람 속을 달리는 화물열차의 지붕 위에
우리 제각기 드러누워
한결같이 쳐다보는 하나씩의 별

「하나씩의 별」 전문

1945년 해방직후에 쓰여진 이 작품이 시사하는 바는 매우 크다. 그것은 세 가지 측면에서 그러한데, 하나는 귀향하는 유이민들의 모습을 사실적으로 묘사한 점이다. 불합리한 현실에서 과거에는 떠났으나 그 현실이 해소되었으니 이제는 제자리로 돌아오는 것이 당연지사일 것이다. 그런 면에서 이 작품은 유이민들의 원점회귀라 할 수 있다. 둘째는 이들의 삶이 결코 안정적이지 못하다는 것이다. "그저 서러이 내다보던 골짝 골짝을/갈 때와 마찬가지로/헐벗은 채 돌아오는 이 사람들과 /마찬가지로 벌벗은 나"의 모습으로 현상되기 때문이다. 이 시기 유이민들은 전재민(戰災民)으로 불려졌거니와 이들의 처지가 불우한 것이기에 무엇인가 유토피아적인 삶을 기대하는 것은 매우 어려웠을 것이다. 세 번째는 해방 직후, 이용악이 보여준 현실인식이다. 강대국의 힘에 의한 것이든 그렇지 않든 간에 해방은 우리 민족에게 많은 기회를 제공해주었다. 그런 희망은 이용악 자신 뿐만 아니라 유이민들에게도 동일한 기대치를 주었을 것이다. 비록 "북어쪼가리 초담배 밀가루떡이랑/나눠서 요기하며" 오는 고달픈 여정이지만 "내사 서울이 그리워/고향과는 딴 방향으로", 힘차게 돌아오고 있었기 때문이다. 그들의 그러한 소망을 담고 있는 것이 바로 "하나씩의 별"이다. 그러나 그 별이 이들에게 결코 희망의 별이 될 수 없었음은 해방정국의 현실이 말해준다. 어떻든 현재의 그들을 인도하고 있는 것은 이렇듯 희망의 '별' 속에 담겨져 있었던 것이다.

새나라 건설과 새로운 정치제체를 건설하는 데 있어 해방공간이 주는 가능성은 매우 큰 것이었다. 해방 직후 여러 정치 단체가 결성되고 그에 걸맞은 이념들이 제시된 것도 이런 현실에 부응하기 위한 것이었다. 그것은 정치인들에게만 부과되는 문제는 아니었고, 문학인에게도 동일하게 요구되는 사항이었다. 이용악 또한 여기서 예외가 될 수 없음은 당연한 일이었다.

> 민주주의 국가의 건설과정에 있어서 조선문학의 자유스럽고 건전한 발전을 위하여 전국문학자대회가 무엇을 결의하고 시사했다 할지라도, 그것이 문학이나 문학자만의 이익을 위해서가 아니고 또한 말로만이 아니고, 우리의 문학 실천이 진실로 민족 전원의 이익을 존중해서의 무기가 될 수 있을 때에만 비로소 그 의의가 클 것이다.[13]

이용악이 이 글을 쓴 것은 1946년 2월이었다. 임화 중심의 문학건설본부와 프롤레타리아예술가동맹이 남로당의 지시로 열린 것이 전국문학자대회였다. 이 대회를 계기로 좌익만의 단체인 문학가동맹이 결성되었는데, 이용악이 이를 참관하고 쓴 것이 인용글이었다. 이 글은 이 대회의 모습과 성격을 어느 정도 시사하고 있다는 점에서 의미가 있지만, 해방 직후 이용악의 사유를 일러준다는 점에서도 중요한 글이라 할 수 있을 것이다.

해방직후 새로운 현실에 적응할 문학의 건설목표가 민족문학에 있었음은 잘 알려진 일이거니와 문제는 그 속에 담길 내용일 것이다. 민족반역자나 친일분자가 배제된 인민성의 구현이 좌익 쪽의 목표였지만, 이는 김구 중심의 우익진영과도 어느 정도 부합하는 측면이

---

13 이용악, 「전국문학자대회인상기」, 『이용악시전집』, p.174.

있었다. 그러나 이승만 중심의 독립촉성회는 다른 지향을 보여주었다. 좌익이나 김구의 노선과 달리 이들은 친일분자를 포용하는 입장이었기 때문이다. 좌익이나 김구 등에게 중요했던 것은 정치체제에 한정되는 것이 아니라 어떻게 하면 친일파나 민족반역자를 단죄할 것인가 하는 것이었다. 물론 이들의 공통 목표는 46년 정판사 위폐 사건과 신전술 채택으로 전혀 다른 길을 걷게 된다.그 결과 오직 이데올로기만이 수면 위로 부각되었을 뿐 민족을 매개로 한 통합적 사유는 더 이상 자리를 잡지 못하는 현실이 되고 만 것이다.

해방 직후 이용악의 사상이 어디에 놓여 있었는가 하는 것, 곧 좌익이냐 우익이냐를 구분하는 것은 의미없는 일처럼 보인다. 그에게 중요했던 것은 인용글에서처럼 민족 그 자체였기 때문이다. 그는 민족문학 건설의 일차적인 과제로 민족 전원의 이익을 존중하는, 무기로서의 문학만이 비로소 그 존재의의를 인정받을 수 있다고 했다. 인민성이라든가 계급성이 아니라 오직 민족성만이 새로운 국가건설과 민족문학의 진정한 주체가 될 수 있다고 본 것이다.

물론 이 시기 문학자 가운데 민족성을 민족문학의 매개로 인식한 사람은 이용악 뿐만 아니다. 정지용의 경우도 그 연장선에 놓여 있었다[14]. 정지용은 김구 노선의 충실한 수행자였을 뿐만 아니라 민족문학 건설에 있어 민족의 문제를 최우선의 가치로 두고 있었다. 그런 태도는 이용악의 경우에도 그대로 적용할 수 있을 것이다. 이용악의 사상적 경향을 일러주는, 이때 가장 문제가 되고 있는 작품이 바로 「38도에서」이다.

---

14 송기한, 『정지용과 그의 세계』, 박문사, 2015 참조.

누가 우리의 가슴에 함부로 금을 그어 강물이
검푸른 강물이 굽이쳐 흐르느냐
모두들 국경이라고 부르는 삼십팔도에 날은
저물어 구름이 모여

물리치면 산 산 흩어졌다도
몇 번이고 다시 뭉쳐선
고향으로 통하는 단 하나의 길

　철교를 향해
　철교를 향해
　떼를 지어 나아가는
피난민의 행렬

―야폰스키가 아니요 우리는
거린채요 거리인 채
한 달두 더 걸려 만주서 왔단다
땀으로 피로 지은 벼도 수수도
죄다 버리고 쫓겨서 왔단다
이 사람들의 눈 좀 보라요
이 사람들의 입술 좀 보라요

―야폰스키가 아니요 우리는
거린채요 거리인 채

그러나 또다시 화약이 튀어
저마다의 귀뿌리를 총알이 스쳐
또다시 흩어지는 피난민들의 행렬

나는 지금
표도 팔지 않는 낡은 정거장과

꼼민탄트와 인민위원회와
새로 생긴 주막들이 모여앉은
죄그마한 거리 가까운 언덕길에서
시장끼에 흐려가는 하늘을 우러러
바삐 와야 할 밤을 기대려

모두들 국경이라고 부르는 삼십팔도에
어둠이 내리면 강물에 들어서자
정갱이로 허리로 배꼽으로 모가지로
마구 헤치고 나아가자
우리의 가슴에 함부로 금을 그어
굽이쳐 흐르는 강물을 헤치자
　　　　　　　　　「38도에서」 전문

　이 시의 핵심은 "누가 우리의 가슴에 함부로 금을 그은" 38선의 정
체에 관한 것이다. 미국과 소련 사이에 군사를 주둔시키기 위해 편
의상 그은 38선이 결국은 국경선이 되어 버린 것은 잘 알려진 일이

다. 따라서 그것은 우리의 의사와 상관없이 만들어진 것이고, 궁극에는 국경선이 되어 민족이 갈라지는 분단의 벽이 된 것이다. 이를 형상화한 것이 이용악의 이 작품인데, 평론가인 김동석은 이를 다음과 같이 평한 바 있다.

> 이 시는 조선을 허리 동강낸 북위38도선을 저주하는 노래이다. 38도선을 없애는 것이 곧 자주 독립이다.(---) 그런데 어찌해서 "고향으로 통하는 단 하나의 길"이 38도 이남으로만 통하는 것이냐(---)미군과 미군정청 밖에 없는 남한에서 소련병정과 콤민탄트를 비판해댓자 돌아서서 침뱉기이다.[15]

김동석이 여기서 말하고자 한 요체는 "어찌해서 고향으로 통하는 단 하나의 길이 38도 이남으로 통하는 것이냐"하는 데 있다. 그리고 그는 이런 해석의 결과가 이용악이 사상적으로 철저하지 못해서 범함 오류라고 지적하고 있다. 어디에 이념적 가치를 두고 있는가를 굳이 따지지 않는다면, 김동석의 이같은 지적은 일견 타당할 수 있다. 고향으로 가는 길은 남일 수도 있고 북일 수도 있기 때문이다. 그러나 고향으로 가는 길이 남쪽 뿐이라는 사실과 그것이 세계관의 정당한 결여에 의한 것이라고 한다면, 이는 김동석이 갖고 있는 사상적 편향의 결과일 것이다. 어떻든 이용악이 문학가동맹의 일원이고 또 이 시기 이 단체가 요구하는 문학적 경향들에 대해서 충분히 숙지하고 있었다면, 김동석의 이런 평가는 하등 이상할 것이 없을 것

---

15 김동석, 「시와정치-「이용악시 「38도에서」를 읽고」, 앞의 책, pp.173-175.

이다.

문제는 이용악이 해방 직후 정치적으로 어떤 입장을 갖고 있었는가에 있을 것이다. 결론적으로 말하면, 해방 직후 이용악이 내세운 뚜렷한 이념은 사실상 없다는 것이 필자의 판단이다. 그것은 「전국문학자대회 인상기」에서 드러난 이용악의 글에서도 알 수 있는 것이거니와 일제 강점기 그가 펼쳐보였던 문학적 지향에서도 이는 충분히 이해할 수 있는 대목이다. 이용악이 「전국문학자대회 인상기」에서 강조했던 것은 민족 전원의 이익이 되는 문학에 그 초점이 맞추어져 있었다. 이는 다른 말로 하면, 분열이나 갈등을 조장하는 문학이 새나라 건설에 있어서 진정한 민족문학이 될 수 없다는 것으로 이해된다.

일제 강점기에 이용악이 지향했던 문학관 역시 「전국문학자대회 인상기」와 전혀 다를 것이 없다. 그는 민족에 대한 애틋한 정서와 비애를 오직 민족 모순의 관점에서만 응시해 왔기 때문이다. 진보문학이 더 이상 나아갈 수 없는 현실에 직면했다고 하더라도 그가 관심을 가졌던 것은 계급이 아니라 민족이었다. 따라서 「38도에서」를 읽어내는 것도 그 연장선에서 이루어져야 한다는 것이다. 시인이 이 작품에서 관심을 가졌던 것은 피난민이 어느 방향으로 넘어가고 넘어오느냐가 아니었다. 단지 소통을 방해하거나 흐름을 막는 현실, 곧 무엇을 넘나들어야 하는 현실에 대한 아픈 사유였다. 그런 회의는 다음의 작품에서도 잘 드러나 있다.

　　자유의 적 꼬레이어를 물리치고저
　　끝끝내 호올로 일어선 다뷔데는 소년이었다

손아귀에 감기는 단 한 개의 돌멩이와
팔맷줄 둘러매고
원수를 향해 사나운 짐승처럼 내달린
다뷔데는 이스라엘의 소년이었다

나라에 또다시 슬픔이 있어
떨리는 손등에 볼따구니에 이마에
싸락눈 함부로 휘날리고 바람 매짜고
피가 흘러
숨은 골목 어디선가 성낸 사람들
동포끼리 옳잖은 피가 흘러
저마다의 가슴에 또다시 쏟아져내리는
어둠을 헤치며
생각하는 것은 다만 다뷔데

이미 아무 것도 같지 못한 우리
일제히 시장한 허리를 졸라맨 여러가지의
띠를 풀어 탄탄히 돌을 감자
나아가자 원수를 향해 우리 나아가자
단 하나씩의 돌멩일지라도 틀림없는
꼬레이어의 이마에 던지자
「나라에 슬픔 있을 때」 전문

이 작품은 「38도에서」의 연장선에 놓여 있는데, 다윗과 골리앗이 싸우는, 성서의 내용을 배경으로 하고 있다. 다윗은 약한 자이고 골리앗은 강한자 이기에, 전자를 이기기 위해서 후자가 할 수 있는 일은 오직 단결뿐이다. 그래서 시인은 "이미 아무것도 갖지 못한 우리/일제히 시장한 허리를 졸라맨 여러 가지의/띠를 풀어 탄탄히 돌을 감자"고 했고, 이를 바탕으로 "나아가자 원수를 향해 우리 나아가자"고 외쳤다. 여기서 다윗이 누구이고 골리앗이 누구인가를 굳이 말할 필요는 없다. 중요한 것은 우리의 현실이 다윗의 처지와 동일한 상황이라는 것, 그리하여 이 처지를 극복하기 위해서는 연대의식이 필요하다는 것이다.

그런데 이 작품에서 주목해야 할 곳이 "동포끼리 옳잖은 피가 흘러"라는 부분이다. 옳지 않다는 것은 동일하지 않다는 뜻일 것인데, 곧 이념적 말하는 것으로, 그것이 민족반역자를 비롯한 반민족성과 관련되어 있는 것은 아니다. 오히려 하나의 민족을 형성하는데 방해가 되는 것, 결국은 이데올로기의 문제가 아닐까 한다. 이용악은 그런 피들이 모여서 만든 현재의 질곡을 골리앗으로 파악했고, 그 상대적인 주체를 다윗으로 상정했다.

해방직후 이용악의 목표는 분명했던 것으로 보인다. "단 하나의 돌맹이일지라도 틀림없는/골리앗의 이마에 던지자"라고 말하고 있기 때문이다. 그것은 새나라 건설이나 민족 문학 건설을 방해하는 절대적인 장애 요소가 아닐 수 없었다. 그에게 중요했던 것은 이념이 아니라 민족 그 자체였다. 이념보다 민족을 우선시 했던 것이 해방직후 이용악의 행보라면, 이는 일제강점기 그가 펼쳐보였던 문학적 사유와 밀접한 연관성을 갖는 것이었다. 그것이 곧 민족 모순에 대한 철저한 인식이었는데, 그에게는 해방전후에 민족 모순만이 최

우선의 가치가 있었을 뿐 계급이나 이데올로기의 문제에 대해서는 큰 관심을 갖지 않았던 것으로 보인다. 민족 모순에 의한 민족문학의 건설, 그것이 일제강점기와 해방직후 이용악이 견지했던 문학적 목표였기 때문이다.

5. 민족모순의 시사적 의의

일제 강점기에 민족 모순을 시적 표현으로 하는 것은 쉽지 않은 일이었다. 그것은 곧바로 체제 저항의 증표가 될 수 있었기 때문이다. 그럼에도 문학은 다른 분야와 달라서 이를 표현하는 우회적 장치가 있었기에 그런 표현들이 가능했다. 가령, 상징이나 비유를 통해서 불합리한 현실을 간접적으로 묘사할 수 있었던 것이다.

그러나 이런 장치에도 불구하고 시인들이 이를 표현한 것은 드문 일이었다. 특히 몇몇의 시인들에게서 동물적 상징을 통해서 일제 강점기의 열악한 상황을 제시한 경우는 있었지만, 직접적으로 민족의 현실에 대해 말한 것은 매우 드문 경우였다. 그런 면에서 이용악의 문학은 주목받아 마땅하다고 할 수 있다. 그는 유이민의 시적 형상화를 통해서 이들의 빈곤한 삶을 묘사했는데, 실상 그 저변에 깔린 의식은 일제에 대한 강렬한 저항의식 없이는 불가능한 것이었다.

이용악의 시들은 다양한 경로를 통해서 형성되었기에 구체화된 시의식 또한 쉽게 정립되지 못했다. 그런 시의식의 혼란이 노동자의 세계관을 읊은 시로 나타나거나 모더니즘적 경향의 시로 표현되기도 했다. 뿐만 아니라 개인의 서정에 바탕을 둔 리리시즘의 세계를 보여준 경우도 있다. 이러한 과정은 새로운 시정신을 만들어가기 위한 과정이었을 뿐, 그가 민족 현실을 직시하면서부터 사정은 달라지기 시작했다. 그 결과가 민족 모순에 대한 인식이었고, 유이민의 발견이었다. 따라서 그의 시를 카프의 역사적 맥락을 이어가는 리얼리즘의 시로 한정하는 것은 옳지 않은 일이며, 만약 그러하다면 해방 이후 전개된 그의 시세계를 올바로 이해하는 데에도 한계가 있을 것이다.

이용악의 작품세계가 민족적인 것에 최우선의 가치를 두었다는 것은 해방 이후 전개된 민족문학 건설에 있어서도 커다란 시사점을 제공해준다. 잘 알려진 대로 해방 이후 정국을 주도한 것은 좌우익 사이의 이데올로기적 갈등이었다. 그러나 이러한 갈등이 결과적으로 새나라 건설이나 민족 건설에 있어서 부정적으로 작용했음은 익히 알려진 일이다. 이용악의 경우 문학가동맹에 가입하고 여기서 활동했다고 해서 그를 이념적으로 좌익 쪽의 시인으로 판단하는 것은 옳지 않은 일이다. 그는 이념을 앞에 둔 것이 아니라 민족을 앞에 두고 있었기 때문이다. 민족에 대한 그러한 시각은 백범의 그것과도 부합하는 측면이 있고, 또 좌우익 노선을 합작하고자 했던 여운형의 노선과도 일치하는 것이었다. 물론 이용악이 이들의 이념에 대해 적극적으로 찬동을 표시한 경우는 없었다. 동포들 사이에 "옳잖은 피가 흐르지 않는 상황", 곧 이데올로기적 갈등을 골리앗으로 상징화하고, 이를 결속된 다윗들의 힘으로 무너뜨리고자 했을 뿐이다. 그러한 민족 우선주의가 현재진행형으로 여전히 유효하다는 점에서 민족모순을 알파와 오메가로 사유한 이용악의 문학이야말로 시대의 선구성을 갖는 것이라 하겠다.

현대문학의 정신사

제5장

윤동주 시의 기독교 의식과
천체 미학의 의미 연구

1. 윤동주와 기독교, 그리고 문학

일제 강점기 한국 시사를 논의하는 자리에서 윤동주를 제외하고 말하는 것은 불가능한 일이다. 그만큼 윤동주는 시사에서 높은 봉우리를 차지하고 있는데, 이런 평가의 근저에 놓인 것이 바로 극적인 삶과 시대상황이다. 이 시기에 몇 안 되는 저항시인이라는 점, 양심적 자의식의 소유자라는 점, 요절했다는 점 등등이 그를 신성한 위치로 올려놓고 있는 것이다. 실상 일제강점기에 이런 극적인 요소를 한 사람이 담보하고 있는 것은 매우 드문 일이거니와 그런 희소성이야말로 윤동주를 시인으로서 높은 자리에 위치시키고 있는 것이다.

어둡고 괴로웠던 역사에서 그마저 없었다면, 조선인으로서의 자존심은 철저하게 무너졌을 것이다. 그는 수치와 오욕의 그늘에서 우리 민족을 구원해 준 빛과 같은 존재였던 것이다. 그가 민족이라는 자존심, 민족이라는 정체성을 지켜주었기에 우리는 그를 치켜세우고 그의 시를 읊조리면서 한국 시사의 첫머리에 올리고자 무던히도 노력해왔다. 이것이 실제성에 가까운 것이라든가 혹은 과장이 가미된 것이라든가 하는 것은 중요하지가 않다. 단지 그를 영웅시하고 신성시할 만한 요소들만 깨지지 않으면 그만이었다.

윤동주를 둘러싸고 벌어진 여러 논쟁들, 혹은 해석의 차이들은 모두 그가 극적인 상황에 놓여 있었다는 데에서 비롯된다. 뿐만 아니라 그에게 절대 상징으로 덧씌워져 있는 순결한 자의식은, 그것이 일제 강점기라는 상황을 벗어나더라도 지금 여기를 살아가는 모두에게 던지는 시사적 과제라는 점에서 더욱 숭고한 가치를 갖게 된다. 그런 자의식을 갖는 것이 어렵다는 것, 혹은 불가능하다는 것이야말로 인간들로 하여금 이 상황을 더욱 신성시하게 만드는 요인이다. 따라서 윤동주를 저항시인의 절대 상징으로 올려놓은 일도 결국은 그가 보인 이 자의식의 순결함으로부터 비롯된 것이라 할 수 있다.

익히 알려진 대로 시인의 자의식은 오염되지 않은 깨끗한 것이었고, 불의에 타협하지 않은 고귀한 자태로 무늬져 있었다. 도대체 이런 자의식이 어떻게 형성된 것이었을까. 많은 사람들이 지적한 것처럼, 거대한 일제 권력에 행동으로 맞서지 못한, 약한 의지의 결과에서 온 것일 수도 있고 천성적으로 타고난 성선설(性善說)의 결과일 수도 있다. 그도 아니면 출구를 찾지 못한 존재론적 고독에서 빚어진 숙명에서 기인했던 것으로 볼 수도 있다.

윤동주를 두고 빚어지는 이런 회의들 하나하나가 그 나름대로 의미있는 것은 사실이다. 순결한 자의식이란 어떻든 간에 오염된 것들을 구분시키며 만들어지는 것이기 때문이다. 그러나 이보다 더 중요한 것이 있었던 것이 있다는 것이 필자의 판단이다. 그의 시에서 편재되어 나타나는 종교적 요소, 더 정확하게는 기독교적인 요소가 이런 자의식을 만들어낸 것이기 때문이다. 실상 그의 시를 세밀히 고찰하게 되면, 이런 혐의가 전혀 근거가 없지 않음을 알게 된다. 윤동주의 시에서 종교적 요소에 주목하여 연구한 논문이 전혀 없는 것은 아니지만[1] 시인의 자의식과 그로부터 빚어지는 시인의 의식세계가 제대로 해명된 경우는 없다고 생각한다.

『하늘과 바람과 별과 시』, 그리고 미수록된 작품들을 꼼꼼히 읽어 보면 그의 작품들이 대부분 기독교의 영향 하에서 쓰인 것이고, 또 이를 바탕으로 자신의 의식세계를 전개해 나간 것이 대부분이다. 그의 시들은 기독교적 세계에서 형성되고, 이를 바탕으로 이 시인만의 고유한 작품세계를 열어갔다. 따라서 윤동주 시의 의식세계를 올바르게 규명하기 위해서는 기독교적인 요인들이 어떻게 작용하고 있었는지에 대해서 일관되게 검토할 필요성이 있다.

2. 원죄와 속박, 그리고 자의식의 형성

윤동주의 고향은 북간도 명동촌이다. 그가 이곳에서 태어난 것은 조선 후기부터 시작된 조선인들의 만주 이민과 밀접한 관계가 있다. 척박한 조선 땅보다는 물질적으로 풍부했던 이곳에 진출해서 삶의 공간을 열어갔던 것이 이 시대의 흐름이었던 까닭이다. 윤동주의 증조부 또한 그러한 시대적 흐름에 따라 1886년 함경북도 종성에서 이

---

1 유성호, 『근대시의 모더니티와 종교적 상상력』, 소명출판, 2008, pp.140-149.

곳 북간도로 이주한 것으로 되어 있다[2]. 윤동주는 이런 이유 때문에 여기서 태어나게 되었으며, 고향 또한 자연스럽게 이곳이 되었다.

원래의 거주지에 만족하지 못한 이주민의 특성 가운데 하나가 반항의식이라고 한다면, 윤동주의 조상들은 현실비판적인 성향이 강했다는 것을 짐작할 수 있으며, 그 자신 또한 이를 체질적으로 지니고 있었지 않았나 생각된다. 그리고 그의 인격 형성에 중요한 계기가 되었던 다른 하나는 바로 기독교이다. 그의 조부가 기독교 장로라는 사실은 익히 알려진 일이고[3], 이런 환경이 그를 태생적으로 기독교의 제반 영향으로부터 자유롭지 않게 했던 것은 당연한 것이었다고 하겠다.

유이민으로서의 간도 이주민이라는 사실과, 기독교의 영향으로부터 자유롭지 않았다는 사실 등은 아마도 윤동주의 의식세계를 고찰하는데 있어서 가장 중요한 두 가지 동기라 할 수 있을 것이다. 그것은 어떠한 학습효과도 거부하는, 생리적인 차원의 것이었기에 그러하다. 이러한 면들은 그의 외사촌인 김정우의 증언에서도 드러난다. "동주형은 기독교적 독립운동의 고장이자 사시사철 자연의 변화가 뚜렷한 풍광을 지닌 고장인 명동에서 자라났기 때문에 동주형의 시에서 볼 수 있는 저항정신과 서정정신이 생명으로 성장해 갈 수 있었다"[4]라고 윤동주 시정신의 뿌리를 말하고 있기 때문이다. 말하자면 윤동주 시의 뿌리로서 환경에서 오는 저항성과 종교성이라는 두 가지 축을 제시하고 있는 것이다.

2 김용성, 『한국현대문학사 탐방』, 국학자료원, 2011, p.566.
3 위의 책, p.566.
4 위의 책, p.566.

윤동주의 시들은 대부분 일본 유학 전에 쓰인다. 그 가운데 종교와 관련되어 이를 직접적으로 표명한 시가 「태초의 아침」 연작시이다. 이때가 1941년, 그러니까 일본 입교대학으로 유학하던 때인 1942년 이전의 시기인 셈이다. 그러나 이는 표면적인 사실일 뿐, 기독교에 바탕을 둔 그의 시들은 습작시기인 1930년대 중반 전후부터 나타나기 시작했다. 그 대표적인 사례가 「초 한대」이다.

이 작품의 말미에 적은 제작연대를 보면, 이 작품은 1934년 12월 24일에 쓰인 것으로 되어 있다. 12월 24일이 크리스마스라는 점을 감안하면, 이 작품이 기독교와 분리할 수 없는 관계에 놓여 있음을 알 수 있게 한다. 이때는 윤동주가 용정 은진중학교에 입학하던 시절이었고, 이듬해에는 명동촌으로 이사한 직후였다. 따라서 이 시는 35년 평양의 숭실학교나 혹은 서울의 연희전문학교와 같은 외지 체험을 하지 않은 때의 작품이다. 순전히 자신의 고향인 용정의 환경이 녹아들어간 작품이라 하겠다.

윤동주는 이후 이 기독교의 향내, 곧 그 강렬한 마취력에서 쉽게 탈출하지 못한 것으로 보인다. 아니 탈출한 것이 아니라 여기에 갇혀 자신의 삶과 시적 세계가 동일한 궤적을 그리면서 움직인 것으로 보인다. 물론 그 추동의 매개가 된 것이 자의식이다. 윤동주 시를 논하는 자리에서 가장 많이 이야기되는 것이 이 자의식이지만, 그러나 그것이 어떤 경로에 의해 형성된 것인지에 대해서 뚜렷이 밝혀진 경우는 없었다. 다만 일제라는 현실에 의해서 형성된, 소시민의 그것 정도로 이해되어 왔을 뿐이다. 그리하여 그의 자의식을 두고 부끄러움, 순결성 등등으로 이해했는바, 이는 모두 상황적인 논리에서 얻어진 것으로 이해되었다. 여기서 한걸음 더 나아간 것이 「자화상」의

자의식이다.

산모퉁이를 돌아 논가 외딴 우물을 홀로 찾아가선
가만히 들여다봅니다.

우물 속에는 달이 밝고 구름이 흐르고 하늘이
펼치고 파아란 바람이 불고 가을이 있습니다.

그리고 한 사나이가 있습니다.
어쩐지 그 사나이가 미워져 돌아갑니다.

돌아가다 생각하니 그 사나이가 가엾어집니다.
도로 가 들여다보니 사나이는 그대로 있습니다.

다시 그 사나이가 미워져 돌아갑니다.
돌아가다 생각하니 그 사나이가 그리워집니다.

우물 속에는 달이 밝고 구름이 흐르고 하늘이
펼치고 파아란 바람이 불고 가을이 있고
추억(追憶)처럼 사나이가 있습니다. (1939. 9.)

「자화상」 전문

이 작품은 연희전문 재학시절인 1939년 9월에 쓰인 것으로 알려
져 있다. 자아의 문제를 섬세하게 다루고 있는 이 시를 꼼꼼히 읽어

보면, 이상의 「거울」과 일정 정도 닮아 있음을 알게 된다. 이른바 현실적 자아와 이상적 자아의 대결의식이 바로 그러하다. 뿐만 아니라 의식과 무의식 사이에 내재된 분열상 또한 읽어낼 수 있는데, 하나의 정서 속에 놓인 의식이 완결되지 못한 채 공존한다는 것은 근대성의 사유 속에서만 가능한 것이다. 이런 의식의 갈등을 전범적으로 보여준 시가 「거울」이다. 전일적 통일성을 상실한 것이 근대적 인간형들의 일반적인 특색인데, 윤동주의 「자화상」이 근대적 맥락으로 편입될 수 있는 근거도 여기서 비롯된다.

그러나 윤동주의 「자화상」은 이상의 「거울」과 닮은 듯 하면서도 매우 다르다. 첫째는 의식의 강도라는 점에서 차이가 나는데, 이상은 두 자아 사이에 놓인 대립의 각이 크고 격렬하지만 윤동주의 경우는 그렇지 못하다. 둘째는 배경의 차이이다. 이상의 경우는 거울을 매개로 오직 이쪽의 자아와 저쪽의 자아만이 일대일로 격한 모양새로 대립되어 있는데, 윤동주의 경우는 우물을 매개로 자아뿐만이 아니라 그 배경 또한 고스란히 오버랩되어 나타난다. 이런 차이는 자아의 편차를 탐구하는 열정의 강도에서 비롯된 것으로 보인다. 이상은 자아의 실체란 무엇인지가 궁극적으로 중요했던 것이고 윤동주에게는 현실의 자아를 반추할 수 있는 또 다른 자아가 필요했던 것이다. 다시 말하면, 윤동주는 현재의 나란 무엇이고 어떤 상태인가를 말해줄 수 있는 성찰의 자아가 필요했던 것이다.

이상처럼 강렬하지는 않았다고 하더라도 윤동주에 있어 자아탐구의 문제는 커다란 시적 주제 가운데 하나였다. 자의식과 관련된 윤동주의 시들은, 주로 1941년에 발표된다. 자선시집 18편을 추려서 『하늘과 바람과 별과 시』를 출간하려 했던 것도 이때였다. 윤동주의

초기 시나 습작기의 시들이 동심의 세계에 바탕을 둔 것과 순수 서
정의 세계를 읊은 것이 대부분이라는 사실을 감안하면, 자의식을 탐
구하는 그의 시들은 1941년 전후에 집중적으로 발표되기 시작한다.
이는 매우 특징적인 일이 아닐 수 없는데, 그의 대표적인 종교시 「또
태초의 아침」을 중심으로 시인의 정신세계를 추적해 들어가 보기로
하자.

> (가) 봄날 아침도 아니고
>   여름, 가을, 겨울,
>   그런 날 아침도 아닌 아침에
>
>   빨--간 꽃이 피어났네,
>   햇빛이 푸른데,
>
>   그 전날 밤에
>   그 전날 밤에
>   모든 것이 마련되었네,
>
>   사랑은 뱀과 함께
>   독(毒)은 어린 꽃과 함께.
>   「태초의 아침」 전문
>
> (나) 하얗게 눈이 덮이었고
>   전신주가 잉잉 울어

하나님 말씀이 들려 온다.

무슨 계시(啓示)일까.

빨리
봄이오면
죄를 짓고
눈이
맑어

이브가 해산하는 수고를 다하면

무화가 잎사귀로 부끄런 데를 가리고

나는 이마에 땀을 흘려야겠다.(1941.5.31.)
「또 태초의 아침」 전문

　기독교의 영향아래 쓰인 윤동주의 작품 가운데 이 시들만큼 시인
의 자의식을 드러낸 작품도 없을 것이다. 인간이란 무엇일까 하는 존
재론적 질문은 내적인 영향에서도 오는 것이지만 외부 현실에서 영
향을 받는다. 그런데 윤동주의 경우는 그것이 내적 요인에 의해 좌우
되는 성향이 짙게 나타난다. 따라서 존재론에 대한 회의는 식민지라
는 상황 논리에 갇히게 되면 그 해법을 찾기 어렵게 된다. 그리고 그
연장선에서 식민지라는 환경이 있기에 어떤 담론을 그와 연관시키는

이해, 곧 인과론적 해석을 하는 경우도 동일한 결과를 가져올 것이다. 물론 이런 이해 방식이 모두 근거 없는 것이라거나 잘못된 것이라고 할 수는 없을 것이다. 중요한 것은 연구자들이 일제강점기라는 기간을 너무 짧은 순간으로 이해하고자 하는 데서 오는 판단적 오류라는 점은 분명하게 지적하고 싶다. 당대의 시간성은 현재가 감각하는 것보다 훨씬 길었던 것이 사실이다. 지금 여기에서 바로 전투가 벌어지지 않는 이상, 그것이 일제 강점기인지 아닌지를 뚜렷이 구분하기 힘들었기 때문이다. 그 연장선에서 식민지 시대에 이루어진 모든 문자 행위를 두고 전부 반담론의 방식으로 이해하는 것에는 시대착오의 오류를 범할 수 있는 위험성 또한 상존한다. 그러나 그 반대의 논리 역시 설득력을 지니고 있다. 단재의 말처럼, 일제하의 모든 것들이 전부 노예 상태이기 때문에, 여기서 비롯되는 모든 행위들 또한 반항적인 몸짓으로 읽힐 수도 있기 때문이다. 가령, 저항문인의 한사람으로 알려진 이상화의 경우도 그 시적 출발은 인생과 우주에 대한 고민에서 시작되었다. 인간이란 무엇인가에 대한 실존적 질문들이 이상화 시의 출발이자 주된 시적 테마였기 때문이다[5]. 그런 형이상학적인 고민이 윤동주의 경우에도 예외는 아니었다.

(가)는 (나)와 쌍을 이루고 있는 시이다. 윤동주의 작품들이 대개의 경우 제작연대가 쓰여진 것이 일반적인데, 이 시는 그런 표기가 없다. 다만 제목이 연속성을 주는 형식으로 되어 있기에 그 선후관계를 파악할 수 있을 것이다. (가)의 주제는 "그 전날 밤에/그 전날 밤에/모든 것이 마련되었네"라는 부분에 함축적으로 표현되어 있

---

5 송기한, 「우주동일체로서의 상화 시의 자장」, 『한국시의 근대성과 반근대성』, 지식과 교양, 2012.

다. 원죄와 같은 태초의 것은 윤동주 자신의 의지와 상관없는 선험적인 것이다. 세상은, 아니 인간은 내가 실존하는 현재의 순간에 의해 결정되고 만들어진 것이 아니라 이미 규정되어 버린 존재이기 때문이다.

(가)에서 인정된 인간의 원죄가 (나)에 이르면 그러한 과정이 보다 구체적이며 감각적으로 묘사된다. 이 작품의 1연이 말하고자 하는 것은 눈이 갖고 있는 원형적 이미지와는 상당한 거리를 두고 있는 경우이다. 겨울이나 눈이 죽음과 상실의 이미지라면, 이 시에서는 오히려 유토피아, 곧 낙원의 이미지에 가깝기 때문이다. 눈이 밝기 이전의 상태, 봄이 되기 이전의 상태가 겨울로 구현된 것인데, 무화과를 먹은 이후에는 그 반대의 상태에 놓이게 된다. 낙원과 실낙원이라는 그 팽팽한 긴장관계 속에서 하나님의 무서운 계시가 들려온다. "무슨 계시일까"라는 담론 속에 이미 인간이 저지른 죄의 댓가가 함축적으로 제시하고 있다.

그러한 숙명의 도정은 3연 이후에 보다 구체적으로 드러나게 된다. 인간이 죄를 지을 수밖에 없는 숙명적 존재임을 감각적으로 읊고 있는 곳이 이 부분이기 때문이다. 에덴동산의 신화는 뱀의 유혹과, 그로 인해 신과 같이 밝은 눈을 갖고자 한 인간의 욕망에 의해 깨지게 된다. 그런데 이 작품에서 한 가지 재미있는 것은 윤동주가 태초의 신화를 성적인 욕망으로 해석한 부분이다. 이는 서정주의 「화사」와 매우 흡사하게 닮아 있는 부분이다[6]. 잘 알려진 바와 같이 서정주는 「화사」를 통해서 성서를 의미있게 해석한 시인이다. 그는 에

---

6 송기한, 『서정주 연구』, 한국연구원, 2012.

덴동산의 신화를 통해서 인간은 근본적으로 욕망하는 존재임을, 성의식의 변화를 통해서 읽어냈다. 성서적 관능을 지금 여기의 '순네'라는 여인의 관능으로 연결시킨 것이 서정주의 성서해석이었고, 인간의 실존적 조건을 이해한 방식이었다.

인간 조건에 대한 서정주의 이해방식이 윤동주의 「또 태초의 아침」에서도 동일하게 구현되고 있는 점이 흥미롭다. "무화과 잎사귀로 부끄런 데를 가린다"는 것이야말로 "클레오파트라의 붉은 잎술에서 순네의 가슴까지"이어지는, 서정주의 욕망과 똑같이 닮아있는 것이기 때문이다. 그리고 주목해야 할 부분이 이 작품의 마지막 연이다. 윤동주는 여기서 "나는 이마에 땀을 흘려야겠다"고 했는데, 그 긴장의 끈에서 놓지 못한 이마의 '땀'이란 무엇일까. 인간의 길을 가는 존재라면, 반드시 겪어야 하는 어떤 숙명의 낙인일까. 아니면 서정주의 관능을 상징하는 '피'와 같은 것일까. 혹은 관능과 절제 사이에 놓인 인고의 고통일까.

성서 체험을 통해서 얻은 인간의 숙명이 서정주에게 '피'였다면, 윤동주에게는 '땀'이 될 것이다. 만약 "이브가 해산의 수고를 다하지 않고", "무화과 잎사귀로 부끄런 데를 가릴" 필요가 없는, 인간의 눈이 신과 같이 밝지 않았다면, 윤동주에게 '땀'은 결단코 필요치 않았을 것이다. 원죄라는 숙명을 지닌 채 태어난 것이 인간이기에, 시인은 땀을 흘릴 수밖에 없었던 것이다. '땀'이 서정주의 '피'와 같은 것이라고 한다면, 이후 윤동주의 시세계가 나아갈 방향은 어느 정도 정해지게 된다. '피'가 맑아져 '물'의 세계로 나아가는 것이 서정주가 찾은 정도였던 것처럼, '땀'을 식히거나 제거하는 도정이 곧 윤동주의 길과 같은 것이기 때문이다.

3. 속죄양 의식의 세 가지 형식

윤동주의 자의식은 기독교적인 것에서 비롯된 것이다. 이는 자신의 성장 배경과 분리할 수 없는 것이었고, 인생에 대한 실존적 의문에서 얻어진 결과였다. 그리고 그것이 시인으로서의 자의식을 형성하게끔 하는 데 주요한 매개로 작용했다. 따라서 기독교적인 요인을 논외로 하고 윤동주의 시를 설명하거나 접근하는 것은 매우 피상적인 결과만을 얻게 될 것이다.

윤동주의 기독교 의식은 자신이 자라난 환경과 함께 연희전문학교에 입학하면서 더욱 확대된 것으로 보인다. 종교와 관련된 시들, 또 그와 관련된 자의식이 표명된 시들이 1941년 전후에 집중적으로 발표되고 있었기 때문이다. 종교로부터 얻어진 원죄의식이 윤동주가 극복해야할 숙명의 과제라고 한다면, 그의 모든 자의식이 이와 분리하기 어렵게 얽혀있으리라는 것은 쉽게 짐작할 수 있는 일이다. 이른바 '땀'의 승화과정이 그러한데, 그러나 그의 시들에서 서정주만큼의 정신적 승화과정을 명쾌하게 읽어내는 것은 쉽지가 않다. 윤동주의 시에서 '땀'의 증발이나 승화과정이 서정주의 경우처럼 선명하게 드러나지 않는 까닭이다. 이런 결과는 시인으로서의 삶의 여정이 서정주보다 길지 못했다는 점, 현실을 낙관적으로 받아들이지 못한 점, 궁극적으로는 거친 세파를 헤쳐 나갈 수 있는 의지가 부족했다는 점에서 찾을 수 있을 것이다. 그는 이미 많은 사람들이 지적한 것처럼, 사유는 있으되 행동으로 나아가지 못하는 임계점을 분명 가지고 있었다[7]. 대신 윤동주가 선택한 것은 자기희생이었다. 그는 '땀'을 삭제하는 방법으로 기독교의 가장 중요한 원리인 속죄양 의식을 선택한 것이다. 이러한 과정은 그의 시에서 세 가지 경로로 이루어지는데, 하나가 태우기, 곧 소멸하기이고, 다른 하나는 예수되기이며, 세 번째는 쪼여먹히기, 곧 수양을 통한 승화 과정이다.

초 한대 —
내 방에 품긴 향내를 맡는다.

광명의 제단이 무너지기 전
나는 깨끗한 제물을 보았다.

염소의 갈비뼈 같은 그의 몸
그의 생명인 심지(心志)까지
백옥 같은 눈물과 피를 흘려
불살려 버린다.

그리고 책상머리에 아롱거리며
선녀처럼 촛불은 춤을 춘다.

매를 본 꿩이 도망하듯이
암흑이 창구멍으로 도망한
나의 방에 품긴

---

7 윤여탁, 「자아성찰과 내면적 고백」, 『한국현대시인론』(김은전편), 시와시학사, 1995.

제물의 위대한 향내를 맛보노라.(1934.12.24.)

「초 한 대」전문

먼저 태우기, 곧 소멸하기를 통한 자기희생의 과정이다. 기독교적 상상력을 대표하는 것 가운데 하나가 속죄양 의식[8]이다. 나를 희생해서 만인을 구원하는 것이 이 의식의 목적인데, 예수가 십자가에서 죽은 것은 이를 대표하는 상징이다. 「초 한대」는 정확히 이 범주에 놓이는 작품이다. 윤동주는 그러한 의식을 '초'의 성질을 이용해서 정확하게 읽어냈다. '백옥같은 눈물'과 '피'를 바탕으로 승화된 것이 바로 촛불이기 때문이다. 이 불은 암흑을 쫓아내고 어두운 남의 방을 밝힌다. 거기서 시인은 위대한 향내를 맛보게 된다. 따라서 여기서 감각되는 향기란 매우 달콤할 수밖에 없다. 속죄양 의식과 대비하여 하나도 다르지 않은 꼭 들어맞는 의식이다.

인용시는 기독교적 상상력을 바탕으로 한 초기작이긴 하지만, 시인의 의식을 이해하는데 있어서 좋은 단서가 되는 작품이라는 점에서 의미가 있는 경우이다. 그는 원죄에 대해 익히 알고 있었고, 또 그것이 나아갈 방향에 대해서도 충분히 이해하고 있었다. 그는 이를 태우기, 곧 자신을 소멸시켜서 타인의 이익을 돕는 방향으로 나아가고자 했다. 마치 십자가에 못박혀 죽은 예수처럼, 자신을 소멸시켜 다른 생명을 구원하고자 했던 것이다.

그의 시에서 속죄양 의식가운데 하나인 소멸시키기는 이런 방식으로 이루어진다. 자신의 연소를 통한 새로운 생명의 잉태와 그 궁

---

8 유성호, 앞의 책, p.146.

정적 생존 환경의 조성이 바로 그러하다. 그리고 다른 하나가 '예수 되기'이다.

    쫓아오던 햇빛인데
    지금 교회당 꼭대기
    십자가에 걸리었습니다.

    첨탑(尖塔)이 저렇게도 높은데
    어떻게 올라갈 수 있을까요.

    종소리도 들려오지 않는데
    휘파람이나 불며 서성거리다가,

    괴로웠던 사나이,
    행복한 예수 그리스도에게
    처럼
    십자가가 허락된다면

    모가지를 드리우고
    꽃처럼 피어나는 피를
    어두워 가는 하늘 밑에
    조용히 흘리겠습니다.(1941.5.31.)
                「십자가」전문

인용시는 잘 알려진, 윤동주의 대표작 가운데 하나인 「십자가」이다. 작품의 제목도 그러하거니와 내용 또한 지극히 기독교적이다. 「태초의 아침」 계열의 시와 더불어, 종교적 상상력으로 쓰인 윤동주의 시 가운데 가장 대표성을 갖는 경우인데, 실상 이 시는 이외에도 이 시인의 다른 특징적인 면모까지 잘 드러내 주는 작품이다. 동화적 상상력("첨탑이 저렇게도 높은데/어떻게 올라갈 수 있을까요")과 머뭇거림("휘파람이나 불며 서성거리다가"), 죄의식("괴로왔던 사나이"), 속죄양 의식("어두워가는 하늘 밑에/조용히 흘리겠습니다") 등등, 윤동주의 시의식이 모두 드러나 있기 때문이다.

속죄양 의식과 관련하여 이 시의 가장 큰 특색은 이른바 '예수되기'이다. 예수와 똑같은 존재가 되는 것만큼 속죄양 의식을 잘 구현하는 일도 없을 것이다. 시인은 자신을 '괴로웠던 사나이'라고 했고, 반면 예수는 '행복한' 존재라고 했다. 왜 자신은 괴로운 존재이고, 예수는 행복한 존재일까. 예수되기를 과감히 선언한 윤동주가 이런 차이를 인지하고 결정적인 순간에 고민에 빠진 것은 어떤 연유에서일까. 이 둘의 처지가 다른 것은, '처럼'이라는 단어와 이를 행 구분한 것에서 찾아진다고 했다[9]. 그러니까 둘의 관계는 비슷하지만 결코 동일한 입장이 되지 못한다는 것이다. 예수는 죽으면 그뿐이지만(그리하여 그것 자체가 목적이 되어서 만인 구원이라는 목표를 달성할 수 있지만), 윤동주는 그와 견줄 수 없는 처지에 놓여 있었다. 윤동주는 자신이 죽고 나면 그 자체로 목적이 달성되는 것이 아니라 여전히 식민지라는 상황 논리가 남아있기에 그의 희생적 행동이 '행복'

9 김용직, 『한국 현대시 원론』, 학연사, 1998, pp.145-146.

으로 방점이 찍힐 수 없었던 까닭이다.

이런 해석이 일견 의미있는 것이다. 예수의 처지와 윤동주의 처지란 분명 다를 것이기 때문이다. 그럼에도 이 작품의 마지막 연은 예수의 그것과 나의 그것이 동일한 것임을 일러주고 있다. "꽃처럼 피어나는 피를/어두워가는 하늘 밑에/조용히 흘리겠"다고 말하고 있기 때문이다. 밝은 눈에서 얻어진 부끄러움, 그리고 '땀'을 이렇듯 윤동주는 '예수되기'를 통해서 승화하고자 했다. 그러나 이 도정에 이르기까지의 과정이 결코 쉬운 것은 아니었다. 첨탑 위에 걸린 '십자가'는 너무 높이 있는 까닭이고, 그는 예수와 달리 "괴로웠던 사나이"였기 때문이다.

바닷가 햇빛 바른 바위 위에
습한 간(肝)을 펴서 말리우자.

코카서스 산중(山中)에서 도망해 온 토끼처럼
둘러리를 빙빙 돌며 간을 지키자.

내가 오래 기르는 여윈 독수리야!
와서 뜯어 먹어라, 시름없이

너는 살찌고
나는 여위어야지, 그러나

거북이야!

다시는 용궁(龍宮)의 유혹에 안 떨어진다.

프로메테우스 불쌍한 프로메테우스
불 도적한 죄로 목에 맷돌을 달고
끝없이 침전(沈澱)하는 프로메테우스(1941.11.29.)

「간」 전문

　이 작품이 기독교와 직접적으로 관련이 있는 것이라고 말하긴 쉽
지 않다. 이 작품에는 두 가지 신화 내지는 설화가 개입되어 있어서
그러한데, 하나는 그리스 로마 신화이고, 다른 하나는 우리의 고전
문학인 별주부전의 설화이다. 프로메테우스는 인간에게 최초로 불
을 훔쳐다 준 죄로 코카사스 산정에서 천 년 동안이나 간을 독수리
에게 파 먹히는 형벌을 받은 존재이다. 반면 토끼는 거북이의 꾐에
넘어가 용궁에까지 가서 간을 내줄 뻔한 일을 겪게 된다. 두 이야기
모두 간과 관련되어 있는데, 시의 내용을 따라 읽어가다 보면, 간을
어떡하든 지켜야 한다는 것으로 되어 있다.
　따라서 시의 내용상 이 작품이 기독교와 관련되어 있다고 보기는
어려운 것이 사실이다. 그럼에도 이 작품을 윤동주가 펼쳐 보인 속
죄양 의식 가운데 하나인, 이른바 쪼이기, 곧 수양의 과정으로 이해
할 수 있는 것은 자의식의 탈색과정과 관련되어 있다고 보기 때문이
다. 실상 인간의 숙명 가운데 하나인 원죄가 궁극적으로는 자의식과
밀접하게 연관된 것이다. 종교적 인간이 아니라고 하더라도 원죄를
인정하고 체험한 이상 이를 극복하고 초월하는 것이 세속적 인간의
숙명으로 되어 있기 때문이다.

그런 맥락에서 이 작품이 기독교적 상상력과 관련될 수 있는 근거는 크게 두 가지이다. 하나는 거북이와 뱀의 관계이고, 다른 하나는 형벌의 의미이다. 에덴동산의 신화를 별주부전과 비교하면, 뱀은 곧 거북이와 동일한 위치에 서게 된다. 에덴의 신화를 이미 알고 있는 서정적 자아이기에 "거북이야!/다시는 용궁의 유혹에 안 떨어진다"라고 자신 있게 말할 수 있는 것이다. 더 이상 뱀과 같은 유혹의 덫에 걸리지 않도록 다짐하는 것이다. 그리고 다른 하나는 죄와 관련된다. 소비충동을 이기지 못한 인간이 절대자로부터 받은 형벌은 에덴동산으로부터의 추방이었다. 그러한 추방은 프로메테우스가 천 년 동안이나 독수리에게 간을 파먹히는 형벌과 동일한 차원에 놓이는 것이라 할 수 있다. 따라서 이 작품이 우리에게 시사하는 것은 신의 계율을 어긴 죄의 의미와 그러한 유혹에 대한 경계이다.

「간」은 상상력의 진폭이 비기독교적인 것임에도 불구하고 기독교와 이렇게 연결될 수 있는데, 이 작품에서 말하고자 하는 궁극적 의미는 수양의 미덕과 관련된다. 기독교는 인간에게 원죄를 인정하고 그 죄를 씻고자 하는 도정으로 수양을 요구하고 있다. 예수를 매개로, 선한 일을 계속 쌓아가야만 천국의 문이 열린다고 하는 것이다. 죄의 대가를 충분히 치러야만 한다는 것인데, 심판자인 "너는 살찌고" 수양의 주체인 "나는 야위어야지"하는 발상은 죄와 수양의 의미를 정확히 환기하고 있는 것이다. 자학(파먹히기)를 통해서 건강한 자아로 거듭 태어나고자 하는, 수양의 역설이 시작되고 있는 것이다.

4. 재생과 부활, 그리고 천체의 미학

기독교를 사유의 근본으로 파악하고 있는 윤동주에게 있어서 이는 인식의 완결성을 이루어내는데 일정한 한계를 보이고 있었다. 그런 판단이 윤동주 시를 이끌어가는 또 다른 동인으로 작용하게 되는데, 그 매개가 되는 것이 천체미학, 곧 별의 세계이다[10].

윤동주의 시에서 별의 세계관과 기독교 의식은 동일하면서도 다른 양상으로 구현된다. 둘 다 모두 전일성이라는 측면에서는 그러하지만, 이를 자아화하는 과정에서는 전혀 그렇지 못하기 때문이다.

우선, 인식의 완결성을 향한 도정에서 윤동주가 우선 주목한 것이 기독교의 자장 속에 나타나는 재생과 부활의식이다. 기독교에서 부활은 죽은 예수가 다시 살아난 것을 축하하는 의식이다. 그 의식이 갖는 궁극적 함의는 새 생명의 탄생이다. 새로운 생명이 탄생하는 예비의식으로 부활절에 계란이 통용되는 것이 일반화되어 있는 것도 이 때문이다. 윤동주의 시에서 그러한 의식을 기계적으로 설명해 줄 수 있는 작품을 찾는 것은 쉬운 일이 아니다. 어쩌면 그것이 시의 기능과 존재이유인지도 모르겠다. 만약 그의 시에서 부활의 의미가 완벽히 담긴 시가 있다면, 그의 시들은 소위 호교적인 논란에서 쉽게 벗어나지 못했을 것이다. 그럼에도 여기서 한 발짝도 벗어나지 못하는 시가 있는데, 바로 「팔복」이다.

---

10 김윤식, 『한국 근대 작가 논고』, 일지사, 1997, p.271. 김윤식은 윤동주가 천체미학에 자주 관심을 표명한 것은 손들어 표할 하늘 때문이라고 보고 있다. 이른바 자유, 성찰의 거침없는 매개로 천체, 별을 보고 있는 것인데, 이는 단지 매개 차원으로만 천체를 해석하고 있다. 그러나 윤동주는 이를 단순한 수양한 매개가 아니라 완전성을 위한 가열찬 의식의 세계, 곧 인식의 완결성을 위한 도정으로 이해하고 있었다.

슬퍼하는 자는 복이 있나니

슬퍼하는 자는 복이 있나니

슬퍼하는 자는 복이 있나니

슬퍼하는 자는 복이 있나니

슬퍼하는 자는 복이 있나니

슬퍼하는 자는 복이 있나니

슬퍼하는 자는 복이 있나니

슬퍼하는 자는 복이 있나니

저희가 영원히 슬플 것이오(1940.12.)

「팔복(마태복음 5장 3-12)」 전문

1940년 12월 전후에 쓰인 것으로 추측되는 이 시가 의미 있는 것은 기독교의 세계를 완벽하게 인유한 데 있다. 이런 성질의 시가 종교를 옹호하는 작품으로 전락할 위험성은 매우 농후하다. '마태복음' 5장은 "복있는 사람은 누구인가"를 8개조로 설명한 부분이다[11]. 그 중의 하나가 슬픔이다. 인용시의 내용대로 "슬퍼하는 자는 복이 있다"는 내용이다. 윤동주는 8가지 정서 가운데 '슬픔'의 정서를 주된 관념으로 이해하고 있는 것이다.

기독교의 논리에 의하면 "슬퍼하는 사람은 행복하다고" 한다. 왜냐하면 그들은 그러한 정서로 "위로받을 수 있기" 때문이라고 한다.

---

11 마태복음 5장~7장에는 예수님이 갈릴리의 산위에 앉으셔서 하신 말씀이 기록되어 있다. 그래서 이를 흔히 산상설교라 한다. 이 설교에는 복있는 사람에 관한 말씀으로 시작되는데, '복이 있나니'라는 말씀이 8번 나오는 까닭에 이 부분을 8복(福)이라 부른다.

일종의 자기위안인 셈이다. 윤동주는 이 시기에 이런 소극적, 부정적 정서에 기대서라도 자신의 처지를 위로받고 싶어했을 것이다. 그런 내적 동기가 「팔복」을 쓰게 한 요인이 되었던 것으로 이해된다. 그러나 이런 긍정적 동기에도 불구하고 「팔복」은 마태복음의 내용을 그대로 옮겨 적은 것에 불과하다. 굳이 시라는 영역을 차용하지 않더라도 이런 정서의 표백은 얼마든지 가능할 것이다.

　「팔복」은 격정적인 정서의 토로일 뿐 그것이 원죄의 숙명을 뒤집어 쓴 자아에게 어떤 해결책이 될 수는 없었다. 그리하여 윤동주가 다시 시도한 것이 이른바 재생과 부활에 대한 강력한 믿음이다. 이를 대표하는 것이 명편인 「별헤는 밤」이다.

　　　계절이 지나가는 하늘에는
　　　가을로 가득차 있습니다.

　　　나는 아무 걱정도 없이
　　　가을 속의 별들을 다 헤일 듯합니다.

　　　가슴 속에 하나 둘 새겨지는 별을
　　　이제 다 못 헤는 것은
　　　쉬이 아침이 오는 까닭이요,
　　　내일 밤이 남은 까닭이요,
　　　아직 나의 청춘이 다하지 않은 까닭입니다.

　　　별 하나에 추억과

별 하나에 사랑과

별 하나에 쓸쓸함과

별 하나에 동경과

별 하나에 시와

별 하나에 어머니, 어머니,

어머님, 나는 별 하나에 아름다운 말 한 마디씩 불러봅니다.

소학교 때 책상을 같이 했던 아이들의 이름과, 패, 경, 옥 이런

이국 소녀들의 이름과, 벌써 애기 어머니 된 계집애들의 이름

과, 가난한 이웃 사람들의 이름과, 비둘기, 강아지, 토끼, 노

새, 노루, '프랑시스 쟘', '라이너 마리아 릴케' 이런 시인의 이

름을 불러 봅니다.

이네들은 너무나 멀리 있습니다.

별이 아슬히 멀 듯이.

어머님,

그리고 당신은 멀리 북간도에 계십니다.

나는 무엇인지 그리워

이 많은 별빛이 내린 언덕 위에

내 이름자를 써 보고,

흙으로 덮어 버리었습니다.

딴은 밤을 세워 우는 벌레는

부끄러운 이름을 슬퍼하는 까닭입니다.

그러나 겨울이 지나고 나의 별에도 봄이 오면
무덤 위에 파란 잔디가 피어나듯이
내 이름자 묻힌 언덕 위에도
자랑처럼 풀이 무성할 게외다. (1941.11.5.)

「별 헤는 밤」 전문

이 작품 역시 1941년 후반기에 쓰인 시이다. 자아와 숙명에 대한
집요한 탐색이 이루어지던 시기에 「별헤는 밤」이 탄생한 것이다. 이
작품은 수많은 독자들이 애송할 정도로 명시의 반열에 든 작품이거
니와 여기에 포함된 제반 사상 또한 매우 문제적이다.

먼저 기독교적 의미의 부활 사상은 "내 이름자 묻힌 언덕 위에도/
자랑처럼 풀이 무성할게외다"에서 읽어낼 수 있다. 풀이 무성하게
다시 자라는 것은 새로운 생명의 탄생일뿐만 아니라 부끄러웠던 자
아가 긍정적 자아로 변신한 결과일 것이다. 죽음을 통해서 새로운
생명으로 거듭 태어나는 부활의 의미가 이 시에서 그대로 드러나고
있는 것이다. 윤동주는 자아의 숙련 기간을 '겨울'의 공간 속에 가둔
채 '봄'을 기다리고 있었다. 겨울이 죽음의 공간이고 봄이 생명의 공
간이라는 신화적 상상력에 기대면, 이는 매우 적절한 시적 의장이었
다고 할 수 있다.

윤동주는 원죄의 업고라는 기독교의 틀에서 쉽게 벗어나지 못했
다. 그것은 자아의 승화와 존재론적 완성과 관련된 문제인데, 그는
그 도정을 기독교가 제시하는 원리에 충실히 추종하면서 시의 세계

를 펼쳐 보인 듯 했다. 원죄와 속죄양 의식, 그리고 재생과 부활에 대한 의지 등 기독교가 제시하는 서사적 패러다임을 그대로 받아들이고 있기 때문이다. 그럼에도 자아에 대한 그의 지속적 탐색들은 멈추지 않는다. 1941년 이후의 작품들에서도 자아탐색의 과제는 계속 진행되고 있었기 때문이다. 그 대표적인 사례가 바로 「서시」를 비롯한 「참회록」이다. 이런 작품들을 목도하게 되면, 기독교적인 틀 속에서의 존재론적 완성이라는 과제는 그가 수행하기에 무척 난망한 일이었던 것으로 이해된다.

그렇다면, 윤동주 앞에 놓인 기독교란 무엇일까. 그는 이를 통해서 자아의 한계를, 혹은 식민지적 상황을 초월할 수 있는 길을 찾을 수 있을 것으로 판단한 것처럼 보인다. 실상 이런 질문에 답하는 것은 어려운 일이지만 그의 시도들은 어느 정도 벽에 부딪힌 것으로 보아야하지 않을까 한다. 그런 한계 가운데 하나를 「십자가」를 통해서 알 수 있게 된다. 이 작품이 속죄양 의식에 의해 쓰인 것이고, 이른바 '예수되기'가 그 방법의 일환이었다. 그런데 윤동주는 예수와 자신이 결코 동일시될 수 없음을 이 시에서 보여준 바 있다. 자신은 "괴로웠던 사나이"이고 예수한 "행복한 사나이"라 했기 때문이다. 이 둘 사이의 처지를 이렇게 갈라놓은 것은 일제 강점기라는 시대상황이다.[12] 예수는 만인의 죄를 짊어지고 십자가에서 희생되면 그만이었지만, 곧 모든 상황이 종료되는 것이었지만, 윤동주는 그렇지 못한 처지에 놓여 있었다. 설사 윤동주 자신이 예수처럼 희생된다고 하더라도 민족이 완벽하게 해방될 수는 없었기 때문이다. 이런 상황

---

12 김용직, 앞의 책, p.145.

논리가 결국은 그로 하여금 기독교가 자신의 것으로 육화되는데 장애가 되었던 것으로 보인다. 이는 마치 카톨릭이 장식적 수준으로밖에 다가오지 못했던 정지용의 사정과 똑같은 것이라 할 수 있다[13].

기독교는 윤동주의 의식 세계를 지배하는 데 일정한 한계를 갖는다. 그러한 틀 속에서 윤동주는 새로운 인식의 단계가 필요했는데, 그것이 앞서 언급한 천체, 곧 별의 세계[14]이다. 김윤식 교수는 천체를 자유를 향한 여정으로 이해했다[15]. 윤동주가 받아들인 기독교가 존재론적 완성을 위한 여정이었든, 아니면 외적 상황에 의한 것이었든 간에, 그는 기독교로부터 최후의 결론에 이르지 못한 사실에 비추어보면 이런 해석은 일견 타당하다. 그러나 별은 꿈이나 이상과 같은 관념의 세계로 인식되기도 하지만, 그것은 궁극적으로는 완벽한 자연의 세계라는 사실을 이해해야 할 필요가 있다. 별의 상상력이야말로 가장 완벽한 자연의 세계이기 때문이다. 별은 그러한 자연 가운데 첫 번째에 놓이는 가장 강력한 상징이다. 윤동주가 그러한 별의 긍정성에 주목한 시가 「산림」이다.

> 시계가 자근자근 가슴을 때려
> 불안한 마음을 산림이 부른다.
>
> 천년 오래인 연륜에 찌들은 유암(幽暗)한 산림이,

---

13 김윤식, 『한국 근대문학사상사』, 한길사, 1984, p.429.
14 천체미학과 관련된 의미있는 논문으로는 김윤정, 「순결한 자의식과 공간성」, 『한국현대시인론』(송기한외 편, 청운, 2015 참조)
15 김윤식, 『한국근대작가논고』 윤동주 부분 참고.

고달픈 한몸을 포옹할 인연을 가졌나보다.

산림의 검은 파동위로부터
어둠은 어린 가슴을 짓밟고

이파리를 흔드는 저녁바람이
솨--- 공포에 떨게 한다.

멀리 첫여름의 개고리 재질댐에
흘러간 마을의 과거는 아질타.

나무틈으로 반짝이는 별만이
새날의 희망으로 나를 이끈다.(1936.6.26.)

「산림」 전문

이 작품은 비교적 초기인 1936년 6월에 쓰인 시이다. "시계가 자근자근 가슴을 때리는 불안한 마음을" '산림'이 이끈다고 했다. 이 구절을 보면 윤동주는 철저히 반근대적인 사유를 가지고 있었음을 알 수가 있다. 그만큼 그의 인식세계에서 자연의 질서는 매우 중요한 가치체계를 갖고 있었다. 그러나 이보다 더 주의 깊게 보아야 할 부분이 마지막연이다. 그는 "나무 틈으로 반짝이는 별만이/새날의 희망으로 나를 이끈다"고 했다. '별'은 단순히 보여주는 아름다운 실체가 아니라 시인을 희망의 세계로 유도하는 자장으로 인식하고 있는 것이다.

그러한 별의 세계가 그대로 이어진 것이 「별헤는 밤」이다. 별은 중력의 중심이다. 따라서 그것은 세계의 중심이고 완벽한 전일성이다. "계절이 지나가는 하늘 속"에 "무수히 많은 가을의 별들"은 완벽한 우주이고 이법이고 섭리이다. 윤동주는 그러한 별들에 '추억'과 '사랑', '쓸쓸함'과 '동경', '시'와 '어머니'를 연결시킨다. 뿐만 아니라 "별 하나에 아름다운 말한마디씩 불러볼" 정도로 지상의 온갖 사물과 관련 짓기도 한다. 별과 지상의 사물을 연결시킨다는 것은 무슨 맥락일까. 지상의 사물이 완전하지 못하다는 것은 종교의 진리일 뿐만 아니라 과학적 사실이기도 하다. 불완전성의 상징이 바로 지상적 존재들의 슬픈 운명인 까닭이다. 그러한 불구성을 '별'과 연결시킨다는 것은 그 불구성을 회복시키고 복구시키는 뜻과 같은 것이 될 것이다.

윤동주에게 '별'이 중요했던 것은 이런 맥락에서이다. '별'은 단지 멀리 떨어져 있는, 이상적인 실체로 인간과 평행선을 긋는 것이 아니다. 만약 그러했다면, 그것은 관념의 영역일 뿐이고 종교의 영역을 벗어나지 못했을 것이다. 별이 불완전한 지상적 존재로 육화되어 들어옴으로써 완전성을 회복하는 것, 그것이 윤동주의 시학에서 '별'이 갖는 궁극적 의미였던 것이다. 이런 세탁의 과정을 통해서 '부끄러운 이름'이 '자랑스런 풀'로 새로이 탄생하는 것이다.

5. 천체의 구경적 의미

윤동주는 한국 근대시사에서 신화적 반열에 오른 시인이다. 그를 이렇게 만든 것은 극적인 그의 삶과 관련이 깊은 것이며, 그의 시에서 드러나는, 예외적인 자의식의 탐색과정이 있었기 때문이었다. 전기적 삶과 관련된 시의 내용들이 교묘하게 조화됨으로써 그는 시인으로서 최고의 위치에 오르게 된 것이다.

윤동주의 시들은 주로 외부 현실과의 관련양상에 초점을 맞추어 연구되어 왔다. 문학이 사회와 어느 정도 공유되는 것이고, 또 일제 강점기라는 상황으로부터 시인들이 자유롭지 않기 때문에 이런 연구 태도들이 잘못된 것이었다고는 할 수 없을 것이다. 문제는 문학 내적인 문제, 혹은 시인의 정신세계를 어느 한쪽으로 지나치게 결부시킴으로써 얻어지는 해석의 한계는 분명 지적되어야 한다는 점이다. 이 글은 그러한 한계로부터 벗어나서 윤동주의 정신세계를 전기적 국면과 관련시켜 이해하고, 그러한 국면들로부터 형성된 자의식이 어떻게 전개되었는가에 초점을 맞추어 살펴보았다. 잘 알려진 바와 같이 그의 사유의 핵심에는 기독교가 자리 잡고 있었고, 이로부터 형성된 자의식과 그 모색과정이 그의 시세계의 주류를 형성하고 있었다. 이는 종교적 인간이라면 누구나 가질 수밖에 없는 원죄의식이 그 밑바탕에 깔려 있었고, 또 이에 대한 극복 동기가 다양한 형태의 속죄양의식을 낳게 했다.

그러나 한 사회가 부과한 억압의 자장이 종교 자체의 발전 경로를 통해서 완벽히 해소될 수는 없을 것이다. 윤동주는 기독교를 자기화하는 과정에서 이를 완벽히 체화하는 데 어느 정도 한계를 보였다. 그는 예수와 동일한 존재가 될 수 없다는 한계를 느끼게 되는데, 그 배음에 깔려 있었던 것이 식민지라는 상황이었을 것이다. 이 과정에서 발견한 것이 천체미학, 곧 별의 세계였다.

별은 우주의 중심이고, 실체이며, 섭리이자 이법이다. 그것은 완벽한 완성체이다. 윤동주가 그러한 별의 실체에 대해 인식한 것은 「산림」과 같은 초기시에서부터이다. 그러한 별의 세계가 그의 대표작 「별헤는 밤」으로 이어진 것이다. 별이 완벽한 실체인 반면, 지상적인 것들은 불구적 존재이다. 불완전한 존재가 완전한 존재로 거듭 태어나기 위해서는 자신의 불구성이 치유되어야 한다. 윤동주는 그 치유를 별과 연결시킴으로써 이루어내고자 했다. 별을 통해서 지상적인 것들이 완벽한 모습으로 태어나고 그 자신도 '자랑스런 풀'로 새롭게 변신하고자 했던 것이다.

현대문학의 정신사

제6장

박목월 시에서 자연의 의미 변이 과정

1. 목월과 자연

1946년 간행된 박목월, 조지훈, 박두진의 삼인시가집 『청록집』만큼 문단적으로나 시사적으로 주목의 대상된 사화집도 없을 것이다. 그만큼 『청록집』은 한국시사에 큰 영향을 끼친 주목할 만한 시집이었다. 도대체 이러한 관심은 어디에서 오는 것일까. 다양한 원인이 있겠으나 이를 몇 가지 측면에서 살펴보면, 우선 이 사화집이 해방의 혼란 속에서 상재되었다는 점을 들 수 있을 것이다. 잘 알려진 대로 해방정국은 좌우익의 격돌과 그에 따른 이념적 정체성의 확보가 다른 어느 때보다 치열한 시기였다. 특히 과거사 정리와 민족정기를 회복하기 위한 도정은 좌익 측에게 해방정국을 이끌어나가기 위한 유리한 국면을 제공해주었다. 이는 정치뿐만 아니라 문예 방면에서도 동일하게 적용되었다. 그런데 좌익의 방향으로 기울어져 가는 듯한 저울추를 균형감 있게 제자리로 돌린 것이 『청록집』의 상재였다. 이 시집은 불과 신인 몇 사람이 모여서 만든 것이긴 하지만 이들의 문단적 참신성과 윤리성으로 무장된 것이었기에 새로운 질서를 만들어나가는 데에 있어서는 다른 어느 경우보다 큰 영향력을 가졌다.

그리고 다른 하나는 주제의 참신성 혹은 강렬성에서 오는 관심의 환기력을 들 수 있을 것이다. 물론 『청록집』 이전에도 사화집이 전혀 없었던 것은 아니다. 그러나 식민지시기에 사화집이 몇 차례에 나오긴 했어도 단일 주제를 『청록집』만큼 확실하게 표명한 경우는 거의 없었다고 해도 과언이 아닐 것이다. 이런 명료성이야말로 문단적 관심과 시사적 의의를 확보하는 주요한 계기가 아니었나 생각된다. 세 번째는 이들 시집 속에 구현된 자연의 풍경이랄까 의미망의 참신성이다. 익히 지적되어 온대로 이들 세 시인이 탐색해낸 자연의 의미는 개별성과 독창성을 갖고 있는 것이어서 어느 하나의 잣대로 쉽게 접근되지 않는다. 이런 신선함이야말로 『청록집』의 음역과 자장을 알려주는 좋은 매개가 될 것이다.

『청록집』은 삼인시가집임에도 불구하고 이 시집의 대표자는 알게 모르게 박목월로 인식되는 게 기정사실화된 느낌을 받는다. 이는 시집의 제목이 목월의 대표시 가운데 하나인 「靑노루」에서 차용한 데 따른 결과이기도 하고, 또 목월의 자연시가 다른 시인들에 비해 매우 특색있고 강렬했다는데 그 원인이 있는 것이 아닌가 한다. 그러나 그 원인이 어디에 있든 지금까지 목월에 대한 연구들은 자연의 의미망으로부터 크게 벗어나지 못하고 있다. 그럼에도 목월 시에 나타난 자연의 의미가 창조된 자연이라는 데에는 큰 이견이 없는 듯하다. 시간적 속성상 자연은 영원의 의미를 갖고 있는데, 이에 착안하여 그의 자연시를 영원이나 근원으로 이해하고 있는 것이다.[1] 이런 시각은 모두 존재론적 불안을 생리적으로 지닐 수밖에 없는 근대인의 초상에 초점을 맞춰 그의 시에 드러나는 영원지향성을 연구한 경우이다. 물론 그 반대의 시각도 있어 왔는바, 목월이 자작시 해설에서 밝힌 '마음의 자연', 혹은 '상상의 자연'에서 힌트를 얻어 이를 사회적 변용의 차원에서 자연의 의미를 해석한 경우이다[2]. 이는 근원적인 사유보다는 식민지라는 사회적 자장에 그 무게중심을 둔 것으로, 시와 사회의 팽팽한 긴장관계 속에서 읽어낸 결과이다.

어떻든 목월시는 자연의 그러한 의미를 바탕으로 하나의 일관성을 갖고 있다는 것인데, 이를 지속의 흐름에서 파악하는 것이 그의 시세계를 이해하는 지름길로 간주되어 왔다. 그것이 앞서 말한 영원성과 그 의미변용이다. 목월의 시세계가 영원성의 틀 속에 움직이고 있는 것은 사실이며, 매 시기마다 대상을 계속 바꿔가며 자연이나 고향, 모성, 혹은 신성 등등으로 나타나고 있는 것이다. 이들 자장은 모두 영원이라는 아우라 속에 묶어낼 수 있는 것들이며, 이를 매개한 목월의 시들은 이 영원성의 틀을 단 한 번도 벗어나지 못하고 있다. 그는 어쩌면 영원의 틀에서 벗어나는 것이 두렵고, 이를 탈피하는 것을 감내하기 어려운 서정적 억압으로 느꼈는지도 모른다.

그렇다고 그 깊은 늪에서 헤어 나오지 못한 목월의 시를 협소한 시세계라고 평가절하하는 것은 어불성설이다. 그의 시들에는 그러한 세계를 구축해 들어가는 다양한 음역들이 존재하기 때문이다. 다

---

1 금동철, 「박목월 시에 나타난 근원의식 연구」, 『관악어문연구』, 1999, 12.
  최승호, 「근원에의 향수와 반근대의식」, 『국어국문학』, 2000, 5.
  유성호, 「지상적 사랑과 궁극적 근원을 향한 의지」, 『작가연구』, 2000 하반기.
  진순애, 「박목월 시의 신화적 시간」, 『우리말글』, 2002.

2 송기한, 「박목월 초기 자연 시의 현실인식 연구」, 『한국현대작가논총』, 한국현대작가학회, 2008.
  박현수, 「초기시의 기묘한 풍경과 이미지의 존재론」, 『작가연구』, 2001.

만 그것을 제대로 엮어서 이해하고 풀어내지 못한 한계가 있었을 뿐이다. 목월의 시들은 자연이라는 영원에서 출발해서 신앙이라는 또 다른 영원의 장에서 종결된다. 그렇다면 똑같은 영역이면서 자연이라는 영원에 기투하지 못하고 어머니, 고향을 거쳐 신앙이라는 또 다른 영원을 왜 계속해서 찾아 나서야했던 것일까. 이는 그의 스승이었던 정지용의 경우와는 매우 다른 시적 도정이 아닐 수 없다. 정지용은 신앙이라는 영원을 버리고 자연이라는 영원을 받아들였다. 그는 근대를 극복하고 초월하는 도정을 신앙이 아니라 자연 속에서 완성한 것이다. 이런 차이는 세계관의 차이이기도 하겠지만 자연을 바라보는 내적 차이와 인식의 결과에서 오는 것이라는 점에서 주목의 대상이 아닐 수 없다.

목월 시에 나타난 영원성의 계기적 흐름은 그의 시의 보증수표인 자연의 의미망에서 찾아야 한다고 본다. 그의 시에 나타난 자연을 연구하는 데 있어서 많은 연구자들이 주목했던 것은 『청록집』의 자연이었다. 그러나 그 이후 시세계에서 나타난 자연관에 대해서는 특별한 관심을 두지 않았다. 『산도화』와 『난, 기타』 이후에도 자연의 군상들을 담은 시들이 다양하게 구현되고 있는데, 이에 대해서는 거의 주목하지 않은 것이다. 특히 생활세계로 내려온 그의 세 번째 시집 『난, 기타』에서는 기존의 시세계에서 보이지 않았던 자연관에 있어 큰 변화를 보인다.

목월의 시세계가 갖는 영원성의 다양한 굴절들은 실상 『청록집』과 『난, 기타』 사이에 내재한 자연의 의미망에 그 뿌리를 두고 있는 것이라 할 수 있다. 여기에 내재된 자연관의 차이야말로 그의 시에 나타난 영원성의 의미를 이해할 수 있는 좋은 반증이며, 『난, 기타』

에 나타난 생활 세계와 그 지양극복형태로 나타난 고향이나 어머니, 신앙으로 나아간 도정을 이해할 수 있는 계기가 되기 때문이다. 그 것은 또한 스승인 정지용의 자연관과 『청록집』의 동료였던 조지훈 이나 박두진의 그것을 구분시켜주는 지점이 될 것이다.

2. 거리화된 자연과 상상의 자연

『청록집』에 구현된 목월의 자연은 비현실적인 일상성에 기초해 있다. 여기서 비현실적이란 가공이나 상상과 같은 초월적인 어떤 것 이나 공황적인 상태에서 오는 것이 아니고, 전율과 같은 공포 체험 에 기반해 있는 것도 아니다. 뿐만 아니라 소설의 기본 장치인 허구 에 기초해 있는 것도 아니다. 소설에서의 허구란 있을 수 있는 현실 을 말하는데, 『청록집』에 재현된 자연은 있을 수 있는 현실에 기초해 있는 것이 아니기 때문이다. 그만큼 목월의 초기시에 나타난 자연은 반미메시스적이고 비현실적이었다. 그렇다고 이에 기반한 그의 자 연시들이 허무맹랑한 소재를 인유화해서 작품의 소재로 끌어다 쓴 것도 아니었다. 그의 시에 나타난 자연은 있을 듯하면서도 불가능한, 그러면서도 가능할 수도 있는 그 미묘한 경계 지대에서 선택되고 있 다. 이렇듯 허구와 실재 사이의 점이지대에 놓여 있는 것이 『청록집』 에 나타난 자연의 의미이다. 그러한 특색 때문에 그의 자연시에 매 혹되고, 이를 모방하고자하는 충동이 후대까지 계속 일어난 것이 아 닐까 한다.

가능성과 불가능성을 교집합으로 하고 있는 그의 자연이란 도대 체 어떻게 탄생하고, 또 그것이 시인의 의식 세계 속에서 어떤 함의를 갖고 있는 것일까. 이 물음에 대한 적절한 답이야말로 그의 시에 나타난 자연의 의미와 그 미래적 의미망을 조망할 수 있는 좋은 계기가 될 것이다. 목월은 일찍이 자작시를 해설하는 자리에서 자신의 작품 속에 탄생한 자연의 의미를 다음과 같이 밝힌 바 있다.

> 나는 그 무렵에 나대로의 지도를 가졌다. 그 어둡고 불안한 시대에 푸근히 은신할 수 있는 〈어수룩한 천지〉가 그리웠다. 그러나, 한국의 천지에는 어디에나 일본 치하의 불안하고 바라진 땅이었다. 강원도를, 혹은 태백산을 백두산을 생각해 보았다. 그러나 그 어느 곳에도 우리가 은신할 한 치의 땅이 있는 것 같지 않았다. 그래서 나 혼자의 깊숙한 산과 냇물과 호수와 봉우리와 절이 있는
> 〈마음의 자연〉-지도를 간직했던 것이다.[3]

『청록집』의 자연은 우선 반리얼리즘적인 특성을 갖고 있다. 그러면서도 이 경계를 단 한치도 벗어나지 못하고 있다. 그것은 그의 시에 나타난 자연이 가공의 차원에서 이루어졌다는 점에서도 그러하고, 현실적 배경과 불가분의 관계에 놓여 있다는 점에서도 그러하다. 어떻든 그의 자연은 재현이라는 방식, 묘사라는 방식의 시적 의장을 취하지 않고 오로지 상상이라는 비재현의 의장 속에서 만들어진다. 목월 자신의 말에 따르면, 이런 결과는 식민지라는 상황을 전제하지 않고는 불가능한 것이라 했는바, 현실적 고립이 만들어낸 상상의 자

---

3 박목월, 「『청록집』의 자작시해설」, 신흥출판사, 1958.

연이었다는 것이다.[4]

불온한 현실의 억압적 기제가 만들어낸, 상상의 자연이기에 목월이 여기에 대해 미메시스적 사실성에 대해 고민하지 않은 것은 자연스러운 일이다. 따라서 그가 상상해서 만들어낸 자연은 허구의 무한지대로 뻗어나가도 하등 이상할 것이 없는 경우였다. 그 거리가 멀어지면 멀어질수록 시적으로 성공할 개연성은 높아질 수밖에 없었다. 자아와 현실로부터의 거리에서 만들어진 것, 그것이 그의 상상 속에 그려진 〈마음의 자연〉이었기 때문이다.

> 松花가루 날리는
> 외딴 봉우리
>> -「윤사월」 부분

> 머언산 靑雲寺
> 낡은 기와집
>> -「靑노루」 부분

> 芳草峰 한나절
> 고운 암노루
>> -「삼월」 부분

인용시들은 『청록집』에 수록된 목월의 대표작들이다. 그런데 이

---

4 이희중, 「박목월 시의 변모과정」, 『박목월』(박현수편), 새미, 2002, p.144.

작품들의 주조는 현실과 단절된 고립된 세계이다. 그러한 세계를 만들어내는 것이 현실과 자아 사이에 내재된 물리적 거리감이다. 가령 "외딴 봉우리", "머언산 청운사", "방초봉" 등등이 그러한 거리를 만들어내는 지표들이다. 이렇게 단절된 상상의 공간은 현실의 영역도 아니고, 또 인간적 삶이 영위되는 실재적 공간도 아니다. 더구나 자연과 인간의 교감이란 뻔한 교융관계도 이루어지지 않고 있다. 현실과는 철저하게 차단된 채, 그 내재적 유기성에 의해 자율성이 확보되는 고립의 공간, 그것이 목월이 말한 마음의 지도였던 것이다.

현실의 고립이 만들어낸 상상의 자연은 이렇듯 현실로부터의 고립이라는 또 다른 역설의 공간을 만들어내었다. 그러한 공간을 더욱 고립시키는 것이 인간적 요소에 대한 철저한 배제 때문이다. 자연시나 전원시의 일반적 경향이 자연의 동화나 유토피아 지향성으로 드러나는 것인데, 『청록집』의 세계에서는 그러한 교융관계가 완벽하게 차단되어 있다. 오직 고립된 자연만이 스스로 유기적 전일체를 만들어내면서 자족의 공간으로 구현되고 있는 것이다.

머언 산 靑雲寺
낡은 기와집

山은 紫霞山
봄눈 녹으면

느릅나무
속잎 피어가는 열두 구비를

靑노루
맑은 눈에

도는
구름
　　　　　-「靑노루」전문

　목월의 시에서 미메시스적 의장들은 철저하게 사상되어 있다. 그
러한 까닭에 서정시의 가장 중요한 의장인 묘사가 철저히 거부되고
있다. 그것은 그의 자연이 구체적 일상에서 형상화되는 것이 아니라
초월적 현실에서 이루어지고 있기 때문이다. 그런데 그러한 초월성
은 인간적 의식과 삶을 배제함으로써 더욱 큰 효과를 얻고 있다. 세
속을 배제한 채 '머언 산'에서 벌어지는 자연은 완벽한 유기론적 체
제를 유지하고 있다. 겨울과 봄의 계절적 순환과 그에 따른 느릅나
무 속잎의 개화, 이에 응답하는 청노루, 하늘의 구름 등이 그 자체적
으로 완벽한 전일체를 구성하고 있기 때문이다. 그러나 이런 전일적
모형을 자랑하는 자연임에도 불구하고 인간의 흔적은 배제되어 있
다. 그것은 두 가지 차원에서 그러한데, 하나는 상상의 동물과 현실
의 인간이 수평적으로 놓여질 수 없다는 점, 그리고 다른 하나는 자
연과 인간 사이에 놓인 근대적 의미항이다. 이 작품에서는 불구화된
근대적 인간이, 자연의 전일성이라는 인식과 그에 동화되고자 하는
형이상학적 사유를 전혀 읽어내지 못하고 있는 것이다.
　자연과 인간의 이러한 거리는 구체적 일상을 응시할 수 없는 자아
의 한계에 그 원인이 있다. 목월에게 필요한 것은 객관적 현실의 열

악함을 극복할 수 있는 〈어수룩한 천지〉나 〈마음의 지도〉일 뿐 우주의 원리나 섭리와 같은 형이상학적 의미에 대해서는 전혀 관심이 없다. 현실이 배제될 때, 구체적인 일상의 디테일이 시속에 묘사된다는 것은 불가능한 일이다. 『청록집』에 수록된 시들이 간결하고, 묘사가 철저하게 배제되는 것은 모두 여기에 그 원인이 있다고 하겠다. 시인에게는 현실과 철저하게 대립되는 상상의 공간만 있으면 그만이었던 것이다. 이런 자의식이 자연과 인간의 거리를 철저하게 차단시켜버리는 결과를 낳았다. 목월의 초기시에서 인간과 자연은 이렇듯 화해할 수 없는 거리로 닫혀 있었던 것이다.

목월의 초기시에서 서정적 자아는 닫힌 공간에 침투하거나 그 관계 속에서 어떤 형이상학적 의미나 교융의 관계를 만들어내지 못한다. 상상의 자연은 "머언 산"과 "외딴 봉우리"에서 자족적 실체를 이루며 완벽하게 차단되어 있기에 현실 속의 자아는 그곳에 쉽게 이르지 못하는 것이다. 그러한 거리감이 만들어낸 것이 『청록집』에서 쉽게 산견되는 낭만적 동경이다.

　　　　내사 애달픈 꿈꾸는 사람
　　　　내사 어리석은 꿈꾸는 사람

　　　　밤마다 홀로
　　　　눈물로 가는 바위가 있기로

　　　　기인 한밤을
　　　　눈물로 가는 바위가 있기로

어느 날에사
어둡고 아득한 바위에
절로 임과 하늘이 비치리오
「임」 전문

  이 시를 이끌어가는 중심 소재는 임이다. 일제 강점기의 임이 상징하는 음역은 매우 다층적일 수밖에 없는데, 이 시 또한 그 연장선에 놓인 작품이다. 그것은 조국이나 이상적 자연, 절대자 등등 다양한 의미로 읽혀질 수 있기 때문이다. 그러나 그것이 어떤 의미의 중심점을 갖고 있다고 하는 사실 자체가 크게 중요한 것은 아니다. 이 작품의 주제가 "애달픈 꿈꾸는 사람", "어리석은 꿈꾸는 사람"에서 표명된 것처럼 그리움에 놓여 있기 때문이다. 그 그리움의 정점에 있는 것이 현실과 격절된 것, 곧 그가 마음속에 그려놓은 상상의 지도임은 분명할 것이다. 그러나 그곳은 쉽게 도달할 수 있는 공간이 아니다. 뿐만 아니라 자신의 자의적 힘에 의해서도 좁혀질 수 있는 거리가 아니다. 그렇기에 시인이 할 수 있는 것은 어떤 우연에 기댈 수밖에 없다. 이를 대표하는 말이 '절로'라는 시어이다. 이 시어는 능동적 역량이 배제되었음을 일러주는 언어이다. 이는 그만큼 그가 만들어놓은 절대적 자연이 쉽게 넘나들 수 없는, 우연으로 밖에 도달할 수 없는, 어떤 성채와 같은 것임을 말해주는 것이라 할 수 있다.

  목월이 불온한 객관적 현실로부터 도피하고자 만들어 놓은 것이 상상의 자연, 곧 마음의 지도였다. 따라서 그것은 현실과 유리되면 될수록 시적 자아의 낭만적 욕구를 충족시켜줄 매혹으로 다가오는 것은 당연한 일이라 할 수 있다. 비현실성이 현실성을 충족시켜주는 아이러니, 그것이 목월이 만들어낸 상상의 자연, 창조적 자연의 의의였다. 그런데 그러한 거리감의 확대는 역으로 이에 도달하고자 하는 욕망을 더욱더 난망하게 하는 결과를 낳고 만다. 그러한 모습의 시적 구현이 "애달픈 꿈꾸는 사람"이다. 『청록집』과 『산도화』에서 묘사되는 자연이란 현실과 완벽하게 유리된 자연의 모습이었을 뿐 그것이 어떤 인간적 삶이나 질서와 교융하는 관계로 직조되지 않았다. 그러한 거리감이 배태한 것이 그리움의 정서였고, 이를 꿈꾸는 사람으로 표명한 것이다.

3. 거리의 좁힘과 일상화된 자연

목월의 자연시들은 『산도화』이후 『난, 기타』에 이르면 많은 변화를 겪게 된다. 이런 변화들은 자연발생적인 시의식의 변화라는 점에서도 찾을 수 있지만, 현실적인 관점에서도 찾을 수 있을 것이다. 뿐만 아니라 그의 시세계에 내재한 시적 모순에서도 그 시사점을 얻을 수 있을 것이다.

먼저 그의 시의 변모는 해방 이후의 시대적 상황의 변화에서 그 일차적인 원인을 살펴볼 수 있다. 목월이 『청록집』을 쓴 배경 가운데 하나로 꼽고 있었던 것이 일제 강점기의 열악한 상황이었다. 어둡고 불안한 시대에 푸근히 안식할 수 있는 〈어수룩한 천지〉에 대한 그리움이 만들어낸 것이 『청록집』에 나타난 상상의 자연이었기 때문이다. 그러나 일제로부터 해방은 그의 시적 배경을 뿌리째 바꿔놓을 수 있는 상황의 대반전을 이끌어내기에 충분한 것이었다. 시인에게 어둡고 불안한 시대는 더 이상 구체적인 현실이 아니었기 때문이다.

시인을 강제했던 외적 현실의 변화는 마음속의 허구적 지도를 더 이상 만들어낼 이유를 갖지 못한 것이다.

그리고 다른 하나는 그의 초기시에서 내재한 시적 모순이다. 목월은 어둡고 불안한 시대를 피하기 위한 상상의 자연을 거침없이 만들어내었다. 따라서 이렇게 생성된 자연이 비현실적이면 비현실적일수록 그 성공의 가능성을 담지하고 있었다. 그 가열찬 의욕이 낭만적 동경으로 표현되었던 것인데, 가령, "머언 산 청운사", "자하산", "방초봉" 등등은 그러한 낭만적 열정이 만들어낸 상상의 자연이었던 것이다. 그러나 절대적으로 완결된 이 세계는 역으로 현실과는 완벽하게 동떨어진 환상의 공간으로 고립된 것이었다. 그러한 공간을 위해서 시적 자아가 할 수 있는 것은 낭만적 동경에서 촉발된 그리움의 정서뿐이었다. 현실과 유리되면 되면 될수록 보장되는 시적 성공이 오히려 시적 자아로 하여금 그곳으로부터 멀어지게 하는 낭만적 아이러니를 만들어버린 것이다.

이러한 시대적 변화와 시적 모순이 더 이상 그로 하여금 상상의 자연 속에 머물 수 없게끔 만들었다. 곧 해방이라는 현실과『청록집』 등에 내재해 있던 모순이 시인으로 하여금 현실로 추방시켜 버린 것이다. 현실의 음역 속에서 만들어진『난, 기타』는 그 결과물이었다. 그런 면에서 이 시집은 목월의 시세계를 전기와 후기로 구분시켜주는 중심 잣대가 된다고 하겠다. 이는『난, 기타』를 간행하고 난 직후에 이루어진 김종길 시인과의 대담에서도 잘 나타나 있다.

> 김: 제가 보기에는『난, 기타』는 이때까지의 박선생의 시의
>   청산이면서 하나의 전환점이라는 이중의 의의를 갖는 것

같아요.

박: 저 자신도 그렇게 생각하고 있습니다만-뭐랄까,「시를
생활한다」고 할까요. 시가 그렇게 부담이 되질 않아지는
것 같아요.(중략)

박: 시와 생활을 일원화시킨다는 것, 그것도 생활을 시 쪽으
로 끌어다 붙이는 게 아니라, 시를 생활 쪽으로 끌어온다
는 겁니다.

김: 말하자면 자하산(紫霞山)에서 원효로(元曉路)로 내려오신단
말씀이군요?

박: 네, 그렇습니다.[5]

이 대담의 중심 모티브는 시세계의 변화인데, 그 이면에 놓여 있
는 것은 문학관의 일대 변화일 것이다. 목월은 이 대담에서 "시를 생
활한다"라든가 "시와 생활을 일원화시킨다"고 하면서 문학관의 큰
변화를 말하고 있지만, 사실 이러한 변화는 예정된 것이나 다름없는
것이었다. 이를 추동케 한 것이 현실의 변화와 그의 문학 속에 내재
한 모순이었기 때문이었다. 어쩌면 이 둘의 계기가 교묘히 맞아떨어
지면서 생활세계로의 틈입이라는 목월 시의 새로운 장을 마련했다
고 보는 것이 옳을 것이다.

『난, 기타』의 시세계가 생활과 시의 종합, 혹은 일상으로의 복귀
와 같은 생활세계에 주안점을 둔 것이라면,『청록집』이후 변화된
그의 자연관이 주목의 대상이 되지 않을 수 없을 것이다. 아마 이

5 「『난, 기타』-박목월 씨와의 대화」,『새벽』,1960, 4.

러한 시선의 변화야말로 자연을 특징으로 한 목월 시의 변모를 통찰할 수 있는 주요한 계기가 될 것이다. 그럼에도 불구하고 그동안 이러한 변화의 변곡점들이 논의의 대상에서 제외되어 왔다. 그의 시를 통해서 어떤 연속적인 흐름을 탐색하는 시도는 매우 중요한 잣대일 수 있지만, 어떤 현상적인 특성만을 가지고 그 궤적을 살피는 것은 일정한 한계를 노정할 수밖에 없기에 더욱 그러하다고 하겠다.

목월은 『난, 기타』에서 따로 「산, 소묘」라는 연작시를 발표하면서 자연에 대해 가졌던 그의 사유의 일단을 묘파해내고 있다. 이 연작시들은 『청록집』 이후 가졌던 그의 자연시들과는 매우 다른 모습을 보이고 있다. 동일한 자연이 이전과 이후가 어떻게 다른가 하는 것을 이처럼 뚜렷이 보여주는 사례도 드물 것이다. 그만큼 이 시집에서 드러나는 자연관은 목월시에서 중요한 변화라 할 수 있다.

어느 것은 웅크리고 앉아, 이마를 맞대고 수런거리듯, 어느 것은 힐끗이 돌아보고, 멀쑥히 물러서고, 또한 어느 것은 어깨를 추스리고 서서 고개를 젖혀 하늘을 우러러 恝不關의 態, 다만 어느 하나는 얌전히 洞口앞에 이르러, 너붓이 절을 드리듯, 그것은 問安온 外孫子뻘

*

나붓이 나들이온 仙女런듯 열두폭 치맛자락을 사려꽂았다. 다만 한자락은 천연스럽게 바람에 맡기고---그 자락을 타고 사월달 긴긴해를 두릅, 휘휘초, 취, 범벅궁이, 달래, 돌미나리, 산나물을 광우리마다 채운다.

인용시는 『난, 기타』에 실려있는 산 연작시 가운데 하나이다. 그런데 이 작품은 『청록집』 시절의 자연과 많은 점에서 차이를 보이고 있다. 우선 시 형식상의 차이인데, 『청록집』의 자연시들은 간결미와 압축미를 바탕으로 한 짧은 형식의 작품들이 주를 이루었다. 실상 동화적 상상력을 구현하기 위해서는 이렇게 간결한 양식들과 산뜻한 이미지의 구현이 효과적인 양식이었을 것이다[6]. 그러나 환상이 아니라 구체적 일상의 세계에서 간결한 양식으로 산의 구체성을 설명하는 것은 어려운 일일 것이다. 이 시기에 이르러 목월의 자연시들은 일상의 구체성과 분리하기 어려운 세계로 구현되고 있었다. 그런 일상성이 설명의 형식을 취할 수밖에 없었을 것인바, 그의 시들이 이 시기에 산문의 양상으로 흐른 것은 자연스러워 보인다.

두 번째는 「靑노루」의 세계에서는 볼 수 없었던 구체적 사물이 이 작품에서부터 등장하고 있다는 사실이다. "두릅, 휘휘초, 취, 범벅궁이, 달래, 돌미나리, 산나물" 등등이 바로 그러한데, 이는 "청노루, 방초봉, 자하산" 등등과는 대립적인 사물이다. 구체적인 실제 사물의 등장은 그의 시들이 상상의 영역이 아니라 지금 여기의 구체적 일상에서 시작되고 있음을 알려주는 주요한 근거가 된다고 할 수 있다. 그리고 세 번째 특징은 사물과 인간의 유비관계의 등장인데, 시인은 산의 형상가운데 하나를 "문안온 외손자뻘"로 비유하고 있는 것이다. 이런 비유는 '자하산'과 같은 상상의 세계에서는 가능하지 않은,

---

6 박현수 앞의 논문 참조.

그의 표현대로 '원효로'라는 일상의 세계에서나 가능한 일이다.

자연에 대한 목월의 이러한 변화는 산을 살아있는 실제, 곧 생동감 있는 실체로 인식한 것과 동일한 선상에 놓여 있는 인식이 아닐 수 없다. 상상의 자연이 만들어낸 정물화적 산수의 세계가 불활성의 수준에 머물러 있음은 당연한 일이거니와 거기서 어떤 시간적 속성이나 생명성의 요소를 읽어내기는 어려운 일이다. 이미 그것은 불활성의 죽어있는 형태의 것이기 때문이다. 그러나『난, 기타』에 오면 그의 자연들은 죽어있는 정물화의 속성을 벗어던지고 비로소 살아있는 생명체로 거듭 태어나게 된다.

눈매가 焦點으로 쏠린다. 耳目口鼻가 제자리로 모여들고, 입술언저리로 도듬한 線이 굳어져, 빛나는 聰明이 눈을 떴다.

다만 太古의 신비로운 地坪처럼 이슬과 안개로 풀린 愚鈍한 線으로 휘감긴 얼굴 윤곽만이 새벽벌판이련듯 남았다.

이 거두지 못한 輪廓 속에 동녘하늘의 첫햇살로 이마를 물들이고---애띤 山은 겨우 微笑로 살아났다.

「少年-山의 生成」 전문

목월은 이 시의 제목을 '소년'이라 했고, 부제로 '산의 생성'이라고 했다. 산과 인간적 요소를 결합시킴으로써 산을 생명 있는 어떤 것으로 부각시키려 했던 것이다. 그리고 이런 비유에 의해 산은 죽은 정물화가 아니라 역동적으로 살아있는 실체, 인간적 요소를 구비

한 것으로 새롭게 의미화되었다. 그의 이러한 시도들은 태고적 비밀을 내장한 산과 그로부터 시작되는 현세적 탄생이라는 역동적 흐름으로 파악함으로써 자연이 갖고 있는 생명성을 부각시키고자 했던 것이다.

산에 대한, 자연에 대한 목월의 이같은 인식은 상상의 자연 속에 구현된 『청록집』의 자연과는 매우 이질적인 것이라 할 수 있다. 이제 자연은 저 멀리 고립되어 자립적 실체로만 남아있는 것이 아니라 생명성이 담보된 역동적 실체로 새롭게 태어나고 있는 것이다.

목월의 자연은 이렇듯 『난, 기타』에 이르러 전연 다른 모습으로 제시된다. 마음의 지도가 만들어낸 산이 상상의 모습이었다면, 현실의 지도가 만들어낸 산은 일상의 모습을 보여주고 있는 것이다. 그것은 "외딴 봉우리"와 "머언 산 청운사"로부터 내려온 결과이며, 인접한 일상적 삶이 만들어낸 모습이다. 이제 자연은 상상이 아니라 현실속의 일상적 자아가 만날 수 있는 것이 되었고, 또 이를 자기화함으로써 생명 있는 모습으로 거듭 태어나고 있는 것이다. 자연은 목월의 시에 있어서 보증수표와 같은 것이다. 자연 없는 목월시를 생각하는 것은 어려운 일이거니와 그 역 또한 참이라 할 수 있다. 따라서 자연의 궁극적 함의야말로 목월시의 출발이자 종점이라 해도 과언이 아니다.

자연의 궁극적 의미가 우주의 이법이나 질서와 같은 형이상의 문제로 귀결되는 것은 잘 알려진 일이다. 이는 근대가 품고 있는 제반 함의를 제외하고서는 설명하기 어려운 것인데, 근대성 속에 편입된 자연의 의미는 늘 통합의 상상력으로 읽혀온 것이 사실이다. 그렇다면 목월의 경우는 어떠한가. 이 해답이야말로 목월 시에 포지된 자연의 의미와 이후 목월시의 방향이 된다는 점에서 매우 중요한 잣대라 할 수 있을 것이다.

山이 성큼성큼 걸어왔다.

바다에서 갓 솟은 어리고 앳된 산. 주름진 긴 치맛자락을 꽂아 쥐고, 이슬이 굵은 태초의 七色이 영롱한 풀밭을. 그 깊은 고요를 밟고……

빨래 나온 아낙네가 山이 걸어오시네, 그 한 마디에 산은 무안해서 엉거주춤 주저앉아버렸다. 치맛자락을 고쳐지를 겨를도 없이. 너무나 수줍은 이 창조의 神의 이마를 한 자락의 안개가 가려주었다.

흘러내린 그 자락에 바람은 영원히 희롱했다. 아아 두 치만 감아꽂았더면, 우리 마을은 아늑한 골짜길 것을, 그리고 어린 나는 별빛처럼 빛나는 바다로 눈길을 돌리지 않고, 峨峨한 산꼭지에 조용히 憧憬을 묻었을 것을.

「산, 소묘3」 전문

자연의 근대적 가치는 일탈된 근대의 감수성을 완결시켜준다는 데 그 일차적 의미가 있을 것이다. 이러한 노력이 우리 시사에서 자아와 세계의 치열한 대결과, 궁극적으로는 자연속으로의 틈으로 귀결되고 있음은 잘 알려진 일이다. 인용시는 그러한 흐름이 목월에게도 예외 없이 다가오는 것임을 일러주는 중요한 시이다. 이 작품에서 산은 성큼성큼 소위 인간의 세계로 내려온다. 근대적 함의가 말해주는 것처럼, 불완전한 자아와 완결된 자연의 만남이 서서히 이루어지는 것이다. 그러나 위 시에서는 산과 인간의 조응은 자연스러운 결합이라는 근대적 정언명령을 거부하고 있다. 자연과 인간의 자연스러운 결합을 '바람'이라는 방해자가 나타나 막아서는 시적 의장이 시도되고 있기 때문이다. 그리하여 두치만 가까이 왔더라면, 그리하여 우리 마을의 골짜기 길을 감싸 안아 주었더라면, 시적 자아는 바다로 눈을 돌리지 않고 "峨峨한 산꼭지 조용히 憧憬을 묻었을 것을"하며 자연과 합일할 수 없는 상황을 원망하고 있는 것이다. 이것 역시 『청록집』에서 보여준 것과 같은 동화적 발상의 수준이긴 하지만 현실적 자연에 대한 목월의 인식을 알 수 있다는 점에서 그 시사하는 바가 크다고 하겠다.

이처럼 목월에게 있어 산은 소위 근대성의 제반 흐름으로부터 한 발자국 비켜 서 있는 느낌을 받는 것이 사실이다. 이런 인식은 다음의 시에서도 엿볼 수 있는데, 그는 산을 자신과 동화되지 않는 상태, 곧 거리화된 존재로 받아들이고 있다.

펑퍼져 넓기만한 相面은 미련하고 어수룩하고 善良하고 고집스러운 바로 致母 영감, 한발이나 되는 길고 넓은 人中을 한창 기어오르면 양날개를 접고, 우악스럽게 앉은 저것은 버얼건 柚子 코.

그 人中터에 아버님을 모셨다

아버님의 편안한 居處.

오를때마다 늘 마음이 푸군했다.
　　　　　「산, 소묘5」 전문

　산은 자아와 융합하는 관계가 아니라 저 멀리 있으면서 그저 편안
한 존재로 떨어져 있을 뿐이다. 자아와 대상의 끊임없는 대결 속에
서 변증법적 융합의 길을 모색하는 것이 아니라 자아와 분리된 대상
은 오직 저기에 외따로 존재하고 있는 형국을 보이고 있는 것이다.
이렇듯 목월에게 자연은 언제나 저기 있고, 나는 여기에 있는, 둘 사
이에는 합일할 수 없는 평행선이 놓여 있다는 느낌을 받는다.
　어쩌면 이런 세계관은 『청록집』에서 보여주었던 자연과 인간 사
이에 놓인 영원한 거리의 반복에 지나지 않는 것처럼 보인다. 차이
가 있다면 하나는 상상의 자연이고 다른 하나는 현실의 자연이라는
점뿐이다. 중요한 것은 상상의 자연이든 현실의 자연이든 목월에게
는 자연이 모두 저 멀리, 거리화되어 있다는 사실이다. 자연에 대한
이런 시각은 그의 스승이었던 지용의 자연관이나 청록파의 일원이
었던 박두진, 조지훈의 자연관과는 판이한 것이라 할 수 있다. 정지
용의 자연관은 그의 대표시 「백록담」에서 살펴볼 수 있는바, 이 작품
에서 자연과 인간은 자연스럽게 결합되면서 하나로 되어가는 모습
을 보여준다. 한라산을 등정하는 시적 자아가 자연의 거대한 질서에
편입해 들어감으로써 인간적 경계를 소멸시켜가는 것이다. 소위 개
체적 층위를 계통적 질서에 동화시키는 방법인데, 그 도정을 통해서
「백록담」의 자아는 거대한 우주동일체의 한 일원으로 편입된다.

정지용의 이런 자연관을 그대로 계승한 사람은 조지훈이다. 그는 대표작 「화체개현」에서 꽃의 개화와 그 열락의 과정 속에서 자아를 잃어버림으로써 자연과 하나 되는 모습을 보여주기 때문이다. 이러한 과정은 모두 자연과 인간 사이에 놓인 간극의 좁힘과 함께 동일성 회복이라는 근대성의 제반 임무에 부응하는 것이다. 이는 산문적 상상력을 바탕으로 지상의 모든 사물을 자연이라는 거대 질서 속에서 녹여낸 박두진의 자연관에도 똑같이 적용될 수 있는 것이다. 이렇듯 정지용을 비롯한 조지훈, 박두진의 자연시들은 인간과 자연의 동화라는 근대의 거대한 프로젝트를 충실히 구현하면서 자연의 의미망을 읽어내고 있는 경우였다.

그런데 목월의 자연관은 이들과 매우 다른 곳에 위치하고 있었다. 해방이라는 외적 현실의 변화와 자신의 시 속에 근원적으로 내재하고 있었던 시적 모순을 극복하기 위해 상상의 자연에서 일상의 세계로 내려온 것이 『난, 기타』의 시세계였다. 그러나 그의 자연시들은 자연과 인간의 화해라는 근대의 맥락에서 구현되지 않고 자연은 영원한 타자로 남겨진 모습이다. 그의 시에서 자연과 인간은 치열하게 대결하거나 그 과정에서 어떤 변증법적인 통일의 세계로 나아가지 않는다. 자연은 그저 저 멀리 떨어져 있고 그는 그러한 자연을 단지 그리워하는 또 다른 타자로 남아있었을 뿐이다. 아마도 이런 거리감과 부재의식이 새로운 동일성을 찾아 나서게 하는, 또 다른 영원성을 탐색하게 하는 근본 동인이 되게 한 것은 아닐까.

실상 『난, 기타』에서 보여준 그의 시세계는 현실의 영역을 떠나서는 설명될 수 없는 것들이다. 그는 여기서 현실 속에 놓일 수 있는 가능성의 세계에 대해 거듭거듭 타진하는, 일상성에 충실한 모습을 보여주었다. 가족의 세계가 그러하고, 죽음의 세계에 대한 인식이 그러하다. 뿐만 아니라 그 주변을 에워싼 일상성의 세계들은 모두 그가 즐겨 찾던 시적 소재였다. 그러나 그가 이곳에서 어떤 동일성을 찾아내서 안주했다는 뚜렷한 증거를 보여주진 못했다. 아마도 그런 좌절과 방향이 또 다른 시세계를 찾아나서는 여행의 동기가 아니었을까. 그가 찾아 나선 고향과 경상도 방언에 대한 집착, 어머니에 대한 그리움, 신앙에로의 회귀 등은 모두 자연과 자아 사이에 벌어진 틈에서 솟아나온 욕망의 흔적들이었을 것이다. 또 다른 영원성을 찾아서 말이다.

목월에게 있어 자연은 그의 시적 작업의 시도 동기가 되었을 뿐 그 어느 시기에도 자신의 불완전성을 극복해 줄 전일한 매개로 다가오지 않았다. 그런 역동적 힘이 창조적 자연이라는 서정시의 새로운 영역을 개척해준 공으로 작용했을 것이다. 그러나 그런 시사적 의의에도 불구하고 그의 자연은 자신의 시적 편력에서 서정적 은신처로 자리하지 못하고 계속 떠돌게 하는 힘으로 기능했다. 그것이 그의 시에서 드러나는 자연의 의의와 한계가 될 것이다.

4. 창조된 자연의 의미

이글은 목월의 자연시를 살펴보는 데 그 목적을 둔 글이다. 목월의 자연시들 혹은 자연관에 대한 연구들은 많이 진행된 편이다. 그러나 그 대부분의 연구가 자연시에서 드러나는 단편적인 속성에 대해서 언급했을 뿐 목월시 전체에서 그것이 차지하는 함의에 대해서

는 애써 외면해왔다. 그 원인이 무엇인지에 대해 한마디로 규정할
수는 없지만『청록집』에서 표명된 자연의 의미가 너무 극명한 데 따
른 것이 아닌가 한다. 즉 이 시집에 표명된 그의 자연은 창조적 자연,
상상 속의 자연이라는 테두리로부터 한발자국도 나아가지 못했고,
또 그런 시각들이 이후에 펼쳐진 자연시들과의 연계성에 대해서는
애써 외면한 것으로 보인다.

　목월의 자연시는『난, 기타』에 이르러 확연히 다른 모습을 보인다.
그리고 이렇게 변화된 그의 자연시들은 이후 어떤 뚜렷한 궤적으로
나타나지 않고 이 시집에서 거의 종결되는 듯한 양상을 보인다. 그
것은『청록집』이후 보여주었던 그의 자연관이 이 시기 이후에도 그
의 완결된 의식을 만들어주는데 거의 도움을 주지 못한 까닭이 아닌
가 한다. 그는 이 시집에서 매우 구체적인 자연을 묘사하고 있긴 하
지만, 그것이 시인의 내면적 의식을 이끌어갈 만한 구체적인 힘을
행사하는 계기로 작용하지는 않는다.『청록집』의 자연과 마찬가지
로 이 시집에서의 자연도 그저 그리움의 대상일 뿐이기 때문이다.
자연과 인간의 대결 혹은 조화라는 인식이 전혀 없을 뿐만 아니라
이들의 변증법적 통일이라는 근대의 제반 양상과도 거리가 있기 때
문이다. 그만큼 목월에게 있어 자연은 피상적인 것이었으며, 그런
피상성이 불구화된 자아의 전일성을 위해 또 다른 시세계를 찾아나
서는 동인으로 작용하게 된다.

　따라서『난, 기타』이후 펼쳐진 목월의 시세계는 자연에서 완성하
지 못한 자아와 대상사이의 동일성 회복이라는 근대의 제반 과제를
수행하는 도정으로 이해할 수 있을 것이다. 스스로 조율할 수 없는
근대인의 영원한 불안을 극복하기 위해 그는 계속해서 또 다른 완전

성을 찾아 나설 수밖에 없었던 것인데, 이런 도정이야말로 목월시의 흐름을 이해하는 주요 단초가 될 것이다. 그 계기가 바로 그의 시의 보증수표였던 자연의 의미항에 놓여있었다. 자연은 그의 시사적 흐름에 있어서 전일성을 회복해주는 매개가 될 수 없었고, 그 좌절과 한계가 새로운 시세계를 만들어가게 하는 역동적 힘으로 작용했다. 그것이 목월의 시가 갖는 의의이자 한계인데, 그 중심에 놓여 있는 것이 자연의 의미였다. 목월의 시에서 자연이 중요한 함의로 내재되어 있는 것은 여기에 그 원인이 있다고 할 수 있을 것이다.

현대문학의 정신사

제7장

박남수 시에 있어서의 자연의 의미

1. 『문장』과 박남수

박남수가 정지용의 추천으로 문단에 데뷔한 것이 1939년이다. 그러나 그는 이 이전부터 「삼림」 등의 시를 1938년 『맥』 등의 잡지에 발표하고 있었다. 박남수가 문단에 나올 무렵, 박목월, 조지훈, 박두진을 비롯한 청록파, 그리고 이한직, 김종한 등이 정지용의 추천을 받아서 문단에 등장했다. 일제 말기라는 열악한 시대상황에도 불구하고 이후 문단의 중심으로 자리잡은 시인들이 이 시기에 제법 많이 등장하고 있었던 것이다. 이들 가운데 박남수는 다른 시인에 비해 시집을 일찍 상재한 편이다. 첫시집 『초롱불』이 동경의 삼문사에서 1940년도에 나왔으니 3인시가집인 『청록집』보다 6년이나 이른 시기였던 것이다.

시집의 이른 출간이 시인의 명성이나 시사적 위치를 담보해주는 것은 아니지만, 박남수의 그러한 빠른 문단적 행보가 예외적이었던 것은 분명한 일이다. 그럼에도 불구하고 그는 『문장』 출신의 다른 시인들에 비해 이후의 평가에서 많은 주목을 받지 못했다. 그의 그러한 위치를 경계인의 시각에서 찾은 것은 매우 의미있는 일이거니와[1] 실제로 그의 삶은 언제나 소위 중심에서 비껴선 자리에 있었다. 그러나 이런 외적 요인들이 박남수의 작품세계에 함유된 내적 가치들을 덧씌울 수 있는 일은 아닐 것이다. 그의 시에는 비슷한 시기에 등장한 다른 시인들의 것과 구별되고 특징화되는 음색들이 분명하게 존재하고 있는 까닭이다.

박남수의 시들은 주로 기법의 차원에서 많은 연구들이 시도되었지만[2], 실상 이런 접근 태도가 그의 작품 세계의 본질을 모두 밝혀주는 지름길이었다고는 할 수 없다. 그의 시세계의 본질에 이르는 가장 중요한 길은 등단 잡지였던 『문장』지와의 관련양상이며, 또 그를 추천했던 정지용의 영향관계에서 우선 찾아야 하리라고 본다.

1930년대 말을 대표하는 잡지는 『문장』이었고, 이를 이끌었던 인물이 가람이었다. 이태준과 정지용 또한 이 잡지의 주요 구성원들이었다. 이들이 추구한 사상이 상고정신(尙古精神)에 놓여 있었는바, 그 핵심은 일제라는 열악한 현실을 우회하는 것이었다. 골동품에 대한 기호나 맑고 깨끗한 정신의 추구, 자연에 대한 새로운 발견 등등이 이들이 관심가졌던 중심 화두였다. 반근대적이고, 초현실적인 이들의 기호가 불온한 당대의 현실에 대해 적극적으로 맞서는 담론이었다고 한다면, 이들의 선택이 적어도 취미 이상의 것이었음은 분명하

---

1 이건청, 「경계인의 시세계」, 『동아시아문화연구』, 한양대학교, 1998, p.266.
2 특히 이런 연구들은 그의 시에서 전략적 이미지로 등장하는 '새'의 분석을 통해서 집중적으로 이루어진 바 있다. 박현수의 「박남수 시와 이미지즘의 행로」(최승호 외, 『한국현대시인론』, 다운샘, 2005)와 이승훈의 「박남수와 새의 이미지」(김용직 외, 『한국현대시사연구』, 일지사, 1983)가 대표적인 경우이다.

다고 하겠다. 특히 가람과 지용에 의해 새롭게 의미화된 자연의 구경적 의미는 이 시대를 이끌어나가고 타개하는 정신적 지름길이 되었다. 이들의 정신세계가 박남수를 비롯한 신인들의 시세계와 분리할 수 없음은 여기서 비롯된다.

다음은 박남수 시의 한 특징으로 굳어진 모더니스트적인 성격, 곧 이미지즘의 행방이다. 정지용이 이미지즘이 나아가는 경로를 통해서 「백록담」의 절대 경지에 이른 것은 잘 알려진 일이거니와 박남수 시의 주된 특징인 이미지즘의 수법 또한 이와 밀접한 관련을 갖는 것이었다. 정지용은 박남수의 시를 추천하면서 다음과 같은 선후평을 했는바 이는 시인의 그러한 작품 성격을 재단하는 좋은 준거틀이 된다고 하겠다.

박남수군, 이 불가사의의 리듬은 대체 어데서 오는 것이릿가. 음영과 명암도 실로 치밀히 조직되었으니 유착된 자수가 아니라 시가 지상세서 미묘히 동작하지 않는가. 면도날이 반지를 먹으며 나가는 듯하는가 하면 누에가 뽕닢을 색이는 소리가 납니다. 무대 위에서 허세를 피는 번개불이 아니라 번개불도 색실같아 고흔 자세를 잃지 않은 산번개불인데야 어찌하오[3].

정지용이 내린 선후평의 핵심은 박남수 시에서 드러나는 이미지의 조형성이었다. 정지용은 박남수 시의 특색을 이미지즘에서 찾고

---

3 『문장』, 1940, 1.

있는데, 이런 특색은 정지용의 시세계와 밀접한 상관관계를 갖는 것
이라 할 수 있다. 이는 이 시기 등장했던 다른 시인들에게서는 찾아
볼 수 없는, 그만의 특성이라는 점에서 정지용의 영향을 떠나서는
설명할 수 없는 부분이라 하겠다.

『문장』지 문인들의 자연관의 영향과, 모더니티 지향적인 경향들
은 이 시기 박남수의 시세계를 이끄는 두 가지 중심축이었다. 그것
은 곧 『문장』지 출신 문인들에게서 흔히 발견되는 보편성이자 그만
의 특수성이라 할 수 있을 것이다.

2. 자연의 세 가지 층위

이미지즘의 수법이 흄으로부터 시작되었다는 것은 잘 알려진 일
이다. 낭만적인 태도에 반발해서 그가 내세운 것은 고전적인 태도였
다. 그것이 불연속의 세계관이었는바, 그러한 세계를 보다 명확하게
표출하기 위해서는 첫째, 시는 일상에서 시작되어야 하고, 둘째, 그
러한 일상이 구태의연한 것이 아니라 새롭게 인식되어야 한다는 것,
그리고 이를 위해서는 시의 소재는 새로운 이미지로 만들어져야 한
다는 것이다. 다시 말해 시는 이미지가 되어야 한다는 것이 그의 논
리였다.

그러나 이미지즘이 단순히 기법이나 의장과 같은 형식 논리에 국
한되는 것은 새로운 형식주의로 전락할 위험성이 있었다. 사상이나
주관이 배제된 기법이 언어의 유희나 풍경화와 같은 의미 너머의 세
계만을 탐색해들어갈 때, 시는 한갓 장식물의 수순을 넘을 수 없기

때문이다. 그러한 한계를 딛고 새로운 방법적 장치로 도입된 것이 객관적 상관물로 대변되는 사상성의 도입이었다[4].

예술가란 티없는 구슬을 깎어 다른 하나의 세계를 제공하는 것은 아닐까. 훌륭한 표현만이 예술가의 특권이다. 전달에 그치는 예술이란 있을 수 없는 것이다. 훌륭한 표현이란 '짧고 비약적인 함축있는 언어'로 자기가 의욕한 세계를 틈없이 그리여 내는 것이다. 절약미처럼 동양의 특징적인 것은 없다. 이런 의미에서 언어를 정복하지 못한 예술가처럼 불상한 것은 없다.[5]

「문장」지 추천시인 가운데서도 이한직과 내가 다소 시적 체질이 다르지. 이한직은 모더니스트적인 성격을 띠고 있어도, 나는 사회적인 데에 관심이 있었지. 「가을」같은 작품은 암탉이 병아리를 품은 것에서, 「거리」는 만주로 이민가는 사람과 육친의 이별을. 「밤길」은 농민들의 생활상을 시화해 놓은 것이지요[6].

인용글들은 시차를 두고 발표한 것이긴 하지만, 이미지즘이 지향하는 정신과 방법을 그대로 드러냈다는 점에서 의미있는 경우이다.

---

4 엘리어트, 「전통과 개인의 재능」, 『현대영미문예비평선』(이창배편), 을유문화사, 1981.
5 박남수, 「조선시의 출발점」, 『문장』, 1940,2.
6 박남수와 김종해의 대담, 「시적 체험과 리얼리티」, 『심상』, 1974, 8.

앞의 글은 이미지즘이 추구하는 시어의 세련성을 이야기한 것이고, 뒤의 글은 자신의 시적 특색 가운데 하나인 사회성을 말하고 있다. 형식과 내용을 규정짓는, 전혀 다른 성격의 글이긴 하지만, 박남수가 지향하는 문학관의 요체가 무엇인지를 잘 보여주는 글이라 하겠다. 즉 형식과 내용이 담보되는 문학이야말로 자신의 문학관이라는 것인데, 이는 이미지즘이 추구하는 근본 정신과도 부합하는 것이라 하겠다. 이런 맥락에서 그는 이 시기 다른 어느 시인들보다 문학원론에 충실하면서, 시의 사회적 의무에 대해서도 외면하지 않은 것으로 보인다. 이미지즘에의 충실이 시의 참신성을 담보했고, 또 거기서 얻어지는 사물에의 정확성이 사회적 관심으로 확산되었다는 것이 박남수 시문학의 요체였던 것이다.

방법과 사상의 교묘한 배합 속에서 박남수가 집요하게 천착했던 부분이 자연의 서정화였다. 물론 이런 열정은 그만의 고유한 영역은 아니었다. 익히 알려진 대로 이 부분에서 소위 청록파로 알려진 시인들이 자연의 서정화에 대해 선편을 쥔 바 있기 때문이다. 이들이 추구한 자연의 겹들은 다양한 형태로 구상화되고 있다[7]. 중요한 것은 이들이 모색한 자연과 박남수의 그것이 어떤 동일점이 있고, 또 차이점이 있는가, 그리고 그 사상적 근원이랄까 세계관의 차이는 무엇일까 하는 데 있을 것이다. 이런 의문에 대한 해법은 무엇보다 시인이 인식한 자연과 그것의 서정화가 지향한 세계가 무엇인가에 의해 좌우될 것이다.

7 자세한 것은 송기한의 『한국 현대시와 근대성 비판』, 제이앤씨, 2009 참조.

1) 반근대성으로서의 자연

우리 시사에서 자연이 서정화되고 그것에 대한 형이상학적 의문을 처음으로 던진 시인은 아마도 정지용일 것이다. 소위 모더니티적인 것과 전통지향적인 것의 길항관계 속에서 그가 최후에 안착한 것이 높디높은 '백록담'의 세계였다. 따라서 이곳은 정지용의 근대시가 자리잡은 마지막 여정이며, 근대로부터 파생된 일탈의 세계가 완결되는 지점이었다. 자연에 대한 이런 정서화가 청록파를 비롯한 박남수, 이한직의 시세계와 분리시켜 논의하는 것은 불가능하다. 그만큼 정지용의 그림자는 이들에게 절대적인 것이었으며, 그가 탐색해들어간 자연에의 길은 일종의 모범 답안과 같은 역할을 했다.

근대성의 과제가 현재의 삶을 개선시키고, 미래의 삶에 대한 양질의 조건을 제시하는 데 있다고 한다면, 일제 강점기의 시인들 앞에는 넘어야할 두 가지 인식층위가 놓여져 있었다. 하나는 근대 자체에서 오는 것이고, 다른 하나는 이로부터 파생된 제국주의에서 오는 것이었다. 그러나 어찌 보면 이 둘의 관계는 쌍생아적인 것이어서 어느 하나가 우위에 선다든가 그 반대의 경우로 곧바로 연결되는 문제도 아니었다.

박남수가 자신의 시적 의장이 이미지즘에 놓인 것이라고 하면서도 사회성에 관심을 가질 수밖에 없었다고 하는 것은 이 시기만이 갖는 근대성의 특수한 성격과 밀접한 관련이 있다고 할 수 있을 것이다. 그만큼 일제 강점기의 근대성은 대단히 불구화된 것이면서 내, 외적 문제가 복합적으로 어우러진 채 현상되고 있었던 것이다. 이런 맥락에서 박남수의 시는 사회성으로부터도 자유롭지 않고, 또 근대의 제반 맥락으로부터도 자유롭지 않은 애매한 위치에 놓여 있었다.

그렇지만 그런 이중성이야말로 매우 타당한 성격의 시사적 가치를
갖는 것이라 할 수 있을 것이다.

외로운 마을이
나긋나긋 오수에 조올고,

넓은 하늘에
솔개미 바람개비처럼 도는 날---

뜰 안 암탉이
제 그림자 쫓고
눈알 또락또락 겁을 삼긴다
「마을」 전문

이 시는 매우 감각적인 정서로 쓰여진 작품이다. 그러나 감각 그
자체로만 머물러 있다면, 이 작품은 이미지즘의 평범한 시 가운데
하나에 불과했을 것이다. 뿐만 아니라 가공의 자연을 창조하면서 한
가한 농촌의 마을을 유유자적한 모습으로 형상화한 박목월이나 조
지훈의 작품세계와도 구분되지 않았을 것이다. 이 작품에는 이들과
구분되는 요소가 분명히 내재되어 있다. 박남수 스스로가 고백한 것
과 같이 이 작품의 배면에 깔린 정서에는 불온한 사회적 상황이 연
결되어 있기 때문이다. 우선 이 작품의 배경은 한가하거나 여유로운
공간에 놓여 있는 것은 아니다. 이 공간은 '외로운 마을'이고 또 솔개
미가 바람개비처럼 돌면서 암탉의 목숨을 노리는 아슬아슬한 공간,

불안한 공간이기 때문이다. 이를 식민지의 문맥 속에서 읽어도 좋고, 근대의 제반 사유 속에서 이해해도 좋을 것이다. 중요한 것은 박남수가 자신의 시론에서 언급한 이미지적 기법과 사회성이 공존하고 있다는 것이고, 또 그러한 특성들이 『문장』 지를 통해 등단한 다른 시인들과도 구분되는 지점에 놓여 있다는 사실일 것이다. 그는 자연을 묘사하되 이를 사회적 맥락과 밀접히 연결시킴으로써 관념화라든가 추상화라는 서정시의 한계를 적절히 비껴가고 있었던 것이다.

실상 그의 시에서 드러나는 이런 비판성이라든가 부정성은 우리 시사에서 매우 예외적인 것이라는 점에서 그 의의가 있는 경우이다. 그는 자신의 작품 속에 지향해야할 대상이 무엇이고, 그 초월의 방식이 무엇인지에 대해 가열차게 고민했다. 그런 현실지향성들은 분명 청록파 시인들과 다른 경우이고, 또 그의 스승이었던 정지용의 시작태도와도 구분되는 것이라 하겠다. 그는 청록파 시인들에게는 부재했던 이미지즘 수법을 포지하고 있었고, 정지용에게는 결락되었던 사회성을 확보하고 있었던 것이다.

온천이 솟아난 날---

말 궁덩이에 송아지 찰찰 감어들고
황소 모가지에 놋방울이 왈랑이든 벌에,

알는이와 창부의 마을이 드러 앉었다.

이윽고 어느날,

풀섶 헤이며 거러나온 몇 도야지는

낯설은 마을을 버려두고 어디로 가버렸다.

온천은 솟아솟아 올르기만 할 것일까
「流轉」 전문

기법을 중시하고 사회성에 관심을 두었던 시인이 근대의 부정적 단면인 문명에 관심을 기울이는 것은 어쩌면 당연한 귀결처럼 보인다. 박남수에게 자연의 기술적 지배라는, 도구적 합리성에 대한 비판의식은 이 시기 다른 어떤 시인보다 직설적으로 나타난다. 「유전」의 중심 소재도 바로 반문명적인 것과 관련되어 있다. 어느 날 온천이 솟아올랐을 때, 이 마을에 대대로 내려오던 공동체의 꿈은 산산히 무너지게 된다. 자본과 개발의 유입, 그리고 이에 결속된 몇몇 사람만이 물질적 풍요를 누릴 수 있을 뿐, 모두가 공유할 수 있는 유기적인 삶의 전일성은 파괴되기에 이른 것이다. "알는이와 창부의 마을"이 자리잡음으로써 인간과 동물이 누려왔던 일체화된 삶은 더 이상 가능하지 않게 된 것이다.

인용시에서 보듯 박남수에게 있어 개발로 표현되는 문명은 언제나 자연의 반대편에서 노래된다. 그의 반근대적 사유도 자연과 문명의 이항 대립이라는 구도 속에서 성립되는데, 실상 이런 시도는 자연의 전일성을 인식해왔던 문인들 가운데 거의 첫 번째에 놓인다는 점에서 우리의 주목을 끄는 경우이다. 모더니즘의 대표적인 인식구조가 파괴와 분열적 자의식이고, 그 대항 담론 가운데 하나가 전일적 구조체로 나아가는 길이다[8]. 그 중 대표적인 것이 바로 자연의 전일적 성격이라 할 수 있다. 물론 그러한 행로를 잘 보여준 사람이 바로 정지용이다. 분열된 사유로부터 출발해 '백록담'이라는 자연의 거대한 질서 속에서 자신의 분열된 인식을 완결한 것은 정지용이 처음이었기 때문이다. 그러나 정지용의 경우가 그러한 모범적 사례를 잘 보여주었다고 해도 그 여정의 출발이 문명에 대한 직접적인 비판 의식에서 얻어진 것은 아니었다. 물론 그의 사유의 저변에 이러한 의식이 전제되어 있는 것은 사실이지만, 그러나 그것이 표면에 직접 드러난 경우는 없었다. 그에게 이런 한계가 있기에 박남수의 행로가 주목의 대상이 되는 것이다. 그는 이 시기에 등단한 시인들 가운데 자연과 문명의 이항적 대립이라는 구도를 어느 누구보다도 적확하게 읽어내고 있었고, 또 그것을 자신의 작품 속에 묘사해내었기 때문이다.

저 흙더미 위에 기와집이 생기기 전에는, 저 흙더미 위에 사람이 살기 전에는, 저 흙더미 위에 의롱도 장독대도 놓이기 전에는, 참으로 저 흙더미 위에 노래 소리도, 웃음소리도, 그리고 울음 소리도 들리기 그 전에는, 저 흙더미 위에 골목도 동리도 생기기 전에는, 분명 저 흙더미 위에 넓은 벌과 아름드리 나무와 높은 풀섶과 짐승들과 강과 산과 태양만이 있었을 뿐이고----

「始原流轉」 부분

---

8 모더니즘의 행로 가운데 초현실주의를 비롯한 포스트모던의 경우, 이런 구조체를 지향하지 않고, 파괴적 인식을 적나라하게 노출하게 되는바, 이때 자연이나 종교와 같은 구조체 지향의 모델들은 무용지물이 된다. 오세영, 『문학과 그 이해』, 국학자료원, 2003. 참조.

인용시 역시 「유전」의 연장선에 놓인 작품이다. 이 작품이 지향하는 곳은 원시주의이다. 이 사유는 문명의 대척점에서 생성된 것인데, 개발과 발전, 문명이 부정적인 것으로 의심받을 때마다 그 대항담론으로 떠오르는 것이 원시주의이다. 이 작품에서 '흙더미'는 광야, 곧 「비가」를 비롯한 몇몇 작품에서 그가 즐겨 표현하는 원야(原野)이다. 이는 누구도 개척하지 않은 들, 곧 태초의 공간인 것이다. 이곳이 유토피아의 구경적 실체임은 두말할 필요도 없지만, 유사이래로 인간은 이 공간을 자의든 타의든 거침없이 파괴해왔다. 욕망이라는 이름으로 골목을, 기와집을 만들고 도시를 만들면서 생태공간을 훼손해온 것이다.

이렇듯 박남수의 시에서 드러나는 자연은 반근대적인 것이다. 자연은 문명과 대립관계에 있으며, 그 기술적 지배로부터 자유롭지 못한 존재로 구현된다. 그런 억압구조가 인식의 완결성을 방해했다는 것, 그것이 곧 시인이 인식한 자연의 의미였다. 이런 맥락에서 박남수는 틀림없는 모더니스트라 할 수 있다. 이미지즘이라는 수법의 차용에서도 그러하고 자연을 인식하는 태도에서도 그러하다. 따라서 그에게 자연은 근대를 사유하는 매개였고, 그 부정성을 이해하는 수단이 되었다.

2) 순수와 영원의 표명으로서의 자연

박남수의 시에서 자연의 이미지를 탐색해들어갈 때, 가장 세밀히 보아야할 소재 가운데 하나가 새이다. 그에게서 새의 이미지는 팔색조의 경우처럼, 다양한 의미로 변주되어 나타난다. 실상 박남수의 시에서 가장 빈번히 등장하는 전략적 이미지가 바로 새인데, 이에 주목한 연구는 제법 이루어진 편이다.[9] 새는 그 하나만으로는 독립된 물상이지만, 외연을 넓히게 되면 자연의 일부나 혹은 자연 그 자체라고 할 수 있다. 따라서 '새'는 곧 그의 시에서 자연 그 자체로 보아도 무방할 것이다.

박남수가 새의 이미지를 발견하게 된 것은 무엇보다 반문명적 태도에서였다. 그가 자연을 문명의 안티담론으로 인식했다는 것은 앞서 지적한 바 있거니와 새는 곧 그 대안으로 제시되고 있는 것이다. 새는 흔히 알려진 대로 비상의 이미지를 담아내고 있다. 상승과 넓은 시야를 확보한다는 측면에서 그것은 현재의 질곡과 그 대안 모색이라는 원근법적 시야를 가장 잘 대변해주는 사물이라 할 수 있을 것이다.

> 나의 눈에는
> 넓은 原野의 그림자가 있다.
> 한 무리의 새가 건너가며 굽어본
> 넓은 原野의 그림자가 있다.
> 싸락눈이 치는 넓은 原野를
> 철새가 무리져 이동해가면서
> 아픈 마음의 상흔을 피로 뿌린
> 흰 눈발의 혈흔들.
> 　　　「비가-속 갈매기소묘」 부분

9　앞의 논문 이외에도 오윤정의 「박남수 새이미지의 변화양상연구」(『한민족문화연구』31, 2009)와 김은정의 『박남수 연구』(한국문학도서관, 1998) 등이 있다.

시인이 새를 의인화해서 현실로부터 탈출하고자 한 것은 낭만적 절망에 그 일차적 원인이 있다[10]. 우선, 이 시가 쓰여진 배경은 한국전쟁이다. 잘 알려진 바와 같이 박남수는 평양출생이고, 전쟁의 와중에 남으로 피난온 실향민이다. 그의 고향에는 조모, 어머니가 있었고, 이들과 함께 하지 못한 시인은 그들에 대한 추모의 정이 매우 남다른 것으로 알려져 있다. 물론 이 작품에서 그런 개인사를 읽어내는 것은 쉬운 일이 아니지만, 어떻든 이 작품이 담아내고 있는 일차적인 소재는 전쟁의 참상이다. 뿐만 아니라 전쟁이 근대의 제반 현상으로부터 자유로운 것이 아니라면, 이 또한 반근대성의 사유 속에 편입시켜도 무방한 경우라 하겠다.

전쟁과 근대, 문명에 대한 혐오가 시인에게 탈출의 동기로 작용했음은 당연한 일인데, 그 도정에서 발견한 것이 새의 이미지이다. 물론 새를 매개코자했던 시인의 의식 저변에 놓인 것은 인용시에서 보듯 "넓은 원야의 그림자"이다. 그 배음이 전쟁의 참상과 근대의 부정성에서 온 것은 당연한 일이거니와 시인은 새의 비상을 통해서 유토피아에 대한 전망을 기대해보는 것이다. 곧 새의 높이와 넓이 속에서 자신의 내면에 간직해온 유토피아에 대한 열망, 곧 원야(原野)에 대한 그리움의 정서를 표출하고 있는 것이다. 이런 맥락에서 보면 박남수의 시에서 새는 일종의 시도동기라 할 수 있다.

시인의 시세계에서 새는 자신의 내면을 대변하는 상관물로 구현된다. 그것은 시기를 달리하면서 은유의 새, 실재의 새, 살아있는 역사적 실재로서의 새[11] 등 다양하게 변주되어 나타난다. 그러나 이렇

---

10 아지자외, 『문학의 상징, 주제사전』, 1990, 청하, p.269.

게 다양한 의식의 변용으로서 새의 의미는 여러 의미론적 주름을 형성하긴 하지만, 보다 중요한 것은 그것이 자연의 일부라는 사실이다. 다시 말해 의식의 다양한 변용으로서 갖는 새의 의미도 있긴 하지만, 자연의 또다른 문맥으로 차용되고 있다는 점에서도 매우 중요한 음역을 갖는다고 하겠다.

이른 녘에
넘어오는 햇살의 열의를
차고,
산탄처럼 뿌려지는 새들은
아침놀에
황금의 가루가 부신 해체.
머언 기억에
기투된 순수의 그림자
「새2」 전문

이 작품은 시인이 즐겨 사용하던 이미지의 수법에 아주 부합하는 작품이다. 새의 비상과 입체적인 모양이 매우 감각적이고 사실적으로 묘사되어 있기 때문이다. 그런데 시인은 이러한 비상 속에서 자신의 의식 저변에 놓인 그림자를 회상해낸다. 바로 "머언 기억에/기투된 순수의 그림자"이다. 실상 기억 속에 잠재된 무의식은 박남수 시를 이해하는데 매우 중요한 기제가 되는데, 그의 논법에 의하면,

11 이승훈, 앞의 논문 참조.

이러한 기억들은 의식의 외피라든가 이성의 껍질 혹은 문명의 일탈에 의해 잠겨있거나 사라진 상태와 긴밀히 연결되어 있다. 그리하여 다음과 같이 절규한다.

어딘지 분명찮은 숲의 기억이, 지금
나의 겨드랑께서 날개를 돋게 하지만,
나에게는 하늘이 없다. 이 큰 날개를 날릴 하늘이 없다.
그래서
나는
지금 땅 위를 기는 요트처럼.

당신의 原野에 선
한 그루 나무의 둘레를 맴돌며
어딘지 분명찮은 숲의 기억을
一心으로 뒤적이고 있지만.

「어딘지 모르는 숲의 기억」 부분

언젠가는 한번 스치고 간 것, 그러나 분명히 남아있지 않은 실체에 대한 괴로움 등등이 박남수 시인의 무의식 저변에 남아서 계속 빠져나올 출구를 찾고 있었다. 그러나 그것은 쉽게 감각되지 않았고 무의식의 두꺼운 지층을 뚫지 못하고 계속 잠재된 채로 있었다. 그것은 아마도 '몸짓으로 열린 태초'(「몸짓」)가 아니었을까. 잃어버린 낙원에 대한 영원한 향수가 인간의 숙명이었고, 그 길로 향하는 길은 여러 단층에 의해 겹겹이 가로막혀 있었다. 그러나 그 낙원의 구체적 현현이 무엇인지는 몰라도 지금 여기에 하나의 가능태라도 남아있다면 그것은 자연이 아닐까 한다. 순수무의 상태로서의 자연, 태초의 자연, 도구화되지 않은 자연이야말로 인간의 영원한 유토피아이기 때문이다. 그런데 그곳으로 향하는 길을 가로막고 선 것은 아이러니컬하게도 인간 자신이 아니었던가. 욕망이라는 이름으로 무장된 거대한 문명이 유토피아로 향하는 길을 막은 것이다.

시인은 그런 자연을 순수의 상태로 보고, 인간의 이기적 욕망을 불온성 혹은 비순수성으로 이해했다. 그렇기에 그의 시에서 순수와 자연의 대립구도는 초기시부터 후기시에 이르기까지 하나의 전략적인 테마를 구성한다. 그는 자연을 문명의 접근을 배제한 순수의 상태로 이해한 것이다.

   1
하늘에 깔아 논
바람의 여울터에서나
속삭이듯 서걱이는
나무의 그늘에나, 새는
노래한다. 그것이 노래인 줄도 모르면서
새는 그것이 사랑인 줄도 모르면서
두 놈이 부리를
서로의 죽지에 파묻고
따스한 체온을 나누어 가진다.

   2

새는 울어
뜻을 만들지 않고,
지어서 교태로
사랑을 가식하지 않는다.

　　3
―포수는 한 덩이 납으로
그 순수를 겨냥하지만,

매양 쏘는 것은
피에 젖은 한 마리 상한 새에 지나지 않는다.

「새1」 전문

　　이 작품은 총 3연으로 구성되어 있는데, 우선 1연은 자연 속에 위치한 새의 존재를 이야기 했고, 2연에서는 새들만의 관계를 말했다. 그리고 마지막 3연은 새와 인간 사이에 놓인 팽팽한 긴장관계를 노래했다. 우선, 1연은 자연 그 자체로서의 새의 모습이다. 자연 속에 위치한 새는 하늘과 바람 속에서 자유롭게 비상한다. 뿐만 아니라 여울터나 나무 그늘에서도 동일한 행동을 반복한다. 주어진 여건대로, 자연이 허용한 대로 이들은 거기에 맞게 살아가고 있는 것이다. 2연에 이르면 그들의 행위가 보다 개념적으로 제시된다. 새는 뜻을 만들지 않고, 교태를 부리지도 않으며 사랑을 가식하지도 않는다고 한 것이다. 이런 행위는 1연의 연장선에 놓인 것이면서 거기서 제시된 행위들에 대해 보다 명쾌하게 개념화하는 것이다. 언어를 통해

개념을 만들어내고 교언영색하는 것은 모두 자연과 상관없는 인위의 세계에 속한다.

3연에서는 새로 표상된 자연의 세계를 인간적인 세계가 포섭하려 든다. 새로 표상된 자연을 소유하고 지배하려 하는 것이다. 그리하여 문명의 총아인 총으로 그것을 소유화하고자 한다. 그러나 인간의 욕망이라는 그물에 걸리게 되면 그것의 순수성은 유지되지 못한다. "매양 쏘는 것은/피에 젖은 한 마리 상한 새에 지나지 않"기 때문이다. 이런 맥락에서 자연과 인간은 끊임없는 갈등과 경쟁관계에 놓여 있다고 할 수 있다. 쉬운 듯 하면서도 쉽지않은 이들의 관계망을 이 작품은 온전한 새와 상한 새의 대조를 통해서 보여준다. 자연은 도구화내지는 인간화하기 용이해보이지만 결코 그렇지 않다. 문명의 이기인 총으로 가볍게 제압하고 대번에 자기 소유로 만들 수 있을 것 같지만, 그러나 인간화된 새는 본연의 모습이 아닌 것이다, 순수로 표상된 자연은 이렇게 영원히 소유되지 않는다. 이런 맥락에서 보면, 자연은 파괴되지 않고, 인간에게 영원한 타자로만 남을 수밖에 없는 존재라 할 수 있다.

박남수의 시에서 자연의 순수란 이렇듯 무위자연의 세계이다. 그것은 도구화된 이성이나 의식의 층이 개입되지 않는 순수무구의 상태이다. 반면 자연의 반대편에 있는 인간적인 것들은 비순수의 세계가 된다. 여기서 비순수란 개발이나 욕망과 같은 문명의 영역과 무관하지 않다. 순수와 비순수는 화해할 수 없는 평행선이고, 이들은 끊임없는 길항관계 속에서 자신들의 정체성을 유지하려든다. 그러나 그러한 길항관계는 계속 진행될 수밖에 없는데, 그것은 인간의 제어되지 않는 욕망 때문에 그러하다. 소유할 거 같지만 소유할 수

없는 순수, 곧 자연은 이렇듯 박남수의 시세계에서 인간의 세계와
구별되는 자기고유성을 갖고 있다.

　　이제까지 무수한 화살이 날았지만
　　아직도 새는 죽은 일이 없다.
　　주검의 껍데기를 허리에 차고, 포수들은
　　無聊히 저녁이면 돌아온다.

　　이제까지 무수한 포탄이 날았지만
　　아직도 새들은 노래한다.
　　서울에서, 멀지 않은 교외에서
　　아직도 새들은 주장한다.

　　籠 안에 갇힌 새라고 할지라도
　　하늘에 구우는 혀끝을 올리고 있다.
　　철조망으로도 수용소로도
　　그리고 원자탄으로도 새는 죽지 않는다.

　　더럽혀진 하늘에, 아직도
　　일군의 새들이 날고 있다.
　　억척 같은 포수들은, 저녁이면
　　無聊히 주검의 껍데기를 허리에 차고 돌아올 뿐이다.

　　　　　　　　　　　　　　　　　　　　「새」 전문

이 작품은 새에 내포된 역사의 흐름을 말하고 있다. 새는 화살과 포탄, 원자탄으로 대표되는 문명의 공격을 받았지만, 새의 근원적 본질은 상실되지 않았다. 문명의 주체인 인간(포수)가 허리에 차고 온 것은 "주검의 껍데기"에 불과하기 때문이다. 이는 「새1」의 상한 새와 등가관계에 놓이는 경우이다. 그러나 선험적 절대로 놓여져 있는 것이기에 그 어떤 상황 속에서도 이 상태를 잃어버리지 않는다. 그 상태가 순수임은 당연한 일이거니와 박남수의 시에서 새로 표명된 자연은 이렇듯 영원의 속성을 갖기도 한다.

근대를 일시성과 순간성 같은 휘발적 속성으로 특징짓는다면, 새에 대한 시인의 이러한 사유는 철저히 반근대적인 것이다. 그는 문명이 매개된 파괴의 감각을 영원의 이데아로 대치하면서 근대의 부정성을 우회하고자 한다. 그는 엘리어트의 경우처럼, 종교에 기대지도 않았고, 프루스트의 경우처럼 잃어버린 시간을 희구하지도 않았다[12]. 뿐만 아니라 정지용의 「백록담」의 경우처럼 서정적 주체와 자연이 일체화됨으로써 하나의 거대한 자연으로 포섭되는 형이상학적 자연관을 드러내지 않았다. 몇몇 연구자가 지적한 것처럼[13], 그의 시를 이끌어가는 역동성은 대립적 사유인데, 그 둘 사이의 관계는 서로 조화될 수 없는 관계에 놓여 있다. 이런 면들이 어쩌면 정지용을 비롯한 청록파의 자연과 구분되는 지점이 아닌가 한다. 이른바 순수와 비순수의 대립 속에서, 이 둘의 관계는 영원한 평행선의 관계에 놓인다는 것, 그것이 박남수 시의 기본 구도인 것이다. 물론 이

---

12 M. Bell, 『원시주의』(김성곤역, 서울대 출판부, 1985), p.57.
13 김은정, 앞의 논문 참조.

구도 속에서 시인이 추구하는 것, 혹은 유토피아적 공간으로 설정하는 것이 순수의 세계임은 두말할 필요도 없을 것이다.

3) 원형적 리듬으로서의 자연

자연이 우주의 이법이나 섭리 등 원형적 리듬으로 설명되는 것은 지극히 뻔한 상식이다. 인식의 불구성이 전제된 모더니스트들이 즐겨 자연에 기투하는 것도 자연이 갖는 이러한 속성 때문이다. 그렇기에 우리의 모더니스트들에게 자연은 서구 모더니스트들에 있어 절대적 준거틀로 기능하는 종교라든가 천년왕국과 같은 의미로 다가왔다. 자연이라는 말 자체, 숲과 나무, 온갖 동식물을 언급하는 것만으로도 자연의 숭고한 가치는 여과없이 시인의 의식으로 전유되어서 그들의 상처를 보듬어주고, 근대를 초월하는 절대적인 매개로 기능해 왔다. 그러한 까닭에 자연을 서정화시키는 것만으로도 시는 근대의 초월이나 반근대성의 모범적인 사례로 받아들여져 왔다. 그러나 이런 무매개적인 자연의 수용은 모더니스트들이 꼭 한번은 거쳐야할 절대 통로로 인식됨으로써 상투화되는 자연이라는 역설적 상황을 빚어내기도 했다. 다시 말하면, 자연을 서정화하면, 시인의 인식적 결함이 완결되었다는 것, 혹은 제대로된 정신의 행방을 찾은 것으로 이해된 것이다. 도대체 자연에는 어떠한 속성이 들어있기에 이들은 아무런 비판없이 그 세계로 가는 것을 절대 지대로 승화되었다고 보는 것인가. 그러한 매개를 가능케 한 자연이란 과연 무엇일까에 대한 진지한 고민을 한 적이 있는 것인가. 실상 이런 질문 앞에 놓일 때 우리의 답변이 매우 궁색해지는 것이 사실이다.

이런 상황을 보충해줄 수 있는 것이 박남수의 자연관이 아닌가 한다. 어째서 그러한가. 자연은 선험의 공간이고 우주의 섭리를 대변하는 절대적인 공간이다. 어떤 것을 두고 섭리라고 하고 이법이라고 하는 것인가에 대한 의문에 대해서 이 시인만큼 분명한 답을 주는 시인도 없을 것이다. 가령 다음과 같은 시가 그러하다.

어둠은 새를 낳고, 돌을
낳고, 꽃을 낳는다.
아침이면,
어둠은 온갖 物象을 돌려주지만
스스로는 땅 위에 屈服한다.
무거운 어깨를 털고
물상들은 몸을 움직이어
노동의 시간을 즐기고 있다.
즐거운 지상 잔치에
金으로 타는 태양의 즐거운 울림.
아침이면,
세상은 開闢을 한다.
「아침 이미지1」 전문

여기서 어둠은 시간적인 개념이라기 보다는 자연의 일부로 보아야 할 것이다. 어둠은 밝음과 대립쌍으로 구현되는데, 그것이 자연의 법칙에 의해 밝음으로 전화하게 되면, "새를 낳고, 돌을 낳고, 꽃을 낳"게 된다. 뿐만 아니라 지상의 모든 것에게 노동의 시간을 일러주고 즐거운 지상의 잔치, 곧 생의 약동을 불러일으키기도 한다. 곧

"아침이면 세상은 개벽을 하는" 것이다. 이렇듯 지상의 공간에 삶의 활력소를 불러일으키는 것은 어둠이다. 그런데 그런 원리가 곧 자연의 일부이다. 이런 과정은 어제 오늘에 그칠 것이 아니라 영원히 지속될 일이다. 어둠과 밝음의 교체반복은 영원한 순환의 과정이며, 이를 통해 세상의 온갖 사물들은 생의 약동과 삶의 활력소를 얻어내었다.

아침으로 표명된, 어둠과 밝음의 교체반복이라는 자연의 원형적 리듬은 이렇듯 우리의 삶을 주재하는 절대적인 존재이다. 그것은 어느 한순간의 경우에서 그치는 것이 아니라 지속적으로 이루어지는 것이며, 이를 통해 지상의 모든 것들은 삶을 영위해나간다. 자연이 이법이고 섭리라고 하는 것은 이런 맥락이다. 「아침이미지1」는 아침의 여러 모습을 객관적으로 제시한 이미지즘의 시이긴 하지만, 그것이 이 시의 모든 것을 설명해주는 절대 기준은 아니다. 거기에 함의되어 있는 것은 바로 자연의 원리내지는 섭리이다.

밤은 새들을 죽이고
등불들을 죽이고
온갖 물상들을 죽인다.
새들은 어두운 숲, 나뭇가지에
그 外殼를 걸어두고
어딘가 멀리로 날아간다.
등불은 어둠을 밝히고, 어둠이 내장한 것들을 밝히지만
스스로를 밝히지 못하여 절망한다

「밤1」 전문

이 작품은 「아침이미지1」와는 정반대의 위치에 놓이는 시이다. 여기서의 소재는 아침이 아닌, 밤이기 때문이다. 그것은 아침과 달리 모든 것을 죽인다. "새들을 죽이고, 등불들을 죽이고, 온갖 물상들"을 죽이는 것이다. 곧 밤의 어두운 이미지는 모든 것을 무화시킨다는 의미인데, 그러나 그것은 아침 이미지와 기능적인 측면에서 동일한 경우라 할 수 있다. 이런 맥락에서 밤의 기능적 역할 또한 자연의 이법을 대변하는 것으로 이해할 수 있을 것이다.

박남수의 시가 표명하는 자연은 매우 직설적이고 객관적으로 제시된다. 이런 의장이 이미지즘의 근본 특징이긴 하지만, 어떻든 시인은 그런 의장을 적절히 이용해서 자연이 갖는 속성을 매우 사실적이고 객관적으로 제시하는 것이다. 주관성을 가급적 표시하지 않고도 자연이 갖는 섭리를 드러내고 있다. 삶을 주재하고, 우주만물의 구성원리가 아주 간단한 순환원리에 기반하고 있다는 것을 담론화함으로써 자연의 기능과 가치가 무엇인지를 분명하게 말해주고 있는 것이다.

> 한 다리를 상한 새처럼, 천천히
> 천천히 기우뚱거리다가,
> 그 속도만 더 빨리 기우뚱거리지만
> 굵은 주름이 패인 시름의 얼굴에는
> 좀해서 웃음이 없다.
>
> 아직도
> 짐승을 궁지에 몰아놓고 넋을 빼듯
> 기우뚱거리는 원무를 추며

저 보호구역의 인고를 참고 있다.

아파치
어쩌면 아버지의 原語같은
우리를 닮은 인디언,
인디언들은 좀해서 웃지 않지만
짐승을 궁지에 몰아놓고 넋을 빼듯
깊은 침묵 속에서 아직은 춤만 추고 있다.

저 깊이에서 내다보는, 눈이
불붙고 있다. 문명이 쓸고 가는
자연 속에서,
예나 다를 바 없이 모이어 살면서, 총으로
다스린 자의 고독을 내다보고 있다.

한 다리를 상한 새처럼, 천천히
천천히 기우뚱거리며
짐승을 궁지에 몰아붙이고, 넋을
빼고 있다. 점 점 점
춤 속으로 빨리어 스스로를 잊고 있다.

「춤2」 전문

이 작품은 비교적 후기에 나온 것이고, 또 미국의 이민 체험이 담겨진 시이다. 여기서 '상한새'는 자신들의 삶의 공간을 빼앗긴 인디언의 은유이다. '새'가 자연이나 순수를 의미한다면, '상한새'는 그러한 삶의 조건이 상실된 상태를 말해준다. 인디언의 삶이 자연 그 자체임은 잘 알려진 일이고, 그들의 생존조건이 백인에 의해 훼손되었다는 것은 곧 문명의 거대한 힘에 의해 자연이 굴복되었음을 말해주는 것이다. 오늘날 아메리카의 땅에서 인디언의 약세와 백인의 우세는 문명과 자연의 관계를 말해주는 경우이다. 그런데 인디언들은 이런 패배를 숙명으로 받아들이지 않고 언젠가는 다시 회복해야할 원상으로 상상하고 있다. "저 깊이에서 내다보는, 눈이/불붙고 있는" 모습 속에서 그 열정을 읽어낼 수가 있는 것이다. 이들의 눈에는 문명과 백인들의 모습이 승리자의 나팔소리로 나오는 것이 아니라 "총으로 다스린 자의 고독"으로만 비춰질 뿐이다.

자연이란 규칙성이 담보된 원형적 리듬의 세계이다. 자연스런 순환원리에 순응하고 거기에 적응하면서 살아갈 때, 비로소 자연화된 인간의 본모습이 존재할 것이다. 즐거울 때 웃고, 슬플 때 웃는, 그리하여 축제가 벌어질 때는 자연스럽게 춤을 추고 노니는 것, 그것이 바로 자연이다.

> 나는 초현실보다는 현실에 더 관심이 많고, 미래 쪽보다는 과거 쪽에 더 관심을 두고 원시에 대한 관심은 더 크지요. 남의 눈치를 보고, 넘보고 엿듣는 그것은 자신을 약화시키는 것이지 원시인들에게는 그런 것이 없어요. 마시고 싶으면 마시고 춤추고 싶으면 춤을 추는데, 나는 이런 건강성에 대한 동경이 앞선다고 말할 수 있지요.[14]

14 박남수, 김종해의 대담, 앞의 글.

인위가 개입되지 않은 무위자연의 세계, 이것이 시인이 꿈꾼 자연의 본 모습일 것이다. "마시고 싶으면 마시고 춤추고 싶으면 춤을 추는 세계", 그것이 곧 인디언들의 삶이었고, 자연의 섭리, 우주의 이법에 충실한 삶이었을 것이다. 박남수는 그런 세계를 건강성이라고 했다. 그것이 '상한새'로 대변되는 비순수의 세계, 문명의 세계와 반대됨은 물론일 것이다.

박남수에게 자연은 이렇듯 이법으로 제시된다. 시인은 그러한 세계를 관념화하거나 주관적으로 제시하지 않고, 객관적 응시를 통해서 이야기한다. 그렇기에 자연의 이법을 표명하는 시인의 언표는 매우 사실적이다. 사실과 객관을 통해서 자연이라는 절대 진리를 말하는 것, 그것이 박남수가 제시하는 자연의 궁극적 가치세계이다.

3. 순수자연시의 시사적 위치

박남수는 청록파로 알려진 박목월, 박두진, 조지훈, 그리고 이한직과 더불어 정지용의 추천을 받아 등단했다. 그가 나온 잡지는 잘 알려진 대로 『문장』이다. 이 잡지의 정체성이 고전을 비롯한 상고정신에 있음은 잘 알려진 일이기에 이들의 작품 세계가 이와 분리하기 어려운 것임은 당연한 일일 것이다. 뿐만 아니라 그들에게는 문인으로 추천한 정지용의 영향 또한 짙게 묻어나 있기도 하다.

이들 시인들의 시적 특색을 한마디로 규정하면, 바로 자연의 서정화 경향이라고 할 수 있다. 그러나 시인들마다 드러나는 자연의 음역은 매우 다른 층위로 구현된다. 목월의 경우는 자연을 가공화시켰

는 바, 이를 두고 자연의 새로운 창조라고 말하거나 허구화된 자연
이라고 했다. 물론 그렇게 가공화된 자연이 실제의 그것과 상위될
수밖에 없는데, 그는 그러한 시적 작업을 전적으로 일본 제국주의라
는 외적 환경에서 찾고 있다. 그리고 박두진의 경우는 산문화된 자
연관을 바탕으로 자연의 영원성을 강조했다. 특히 기독교적 세계관
을 동양의 자연관에 접목시켜 조화로운 자연의 세계, 또 그 속에서
삶을 경위해나갈 인간의 자세나 조건에 대해 이야기했다. 조지훈의
경우는 인간과 자연이 하나되는 몰아일체의 세계로서 자연을 서정
화했다. 인간이 자연과 동일화될 때, 곧 자연과 인간의 경계가 사라
질 때, 유기화된 거대 자연이 탄생하고, 그럴 경우 진정한 유토피아
가 실현될 수 있다고 보았다.

박남수의 경우는 『문장』의 세계관과 정지용의 문학관을 어느 정
도 수용하면서, 청록파 시인들의 자연과는 구별되는 그 자신만의 독
특한 세계관을 표명했다. 그는 이미지즘의 수법을 도입하면서도 이
사조가 갖는 형식미학의 한계를 극복하고 사상성과 시사성을 어느
정도 확보했다. 그러한 조화속에서 그는 일제강점기의 시대적 문맥
을 읽어내기도 하고 문명이라는 불온성에 대해서 날카롭게 붙잡아
내기도 했다. 현실에 대한 그런 날카로운 감각들을 그는 다른 어느
시인의 경우보다 극명하게 표출했는데, 실상 이러한 부분들이 정지
용을 비롯한 청록파 시인들의 경우와 구별되는 부분이라 하겠다. 그
는 문명과 비문명, 순수와 비순수라는 대립적 구도 속에서 현대 사
회가 나가갈 궁극적 목표가 무엇인지에 대해서 분명하게 제시해주
었다. 특히 그는 자연을 반문명의 감각, 순수의 감각, 섭리와 같은 형
이상학의 감각으로 다양하게 읽어냄으로서 자연의 서정화라는 현

대시의 임무를 충실히 수행해내었다. 자연에 대한 그러한 다양성과 모험성이 한국 근대시의 폭과 깊이를 더해주었다는 것, 그것이 그의 시가 갖는 시사적 의의라 하겠다.

제8장

오규원의 날이미지와 생태학적 상상력

1. 생태론적 위기와 날이미지

인간 삶의 조건을 묻는 것이 오늘날 근대성이라든가 생태론적 관심의 근본 테마가 되었다. 이는 근대화 과정의 삶이 더 이상이 유토피아일 수 없다는 것, 그 연장선에서 근대가 위기의 관점에서 이해된다는 사실과 불가분의 관계에 놓여있다. 전쟁과 환경의 공포, 인간들 사이의 종족적 관계 등은 모두 근대로부터 파생된 도구적 이성의 결과이다. 인간을 중심에 놓고 형성된 이원론적 세계관은 근대적 삶의 조건을 개선시켜주는데 일정한 성과를 보여준 것은 사실이다. 그러나 그러한 성공은 현재 진행되고 있는 생태학적 위기로 말미암아 더 이상 설득력을 얻기 힘들게 되었다. 이제 필요한 것은 이원론이나 기계론이 아니라 일원론적 세계관뿐이라는 생각이 폭넓은 공감대를 형성하고 있다.

생태적 환경이 개선되어야 한다는 필요성을 제기한 근본 동기는 물론 인간에게 그 일차적인 원인이 있다. 인간 중심주의라든가 인간의 욕망 등이 그러한데, 실상 이러한 문제들은 근대의 명암과 분리하기 어려운 것이었다. 성공과 실패라는 이분법적 결과가 근대의 제반과정 속에 필연적으로 내재될 수밖에 없었기 때문이다. 다시 말해 "나는 생각한다 고로 존재한다"라는 이 불멸의 근대적 명제, 곧 인간 중심주의야말로 근대의 불행을 예고한 것이나 다름없었다. 이 코기토에 의해서 신중심주의의 사고는 사라지게 되었고, 영원성의 감각도 인간으로부터 멀어졌다. 그리하여 인간은 그 스스로만을 위해서 무한증식해가는 괴물적 존재로 변신해갔다. 욕망이 팽창해나갈수록 인간의 물질적 삶은 윤택해졌고, 풍부해졌다. 그러나 그런 과도한 편식이 낳은 것은 불행하게도 유토피아가 아니었다. 인간의 욕망이 확대되어 갈 때마다 소위 비인간적인 것들의 존재는 위축되어 갔고, 결국에는 인간을 지탱해주는 환경적 요인들을 황폐하게 만들어버렸다. 균형이 사라진다는 것은 곧 삶의 조건이 무너진다는 것과 동일한 의미로 다가왔다. 이런 위기 담론이 낳은 것이 바로 생태론적 위기였다. 이는 인간 이외의 것들을 무리하게 인간화시킨다는 것, 곧 모든 것을 인간을 위한 수단으로 편입시키는 것이 얼마나 위험한 것인가를 이해하게끔 만들었다.

인간 위주의 사유는 지구상에 존재하는 모든 관계를 수단화, 종속화, 이원화시켜왔다. 물론 그 중심에 인간이 놓여있는 것은 당연한 일이거니와 소위 인간적 흔적을 지우지 않고는 생태적 위기환경을 초월할 수 없는 현실이 되었다. 따라서 인간이 자연으로 편입되거나 인간이라는 자기중심주의를 포기하지 않는 한 유토피아적 환경은 더 이상 기대할 수 없게 되었다. 그 핵심이 인간과 자연을 이원론적으로 인식하는 분리주의적 세계관임은 당연한 일이거니와 자연이 도구가 아니라는, 일원론적 동일성을 갖고 있다는 중세적 세계로의 회귀야말로 생태학적 위기를 극복하는 시금석이 될 것이다.

자연과 조화로운 삶을 영위하고자 하는 생태학적 요구와 관련하여 주목을 끄는 것이 우리 시단의 독보적 시론가였던 오규원의 '날이미지론'이다. 그는 한국 근대시사에서 시 창작과 함께 방법적 의장이라는 시 제작과정의 이론적 모색을 다른 어떤 시인보다도 모범적으로 보여주었다. 특히 시에 대한 이론적 제시, 방법적 자각이라는 측면에서 김춘수 이후 최고의 경지를 제시해주었다. 실상 시인의 정신구조나 세계관은 작품을 통해서 이해하는 것이 자연스러운 일이고, 또 대부분의 시인들이 이런 과정을 충실히 보여주었다. 시에 대한, 혹은 자신의 세계관에 대해서 산문적 진술일 수밖에 없는 시론의 도입이나 진술은 시인의 시세계를 한정시킬 수 있는 위험도 있거니와 상상력의 경계를 쉽게 확정지어버리는 오류를 범할 수도 있다. 그러나 이런 위험에도 불구하고 오규원이 자신의 시론에 대해서 지속적으로 관심을 표명하고, 또 체계화한 시론의 공고화는 무엇을 말하는 것일까. 그것은 작품에 대한 자신의 세계관이 확고하다는 것, 또 현실에 대한 자신의 인식적 태도가 분명하다는 것에서 그 의의를 찾을 수 있을 것이다. 자칫 시 해설에 불과할 수 있는 시론의 전개가 이 시인에게 특별한 의미를 갖는 것은 일단 이와 밀접한 관련이 있을 것이다. 그만큼 자신의 작품에 대한 시인의 관점은 명확한 것이었고, 또 객관적 사실과 인식에 비견할 수 있을 만큼 그의 주관은 명증할 정도의 자명성을 가진 경우였다.

잘 알려진대로 오규원 시론의 핵심 요체는 '날이미지'이다. '날(生)이미지'란 그의 정의대로 "사변화되거나 개념화되기 이전의 의미"

이고, "살아있는 세계의 인식이며 또한 세계의 언어인 현상의 형태로 나타나는" 것이다[1]. 그러니까 어떤 관념의 조작이나 관습화된 의미에 덧씌워진 것이 아니라 있는 그대로 사물의 의미를 드러내는 것이 이 이미지론의 핵심요체인 것이다. 실상 '날 이미지'와 상대되는 것이 '죽은(死) 이미지'인 바, 이는 곧 관념의 조작을 받은 이미지가 되는 것이다. 따라서 오규원의 '날이미지'는 살아있는 것이고, 현상 그 자체로만 드러나는 이미지가 되는 셈이다. 살아있다는 것은 생명 그 자체의 존중성과 분리하기 어려운 것이다. 따라서 그의 시론이 현시대의 주조로 자리잡은 생태론적 요구와 어느 정도 관련이 있는 것이 아닐까. 실상 이 글을 쓰는 근본 동기도 여기서 비롯된다. 오규원 시론의 핵심개념 가운데 하나인 '존재 그 자체'라는 개념은 생태론에서 요구하는 생명성의 고양과 밀접한 연관을 갖는 다. 이 부분이 생태적 담론이 요구하는 근본정신와 교집합을 이루게 되는데, '날이미지론'에서 생태적 담론의 가능성을 엿볼 수 있게 해주는 대목이 바로 이 지점이다.

2. 날이미지와 생태적 담론의 가능성

1) '존재 그 자체'에 대한 즉물적 인식

오규원이 자신의 시론에서 가장 강조하는 것 가운데 하나가 '존재 그 자체'라는 말이다. 이 말은 물상 그대로 존재하는 것, 곧 자율성과

---

1 오규원, 「날이미지의 시」, 『오규원 깊이읽기』, 문학과지성사, 1993, p.424.

독립성이 보장되는 것으로서 어떠한 주관이나 왜곡이 덧씌워지지 않는 상태를 말한다. 그는 이러한 상태를 세잔의 그림에서 읽어냈는데, 그것은 그의 그림에서 표명된 '존재 그 자체'에 대한 관심이었고, 그것이 함의하는 의미였다.

> 그러니까 더 구체적으로 이야기하자면, 그는 풍경의 의식으로 가득 찬 풍경화, 정물의 의식으로 가득 찬 정물화, 초상(초상은 사람의 용모, 자태이므로 인격이 아닌 인물의 상이다)의 의식으로 가득찬 초상화를 추구하고 있었다고 말할 수 있다. 그런 그의 그림은 그러므로 당연히 그림을 만들어내는 단순한 재현의 세계가 아닌 "자연의 한 부분을 시도하는 것"이며, '존재 그 자체!"를 시도하는 세계인 것이다. 예술가가 할 수 있는 작업 가운데 이것 이상 더 엄청난 일이 있을까?[2]

세잔은 자신의 그림에서 주로 사람의 모습이나 인간적 흔적을 지우고 풍경만을 제시하고자 했다. 그의 그림에서 인간이 사라진 것은 자연의 본모습을 보다 정확하게 드러내기 위한 것이었는데, 그 마지막 여정이 '존재 그 자체'를 드러내기 위한 것, 곧 왜곡되지 않은 자연의 모습을 그대로 제시하고자 했던 의도에서였다. 그의 그림이 어떤 사실들에 대해 제한적으로 입증할 수 있는, 사진기적 모사 수준으로 전락할 위험이 있음에도 불구하고 오규원이 세잔의 그림에 관

---

2 오규원, 「풍경의 의식」, 『날이미지와 시』, 문학과지성사, 1993, p.73.

심을 둔 것은 '존재 그 자체'에 대한 접근 방식 때문이었다.

오규원이 가졌던 이런 방법적 자각을 '자연스러움'이라고 할 수 있을 것이다. 그는 사물의 자율성을 무시하는 묘사방법이라든가, 또 그것이 가질 수 있는 가능성의 세계를 닫히게 하는 것이 기존의 시적 방법이었다고 판단한다. 이는 '날이미지'에 이르기 이전, 자신이 시도해 왔던 사물의 '구상적' 묘사라는 시적 방법에 대한 반성이면서[3] 전통적 서정시들이 흔히 범했던 방법적 오류들에 대한 반성이었다.

'존재 그 자체'를 드러내는 것이 사물의 정확성과 생태적 자율성에 이르는 길인데, 실상 이러한 도정으로 나아가는데 있어 가장 방해되는 것이 인간의 주관과 관습이라는 언어의 때이다. 현실과 객관을 왜곡하는 인간의 주관이나 관습이라는 언어의 비순수성은 인간의 영역에 속하는 것이어서 궁극적으로는 '존재 그 자체'에 대한 완전한 형상적 묘사를 방해해왔다는 것이다. 오규원이 시도했던 이러한 접근방식이 "태초의 언어"임은 당연한 일인데, 이런 수준의 언어에 인간적인 속성과 가치관이 개입되는 것은 불가능한 일이다. 그는 이를 확증하기 위해 톨스토이의 소설 『이반 일리치의 죽음』의 마지막 장면을 예로 든다. 이 소설의 주인공은 암으로 죽게 되면서 그의 독살스러운 아내와 심보 고약한 딸에게 용서를 구하게 된다. 그는 마직막 임종을 앞두고 그의 아내와 딸이 서 있는 것을 보고는 "용서하라"는 말을 하려고 했다. 그러나 마지막 순간에 그가 내뱉은 말은 "용서하라"가 아니라 "나를 지나가게 해다오"였다는 것이다. 이에

---

3 오규원이 시론이 대상을 한정하고 묘사하는 구상적 방법에서 이를 와해시키는 해체적 방법, 곧 '날 이미지'의 방식으로 옮겨간 것은 잘 알려진 일이다.

착안하여 오규원은 다음과 같이 말한다.

> 삶과 죽음의 경계를 넘는 것은 '용서'하고 하지 않고의 문
> 제가 아니다. 용서했다고 그 경계선을 넘을 수 있는 것도 아
> 니며 용서하지 않았다고 해서 넘을 수 없는 것도 아니다. 문
> 제는 '지나갈' 수 있느냐 없느냐 하는 것이다. 이런 엄청난 문
> 제를 '용서하다'와 '지나가다'라는 두 어휘로 집약해 표현하
> 는 문학을 보고, 타르코프스키는 같은 지면에서 "무시무시한
> 진실성과 사실성" 때문에 "마치 묵시록처럼 우리들의 영혼을
> 뒤흔들어놓는다"는 말로 그 감동을 전달하려고 한다.[4]

오규원에 의하면, '용서하다'라는 말은 사변적 사고의 핵심을 이
루는 관념적 어휘이고, '지나가다'라는 말은 실재적이고 사실적인
언어라는 것이다. 죽음이라는 자연의 섭리 앞에 인간이 할 수 있는
최후의 것은 가치판단적인 말의 수준이 아니고 '존재 그 자체'를 드
러내는 '살아있는 언어' 수준이라는 것이다. 이 언어야말로 "태초의
언어"이고 인간의 주관이나 관념의 개입이 없는, "자연의 언어"라는
것이다. 사물의 존재성을 있는 그대로 드러내는 데 있어 가장 방해
되는 것이 인간의 주관이나 관념인데, 그러한 주관적 요소들이 '존
재'를 훼손하고 왜곡함으로써 본질을 올바르게 드러내는 데 차단 역
할을 한다고 보는 것이다.

생태학적 위기란 사물의 존재성과 자율성이 훼손되고 그것이 도

---

4 「풍경의 의식」, 앞의 책, p.73.

구화, 수단화됨으로써 발생한 것임은 익히 알려진 일이다. 따라서 사물의 본질을 그대로 드러내고자 하는 이런 즉물적 인식은 왜곡된 사물을 정상적인 위치로 복원시키는 일이 될 것이다. 그것이 곧 사물에 대한 생명성의 회복이고 자율성의 획득일 것이다. 이와 관련하여 오규원이 '날이미지 시론'에서 또하나 강조하는 것이 이른바 '사실적 현상'이다. 여기서 '사실'과 '현상'은 날 이미지 시론의 두가지 중심 개념인데, 이는 생태론적 가능성을 확보해주는 주요 개념이 되기도 한다. '사실'이란 '존재 그 자체'의 형질에서 얻어진다. 그의 표현대로 "추우면 춥다고 하고 더우면 덥다고 하는 것"이 사실의 차원이라는 것이다. "산은 산이고 물은 물이다"라는 있는 그대로의 세계가 바로 사실인데, 실상 이런 진실이 가려질 때, 본질은 가려지고 이른바 '존재 그 자체'에 대한 왜곡 현상이 빚어진다고 본다. 존재가 가려지면 본질이 제대로 드러나기 어려운 것은 자명한 이치이다.

존재가 살아있는 생명체라고 한다면, 그 운동체가 현상의 차원이 된다. 현상에는 두 가지 의미소가 내포된다. 하나는 사실의 차원이고 다른 하나는 시간의 차원이다. 사실과 시간은 현상을 지탱하는 두 가지 의미축이다. 사실이란 존재 그 자체이면서 생명성이 있는 것이기에 시간성이 요구되는 것은 자연스러운 이치이다. 하나의 지점에서 다른 지점으로의 이동을 포착해내기 위해서는 시간적 요소가 절대적으로 요구된다. 이런 시간성이 모더니즘 미학의 중요한 기제 가운데 하나인 공간성과 배치되는 것은 물론인데, 공간성이 사진기적 모사의 형식이라면 시간성은 서술적 모사의 형식이 된다. 생태론적 환경이 요구하는 것은 생생한 사실성과 생명성이다. 따라서 '존재 그 자체'에 대한 인식과 이를 효과적으로 드러내기 위한 '사실적 현상'은 생명현상을 구현하는데 있어 절대적인 의장이라고 할 수 있을 것이다. 그것은 살아있는 의미들을 함께 껴안는 수사법이기 때문이다[5].

2) 반인간주의와 환유의 논리

오늘날 생태환경이 근본적으로 위협받기 시작한 근본 동인이 무엇인가에 대한 질문을 던질 때, 이에 대한 정확한 답을 제시하는 것이 쉬운 일은 아니다. 그럼에도 한 가지 분명한 것은 인간과 자연의 분리라는 이원적 세계관과 근대의 이성중심주의에 그 원인이 있다는 사실이다. 특히 후자는 그것이 수단화, 도구화됨으로써 분리주의적 사고체계를 고착화시키는 결과를 낳았다. 그것이 일원론적 세계관을 붕괴시키고, 자연과 인간을 결코 화해할 수 없는 양립적 존재로 갈라놓았다. 인간이 자연으로부터 분리됨으로써 자연은 인간의, 인간에 의한, 인간을 위한 수단이라는 단순한 존재로 가치하락되었다.

생태주의라는 근대의 새로운 패러다임이 제기된 근본 원인도 인간과 자연의 분리라는 이런 이원론적 세계관에서 기인한 것이었다. 이 중심에 인간이 있는 것은 당연한 것이었거니와 인간 위주의 사고, 인간을 위한 환경, 인간을 위한 개발이라는 근대적 정언명령이 낳은 결과였다. 이는 불행하게도 인간을 자연으로부터, 혹은 공동체로부터 고립시켜 인간의 생존환경을 파괴해버리는 역설을 낳고 말았던 것이다. 따라서 생태주의가 지향하는 근본 목표가 인간이라는 흔적

---

5 오규원, 「조주의 말」, 앞의 책, p.44.

을 어떻게 하면 사상시켜버릴 것인가 하는 데 모아졌던 것도 큰 무리는 아닐 것이다. 생태담론에서 반인간주의가 주목의 대상이 된 것은 이런 저간의 사정에서 기인한 바 크다고 하겠다.

오규원의 '날이미지론'에서 반인간주의적 사유를 읽어내는 것은 어렵지 않은 일이다. 아니 그의 '날이미지론'이 모두 반인간주의적 사유로 덧씌워져있다고 해도 과언이 아닐 정도로 그의 시론에서 인간적 요소나 인간의 관점은 철저히 배제되어 있다. 반인간주의를 위해 오규원이 작시법에서 시도한 것이 이른바 환유적 방법이다. 그는 어떤 대상에 대한 시인의 언술이 은유와 환유라는 축으로 전개된다고 하면서 자신의 시를 예로 들어 설명한다.

> 言語는 추억에
> 걸려 있는
> 18세기型의 모자다.
> 늘 방황하는 기사
> 아이반호의
> 꿈많은 말발굽쇠다.
> 닳아빠진 認識의
> 길가
> 망명정부의 廳舍처럼
> 텅 빈
> 想像, 言語는
> 가끔 울리는
> 퇴직한 外交官宅의

초인종이다.
「現像實驗」 전문

잎 진 후박나무 아래 땅을 파고
새끼를 낳은 어미개
싸락눈이 녹아드는 두 눈을 반쯤 감고
태반을 꾸역꾸역 먹고 있다.
배 밑에서는 아직 눈이 감긴 새끼가 꿈틀거리고
턱 밑으로는 몇 줄기 선혈이 떨어지고

그 위로 어린 싸락눈은 비껴 날고
「후박나무 아래 1」 전문

시인에 의하면 「현상실험」은 은유를 축으로 작시된 것이고, 「후박
나무 아래1」은 환유를 축으로 만들어진 시라고 한다[6]. 은유는 유사
성에 의한 선택과 대치로 이루어지는데, 가령 「현상실험」에서 '언
어'가 "추억에/걸려 있는/18세기型의 모자", "늘 방황하는 기사/아이
반호의/꿈많은 말발굽쇠", "가끔 울리는/퇴직한 外交官宅의/초인종"
으로 치환되어 나타나는 것이 그 본보기이다. 반면 환유의 축은 서
술적인데, 「후박나무 아래 1」에서 연상의 형태로 구현된 방식들이
바로 그러하다. 가령, '어미 개'를 중심으로 '후박나무, 새끼, 싸락눈,
태반, 선혈' 등이 연상의 방식으로 제시되고 있는 것이다. 여기서 알

6 오규원, 「은유적 체계와 환유적 체계」, 앞의 책, pp.13-17.

수 있는 것처럼, 은유를 축으로 하는 언술은 하나의 대상을 다른 관념으로 끊임없이 제시할 수 있는 것이고, 환유를 축으로 하는 언술은 사실의 형태를 계속 병렬적 방식으로 제공한다. 이런 차이점은 모두 인식주관의 관념과 관련되어 있는데, 은유는 A라는 중심사고를 위해 "A=B,C,D---" 모양으로 끊임없이 확장되는 반면, 환유는 "A/B/C/---"로 모양으로 평행적 병렬적으로 제시된다고 한다.

요컨대 은유가 중심주의라고 한다면 환유는 평행주의이고, 또 전자가 구상적이라면, 후자는 해체적이라고 할 수 있다. 은유를 기본 축으로 시쓰기를 한다면, 시인이 범할 수 있는 오류는 크게 두가지가 된다. 하나는 중심의 과도한 팽창 현상이고 다른 하나는 끊임없는 대치관념의 양산이다. 물론 이 둘은 동일한 것이면서 다른 차원의 것이기도 하다. 어떻든 시인은 "A=B,C,D---"라는 도식을 통해서 A를 과도하게 중심화시키고 이를 토대로 많은 관념이나 사변을 만들어낼 가능성이 많아지게 된다. 그럴 경우 시인은 단지 관념이나 사변의 양산자에 그칠 뿐 살아있는 세계의 모습을 그려낼 수 없는 한계에 머물고 만다. 뿐만 아니라 시인 또한 전능전능한 신의 위치에 올라서게 된다. 오규원이 은유적 사고에 집착하는 시인을 '인신동형(人神同形)'[7]이라고 부른 것은 이 때문이다.

그리고 은유의 한계는 여기서 제한되지 않는다. 그것은 사물의 진정한 모습을 죽이거나 소멸케 하기 때문이다. 그는 임제의 말을 차용하여 의미 A를 만나면 의미 A를 죽여버리고, 의미 B를 만나면 B를 죽여 없애 버리고, 의미 C를 만나면 C를 죽여 없애버린다고 한다.

---

7 오규원, 「날이미지의 시」, 앞의 책, p.106.

곧 대치의 연속은 사물의 죽음을 의미할 뿐이다. 반면 이와 상대되는 조주는 이런 의미체계를 반대한다고 한다고 하면서 조주 선사의 말을 자신의 날이미지론과 관련시킨다.

> 한 스님이 물었다.
> "무엇이 정(定)입니까?"
> "정(定)하지 않은 것이다"
> "무엇 때문에 정하지 않은 것입니까?"
> "살아있는 것, 살아 있는 것이기 때문이다."[8]

그에 의하면, 살아있는 것이기에 정(定)할 수 없고, 정(定)한다는 것은 소멸을 의미한다. 그리고 정하는 것은 명명하는 것이고 논리화하는 것이라고 본다. 명명과 논리가 사물을 구속하고 한계지으며 자율성을 용인하지 않기 때문이다. 있는 그대로의 사물의 모습을 받아들이지 못하고 존재를 살아있는 것으로 받아들이지 못하는 것이 정(定)의 논리다. 그것은 신본주의를 거쳐 모든 것을 인간의 논리, 곧 중심의 논리로 재단하려는 물신주의, 인본주의가 낳은 결과이다.

중심을 해체하고 인간적 관점이나 요소를 배제하는 것이 반은유적 사고, 곧 환유의 논리이다. 환유란 연상 작용에 의해 작동되는 반중심주의의 사고체계이다. 뿐만 아니라 인간의 관념이나 사변을 끊임없이 대치하지도 않고, 관련되는 사물을 병렬적으로 제시한다.

반면 은유를 축으로 하는 사유나 작시법은 중심주의이다. 그것이

---

8 오규원, 「조주의 말」, 앞의 책, p.43.

생태론적 위기와 불가분의 관계에 놓여 있다는 것은 익혀 알려진 일이다. 가령, 자연을 도구화함으로써 파괴와 오염 등 소위 생태론적 위기를 만들어왔다. 그것이 중심주의, 특히 인간을 정점으로 한 인본주의의 결과였다. 중심이 만들어지게 되면, 이 주변에 있던 모든 것들이 주변부로 밀려나는 것은 당연한 이치이다. 그것이 차별을 낳고, 종속을 만든다. 그리하여 지배이론이 형성됨으로써 공동체라는 관점이 희석화되기 시작한다. 하나의 중심이 만들어지면 주변부와 조화될 수 없는 것이며, 그러한 부조화가 공동체의 이상을 멀어지게 한다. 이런 맥락에서 오규원이 시도했던 중심의 와해, 곧 해체적 사유는 공동체의 이상이라는 점에서 그 의미가 큰 경우이다. 그러나 중심을 해체하는 그의 환유적 사고가 초현실주의에서 흔히 시도되고 있는 해체의 방법, 혹은 정신의 완전한 해방과는 어느 정도 차별성을 갖고 있다. 초현실주의에서 시도하고 있는 해체적 사유는 정신의 완전한 해방과 밀접한 관련이 있기 때문이다[9]. 그것은 의미의 형성과 분리하기 어려운 것이라 할 수 있다. 이성이 곧 합리성이며, 그것을 언어적 국면에 한정시키면, 통사적 사고와 의미의 생산과 밀접한 관련을 갖고 있다. 그것이 합리주의의 이상이다. 그러나 이 정신이 의심받으면서 시에서 의미란 불필요한 요소가 되었다. 그리하여 언어에서 의미를 완전히 추방하는 것이 정신의 완전한 해방이었다. 그것이 초현실주의의 해체정신이다. 그러나 오규원이 시도하고 있는 중심의 해체 방식은 의미의 추방이라는 초현실주의의 방법과는 무관하다. 사실적 현상을 생생히 드러내기 위해서는 의미가 반드시

9 모리스 나도, 『초현실주의의 역사』(민희식역), 고려원, 1985, p.51.

전제되어야 하기 때문이다.

3) 수평적 세계관과 '날이미지'

생태주의는 근대적 세계관에 대한 비판적 인식에서 비롯되었다. 오늘날 인간의 생존조건을 위협하는 자연파괴와 그에 따른 대기오염과 수질오염, 혹은 핵무기와 유전자 변형개발 등등이 생태론적 환경파괴의 주요 요인들이다. 이는 모두 진보 신화에 물든 기계적 환원주의가 가져온 결과들이다. 인간은 자연을 도구화함으로써 자연을 인간적 욕망의 대상으로 변질시켜버렸다. 그 결과 자연은 생존의 토대가 아니라 인간의 욕망을 실현시키는 장으로 바뀌었고, 자연의 모든 대상들이 단지 인간을 위한 부속물로 되어버렸다. 자연물에 대해 자율성과 독자성을 부여하는 것은 환상에 불과한 것이었고, 오규원의 표현대로 '존재 그 자체'를 인정하는 것은 불가능한 성역이 되어버렸다.

생태주의는 자연과 인간의 조화를 추구하고, 궁극적으로는 인간도 자연의 일부라는 일원론적 세계관을 그 기본 토양으로 하고 있다. 따라서 종속과 지배라는 이원론적 세계관은 생태주의의 이상과는 거리가 멀다고 하겠다. 위계질서나 상하관계와 같은 지배와 종속의 관계가 사상되기 위해서는 '존재 그 자체'에 대한 인정이 무엇보다 필요하다. 존재의 자율성과 고유성을 보증하기 위한 '날이미지론'에서 주목의 대상이 되는 개념 가운데 하나가 '두두물물(頭頭物物)'이다. 이것은 모든 존재 하나하나가 도(道)이며, 사물 하나하나가 진리라는 의미이다. 따라서 도(道)란 "그냥 스스로 있는 것"이다. 결국 언어로 표현되기 이전의 자연상태[10]가 도라 할 수 있는데, 관념화되거나 사변화되지 않은 '존재 그 자체'라고 할 수 있다. 따라서 그 나름의 독자성과 고유성을 갖고 있는 것이 도(道)이며, 두두물물인 셈이다. 시인은 '두두'와 '물물'의 세계를 다음과 같은 규정하고 있다.

> '두두'와 '물물'은 관념으로 살거나 종속적으로 존재하지 않으며, 세계도 전체와 부분 또는 상하의 수직 구조로 되어 있지는 않다. 세계는 개체와 집합 또는 상호 수평적 연관 관계의 구조라고 말해야 한다. 숲에 있는 한 그루의 나무를 보라. 그 나무는 숲의 부분이거나 종속적 존재가 아니라 그 자체로 진리며 실체인 완전한 개체이다[11].

'두두물물'은 개념화되거나 사변화되기 이전의 것이다. 그것은 '존재 그 자체'이기 때문에 위계적으로 존재하지 않으며, 각각의 개별성과 고유성을 갖고 있기에 전체의 일부라든가 하위 혹은 상위로 구분되지 않는 것이다. 모든 것이 수평적인 관계로 놓여 있다는 것인데, 이를 위해 그가 비유로 들고 있는 것이 개체와 집합의 논리이다. 개체가 모여서 집합이 되는 것이지만, 그러나 각각의 개체가 집합 속에 종속되어 있는 것은 아니라고 본다. 가령, 산을 이해하는데 있어 산기슭, 산허리, 산봉우리, 산골짜기 등으로 분할하여 이해하는 경우가 있는데, 이런 분할 방식은 어디까지나 인간이 세계를 인간적으로 이해하기 위한 방법적 분할이지 그 자체의 본래 구조가 그

---

10 박이문, 『노장사상』, 문학과 지성사, 1992, p.36.
11 오규원, 「시작노트」, 앞의 책, p.81.

런 것은 아니라는 것이다. 그것은 불구적 인식에 불과할 뿐이다. 사실과 현상은 언제나 존재 그 자체로 있기 때문이다. 세계는 어디까지나 개체와 집합의 수평적 구조 속에 놓여 있다는 것이 시인의 판단이다[12]. 따라서 두두물물은 존재성이면서 수평성이다. 그것은 종속과 지배라는 관계를 초월한다.

수직이 아니라 수평이라는 것, 종속이 아니라 평행이라는 오규원의 두두물물은 생태학이 요구하는 유기론적 일원성의 사유와 동일한 것이라 할 수 있다. 존재 그 자체라는 자율성을 인정하고, 이를 토대로 종속과 지배가 없는 생태학적 상상력이야말로 두두물물과 공통분모를 갖고 있는 것이기 때문이다.

그러나 기계주의적 환원론에 대한 거부와 유기론적 일원론을 인정하는 오규원의 수평사상은 생태학적 상상력이 요구하는 정신과 어느 정도 부합함에도 불구하고 꼭 동일한 것이라고는 할 수 없을 것이다. 어쩌면 이 부분이 '날이미지론'의 독창성이 내재하는 부분이라 할 수 있는데, 그의 수평사상은 자연의 우위를 인정하지 않는다는 점에서 그러하다. 기왕의 생태학적 상상력이 자연과 인간의 조화, 그리고 자연의 전일적 우위를 인정하는, 인간은 자연의 하부구조에 불과할 것이라는 수직적 사유를 오규원은 철저하게 부정하고 있기 때문이다. '두두물물'의 세계관은 인간이 자연의 일부로 포섭되는 것이 아니라 자연도 단지 인간과 수평적인 관계에 놓인 대상일 뿐이다.

12 오규원, 「날이미지와 관련어」, 앞의 책, p.96.

개봉동이나 양평동처럼 그렇게 무릉도 다가왔다는 것입니다. 나는 자연과 인간 어느 쪽에도 서 있지 않습니다. 나는 자연을 보듯 인간을 보며, 인간을 보듯 자연을 봅니다. 이러한 나의 태도를 나는 세잔 풍경화나 인물화에서 확인해본 바도 있습니다. 지금에 와서 어떤 변화를 감지하고 있는 게 있다면, 정확히 그런 생각이 언제 내 중심에까지 접근했는지는 알 수 없으나, 지난날에는 내가 항상 개봉동이나 양평동 같은 주변의 세계에 머물고 있다는 느낌이었는데, 어느새 내가 있는 곳이 그 어디든 그곳이 바로 중심의 세계라는 것을 느낍니다.[13]

인용문은 요양차 무릉에 머물렀던 오규원이 받았던 질문에 대한 대답의 일부분이다. 그 요지는 무릉으로 대표되는 자연과 자신이 살았던, 양평동으로 대표되는 도시와의 차별성이다. 무릉에서의 생활이 시인의 작품 생활에 어떤 변화를 가져왔냐는 것인데, 인용문에 나와 있는 것처럼, 이런 생활상의 변화가 자신의 시세계에 별다른 변화를 주지 못했다는 것이다. 그런데 여기서 중요한 것은 자연에 대한 오규원의 생각이다. 그는 자연과 인간의 대립관계 속에서 어느 편에도 손을 들어주지 않는, 곧 수평적 관계로 파악하고 있다는 사실이다. 이는 생태론이 요구하는, 자연에 대한 인간의 일방적 편입을 거부하는 것이라 할 수 있다. 자연은 하나의 완벽한 유기체이고 인간 또한 자연의 일부일 뿐이라는 전통적 생태론의 사유를 오

13 오규원, 「한 시인의 현상적 의미의 재발견」, 앞의 책, p.175.

규원은 철저하게 부정하고 있는 것이다. 두두물물의 수평적 사유가 자연과 인간이라는 관계에서 어떤 포함관계를 말하고 있지 않은 것이다.

그러나 자연과 인간의 수평적 관계가 종속과 위계를 거부하는 생태학의 근본이념과 어긋나는 것이라고는 말할 수 없을 것이다. 생태론은 인간적인 요소를 사상하고 그것이 자연의 일부가 될 때, 그리하여 인간이 자연이라는 거대 조직에 포섭될 때, 비로소 생태론적 삶의 조건이 완성되는 것으로 이해한다. 인간이 자연과 동일한 수준에서 맞서는 수평적 관계가 기왕의 생태학적 상상력과 부합되지 않는 것은 당연한 이치일 것이다. 그럼에도 불구하고 오규원의 이러한 방법적 자각을 생태학의 이념과 동떨어진 것이라고 보기도 어려운 것이 사실이다. 그는 인간이라는 '존재 그 자체'를 인정하자는 것이지 인간의 욕망을 용인한 것은 아니기 때문이다. 뿐만 아니라 이를 토대로 자연을 기술적으로 지배해왔던, 근대의 도구적 이성은 더더욱 인정하지 않고 있다.

그리고 이런 수평적 관계와 관련하여 가장 주목이 되는 시적 방법이 환유의 방법이다. 특히 이 의장의 중심틀이라 할 수 있는 병렬의 방식이야말로 그의 수평적 관계를 설명해주는 좋은 기제가 될 것이다. 흔히 인용되는 「우주2」라는 시를 통해서 이를 확인해보도록 하자.

뜰 앞의 잣나무가 밝은 쪽에서 어두운 쪽으로 비에 젖는다.
서쪽 강변의 아카시아가 강에서 채전 방향으로 비에 젖는다
아카시아 뒤의 은사시나무는 앞의 아카시아가 가져가 없어

지고 옆구리로 비에 젖는다
뜰 밖 언덕에 한 그루 남은 달맞이가 꽃에서 잎으로 비에 젖
는다
젖을 일이 없는 강의 물소리가 비의 줄기와 줄기 사이에 가득
찬다

「우주2」 전문

　이 작품은 내리는 비와 이로부터 연상되는 사물로 쓰여진, 오규원
의 시적 의장대로 환유적 기법이 구사된 시이다. '비'에 의해서 연상
되는 사물들이 이 작품 속에 전부 드러나고 있는데, 가령 '잣나무',
'아카시아', '달맞이', '강물' 등등이 그러하다. 이 대상들은 모두 비
가 내릴 때 연상되는 존재들이다. 그렇기에 사변과 관념에 의해서
빚어질 수 있는 대치의 기법, 곧 은유의 형식은 찾아볼 수가 없다. 이
작품은 '비'를 중심으로한 관계망을 한편의 활동사진을 보는 것처
럼, 섬세하게 그리고 생동감있게 묘사하고 있다. 이 작품 속의 대상
들은 살아있는 듯하고, 꿈틀거리는 환상을 불러일으킬 정도로 자세
하게 그려져 있다. 사실적 현상이 주관의 배제없이 적나라하게 노출
되어 있는 것이다. 이를 가능케 한 것이 환유, 곧 병렬의 기법이다.
각각의 행들은 독립되어 있고, 특별히 주제연이라고 할 만한 것이
따로 존재하지 않는다. 아니 존재할 수 없다. 만약 감정의 고조나 주
제연이 있다면 그것은 이미 수직적 구조이지 수평적 구조로 포회되
는 것은 아니기 때문이다. 시인이 이 작품을 두고 '우주'라고 특별히
제목을 붙인 것도 이와 관련이 있다고 하겠다.
　이처럼 오규원의 날이미지는 사실적 현상이 있는 그대로 생생하

게 전달되는 수법이다. 어떠한 관념이나 사변이 없을 뿐만 아니라 하나의 개념이 다른 하나의 개념을 딛고 일어서는 수직적 구조로도 제시되지 않는 것이다. 이는 기계주의적 환원론이 범할 수 있는 종속과 지배의 이념으로부터 자유로운 의장이다. 인간을 자연의 일부로 간주하지 않는 그의 날이미지시론이, 범신론적 자연관에 기대지 않고 생태적 이념을 구현할 수 있었던 것도 이 수평적 세계관 때문이라고 할 수 있을 것이다.

3. '날 이미지'의 생태론적 가능성과 그 한계

오규원의 '날 이미지'는 인식주관의 관념과 사변을 배제한다는 점에서 지극히 자연적이다. 여기서 자연적이라는 말은 소위 인공의 세계로부터 자유롭다는 뜻이다. 그 상대적인 것이 인위적인 것인데, 시의 의장으로 국한시켜 말한다면, 곧 은유의 세계이다. 은유란 하나의 중심관념을 두고, 여러 다양한 개념을 대치시켜 무한대로 확장되어 나가는, 소위 중심의 세계를 드러내는 기법이다. 따라서 이 기법에 따르게 되면 그것은 명령이고 논리화이며, 개념화의 세계를 대변하게 된다. 이런 의장으로 생생히 살아있는 사실적 현상을 묘사하는 것은 불가능한 일이다.

사실적 현상을 언어화하는 것이 날 이미지이며, 그것이 지향하는 것은 중심의 와해였다. 중심이 종속과 지배라는, 오늘날 생태적 위기를 가져 오게끔 한 원인임은 익히 알려진 일이거니와 이런 해체적 사유가 생태 담론이 지향하는 정신과 교집합을 형성하고 있었다. 오규원의 날 이미지론에서 생태학적 가능성을 엿볼 수 있는 대목은 바로 이런 이유 때문이었다. 다시 말해 날 이미지에서 생태학적 가능성으로 제시할 수 있는 것으로, 중심의 해체와 인식 주관의 배제, 반인간주의, '두두물물'로 표상되는 수평주의적 세계관이었다. 하나가 다른 하나를 포회하거나 보다 큰 테두리로 묶여질 수 없다는 이 세계관은 생태론이 지향하는 일원적 세계관과 일맥 상통하는 것이었다. 특히 자연과 인간의 관계에서 어느 한 곳에 편중되지 않는 독자적, 평행적으로 존재한다는 인식은 기왕의 생태론을 뛰어넘는 그만의 득의의 영역이었다.

그러나 이런 특장에도 불구하고 그의 날이미지론이 갖는 생택학적 한계 또한 분명히 노정하고 있었다. 그것은 무엇보다 언어의 순수성에 관한 것이다. 그의 날이미지는 인간의 관념과 사변을 철저히 도외시하고 사실적 현상을 즉물적으로 표현하고자 한 의도를 갖고 있었다. 이런 면에서 그의 방법론은 생태학의 이념을 충실히 구현하고 있었던 것으로 보인다. 언어란 근본적으로 관념과 의미의 때로부터 자유로운 것이 아니기 때문이다. 그러나 이런 논리에도 불구하고 그의 날이미지는 인식 주체의 언어를 통과하지 않고서는 성립할 수 없다는 점에서 한계가 있는 경우이다. 생태론이 이성의 도구화에 기인한 것이고, 이를 초월하기 위해서 언어란 근본적으로 인식 주체로부터 완전히 벗어나야 한다. 그런데 오규원이 김춘수의 무의미시론을 이야기하면서 스스로 리얼리스트라고 부른 것처럼, 그의 언어는 의미로부터 자유롭지 않은 것이 사실이다. 실상 모든 사물에 즉자적으로 접근하기 위해서라면 언어는 근본적으로 배제되어야 한다. 그러나 그렇지 못한 것이 '날이미지'의 언어이고, 그 언어란 곧 인간의 주관적 산물이다.

　다른 하나는 인간에 대한 배제의 문제인데, 생태론의 근본 의도는 인간과 자연의 조화로운 관계를 모색하는 시도이다. 그 결과 생태론에서 인간이 자연의 일부라는 고전적 도식이 힘을 얻을 수 있었다. 그러나 오규원은 자연이 우주의 자궁이라는 인식을 하고 있음에도 불구하고 인간과 자연의 조화라는 명제에 대해서는 상당히 주저하는 모습을 보여주었다. 그가 이 명제 앞에 자신있게 나서지 못한 것은 이 시론에서 인식 주관의 역할을 최소화하기 위한 방법적 인식의 한계 때문이 아니었나 생각된다. 인간이 배제되는 바에야 인간과 자연의 조화라는 생태론의 요건이 중요한 기제로 사유되지 않았을 것이다. 그에게 중요했던 것은 방법적 자각이 우선이었지 그 내용이 함의하는 것은 이차적인 문제로 남겨졌을 것이다. 내용이 뒤로 밀리면서 어쩌면 날이미지 시론의 최종 목표일 수 있는 생태론적 요구는 부차적인 것으로 밀려날 수밖에 없었을 것이다. 사실적 현상의 드러냄과 그것이 지향하는 유토피아의 부재는 또다시 그의 보증수표였던 수평적 관계로 남겨지게 된 것이다. 그 유보가 생태론의 가능성이기도 했고 또 궁극적으로는 한계였다고 할 수 있다.

현대문학의 정신사

제9장

고은 문학과 민주화운동

1. 고은 문학의 위치

고은이 한국 현대시에서 차지하는 비중은 아무리 강조해도 지나치지 않을 정도로 크다. 한때 그의 스승이었던 서정주를 두고 '시의 정부(政府)'라고 했지만, 고은 또한 그와 비견하는 위치에 있다고 해도 과언이 아닐 것이다. 그는 노벨 문학상이 발표될 때마다 단골 후보 멤버 가운데 하나로 거론되고 있는데, 이런 사실 자체만으로도 고은은 지금 한국의 대표 문인으로 자리하고 있는 것이다. 무엇이, 어떤 요인이 있기에 고은을 그러한 위치에 올라가도록 한 것일까. 여기에는 두 가지 측면이 거론될 수 있는데, 하나는 시의 양적인 측면이고, 다른 하나는 시의 내용적인 측면이다. 양의 풍부함이 시의 질이나 시인의 위치를 결정하는 것은 아니지만, 고은은 이 시대에 문학작품을 가장 많이 생산하고 있는 작가이다.[1] 그 범위는 실로 다

---

1 그의 저작은 시, 소설, 평론, 평전 등을 비롯하여 약 160권 정도로 알려져 있다.

양한데, 시뿐만 아니라 소설, 수필, 비평 등 문학 전 영역에 걸쳐져 있다. 그런 장르의 다양성이 양의 풍부함으로 연결되거니와 고은은 이렇듯 현존 작가 가운데 가장 많은 창작량을 가지고 있는 것이다. 그런 양적 풍부함이 무엇보다 그를 이 시대의 대표작가로 올려 놓기에 충분하도록 했다.

양과 더불어 그의 문학적 대표성은 시의 내용에서도 찾아진다. 고은이 등단한 시기는 1958년인데, 이는 이승만의 장기 독재가 서서히 고개를 들던 때이다. 이런 우연은 그의 시들이 독재 체제와 필연적으로 어떤 연관성을 갖게 했다. 그 이후 그가 왕성한 창작활동을 벌이던 60년대와 70년대, 그리고 80년대는 군부독재가 이 땅을 지배했다. 고은은 이런 모순의 시기에 처절한 시적 응전을 보임으로써 시대가 요구하던 정치적, 윤리적 임무를 충실히 수행했다. 따라서 저항과 반담론의 대결로 특징지어지던 이 시기에 고은을 논외로 하고 이야기하는 것은 거의 불가능한 일이 되었다.

고은을 연구한 대부분의 글이 이런 시대적 조응에 초점을 두고 진행된 것은 지극히 당연한 결과였다고 하겠다. 시와 현실의 정합이 어떻게 교묘한 배합관계를 이루면서 생산되어 왔는가 하는 것이 그 연구의 일차적인 목표였고, 이에 대한 충실한 해석이야말로 고은 문학의 성과로 이야기되었던 것이다. 1970년대 이후 시와 현실의 관계에 대해 깊은 이해와 성찰을 보인 고은의 여정을 염두에 둔다면 이런 연구 태도는 매우 시사성이 높은 것이었다고 하겠다.[2]

2 지금까지 고은 연구는 단행본과 묶음형식으로 한원균의 『고은시의 미학』(한길사, 2001), 『고은이라는 타자』(청동거울, 2011), 송기한의 『고은』(건국대출판부, 2003), 『고은을 찾아서』(버팀목, 황지우엮음), 『고은 문학의 세계』(신경림외 엮음, 창작과 비평사, 1993) 등이 있다.

그러나 고은 연구에 대한 이런 당위적 결론에도 불구하고 그의 문학은 여전히 미완성의 상태에 놓여 있는 게 사실이다. 포괄적인 고은 연구가 전혀 없었던 것은 아니지만, 고은 문학의 통시적 흐름을 포착해내기에는 계기적 인과고리가 여전히 미흡하다고 하겠다.

고은의 문학, 특히 시 양식으로 한정할 경우에 그의 작품세계는 분명 어떤 일관적 흐름이 존재한다. 그 가운데 하나가 반항과 저항의 기질이다. 이는 어디 한군데 안주하는 속성이 아니며, 계속 유랑하는 특성을 가진다. 뿐만 아니라 초월하기 힘든 어떤 벽에 부딪히게 되면, 이를 거칠게 뛰어넘고자 하는 욕망 또한 갖게 된다. 고은 문학을 이렇게 기질적으로 파악하는 데에는 약간의 위험 요소가 따르긴 하지만, 이야말로 70년대의 문학적 변화, 특히 80년대의 문학적 행보를 설명하는 데 있어서 좋은 수단이 될 것이다.

2. 시대의 반항아, 그 접점의 세계

고은의 반항과 저항적 기질은 선천적 측면과 후천적 측면이 비슷한 함량으로 섞여 나타난 것으로 보인다. 고은이 태어난 것은 1933년이고, 이때는 일제 강점기의 교조적 탄압이 매우 강화되어 가던 시기이다. 그러나 고은에게서 식민지 시기의 불합리한 상황과 거기서 얻어진 정신적 충격이나 왜곡은 크지 않았던 것으로 보인다. 그의 전기적 측면을 일별해 볼 경우, 식민지 체제에 대한 반감을 드러낸 사례는 찾아보기 힘든 까닭이다. 그에게 가장 많은 정신적 외상을 준 것은 17세 때 접한 6·25전쟁이었다.

한때 일본의 관동군이 파놓은 참호와 방공호 속에 공산군이 퇴각하면서 총살하거나 총알이 아까웠던지 죽창으로 찔러버린 시체들, 그리고 아예 생매장을 해버린 시체들을 발굴하라는 경찰과 우익청년들의 지시에 따라 참혹하게 부패해버린 시체들을 짊어지고 나오면서 그는 견딜 수 없는 악취와 현실에 대한 환멸로 인해 얼마 후에 정신착란 증세를 보이게 된다. 시체를 나를 때 몸에 배인 악취는 아무리 몸을 씻어도 사라지지 않고 보름 동안이나 몸에 배어 있었다. 순박하고 너그러운 농촌 생활에 길들여져 있던 삶의 가치관이 송두리째 무너져버리는 절망을 맛보게 된 그는 산으로 들로 정처없이 쏘다니는 습관을 가지게 된다. 그런 모습을 본 동네 사람들이 혀를 차며 '미쳤다'는 말을 하게 되고 그럴수록 그는 더욱더 떠돌아다니게 된다.[3]

전쟁의 경과는 물론 그것이 준 결과는 고은에게 커다란 상처를 남겼다. 자연과 더불어 고향의 훈훈한 인심 속에 길들여져 있던 정서는 철저하게 무너져버렸고, 그 상흔을 치유하기 위해 그는 산으로 들로 정처없이 헤매이고 다녔다. 참상에 따른 상처와 거기서 얻어진 허무는 초창기 그의 시세계를 지배하게 된다.

물론 고은에게 방랑의식은 전쟁 이전, 곧 식민지 시대에도 있었다. 해방 이전부터 그는 바다를 그리워하고 바다 위에 불어오는 '바람'을 생리적으로 갈망하며 떠돌아다니기를 좋아했기 때문이다.[4] 그

---

3 이경호, 「허무의 바다에서 화엄의 땅으로」, 황지우 앞의 책, pp.153-154.

런데 그렇게 선천적으로 내재된 방랑 기질을 더욱 부채질한 것이 바로 전쟁이었다.

반항 의식은 자신을 둘러싼 벽이 강하게 느껴져 자유가 구속될 때 생기는 기제이다. 따라서 초월할 수 없는 절대적인 벽과 반항은 늘 쌍생아의 관계에 놓이게 된다. 초기 고은에게 주어졌던 절대의 벽은 시인 스스로가 감당 하기에는 매우 벅찬 일이었다. 현실에 대한 반항의식은 있되 그것을 헤쳐나갈 동인은 마땅치 않았기 때문이다.

기질적 반항의식과 전쟁은 시인의 의식 너머에 존재하는 선험성으로 존재하고 있었다. 그러한 요인들이 내부의 갈등을 유발했으며, 어떻든 그러한 현실의 벽은 시인에게 어쩔 수 없는 한계로 작용했다. 따라서 그가 할 수 있는 것은 출구없는 내적인 반항이었다. 그것이 네 번의 자살로 이어졌고[5], 출가와 환속이라는 기행으로 표출되었다. 그러나 이런 내적인 반항과 방랑은 오래 지속되지 못한다. 방랑 속에 우연히 보게 된, 1970년 어느 노동자의 죽음 때문이다.

> 1970년 11월 하순에는 서울 무교동 술집에서 통금 시간을 넘기면서까지 술을 마시다가 그 술집 탁자 위에서 만취한 상태로 잠들어버렸다. 새벽녘에 그 술집 바닥에 구겨져 있는 인쇄물을 통해 노동자의 분신 자살 사건을 알게 되었다. 자살에 관한 한 가장 관심이 깊은 나에게 그 사건의 의미가 무엇인가를 알아보려는 충동은 당연히 컸다. 그때까지 나 자신의 내

---

4 송기한, 앞의 책, p.16.
5 그의 자살충동은 출구를 찾지 못한 반항 기질이 솟구쳐 나온 데서 기인하는바, 첫 번째는 18세 때인 1951년이고, 마지막은 1970년 37세 때이다.

적 갈등과 굴절 이외에는 어떤 사회적 관심과도 상관없던 나에게 현실에 대한 시야가 생겨났다.

노동자 전태일의 죽음을 통해서 나는 죽음에 대한 유혹이라는 오랫동안 들씌워진 장막을 걷어 내기 시작했다. 이 과정은 빠른 속도로 진행되었다. 사회적 모순 문제, 분단문제 그리고 군사 정권의 파쇼 정치 등에 대한 여러 대응에 내 현실의식의 동작이 가능했다.[6]

축적된 억압과 좌절, 그리고 탈출구를 찾지 못해 방황하던 고은에게 전태일의 죽음은 일대 의식전환의 큰 계기가 된다. 1970년대는 제1, 2차 경제개발 계획에 의해 한국 사회가 산업화의 길로 들어서던 시기이다. 여기에 덧붙여 조국 근대화라는 미명 아래 산업화가 강력히 추진되었다. 그 부수적 결과로 재벌기업이 등장하고 부의 편중이 시작되었다. 그에 따라 노동 문제가 필연적으로 제기될 수밖에 없는 조건이 마련된 것이다. 전태일의 죽음은 이 와중에서 이루어졌고, 자살에 익숙했던 고은에게 그의 죽음은 교묘한 대비를 이루게 되었다. 죽음이란 개인의 실존적 결단에 의해서도 이루어지는 것이지만, 사회적 맥락과 밀접히 결부되어 이루어질 수 있다는 사실을 알았기 때문이다. 이를 계기로 고은의 삶과 문학은 이전 시기와 전연 다른 방향으로 전개되기 시작한다.

인용 글의 핵심은 "그때까지 나 자신의 내적 갈등과 굴절 이외에는 어떤 사회적 관심과도 상관없던 나에게 현실에 대한 시야가 생겨

---

6 고은, 「내 시의 행로」, 『우주의 사투리』, 2007, 민음사, p.162.

났다."고 한 부분이다. 이전에 지속되었던 그의 반항과 좌절, 그리고 죽음 충동이 내적 갈등과 굴절에 의한 것이었다고 고백하고 있는 것이다. 그러나 전태일의 죽음은 자신의 죽음 충동과는 다른 위치에 놓여 있었는바. 이제 죽음은 더 이상 고은 자신의 것이 아니라 타자성을 띠게 된다. 그리하여 그것은 자연스럽게 사회의 일부분으로 편입된 채, 새로운 가면으로 시인에게 의미화되기 시작한다. 그 가면은 내적 갈등의 길로 나아갈 수 없었고, 대신 외부적 지향으로 나아가기 시작했다. 그 하나의 길은 작가적 실천이고, 다른 하나는 문학적 실천이었다.

이 사건이후 고은은 민주화투쟁에 절대적으로 투신하게 된다. 1971년 삼선 개헌 반대운동에 문인대표로 참석하는가 하면, 자유문인실천협의회를 창립해 초대 대표간사를 맡기도 한다. 뿐만 아니라 대통령 긴급조치 위반으로 가택연금이 되기도 하고 노동문제에 본격적인 관심을 가지면서 전태일 추도대회에 추도시를 낭송하기도 했다.

그러나 이런 활발한 작가적 실천에도 불구하고 더 중요한 것은 그의 문학적 변화라고 할 수 있을 것이다. 1970년대 고은 앞에 놓인 문학적 과제는 한두 가지가 아니다. 이제 그의 반항과 저항 기질은 내적으로 응축되어 탈출구를 찾지 못해 자학으로 가는 자살충동에 더 이상 머물 수 없게 되었다. 그렇기에 이 충동에 의해 뒷받침되고 있었던 이전의 문학적 경향들과 과감하게 결별할 필요가 있었다. 익히 알려진 대로 1970년대 이전, 곧 초기에 상재된 세권의 시집이 보여준 주류는 폐허와 허무주의였다. 전자가 전후의 참상에서 오는 것이라면, 후자는 이 외상에서 벗어나지 못한 서정적 자아의 부정적 표현이 낳은 결과였다.

　현실을 용인하지 못하는 시인의 기질은 이제 내적 갈등과 굴절에서 머물지 않았다. 그가 타파해야 할 새로운 적이 뚜렷이 그리고 강력하게 나타나고 있었기 때문이다. 사회 모순이나 분단, 군사 파쇼와 같은 실제의 적이 놓이게 된 것이다. 사회를 통해 걸러진 것이 진정성 혹은 진짜 진리라면 그렇지 못한 것은 모두 가짜로서 매도되어야 했다. 이것이 그의 문학 세계가 새로운 단계로 나아가는 근거가 된다. 그의 문학에서 가짜 퇴출 작업은 이런 동기에서 시도된다. 그 결과 이전에 그가 펼쳐보였던 시적 작업들은 철저하게 부정되어야 했다. 그 가운데 하나가 이른바 가짜 누이 퇴출 작업이다.

> 누님이 와서 이마 맡에 앉고
> 외로운 파스 하이드라지드瓶 속에
> 들어 있는 情緖를 보고 있다.
> 뜨락의 木蓮이 쪼개어지고 있다.
> 한 번의 긴 숨이 창 너머 하늘로 삭아가 버린다.
> 오늘, 슬픈 하루의 오후에도
> 늑골에서 두근거리는 神이
> 어딘가의 머나먼 곳으로 간다.
> 지금은 거울에 담겨진 祈禱와
> 소름조차 말라 버린 얼굴
> 모든 것은 이렇게 두려웁고나
> 기침은 누님의 姦淫,
> 한 겨를의 실크빛 戀愛에도

나의 시달리는 홑이불의 일요일을

누님이 그렇게 보고 있다.

　언제나 오는 것은 없고 떠나는 것뿐

누님이 치마 끈을 매만지며

化粧 얼굴의 땀을 닦아 내린다.

「肺結核」 부분

이 작품은 결핵을 앓고 있는 화자 '나'와 환자의 병상을 지키는 '누이'로 설정되어 있다. 누이와 나는 무언가 넘어서는 안될 선에 대한 경계로 가득차 있는데, "기침은 누나의 간음"이라는 구절에서 알 수 있듯이, 그것은 근친상간의 욕망에서 비롯된 긴장감 정도로 이해된다. 이를 두고 김현은 '누이 콤플렉스'[7]로 부른 적이 있거니와 이 콤플렉스야말로 1970년대 이전 고은 시를 지배한 절대적인 주조로 자리한다. 그 속에서 자라난 것이 그의 문학적 특징 가운데 하나인 허무주의이다.

고은의 일상적 진실은 시적 진실과 상당히 달랐다. 그에게 누님은 없었고, 또 장남이 아니었으며, 형과 형수가 있었을 뿐이다. 누이가 있다는 것은 새빨간 거짓말이라는 것이다. 다시 말해 고은은 "내 허구로서의 '사실'을 내 과거로 삼고 있었을" 뿐이었다 말했다[8]. 그러나 중요한 것은 사실의 확인이 아니라 문학적인 퇴출이 이루어졌다는 점이다. 그 결과 간음의 욕망에 시달리는 허무주의적 누님은

7　김현, 「시인의 상상적 세계」, 『상상력과 인간』, 일지사, 1973.

8　고은, 「폐결핵 무렵의 허구」, 『우주의 사투리』, 민음사, 2007, pp.380-385.

일상적 진실 속에 파묻혀 버리고, 현실의 누님으로 다시 태어나게
된다.

> 십여년전까지는 허깨비 근친상간으로
> 흰 옷 입은 누이
> 죽은 누이 어쩌구 찾아다녔으나---
>
> 오늘 아침 나는 펄펄 살아있는
> 총천연색 누이를 찾아야 한다
>
> 누이야
> 누이야
> 누이야
> 앗 뜨거운 꼭두새벽 이 벌판을
> 細石平田 철쭉바다로 꽃 피어 울부짖어라
>   「누이에게」 전문

인용시는 누이 콤플렉스를 극복한 대표적인 사례로 언급되고 있
다. 이 작품 속의 누이는 성적인 노예에 갇힌 존재가 아니다. 그리고
허무주의의 색채로 물들어 있는 것도 아니다. 그녀는 더 이상 생물
학적인 욕망에 갇혀 있는 것이 아니라 사회적, 역사적 의미망으로
가득찬 존재로 거듭 태어난다. 시인은 그러한 누이의 모습을 매우
열정적인 모습으로 의미화시킨다. '총천연색 누이'의 모습이 바로
그것이다. 단색의 누이가 초라하고 단아한 모습의 수동적인 존재라

면, 총천연색의 누이는 이를 초월한 새로운 인식론적 지평을 가진 열정적 존재이다.

누이는 열정의 꽃을 가진 존재로 새롭게 변신되어 나타난다. 그녀는 현실 변혁의 주체이며, 미래로 나아가는 항해자이다. 더 이상 허무의 늪에서 허우적거리는 나약한 존재가 아니다. 그런 변신은 「두만강으로 부치는 편지」에서는 분단을 담지한 주체로, 「인당수」에서는 민중이라는 가면을 쓴 주체가 되기도 한다. 이러한 다채로운 변신을 통해서 누이의 허무성, 낭만성은 소멸하게 된다. 고은의 시에서 가짜 누이는 이제 더 이상 존재하지 않게 된 것이다.

두 번째 변신은 초기시의 개작 과정을 통해 이루어진다.[9] 익히 알려진 대로 그 개작의 방향은 명료성과 개념성, 집중성을 초기시에 덧씌우는 과정으로 요약된다. 이를 통해 모호했던 과거의 시적 표현이 한결 명료해지고, 추상화보다는 개념적 방향으로 시의 구절들과 내용들이 모두 바뀌게 된다. 이러한 작업의 저변에 깔린 의도가 현실과의 대화를 보다 분명히 하고자 한 것에서 비롯된 것임은 분명할 것이다. 어떻든 원작의 훼손 가능성에도 불구하고 이런 개작과정이 의미가 있는 것은 이전의 시작과정이나 세계관과 결별하고자 하는 시의식의 변화 때문이다.

전태일의 죽음에서 촉발된 세계관의 변화가 이렇듯 시세계의 변화를 가져오게 된다. 70년대 이후 초기시의 특색들인 내적 갈등과 허무주의에 채색된 무기력한 자아는 볼 수 없는 것이다. 그의 이같은 행보는 1920년대 신경향파 작가들이 보여주었던 지식인의 자아

9 이광호, 「죽음의 구체성을 향한 시적 갱신」, 『고은을 찾아서』, pp.237-252. 한원균, 「변화와 동일성의 시학」, 『고은이라는 타자』 참조.

비판과 비견된다. 이를 대표하는 시가 「시인」이다.

> 시인은 시인이기 전에 수많은 날을 울어야 합니다
> 시인은 서너 살 때 이미
> 남을 위하여 울어 본 일이 있어야 합니다
>
> 시인은 손길입니다 어루만져야 합니다
> 아픈 이
> 슬픈 이
> 가난한 이에게서 제발 손 떼지 말아야 합니다
> 고르지 못한 세상
> 시인은 불행한 이 하나하나의 동무입니다
>
> 시인은 결코 저 혼자가 아닙니다
> 역사입니다
> 민중의 온갖 직관입니다
>
> 마침내 시인은 시 없이 죽어 시로 태어납니다
> 추운 날 밤하늘의 거짓 없는 별입니다
>
> 　　　　　　　　　　　　　「시인」 전문

　자기비판이라는 내성의 문제를 이렇듯 역사의 맥락에서 반추하는 것도 매우 낯선 현상이 아닐 수 없다. 시인은 더 이상 일인칭의 자아가 아니고 또 거기서 굴절되는 자기 고립의 세계에 갇혀 있는 존재가 아니다. 서정시는 일인칭 고백의 장르이다. 그것의 기조가 나의 경험에서 형성되는 것은 지극히 당연한 일일 것이다. 그러나 「시인」에 이르게 되면, 서정적 자아는 나의 경험이 아니라 우리들의 경험이 되며, 그러한 과정을 통해서 역사성을 획득하게 된다.

서정적 자아가 고립된 자아 체험이 아니라 공동체험의 장에서 형성될 경우, 다수의 경험을 대변하는 전형적 성격을 갖게 된다. 이런 존재에게서 개인적 낭만의 세계나 허무주의와 같은 페이소스, 우울의 정서를 발견할 수는 없다. 자아비판을 통해서 개인성을 탈각하고, 보편성을 대변하는 전형적 자아로 거듭 태어나게 된다. 그러한 자아는 소시민적 자아가 현실적 자아로 적극적으로 변신하는 과정에서 탄생한다. 이 시기 자아의 그러한 존재성을 보여주는 시가 「화살」이다.

우리 모두 화살이 되어
온몸으로 가자
허공 뚫고
온몸으로 가자
가서는 돌아오지 말자
박혀서
박힌 아픔과 함께 썩어서 돌아오지 말자

우리 모두 숨 끊고 활시위를 떠나자
몇 십 년 동안 가진 것
몇 십 년 동안 누린 것

몇 십 년 동안 쌓은 것

행복이라던가

뭣이라던가

그런 것 다 넝마로 버리고

화살이 되어 온몸으로 가자

허공이 소리친다

허공 뚫고

온몸으로 가자

저 캄캄한 대낮 과녁이 달려온다

이윽고 과녁이 피 뿜으며 쓰러질 때

단 한 번

우리 모두 화살로 피를 흘리자

돌아오지 말자

돌아오지말자

오화살 조국의 화살이여 전사여 영령이여

「화살」 전문

　허무의 늪에 갇혀있던 서정적 자아가 헤쳐나아갈 목표는 이제 분명해졌다. 자신을 둘러싼 열악한 환경이 무엇이고, 그 자신이 타개해 나갈 목표 또한 선명하게 부각된 것이다. 그것이 곧 과녁이다. 목표가 분명한 까닭에 고은의 시 가운데 이 작품만큼 반항아의 기질이 잘 표현된 작품도 없는데, 우선 이를 잘 대변하는 이미지가 '허공'이다. 이것은 초기 시의 그것처럼 허무주의를 상징하지 않는다. 오히려 모든 기득권을 포기하고 몸을 던져 투쟁할 수 있는 자의 강력한 의지의 표명에 가깝다. 따라서 허공은 소리치게 되고 과녁은 달려오게 되는 것이다.

이 작품은 반항과 자기 결단의 극단적 표백이다. 이 작품을 1970년대 최고 저항시 가운데 하나로 꼽는 이유도 여기에 있을 것이다[10]. 과녁은 분명해졌고, 나의 의지는 확실해졌기에 더 이상의 망설임은 없다. 서정적 자아는 그것을 향해 무조건 나아가면 되었고, 그러한 행위 자체만으로도 성공적인 것이었기 때문이다.

3. 민중과 민족의 발견

1980년대 들어 고은 문학은 새로운 전기를 맞이하게 된다. 잘 알려진 대로 이 시기는 가능과 좌절이 공존하는 시기였지만, 결과는 후자 쪽으로 귀결되었다. 광주의 비극에서 알 수 있는 것처럼, 80년대의 한국 사회는 70년대보다 오히려 후퇴한듯한 인상을 주었다. 이 시기가 추악한 야만에서 시작되고, 반담론은 더더욱 발화되기 어려운 시절이었기 때문이었다. 광주의 비극은 원체험이 되었고, 80년대의 민족 문학이나 민주 민중 운동은 이로부터 결코 자유로울 수 없었다.

이런 열악한 현실에도 불구하고 80년대 민주화 운동의 성과는 70년대의 그것과는 매우 다른 지점에서 찾아진다. 우선 현실에 대응하

---

10 최원식, 「고은, 서정시 30년의 역정」, 『고은 문학의 세계』, p.79.

는 이론의 진화이다. 70년대의 민중운동이나 학생운동은 독재 세력에 대한 즉자적, 감각적 투쟁의 수준을 넘지 못했다. 독재에 저항하는 마땅한 대항담론이 존재하지 않았고, 각각의 사건마다 단발마적 대응을 하는 것이 전부였다. 이론의 부재는 저항의 지속성과 투쟁의 강약 문제와도 밀접하게 결부되어 있었다. 다시 말하면, 타개해야 할 목표에 대한 이론적, 과학적, 객관적 대응이 쉽지 않았다는 뜻이 된다. 그러나 80년대 민중권의 성장, 변화는 지속적 저항의 체계를 만들어내었고, 그것을 담보해준 것이 이론의 진화 혹은 분화였다. 특히 미국에 대한 존재와 한반도에서의 미국 역할이 새롭게 부각되면서 반미의 정서가 새롭게 추가된 것은 매우 특기할 만한 일이었다. 미국은 더 이상 민중의 우방이 아니라 자국의 이익에 의해 움직이는 존재라는 것, 그리하여 한반도가 미국의 식민지일 수 있다는 인식의 변화를 가져오게 했다. 미국의 실체와 한반도에서의 역할은 민주 민중 운동권의 이론적 갈림길이 되었다. 이런 변화를 두고 이론의 성장이나 인식의 발전이라고 할 수도 있을 것이다. 어떻든 미국의 존재성은 이전의 민주화 운동과 전혀 다른 새로운 단계를 만들어내는 지표가 되고 있었다.

다른 하나는 노동 운동권 혹은 노동 문학의 성장이다. 이들의 성장과 문단권 내의 진입은 70년대를 이끌었던 세대에게 많은 변화와 인식의 새로운 단계를 요구받게끔 만들었다. 그 중심에 놓인 주체들이 바로 지식인 작가 그룹이었다. 지식인 중심의 작가적 실천이 과연 80년대에도 가능할까 하는 문제의식이 확산되기 시작했는데, 그 준거점이 된 것은 잘 알려진 대로 노동자 작가 박노해의 등장이었다. 1984년 『노동의 새벽』을 출간한 박노해의 등장은 무척 커다란 충격으로 다가왔다. 특히 70년대에 민주화운동을 주도했던 지식인 작가들에게는 더욱 커다란 모멘트를 주기에 충분했다. 이 시집은 노동자의 체험이 사실적으로 묘사되었는데, 중요한 것은 그것이 지식인의 범주를 뛰어넘는 곳에서만 생산될 수 있는 성질의 것이었다는 사실이다. 이는 기왕의 지식인 작가들이 할 수 없는 선험적인 어떤 것이었다. 그렇기에 이 시대에 가장 전위적인 시인이 되기 위해서는 역설적으로『노동의 새벽』이 주는 체험과 정서를 뛰어넘어야 하는 딜레마에 봉착하기에 이르렀다. 이는 아무리 선진적인 성격을 가진 작가라 하더라도 지식인의 범주에서는 이루어지기 힘든 영역이었다. 70년대의 민주화운동을 이끌었던 작가들이 이 음역에서 자유로울 수 없는 것은 당연했고, 고은의 경우도 예외는 아니었다.

1980년대 고은은 정치적 박해의 상징이었다. 70년대 민주화를 이끌었던 다른 사람들과 똑같이 그 또한 감옥생활을 피할 수 없었다. 이른바 김대중 내란 음모 사건과 연루되어서 체포되고 20년형을 언도받았기 때문이다. 1982년 8·15 특사로 사면되어 석방되긴 했지만, 이 때 받은 고은의 체험은 치욕적이고 절망적인 것이었다. 그의 표현대로 이때의 죽음 체험은 이전의 그것과는 전혀 다른 차원의 것이었다. 이전의 것이 허무주의에서 기인한 것이었다면, 지금의 죽음은 절실하면서도 억압적인 상황에서 올라오는 것이었기 때문이다[11]. 이런 상황을 견디지 못한 고은은 또다시 자살을 결심하기에 이르른다. 그러나 이를 실행하지 못하고 포기하고 만다. 이를 만류하는 어머니의 꿈 때문이다. 이 사건이 그로서는 생애 다섯 번째 자살 시도였다.

11 고은, 「그날 0시 이후」,『우주의 사투리』, p.76.

고은에게 80년대의 감옥 체험은 매우 특별했다. 그 체험은 그의 문학적 변모와 깊은 관련이 있기 때문이다. 그는 감옥에서 자신이 만나왔던, 혹은 만나고 싶었던 사람들을 그리고 싶다는 충동을 가지게 되고, 또 민족에 대한 새로운 인식을 하게 되었다고 한다. 그 결과 『만인보』와 장편 서사시 『백두산』을 기획하게 된다[12].

> 그때 서사시 「백두산」과 「만인보」가 이미 태어났다. 살아서 다시 내가 시를 쓸 수 있다면 그것은 우리 민족의 삶을 위한 싸움의 서사시 외에 우리 민족 구성원 하나하나의 삶에 대한 한없는 사랑을 그들의 선악을 막론하고 그려 내겠다는 구상 자체만으로도 황홀한 시간이었다.

이런 구상은 70년대 동일한 지식인 그룹이었고 민주화 투쟁의 일원이었던 김지하의 경우와 대비된다. 김지하는 감옥의 창틀에서 피어난 새싹을 통해서 생명의 경이로움을 느끼고, 생태주의 문학으로 나아갔다[13]. 이런 지식인 그룹의 변모는 노동운동의 성장과 노동 문학의 새로운 대두에 따라 불가피한 일이었을 것이다. 이는 변질이 아니라 새로운 방향으로의 질적 모색이라는 차원에서 어느 정도 긍정적인 측면이 있다고 하겠다. 고은의 경우 또한 마찬가지이다.

---

12 위의 글, p.82.
13 김지하, 「예감에 가득찬 숲그늘」, 실천문학사, 1999, pp18-22. 김지하가 생명사상에 관심을 두게 된 것은 1979년 겨울 어느날 이었다. 6년째 독방 감옥생활을 하고 있었고, 그에 따라 정신착락증 증세가 있었다. 그런 와중에 민들레 씨가 날아와 감옥의 창틀에서 싹을 틔우고 있었다. 열악한 환경 속에서 생명이 자라나는 현장을 보고 굉장한 쇼크를 받았다고 한다. 이를 계기로 김지하는 소위 생명에 대한 경외성에 관심을 가지게 시작했다고 한다.

감옥이라는 극한 체험을 통해서 구상한『만인보』와『백두산』의 경우는 어떤 정당성을 부여받을 수 있는 것인가. 일찍이 고은은 자신의 문학적 경향을 3기로 구분한 바 있다. 그는 자신의 시를 초기시, 현실 참여의 시, 내재적 순환기의 시로 구분하면서 그 기점을 1970년대와 1980년대, 그리고 1990년대가 분기점이라고 했다.[14] 방대한 양의 고은 시세계를 일별할 때, 시인 자신이 내린 이런 구분법은 어느 정도 타당하다. 그러나 1970년대의 시와 1980년대 고은의 시는 분명 다른 지점에 놓여 있다. 특히 외적 환경의 엄연한 변화에 따라 그의 시들이 생산되었기에 70년대의 시와 80년대의 시를 한 묶음으로 처리하기에는 난점이 있는 것이 사실이다. 70년대의 시와 80년대의 시는 시를 만들어낸 배경과 계기가 다르다. 이럴 경우 고은의 시는 80년를 기준으로 해서 구분하는 것이 마땅하다. 그것을 구분하는 요소는 당연시 시대가 될 것이고, 그 기준은 80년대 전후가 된다. 그리고 그러한 기준의 저변에 있는 것이 고은 자신이 말한 것처럼, 민중과 민족이라는 개념이다.

80년대 고은 앞에 놓인 현재적 과제들은 결코 만만치 않은 것들이었다. 앞서 언급한 것처럼, 그는 70년대의 문학적 과제를 청산해야 하고 또 한편으로는 이를 계승할 처지에 놓여 있었으며, 새로운 조류로 등장하고 있었던 이 시기 노동문학과의 관계 설정 역시 필요했다. 즉 연속성 속의 차별성을 발견해야 했고, 새로운 위치를 확보해야 했던 것이 80년대 고은 문학의 방향이었던 것이다.

이 과정에서 고은이 먼저 주목한 것은 민중의 개념과 그 실체였

14 고은, 「내 시의 행로」, p.164.

다. 물론 고은 문학에서 민중이 차지하는 범주가 이 시기만의 고유성을 갖는 것은 아니었다. 70년대를 열었던 시집『문의 마을에 가서』에서부터 민중적 세계관에 입각한 작품들이 끊임없이 창작되고 있었기 때문이다. 그럼에도 80년대 들어서 민중이라는 개념을 더욱 표나게 강조해야 했던 이유가 무엇인가.

80년대의 사회구성체 논의는 군부 독재와 사회 모순, 그리고 미국이라는 존재 속에서 시작되었다. 특히 미국을 두고 벌어진 한반도 식민지론은 민중민주파와 민족해방파를 구분하는 결정적인 요인이 되었다. 이와 더불어 이 두 그룹에 놓인 민족문학의 핵심적 기제는 당파성의 실현 문제였다. 민중성을 근거로 노동계급에 의해 영도되는 당파성이야말로 이 시기 민족문학의 요체였던 것이다.

그러나 고은은 이 시기 어떤 당파적 요구에도 부응하거나 복무하지 않았다. 그는 민중을 말하되 노동계급성의 우위를 인정하지 않았고, 당파성이 매개되는 민중성도 인정하지 않은 것이다. 오히려 그는 그러한 문학을 교조주의 내지는 또다른 섹트주의라고 비판하고 거리를 두었다. 이런 거리감은 고은으로 하여금 노동자보다는 농민과 그들의 세계관에 주목하는 계기가 된다.

노동자 노선은 극한적인 정치투쟁을 통해서 민중 자체의 내부 서열을 분화시킴으로써 간부 노동자주의의 혁명성이외의 어떤 계층도 총체로부터의 배척을 주장하기도 합니다. 심지어는 이를테면 중국 현대사의 모범적인 유례도 무시한 채 노동자만이 운동의 주체이고 농민조차도 그 산재성, 보수성을 들어 보조지원 세력으로 탈락시키고 있습니다.(---) 민중

의 통일성이란 절대로 전체주의의 규격성이 아니라 보편성과 다양성을 정치적으로 망라하는 것입니다.[15]

레닌에 의하면 농민은 소소유자적 성격과 고립분산되어 있다는 이중성 때문에 전위의 주체로 보지 않았다. 대신 노동자가 선도하는 거대한 프롤레타리아 동맹군의 보조 세력 정도로 이해되었다. 당파성의 원칙에 의하면 농민층은 당연히 프롤레타리아의 전위가 되지 못한다는 것이다. 그러나 농민에 대한 고은의 인식은 고전적 마르크시즘과는 거리가 있었다. 그는 민족문학을 정의하면서 노동자, 농민, 도시 빈민, 도시 소시민 계층을 포함시키는 확대된 민중성을 제시하고 있기 때문이다.[16] 다시 말해 당파성이 매개되는 민중성은 아니었던 것이다.

고은의 민중론은 상당히 포괄적이다. 외부의 적과 강력한 대항담론을 만들어가는 것이 투쟁의 기본임에도 불구하고 그는 노동자의 당파성을 인정하지 않는다. 이런 민중성은 해방직후 임화가 주장했던 인민성과 매우 흡사한데, 실상 연합적 민중론은 노동문학 측의 입장에서 보면 프롤레타리아 기회주의 정도로만 비쳐질 뿐이다. 그럼에도 고은은 당파성이 배제된 민중성을 계속 지지하고 나아갔다. 그 방향은 두 가지로 제시되었는데, 하나가 뚜렷한 목표에 대한 반항적 응전이고, 다른 하나는 자신의 위치를 위협하는 노동 세력에 대한 저항이다. 이런 동기의 표현은 어떻든 간에 70년대의 민중성

15 고은, 「민족문학은 실천이다」, 『고은문학선집』, 민음사, 1987, p.423.
16 윗글, p.414.

을 지켜나가고자 했던 의지가 자신에게 내재해 있었고, 또 그것에 대한 문학적 유산을 지키고 싶어했던 것으로 보인다. 거기에 덧붙여 80년대만의 고유한 민족문학, 자신만의 민족문학을 만들고자 했던 것으로 이해된다. 이런 욕망의 결과가 이 시기 그만의 민중성으로 이해된다. 이 과정에서 핵심으로 부각되는 것이 농민과 농촌 문화이다.

> 내 원시조선과 부여 이래
> 몇천 년 세월 살고 죽어
> 이 땅의 선은 오로지 농사꾼이었습니다
> 온갖 악 넘나들었건만
> 이슬 밟고
> 별 밟고
> 한 톨 쌀 내 새끼로 심어서
> 조상으로 거두는 농사꾼이었습니다
> 오 한 겨를 거짓 없음이여
> 몇천 년 뒤 오늘일지라도
> 이 땅에서 끝까지 내 나라는 농사꾼입니다
> 들 가득히 가을이건대 울음이건대
>
> 「머리 노래」 전문

80년대 고은 문학의 핵심은 '땅'이 곧 '선'이라는 시각에서 출발한다. 그리고 그 중심에 농사꾼, 곧 농민층이 놓여 있다. 고은은 농민과 그 문화를 염두에 두면서 이를 가치평가했는 바, 첫째, 농민이 민족의 본질이며, 돌째 민족성은 농민의 삶 속에서 우러나오고, 셋째, 농촌 공동체가 삶의 중심이라고 했다. 산업화가 완전히 시행되었다고 보기 어려운 80년대에 이런 농촌 중심주의는 일견 당연한 것처럼 보이지만, 이런 농촌공동체에 대한 친연성은 이 시대 고은만의 중요한 현실관이 담겨있기에 주목을 요한다.

고은은 노동자, 농민, 도시공동체, 소시민이 민중성의 근간을 이룬다고 했음에도 불구하고 노동자나 그들의 삶을 묘사한 시를 애써 쓰지 않았다. 민중의 핵심층 가운데 하나가 노동자일진대 그는 어째서 노동자의 삶과 그들의 이상을 시에 담아내지 않은 것일까. 물론 이런 원인을 그의 전기적 사실과 결부시켜 이해할 수도 있을 것이다.

고은은 1983년 안성에서 정착하게 된다. 함석헌의 주례로 오랫동안 알고 지냈던 이상화와 결혼하고 안성에 뿌리를 내리게 된다. 이런 저간의 사정에 비추어보면, 고은이 농촌 생활에 바탕을 둔 시를 쓰게 된 것은 어느 정도 타당한 근거를 갖게 된다. 문학이 현실과 교호관계에 의해 생산되는 것인 이상, 고은에게 펼쳐진 이런 창작환경이 시세계에 당연히 영향을 주었을 것으로 생각되기 때문이다. 그러나 생활 공간의 확정과 편안한 소시민적 삶의 안주가 그렇게 이루어졌다고 하더라도 고은의 농촌시를 전부 설명해주지는 못한다.

> 지난번 큰 비로
> 김장밭이 요절났다
> 구문리 논에서는
> 물 탐 많은 심뽀들 혼났겠구나
> 세상 물난리에 어디 이만한 일 대수랴

실컷 물 먹은 흙 다시 골라서
잘도 자라는 총각알타리무우씨도
그리고 배추씨도 새로 뿌렸다
까치들도 한 집안이라 내내 짖어댔다

안 그런가 살다가 죽는 일도 훌륭한 일이지만
그 가운데서 씨 뿌리는 일
가장 훌륭한 일 아닌가
설사 그게 악의 씨라면
그 악이 자라서
참된 사나이들이 그것과 싸우는 일은
땅 끝까지 가도록
가장 훌륭한 일이다

며칠 뒤 으시시히 추운 아침
너무나 일찍 어린 배추 싹이 돋고
알타리무우는 줄지어 불쑥 솟아 나왔다
이 얼마나 한 아름드리 기쁨이냐
우리집은 이른 아침부터
누구 하나 게으르지 않고
심지어는 따라다니는 콧노래도 뭣도 두고
몸 하나 가득히 하루 하루 파헤쳐야 한다
괭이와 삽 쇠스랑 낫 이런 것도 식구인지라
한 솥의 밥 먹은 것들이여

무던히도 인 박히고 소중하여
오늘은 호미질로 미호배추 솎은 뒤
이슬 마른 밭 매어 북돋아 주어야지

저 하늘이 언제 쉬는 것 보았느냐
하늘 아래 가장 훌륭한 것 그것이 일이구말구
그리고 일과 일 사이의 쉴 참에
영바람 따위 없이 나누는
몇 마디 말 얼마나 향기로우냐
금룡이네가 돌아왔다지
응 땅 파던 놈 땅 파야지
금룡이가 올해 마흔 여섯이지 아마
일 맛 알 나이지
멀리 있다가 오는 것은
하늘 아래 땅과 물에서는 훌륭한 일이다
일이 결코 기쁨인 나라
비로소 그 나라가 언젠가 우리나라 아닌가
「알타리 무밭에서」 전문

이 시가 담고 있는 세계는 몇 가지 층위에서 논의될 수 있다. 하나
는 도회적 혹은 노동적 현실에 대한 안티담론이다. 70-80년대를 특
징지었던 것 가운데 하나가 도시화에 따른 이농현상이다. 도회로 간
다는 것은 곧 노동자로의 전회를 의미하는데, 이 작품의 함의를 들
여다보게 되면, 그러한 삶은 곧 실패로 드러난다. 이를 두고 반노동

적인 관점에서 이해할 수도 있으나 중요한 것은 어떻든 농촌의 상대적 우위성을 강조하고 있다는 점이다. 그리고 다른 하나는 토속성에 바탕을 둔 일의 구경적 의미이다. 일이란 단순히 노동이 아니라 삶을 영위해 나가는 방식이며 자아 각성의 토대로 그려진다. 세 번째는 그러한 일의 중심, 혹은 노동할 수 있는 나라가 곧 우리나라라고 단정한다. 이렇게 해서 농촌은 곧 대한민국이라는 도식이 탄생하고 있는 것이다.

이 작품에서 알 수 있는 것처럼, 80년대 고은 문학의 핵심은 농민이고 농촌이 된다. 따라서 고은은 여러 계층이 연합하는 수평적 민중성을 이야기했지만, 그 핵심에는 농민이 자리하게 된다. 그것은 노동계급의 당파성을 주장하던 민족해방파나 민중민주파와 맞서는, 이 시기 고은만의 강력한 안티테제이다. 특히 『전원시편』이라고 따로 제목을 붙이면서까지 독립적으로 상재한 『전원시편』은 이 시기 고은 문학의 정점이라고 해도 과언이 아닐 것이다. 다시 말해 『전원시편』은 이 시기 고은의 민족문학이 발견한 최대 핵심이라 할 수 있을 것이다.

　　안개 개인 산 기슭
　　들 가운데 띄엄띄엄 그리고 둥근 포구
　　거기에 사람이 살고 있는 게 얼마나 환희인가
　　거기에 나즈막히 지붕들이 떼지어 마을을 이루어 놓은 게
　　얼마나 우리 모두 기막히게 좋은 일인가
　　마을이란 어머니보다도 어머니이다
　　거기가 그냥 빈 데가 아니라 마을이라는 게

얼마나 눈물겹도록 우리 모두 살 맛이 나게 하는가

지나가며 마을을 보면 어느 누구 사로잡히지 않겠는가
어느 마을에나 친척이 있다 사돈이 있다
훤한 들이나 바다까지도 사립삼고
혹은 흔한 산이라 눈 오는 날
뒷산 앞산에 포근하게 껴안긴 마을이라면
거기에서 이 시대의 참된 형제 어찌 태어나지 않겠는가
밥을 먹자 배불리 밥을 먹자
마을이야말로 개나 돼지도
우리 모두와 하나인 신뢰 그윽한 사람이게 하지 않는가

「마을에 사로잡혀서」 전문

이 작품에는 마을 공화국 혹은 마을 자치의 모습이 아름답게 그려져 있다. 그는 마을을 "어머니의 어머니"라고 하면서 모성의 근원으로 파악했다. 모성이란 이른바 생명이 잉태하고 자라나는 영원의 상징이다. 그렇기에 마을은 곧 모성적 원리가 작동하는 근간이 된다. 그리고 마을 자치가 의미있는 것은 그것의 반중앙적 성격 때문이다. 마을이란 반도회적이고 반중심적이다. 중앙이란 독재적 요소가 만들어내는 힘의 중심 혹은 진원지이다. 권력은 언제나 중앙집권적 경향을 보이게 되는데, 이렇게 모인 힘들이 절대 권력을 행사하게 된다. 반면, 마을 공동체는 그러한 중심에서 비켜서 있다. 이곳은 분리나 배제가 아니라 화합과 통합을 이루어내는 장으로 구현된다. 심지어 "개와 돼지"와 같은 짐승도 인간 공동체와 어우러져 유토피아의

장을 구가하고 있지 않은가.

농촌 공동체는 고은에게 매우 중요한 세계관적 의미를 갖고 있다. 그는 80년대에 전선을 이야기하지 않았고, 투쟁을 표나게 말하지 않았다. 노동계급의 당파성이 주도하던 시기에 포괄적인 민중성을 주장한 사실을 두고 지식인 계층의 한계라고 비판할 수도 있을 것이다. 실제로 이 시기에 그의 문학은 이런 범주에 묶이면서 소시민의 한계라든가 지식인의 한계라고 냉혹한 비판을 피하지 못했다. 그러나 한때 올바르다고 생각되는 주장이 후대에 정당성을 반드시 확보한다고 말하기도 어렵다.

고은에게 80년대의 농민은 노동자의 대항주체였고, 농민 공동체는 노동계급의 당파성을 대신하는 민중 연대성이 모이는 공간이었다. 그가 새롭게 인식한 농민의 의미와 마을 공동체의 발견은 이 시기 고은만의 득의의 영역이었다고 하겠다. 특히 『전원시편』에 등장하는 농민과 마을 공동체는 고은만의 고유성을 담보해주는 지대라 할 것이다. 그것은 70년대를 경과한 시인의 치열한 자기모색이 낳은 결과에서 얻어진 것이기에 더욱 의미가 깊은 것이다. 젊은 시절부터 계속된 방랑과 반항 기질이 더 이상 나아갈 수 없었던 것도 이 지점에 이르러서이다. 모성적인 것이야말로 인간이 지향해야 할 영원한 꿈이기 때문이다.

전원에서 발견된 농민들, 곧 민중들은 『만인보』에 이르면 더욱 심화, 확대된다. 앞서 언급대로 시인은 노동계급성의 우위를 주장한 적이 없다. 그가 규정한 대로 혹은 발견한 대로 그의 민족 문학의 핵심주체는 포괄적 민중이기 때문이다.

이제 그는 일인칭 주체로서 혹은 반항아로서 사는 것이 아니라 3

인칭 주체로 살아 가게 된다[17]. 많은 연구자들이 지적한 것처럼, 자아의 고립이 아니라 경험의 공유지대를 만들어가면서 고은은 새로운 문학의 장을 만들어가고 있는 것이다. 그렇기에 『만인보』에 등장하는 인물들은 그냥 다수의 사람이 아니라 시인의 경험지대에서 만들어지고 사유되는 또 다른 주체들이라 할 수 있다. 『만인보』에서 시인의 경험과 공유되는 주체는 공감되고 그렇지 않은 주체들은 비판된다. 그럼에도 그들은 모두 이땅의 민중들 속에 들어와야 하고 또 복무되어야 한다는 점에서는 동일한 위치를 갖는다. 그래야만 그가 발견한 민중들이 제대로 생생하게 살아난다. 『만인보』에서 생생한 삶의 현장과 인간들이 '지금 여기' 속으로 다시 재현되는 것도 이 때문이다.

그리고 1980년대 고은 문학에서 민중 못지 않게 중요한 것이 민족이다. 실상 민족이나 민족주의라는 말이 근대 이후 긍정적으로 평가된 적은 한 번도 없었다. 특히 민족 우선주의가 낳은 부정적 결과가 제국주의와 식민지였음을 감안하면 이는 충분히 납득할 수 있는 일이다. 그런 위험성에도 불구하고 고은이 민족주의를 표나게 강조했던 이유는 무엇일까.

국토의 분단도 처음에는 민중의 '벽'이었다가 차츰 그 '벽'이 '울'로 바뀌어 편안해진 분단 기득권에 종속됩니다. 아니 그 분단 없이는 살 수 없다는 안보주의가 심화되기도 합니다.[18]

---

17 고은은 「만인보를 말하다」에서 이 작품의 세계가 "일인칭의 고아가 아니라 삼인칭의 무한한 만인의 세계를 꿈꾸었다"고 말한 바 있다. 『우주의 사투리』, p. 237.

분단의 피해자는 전체 민족이며 민중입니다. 그러므로 통일의 실체는 한반도의 운명을 가장 적나라하게 받아들인 민중일 터입니다[19].

민족이나 민족주의가 끼친 부정적 영향에도 불구하고 고은이 분단의 극복과 민족을 공공하게 외친 이유는 분명하다. 그것은 첫째 분단 기득권자들의 특권을 분쇄하고, 둘째는 그것이 민중들에게 결정적인 피해를 주었기 때문이다. 그런 사색의 표백을 통해서 고은에게 민족은 새로운 의미로 탄생하게 된다.

다섯 살박이
네 아버지
네 아버지의 아들이 아닐 때가
너에게 온다
단 하나의 아름다움이여
너로 하여금
나조차 성환 팽성까지
훤히 훤히 열린 논들을 보며 깨닫는다
반드시 둘이 아닌
한 나라를 힘껏 깨닫는다
다섯 살박이

18 고은, 「나의 시와 삶」, 한원균, 앞의 책, p.234.
19 고은, 「한반도 통일논리의 입장」, 『선집』, p.424.

너야말로

우리가 망친 나라 일으켜서

한 나라의 어린 시절로

바람 속으로 돌아오는구나

　　　「다섯살」 부분

　고은이 분단과 통일에 본격적으로 관심을 갖게 된 것 역시 1970년
대이다. 『문의 마을에 가서』의 「두만강으로 부치는 편지」를 비롯해
서 『새벽길』의 「지도놀이」에 이르기까지 고은은 분단 문제를 가장
중요한 시적 테마 가운데 하나로 인식하고 있었다. 그의 그러한 작
업들은 80년대 들어서는 더욱 심화되는 양상을 보인다. 아니 70년대
가 그래야 한다는 선언에 불과했다면 80년대는 당위의 문제로 바뀌
고 있는데, 그만큼 분단은 그의 민중민주운동과 밀접하게 결부되어
나타난다. 그것은 분단으로 인한 피해자가 결국은 민중 그 자신이라
는 판단 때문이었듯 하다.

　실상 독재 정권이 가장 선호했던 통치 이데올로기가 안보논리였고,
국가보안법의 무차별적인 적용이었는데, 그 근간을 제공한 것이 분단
체제와 거기서 파생된 이데올로기였다. 그러한 논리는 이에 편승해서
이득을 보는 층을 만들어냈는바, 기득권 층들이 바로 그들이다. 민중
은 그 상대편에 놓여있었기에 피지배층을 형성하고 있었다. 따라서
고은은 분단의 극복이야말로 진정한 민중의 해방으로 인식했다.

　그리고 그 연장선에서 나온 것이 장편 서사시 『백두산』이다. 80년
대 고은 문학의 세가지 축이 농촌과 민중, 민족의 발견이었다. 『백두
산』은 이 요인들이 어우러져 생산된 작품이라는 점에서 시사적 의의

가 있는 경우이다. 이 작품에서 가장 강조되고 있는 부분이 민족이
다. 그것이 가장 강하게 표현된 곳이 『백두산』의 마지막 부분이다.

> 열여섯 봉우리 다 무너지는 굉음 콰앙!
> 이미 그녀의 온몸도 잿더미에 싸였다
> 이제 백두산 열여섯 봉우리는 거기 없었다
> 그것들은 조선 삼천리
> 여기저리로 날아가
> 그곳의 웅장한 산이었고 절벽이었다
> 거기 어린 짐승들
> 새새끼들 하나둘 나타났다
> 어떤 이념보다 민족이
> 그녀의 궁극이었다
> 이제까지의 자신을 높였다
> 울음도 없이 슬픔도 없이
> (중략)
> 그동안의 싸움은 작은 의무였을 뿐
> 결코 다른 민족보다
> 거룩한 싸움이 아니었다
> 만약 이것마저 없어서는
> 민족일 수 없었으므로
> 민족이기 위하여 오로지 민족이기 위하여[20]

---

20 『백두산』 제3부 3권, pp.270-271.

김투만의 딸 옥단은 보천보 전투 이후 추격하던 일본군에 의해 저격되어 죽임을 당한다. 그녀는 장엄한 죽음을 맞이하면서 민족의 시대적 의미, 그 역사적 필연성에 대해 새롭게 환기한다. "어떤 이념보다도 민족이/그녀의 궁극이었다"고 했는바, 민족을 가장 앞단위에 놓고 있는 것이다. 옥단의 이 말 속에 함의된, 민족에 대한 통합적 사상이 어쩌면 『백두산』의 궁극적 주제였을 것이다.

고은에게 있어 민족은 성스러운 존재이다. 그것은 두가지 이유 때문이다. 하나는 민족을 남과 북의 대립을 끊어낼 수 있는 결정적 매개체[21]로 보았기 때문이다. 『백두산』은 80년대 민족해방투쟁의 장이 부족하다는 비판을 메울 수단으로 창작되었는지도 모른다. 그리고 두 번째는 당파적인 결속을 외치면서도 또다른 분파주의나 섹트주의를 양산하고 있는 민중운동권에 대한 강력한 비판적 함의를 갖는다는 점이다.

어떻든 중요한 것은 비판의 우회가 아니라 그것이 고은 문학에서 차지하는 일관성일 것이다. 그런 면에서 '민족'의 의미를 새롭게 발견하고 이를 민족 해방투쟁사에 연결한 것은 1980년대 고은 문학의 또다른 성과라 할 수 있을 것이다.

4. 민족문학의 근거로서의 민중성

1958년 시인으로 등단한 이후 고은 문학은 계속 변화되어 왔다. 그러한 변화의 축은 개인적인 기질에서 비롯된 것도 있고, 시대적

---

21 고은, 「한국의 남과 북」, 앞의 책, p.240.

인 요구에 부응한 결과에서 비롯된 것도 있다. 그러나 그것이 어떤 경우이든 고은문학은 계속 변화되어 왔다는 데에 그 의의가 있을 것이다.

고은 문학의 출발이 폐허와 허무주의에서 출발한 것은 6·25 전쟁의 결과 때문이었다. 50년대를 살아간 사람들에게 이 전쟁 경험은 원체험일 수밖에 없었으며, 소위 전쟁 체험 세대라는 독특한 아우라를 자신들의 문학 속에서 만들어내었다. 고은의 경우는 특히 더 그러해서 여러번의 자살 시도와, 탈속과 환속이라는 경험적 특이성을 겪게 된다.

그러나 정착하지 못한 그의 방랑 생활은 1970년대 전태일을 죽음을 목도하면서 새로운 단계를 맞이하게 된다. 이를 통해 죽음이 내적인 동기에서도 유발될 수 있는 것이지만 외적인 동기에서도 그것이 시도될 수 있다는 것을 알게 된 것이다. 이후로 고은의 시들은 철저하게 사회 속으로 편입해 들어가면서 오직 그 속에만 시가 존재하게 된다. 현실에 강력히 저항함으로써 작가적 실천을 하는 것은 물론이거니와 문학적 실천 또한 자연스럽게 이루어졌기 때문이다.

그런데 이런 작가적 실천은 1980년대를 지나면서 새로운 단계를 맞이하게 된다. 광주민주화운동과 이에 따른 운동권의 분화, 그리고 노동 시인 박노해의 등장은 고은에게 시인으로서 새로운 임무를 갖도록 요구받았다. 특히 노동 체험을 바탕으로 한 노동 시인의 등장은 70년대 민주화투쟁을 이끌었던 지식인 시인들에게 새로운 선택을 하게끔 만들었던 것이다. 노동 계급의 당파성에 의해 견인되는 민중성도 지식인 그룹에서는 쉽게 받아들일 수 있는 성질의 것이 아니었다. 그것은 다른 작가의 경우에서도 마찬가지였지만 고은 시인에게는 또다른 분파주의내지는 섹트주의로 비쳐졌기 때문이다.

이때 고은이 발견하고 지지하고 나선 것이 포괄적인 민중론이다. 그의 민중론은 당파성이 인정하지 않는 수평적 계층연합의 성격에 가까운 것이었다. 여러 계층의 민중 가운데 고은에게 가장 주목받은 계층이 바로 농민층이었다. 고은에게 농민은 노동자의 대항주체였고, 농민 공동체는 노동계급의 당파성을 대신하는 민중 연대성이 실현되는 것으로 인식되었다.

이처럼 고은에 의해 새롭게 인식한 농민의 의미와 마을 공동체는 80년대에 고은만이 갖는 득의의 영역이었다고 하겠다. 그의 시세계에서 『전원시편』은 거대한 발견의 세계라 할 수 있으며, 『만인보』는 그러한 세계의 심화와 확대라고 할 수 있을 것이다.

그러한 민중의 새로운 발견과 더불어 '민족' 또한 고은의 민족문학에서 중요한 함의를 갖는다. 그것은 분단이데올기의 극복이라는 점에서도 중요했지만, 당파적인 결속을 외치면서도 또다른 분파주의나 섹트주의를 양산하고 있는 민중운동권에 대한 강력한 비판이었다는 점에서 그러하다.

80년대 이후 진행된 고은 문학이나 그의 세계관의 변화를 두고 냉정하고도 엄정한 비판이 제기될 수는 있을 것이다. 특히 민중운동권의 논리에서는 더욱 그러할 것으로 보인다. 그러나 중요한 것은 왜 그러한 도정에 이르게 되었는가. 그리고 그러한 변신이 갖는 시대적 의미의 정합성 여부일 것이다. 따라서 하나의 기준에 의해 재단되고 거기에 부합하지 않으면, 그것은 명백히 잘못되었다고 하는 판단을 쉽게 내려서는 안된다는 사실이다. 80년대의 고은의 변화와 그 문학은 이런 관점에서 의해서 이해되고 해석되어야 할 것이다.

현대문학의 정신사

제10장

오도(悟道)를 향한 영원한 발걸음
- 김재홍의 비평세계 -

1. 시 비평의 체계화 혹은 과학화에 대한 인식

산사(山史) 김재홍(金載弘, 1947~)은 대한민국의 대표적인 시학자이자 평론가이다. 한국의 경우 국학연구의 시발점을 두고 논란이 있는 것은 사실이지만, 크게 보아 경성제국대학의 조선어문학부에서부터 시작되었다는 점에서 의견의 일치를 보고 있다. 그러나 이런 기점론은 어디까지나 분기점이자 시작점이라는 데에 의미가 있을 뿐, 그것이 한국 현대문학, 특히 현대시문학에 대한 본격적인 연구의 시발점이라고 단정 짓기는 쉽지 않은 일이다. 경성제국대학시절의 조선학 연구가 주로 고전문학과 국어학에 치중되어 진행되었을 뿐 현대문학 분야와는 관련이 적었기 때문이다. 이런 사정은 해방 이후라고 해서 크게 달라지지는 않았다. 새로운 국가건설과 더불어 우후죽순처럼 생겨나는 대학의 등장이 아카데미즘이라는 학문풍토를 만들어내긴 했어도 이에 비례하여 현대문학 분야가 연구의 한 장으로 등장하는 비중은 높지 않았던 까닭이다.

그러나 한국 현대문학 연구에 대한 열악한 상황은 1960년대 들어 새로운 전기를 맞이하게 된다. 대학이 어느 정도 정착하고, 세분화된 학문분야 역시 자리를 잡아감에 따라 문학 연구도 자신만의 고유한 자리를 만들어가기 시작했기 때문이다. 전국의 대학에서 국어국문학과가 생기고, 고전문학, 국어학, 현대문학이 3분 정립되면서 현대문학은 고유의 학문 분야로 새롭게 탄생하게 된 것이다.

아카데미즘의 시작이 자료정리를 기저로 한 실증적 방법에서 시작된다는 것은 상식에 속하는 일이다. 자료의 발굴과 정리, 분석이 학문의 가장 초보적인 첫단계이기 때문이다. 이를 여과 없이 받아들인다면, 1960년대 이후 적어도 70년대까지는 이런 조류가 풍미했던 것으로 보인다. 학문 1세대로 지칭할 수 있는 이런 실증적 풍토에서 문학 분석에 대한 과학적 작업이 뚜렷한 체계성을 갖기는 쉽지 않은 일이다. 물론 이 이전의 단편적인 연구나 비평글 등에서 이를 초월하는 시도들이 간간이 시도되었다는 점은 인정해야 할 것이다.

어떻든 70년대 이후에는 그런 저간의 사정이 크게 달라지기 시작한다. 문학 연구에 있어서 실증주의라는 원초적 연구태도를 뛰어넘는 방법적 의장들이 계속 등장하고 있었기 때문이다. 그 한 축을 담당하고 있었던 것이 김재홍이 시도한 비평방법이다. 70년대를 여는 1971년에 김재홍의 학문적 출발이라 할 수 있는 첫 논문 「한국 현대시의 방법론적 연구」가 발표되었다. 물론 그가 평론가로 등단한 것은 이보다 2년 전인 1969년인데, 서울신문 신춘문예로 당선한 비평글 또한 그 연장선에 놓인 것이다. 이 글은 「한국 현대시 은유형태 분석론」으로 이후의 석사논문과 비슷한 경향을 갖고 있었기 때문이다.

김재홍의 비평관을 탐색하고 그 미학을 추적해 들어가기 위해서는 그의 첫 번째 본격 논문인 「한국 현대시의 방법론적 연구」가 무엇보다 중요한 경우이다. 물론 신춘문예로 나온 그의 비평글 「한국 현대시 은유형태 분석론」도 앞서 지적한 것처럼, 그 정신과 방법에 있어서는 「한국 현대시의 방법론적 연구」와 유사하다. 어떻든 이 글들은 다음 두 가지 이유에서 주목을 끈다. 하나는 이전까지 대세였던 문학 연구의 실증적 방법을 초월해서 시연구의 새로운 지평을 열었다는 점이다. 김재홍은 이 점을 분명히 인식하고 있었다. 이 글의 서언이 이를 잘 대변해준다.

> 본고는 한국 현대시의 방법론적 연구의 일환으로 이루어졌다.
> 한국의 현대시도 이제는 그 형성과 발전과정에 따르는 사적 정리작업은 물론 새로운 방법론의 모색과 확립에 대해 연구 검토해야 할 단계에 이르렀다고 본다. 우리 시사 특유의 무잡성과 혼란 상에서 벗어나는 길은 우선 시정신의 본질에 대한 명확한 구명과 방법론을 수립하는 것이 가장 큰 과제라고 생각되기 때문이다.[1]

김재홍은 이 글을 쓰는 목적이 '한국 현대시의 방법론적 연구'에 있다고 했다. 이제까지의 현대시 연구가 실증을 바탕으로 한 사적 정리

---

1 「한국 현대시의 방법론적 연구」 서언, 서울대학교 석사논문, 1971.

작업에 우선점이 있었다면, 앞으로의 연구는 이와 더불어 시정신의 본질 구명과 방법론의 수립을 우선시해야 한다고 본 것이다. 그 연장선에서 시사연구 역시 "일관된 시각과 방법론을 바탕으로" "새로운 시사의 정립과 그 가능성에 관해 논하는 것"에 있다고도 했다.

물론 시비평에 있어서 새로운 방법론의 도입이 이 시기에 처음 시도된 것은 아니다. 뿐만 아니라 「한국 현대시의 방법론적 연구」의 주요 분석개념인 은유론적 방법 또한 마찬가지의 경우이다. 문예사에 있어서 주조라는 것이 언제나 있어 왔다. 특히 한국 근대 문예비평사에서 한국전쟁 이후 20여년은 예외적인 특수성을 갖고 있었다. 해방 이후 지속된 이데올로기의 갈등이 1950년 한국 전쟁으로 이어진 것은 익히 알려진 일이거니와 이 시기를 풍미한 문예학의 방법이 신비평(New Criticism)이었기 때문이다. 이 방법이 시대의 조류로 자리 잡은 것은 두 가지 요인 때문에 그러한데, 하나는 전쟁이라는 사회적 배경과 다른 하나는 무비판적인 미국문화의 영향이다.

그 결과 신비평은 한국전쟁이후 본격적으로 문예학의 주된 방법으로 도입된다. 최일수와 김용권을 비롯한 이 시기의 비평가들은 경쟁적으로 이를 문학 분석방법으로 받아들였다. 반공이데올로기의 확산에 따라 더 이상 반영론을 비롯한 문예사회학이 유효한 가치를 가질 수 없는 환경이 형식미학을 대표하는 신비평의 확산을 추동했기 때문이다. 언어와 그 형식적 구성으로 문학성의 달성 여부를 평가하는 이 방법적 의장이 문예사회학의 빈자리를 벌충하기에는 더없이 좋은 환경을 마련해 준 것이다.

그리고 다른 하나는 무분별한 미국 문화의 확산이 이 비평 방법을 자연스럽게 유도했다는 점이다. 한국 문학에 있어 그것이 어떤 효용성을 갖는가 혹은 어떤 정합성으로 이것이 시연구와 시사연구에 유효한 가치를 갖는 것인가 하는 고민은 중요하지 않았다. 단지 그것이 미국이라는 토양을 배경으로 한 것이라는 점만으로도 우리 문예학의 중심으로 자리하기에 충분한 자격을 갖춘 것이었다.

물론 신비평의 방법과 정신이 우리 문예학에 끼친 영향이 꼭 부정적인 것이었다고 할 수는 없을 것이다. 신비평의 근원이 러시아 형식주의에 있었고, 이 비평의 정신이 문예학의 객관화, 과학화에 있었음은 잘 알려진 일이다. 문학이 주관성과 분리하기 어려운 장르이기에 이를 체계화하고 과학화하는 것은 그만큼 난망한 작업이었다. 그 어려운 작업을 수행하고자 등장한 것이 러시아 형식주의였다.

그리고 이 방법을 근간으로 해서 미국 신비평이 태동하게 된 것이다. 이 두 비평이 강조했던 것은 문학 연구의 객관화였고, 과학화였다. 김재홍이 「한국 현대시의 방법론적 연구」에서 특히 강조했던 것도 이 부분이다. 그는 이 글에서 "현대시의 중요 구성원리의 하나인 은유론적 방법으로 한국 현대시의 형성과 발전과정을" 방법적, 체계적으로 분석하고자 했기 때문이다.

문예학 연구에서 신비평의 도입은 김재홍의 경우에 있어서나 한국 현대시사에 있어서 매우 의미 있는 작업이었다고 할 수 있을 것이다. 신비평이 도입된 이후 불과 10여년 만에 비로소 한국시 연구에 있어서 체계성과 방법성을 세울 수 있었기 때문이다. 이렇듯 현대문학 연구는 60년대 정립되고 이후 70년대에 이르러 비로소 새로운 전기를 맞이하기 시작했다. 초기 단계의 실증성을 벗어나 방법론적 연구 토양이라는 새로운 지대를 만들어낼 수 있었기 때문이다.

현대시 연구의 실증적 연구태도라는 관점에서 보면, 김재홍은 2

세대에 속하는 경우이다. 그러나 방법론의 도입이라는 관점에서 보면, 김재홍은 1세대, 곧 선구자의 위치에 놓인다고 할 수 있다. 그에 이르러 한국 현대시 연구는 비로소 문학연구의 체계화, 과학화라는 새로운 전기를 마련할 수 있었기 때문이다. 그는 시 분석에 있어서 과학성을 도입하고자 했고, 이를 토대로 새로운 시사를 정립하고자 했다. 그 시작이 「한국 현대시의 방법론적 연구」였는데, 그는 이 글에서 시분석의 새로운 방법성을 도입하고 이를 토대로 주요 현대 시인들의 미학을 새롭게 연구하고자 한 것이다.

비평과 연구는 동전의 앞뒤와 같은 것이다. 동일한 듯 하면서도 다른 것이 이 둘의 관계이다. 특히 김재홍의 경우는 이들의 관계가 교묘한 길항관계를 이루면서 둘인 듯 하나로 맞물려나가고 있다. 「한국 현대시의 방법론적 연구」가 김재홍의 비평세계에서 중요한 거멀못이 되는 이유도 여기에 있다. 이글은 이전까지 비평적 대세였던 실증론적 방법의 한계를 인지하고 문학비평의 새로운 지평을 열었다는 점에서 그 의미가 있기 때문이다. 그런데 이 글이 김재홍의 비평세계에서 두 번째로 의미가 있었던 것은 이 글이 가지고 있는 한계에서 비롯된다. 아니 이 글의 한계가 아니라 문예학에서 갖는 비평의 한계라고 하는 것이 더 옳을 듯하다.

형식주의 비평의 한계, 그것은 곧 신비평의 한계이기도 한데, 그 한계란 이 비평 방법이 문학 내적인 것에 너무 갇혀 있다는 데 있다. 쉬클로프스키(V.Shklovsky) 등에서 처음 시도된 형식주의가 문예학 연구에 있어 과학적 방법이라는 의미있는 결과를 도출했음에도 불구하고 언어의 감옥이라는 한계를 벗어날 수는 없었다. 쉬클로프스키의 형식주의를 발전시킨 체코의 구조언어학 또한 마찬가지의 경우이다. 언어에 대한 일차적 관심이라는 초보적인 단계를 벗어나 문예학을 구조의 개념으로 좀 더 확장시키긴 했지만 여전히 언어의 테두리를 벗어나지 못하고 있었기 때문이다. 이 방법이 미국으로 건너가 신비평이라는 가면을 쓰고 다시 태어났지만, 개인의 정서, 곧 심리학을 도입하는 정도에서 그치고 말았다. 리챠즈(I.A. Richards)의 『문예비평의 원리』가 보여준 것은 방법과 정신의 조합이었지만, 여전히 언어적 차원과 개인 심리의 차원을 넘어서지 못하고 있었다. 언어의 감옥이라는 한계를 벗어나기 위해서는 적어도 소박한 차원의 사회심리라도 분석의 준거틀로 받아들여야 했다.

신비평이 더 이상 한국 문예학을 연구하고 비평하는 데 있어서 의미있는 수단이 될 수 없다는 사실을 김재홍은 비교적 일찍 깨달은 것으로 보인다. 그는 문학이 결코 개인의 정서나 소유물이 될 수 없음을 이해하고 있었던 까닭이다. 그 결과가 자신의 첫 저서이기도 한 『한국전쟁과 현대시의 응전력』(1978)이다. 아주 조그만 책자에 불과한 이 책은 김재홍 비평관의 변모를 극명하게 보여준다는 점에서 주목을 요한다. 우선 이 책이 나온 70년대 후반이라는 시대적 상황에 주목할 필요가 있다. 이 시기는 1950년대보다도 더 심한 동토의 계절이었다. 유신독재와 이를 지탱하던 긴급조치의 법령이 진보의 머리를 들지 못하게 했을 뿐만 아니라 비평의 문예사회적 방법에 대해서는 더욱 강고하게 막아두고 있었다. 그러니 시와 사회의 대화라든가 시의 응전력이란 말은 전혀 가당치 않은 금지의 영역이었을 것이다.

물론 이 책이 다루고자 한 것은 이데올로기의 음역이 아니었다. 뿐만 아니라 한국전쟁을 객관화시키고 이를 개량주의적 시각에서 응시한 것도 아니었다. 이 책의 내용은 전쟁과 그에 따른 인간성의 상실, 곧 휴머니즘의 의미를 탐색하고자 한 데 있었다. 물론 반공주의라는, 시대가 요구하는 물음에 대해 조응하는 작품들을 조명한 경우도 분명 있었다. 가령, 모윤숙의 「국군은 죽어서 말한다」라든가 이영순의 「연희고지」, 그리고 청마의 「보병과 더불어」가 그러하다. 그러나 이들 작품들도 그 내면을 깊이 천착해 들어가면, 뚜렷한 반공주의를 표면에 내세운 것이 아니었다. 그저 전쟁의 비정함 정도를 고발하고, 인간의 회복과 생명의 본질적 가치의 중요성을 노래한 쪽으로 더 기울어져 있었기 때문이다.

어떻든 김재홍의 비평은 이 책을 계기로 이전의 방법과 전연 다른 길을 걷게 된다. 「한국 현대시의 방법론적 연구」라는 문학내재적 접근태도에서 '현대시의 응전력'이라는 현실조응의 문학관, 곧 문학의 외재적 접근 태도로 현저하게 기울게 된다. 이러한 변신은 문학이란 결코 언어의 감옥에 갇힐 수 없는 것이고, 이를 비평하는 연구자의 태도 또한 보다 포괄적인 자세를 가져야 한다는 것을 의미했다. 그래서 그는 "문학이란 시대상황과 뗄래야 뗄 수 없는 긴밀한 함수관계를 지닌다"[2]고 선언하기에 이른다.

2. 창조 정신과 오도(悟道)의 세계

1) 소통비평과 자기수양

비평가의 임무란 무엇일까 하는 논의는 어제 오늘의 문제가 아니

---

2 「시와 진실」, 이우출판사, 1984, p.166.

다. 어쩌면 그 끝이 무엇인지 알 수 없을 만큼 현재 진행형으로 그것은 우리에게 계속 다가오는 문제라 할 것이다. 비평에 있어 일차적인 과제는 초비평, 혹은 메타비평에 있음은 두말할 필요가 없다. 비평은 작품을 매개로 현재를 진단하고 이를 과거 속에 자리매김하며, 경우에 따라서는 미래를 예기하기도 한다. 그러니 비평의 가장 큰 임무가 메타비평에 있는 것이 아닌가. 이럴 경우 가장 큰 핵심 기제 가운데 하나가 이른바 비평에 있어서의 주체성 문제이다. 이는 비평가의 주관 혹은 세계관으로서 작품을 재단하고, 자리매김하며, 독자에게 작품을 인도하는 잣대로 역할을 한다. 그런 까닭에 그것은 문학관의 문제와 곧바로 직결된다.

주체성이란 결코 견고한 것으로 굳어져 항구성을 갖는 것은 아니다. 시대가 바뀌고 상황이 전변하면 문학관이나 세계관은 얼마든지 변할 수 있는 것이기 때문이다. 특히나 현장의 중심에 서 있는 비평가라면, 이런 시대적 요구로부터 더욱더 자유로울 수 없을 것이다. 이럴 경우 두 가지 과제가 비평가 앞에 놓이게 되는데, 하나는 재단자의 입장이고, 다른 하나는 재단자가 되기 위한 자기 수양 혹은 단련의 입장이다. 전자에 설 때, 작품은 한갓 수단에 불과하게 되는데, 비평가의 기준에 의해 작품은 이를 초과하거나 혹은 미달하는 경우로 그 운명이 결정이 되기 때문이다. 다른 하나는 재단자가 되기 위한 노력이다. 이는 이른바 비평가의 주체성 확립과 밀접한 연관성을 갖는 것인데, 그러나 이런 노력이 과연 작품과 어떤 상관성을 갖는 것인가 하는 문제는 전혀 검토되지 못했다. 다만 이 경우도 비평가의 주체성 형성에 있어 작품은 그저 단순한 보조자 역할 이상의 영역에 놓일 수 없다는 점은 분명한 사실이다.

비평가의 이러한 면들은 시인들의 그것과 구별되는 중요한 지점이라는 점에서 주목을 요하는 경우이다. 문학원론적인 측면에서 보면, 서정시인의 창작은 자아와 세계의 불화 속에서 이루어진다. 그리고 그 영원히 합일될 수 없을 것 같은 거리, 곧 서정적 거리를 좁히기 위해 서정적 진실을 향한 끊임없는 여정에 나선다. 시인들이 늘상 보여준 서정적 진실의 탐색이나 서정 세계의 변모는 모두 그러한 과정 속에서 나온 것이라 할 수 있을 것이다.

반면 비평가의 경우는 어떠한가. 그들은 재단자의 위치에 있어서 자기 기준에 맞는 작품들을 끊임없이 찾아내고 이를 문학사에 자리매김하는 자들인가, 아니면 무수히 명멸하는 작품들을 선별하고 재단해서 이를 독자에게 안내하는 계몽주의자들에 불과한 것인가. 문예학은 그것이 창작의 영역에 놓이든 혹은 비평의 영역에 놓이든 동일한 범주에서 움직여야 한다. 이를 여과 없이 수용할 수 있다면, 비평은 어쩌면 서정적 진실에 대한 끊임없는 탐색 과정에 놓여야 하는 것이 정당한 일이 아닐까. 김재홍은 이에 대해 그렇다라고 대답한다.

내 작은 개인사 60년을 돌아보아도 과연 시가 없었다면 내 지난날은 얼마나 춥고 황량했을까 하는 생각이 든다. 삶의 굽이마다 시가 있었기에 나는 어두운 삶 속에서 참 나를 찾을 수 있었고, 위안을 받으며 용기와 희망을 얻을 수 있었으며, (중략) 시가, 시 공부가 내게 가르쳐 준 것은 외로움과 슬픔의 힘, 고독과 허무의 에너지이자 꿈과 희망의 소중한 원천이 될 수 있다는 사실이며 동시에 생명과 사랑 그리고 자유와 평화를 향한 영원한 갈망이자 염원이라는 점을 깨닫게 해준

것이다.[3]

뛰어난 저작 시리즈 가운데 하나인『한국현대시인연구2』의 서문에서 김재홍은 비평의 임무를 메타비평으로 한정시키지 않고 있다. 그는 비평가의 주관이나 세계관에 의해 작품을 재단하는 차원에서 그치지 않고 이를 자신의 내면적인 도정과 연결시키고 있기 때문이다. 시는 자신의 시야로부터 단순히 거리화된 것이 아니라 자신을 수양하고 탐색하는 도정에 놓여 있다고 인식한다. 이는 김재홍이 시를 대하는 태도와 시를 비평하는 의도가 어디에 있는가 하는 것을 잘 말해준다. 시인이 시를 창작하는 계기가 자아와 세계 사이의 화해할 수 없는 거리에서 출발한다고 것이 문학원론이다. 그 사이에 놓인 거리가 어떤 계기나 대상에 의한 것이든 그것은 중요하지 않다. 그것은 잃어버린 유토피아에 대한 그리움을 수도 있고, 또 불온한 현실에 대한 증오의 불길일 수도 있다. 뿐만 아니라 내적 동일성을 위한 모성적 거리가 될 수도 있을 것이다. 그런 거리감은 비평가 김재홍에게도 동일한 계기와 함량으로 다가오는 것이었다. 이런 정서는 기왕의 비평이나 비평가 그룹에서는 보기 힘든, 그만의 고유한 매우 낯선 영역이 아닐 수 없다.

김재홍은 시를 자신의 거울로 반추하고자 한다. 시는 단순히 비평받기 위한 수동적 실체가 아니라 그 자신에게 육박해들어오는 능동적 주체이다. 그와 작품 사이에 놓인 거리는 창작자에게서나 볼 수 있는 동일한 서정적 거리, 곧 비평적 거리를 형성하고 있었고, 그러

---

3 『한국현대시인연구2』, 일지사, 2007, pp.3~4.

한 거리를 좁히기 위해 그는 끊임없이 시읽기를 반복한다. 그러한 그의 노력은 그가 왜 시를 읽어야 하는가 하는 이유를 보다 세분화시켜 밝혀 놓고 있는데, 이는 평소 그 자신이 가졌던 세계관에 비춰보면 지극히 타당한 일이라 할 수 있다.

김재홍은 시읽기를 해야 하는 이유, 혹은 그것이 가져올 영향에 대해 크게 네 가지로 분류, 제시하고 있다. 시 읽기를 통해서 첫째, 참된 자아를 발견하는 일, 둘째, 자기 극복의 과정을 보이는 일, 셋째, 자아 실현의 길, 넷째, 자기구원의 길로서의 의미를 갖는다고 했다.[4] 여기서 알 수 있듯이 시는 혹은 시읽기는 그에게 곧 자기를 수양하는 매개였다. 시는 수동적 대상이 아니라 능동적 주체였던 것이다.

시가 자기수양의 대상이기에 김재홍의 시읽기에서 특히 주목의 대상이 되는 경우는 이 주제와 관련이 깊은 시인들이다. 가령, 윤동주와 김남조, 박이도, 김종철, 조오현, 최동호 등등이다. 물론 이 외의 시인들도 얼마든지 있는데, 그것은 그만큼 시에 대한 김재홍의 열정, 자아확인을 향한 그의 강렬한 열망이 담겨져 있는 증좌라 할 수 있을 것이다. 이 가운데에서도 그가 특히 주목한 시인은 윤동주이다. 윤동주에 대한 김재홍의 관심은 어느 한 시기에 국한되지 않고 거듭 거듭 논의의 대상이 되고 있다. 그것은 윤동주가 보여주었던 자아성찰의 지난한 과정 때문에 그러한데, 김재홍이 윤동주의 시 가운데 특별히 관심을 보였던 시가 「자화상」, 「참회록」 등등이다. 문학이 갖는 상징성, 은유적 특성에 기대어보면, 하나의 작품을 두고 단선적인 해석을 하는 것은 매우 위험한 일이 아닐 수 없을 것이다.

---

4 「예술적 상상력과 디지털 사고」, 『꽃진 자리에 향기 더 붉다』, 문학의 힘, 2012, pp. 243-247.

그럼에도 불구하고 김재홍은 수양이라는 자신의 평생의 과업을 위해 단일한 해석을 내리는 데 주저하지 않는다. 윤동주의 「자화상」에서 그가 읽어낸 것은 과정으로서의 주체, 발전하는 주체로서의 의미만을 더욱 강조해서 제시하고 있기 때문이다.

> 산다는 일은 나를 알고, 이기고, 살아내면서 스스로를 구원하려는 몸부림의 과정이 아닌가 한다. 시 역시 나를 알고, 이겨내며, 나를 살아내기 위한 자아실현의 과정이자 자기구원을 향한 구도와 순례의 역정 그것에 해당한다. 그러기에 시는 나이며 '님'이고, 그런 뜻에서 나의 삶이고 나 자체인 것이다.[5]

> 시가 자기 수양의 한 과정이고, 그리고 그것에 이르고자 하는 도정이 절대적인 것으로 다가올 때, 시가 '님'의 경지에 오르는 것은 어쩌면 당연한 이치일 것이다. 시는 김재홍에게 여가의 대상도 정서 순화라는 낭만적 대상도 아니다. 그 자신이 이루어내야 할 절대지, 곧 구경의 형식이 바로 시였다. 그래서 시는 자연스럽게 그가 다가가야만 할 영원한 '님'의 반열에 오르게 된다.

2) 시대인식과 시 혹은 시인의 임무

김재홍이 가지고 있는 비평관은 일차적으로 자기 수양에 있었다.

---

[5] 『생명·사랑·평등의 시학 탐구』, 서정시학, 2014, p.2.

시는 저멀리 외따로 떨어져 있는 수동적 주체가 아니라 자신과 더불어 언제나 공존하는 동반적 주체였다. 그는 시를 수양의 한 도정으로 이해했지만, 그러나 시를 자신만의 수양으로 한정시킴으로써 시가 갖는 다양성을 결코 부정하려 들지도 않았다. 형식비평이 갖는 한계를 딛고, 문학이란 결코 사회로부터 분리되어 있지 않음을 인식한 그는 『한국전쟁과 현대시의 응전력』을 통해서 시의 기능적 역할, 곧 시와 사회 사이에 놓인 불가분의 관계를 인식한 터였기 때문이다. 김재홍은 이 저작을 계기로 문학과 사회는 동전의 앞뒤처럼 견고히 결합된 것으로 인식했다. 학문의 시작이자 초기 비평관의 핵심이었던 신비평적 사유가 「한국 현대시의 방법론적 연구」 이후로는 거의 나타나지 않은 까닭이다.

이후 그의 비평세계에서 주된 화두로 등장하고 있는 것이 우리가 처한 현실이었다. 김재홍은 이를 두 가지 각도에서 접근하는데, 하나는 보편적인 것이고, 다른 하나는 특수적인 것이다. 전자는 근대성의 문제와 깊은 관련이 있고, 후자는 한국의 역사와 밀접한 관련이 있다. 한국의 현대사가 근대라는 보편성과 역사라는 특수성에 의해 중첩된 구조로 되어 있다는 사실을 감안하면, 김재홍의 이 같은 현실인식은 매우 정당한 것이라 할 수 있다.

김재홍은 근대적 상황에 놓인 한국의 현실을 불연속성의 시대와 불확정성의 시대로 사유한다[6]. 그에 의하면, 불연속성의 시대란 물질문명의 과도한 발달과 산업화의 촉진, 대도시화로 인하여 자아와 세계, 인간과 자연이 연속되지 못하고 끊어진 세계라고 한다. 그리

---

6 「예술적 상상력과 디지털 사고」, 『꽃진 자리에 향기 더 붉다』, pp.241-242.

고 불확정성의 시대란 물질문명과 과학기술의 발달, 거대 상업자본의 팽배화로 인해 인간의 미래가 더욱 불안정하고 예측하기 어려운 것이라는 위기의 인식을 말한다고 했다. 불연속성의 시대는 근대의 형이상학적인 국면을, 불확정성의 시대는 근대의 실질적 국면을 말하는 것이니, 이를 모두 근대의 아우라 속에 묶는 것도 무방한 경우이다.

흄(T.E Hume)이 지적한 대로 근대란 불연속의 시대이다. 연속의 시대란 무기적인 것과 유기적인 것, 그리고 정신적인 것이 하나로 묶인, 근대 이전의 사회이며 낭만적 태도에서 비롯된다. 반면, 근대란 이 세 가지 영역이 모두 고유의 개별성을 갖고 분리되어 있는 사회이다. 이런 세계의 형성이 영원의 상실과 불가분의 관계에 놓여 있다는 사실은 잘 알려진 일이거니와 어떻든 이런 세계에 노출된 것이 근대인이기에 미래는 예측불가능하고, 불확정성의 국면에 놓일 수밖에 없다. 따라서 근대 사회를 불연속의 세계와 불확정성의 시대로 사유한 김재홍의 판단은 형이상학적인 것이고, 궁극적으로는 근대의 핵심을 정확히 본 것이라 할 수 있다.

두 번째는 한국 근대사에 대한 인식이다. 이는 근대라는 보편성과는 전혀 다른 우리만의 개별성이자 고유성에 대한 사고이다. 현대 사회를 불확실성으로 인식하는 김재홍의 판단은 한국 근대사에도 그대로 이어진다.

이 땅의 역사는 참으로 오랫동안 '겨울'이고 '밤'이었던 듯 싶다. 실상 현대사 100년 전반이 일제강점기 죽임의 시대였고, 후반이 '찢김'의 시대가 아니었던가. 그러기에 현대시 100

년 또한 어둠과 밤, 그리고 추위와 겨울이 주요 상징으로 지속돼 온 것이다.[7]

진보의 신념을 가지고 있든, 혹은 그 반대의 경우에 있든 간에 한국 현대사가 순탄한 여정으로 진행되지 않은 것은 잘 알려진 사실이다. 일제 강점기의 어둠이 있기도 했고, 군부통치의 질곡이 있었던 것이 한국 근현대사였기 때문이다. 이런 통치 구조가 왜곡된 인간관계를 낳고, 건전한 시민의식이 성장하지 못하도록 막아왔다. 오직 나 아니면 안 된다는 편협된 고집 태도를 배태했고, 타협이 없는 흑백논리를 양산해왔다. 그것이 허무주의를 낳았고, 한의 정서를 만연시켜 온 것이다.[8]

시에서 표출되는 허무주의와 한의 정서가 생산적인 에네르기가 될 수 없음은 자명한 일이다. 근대적 현실과 현대사의 질곡에 함몰하여 새로운 활로를 모색하지 않으면, 시란 더 이상 존재할 수 없는, 시 무용론이 제기될 지도 모를 일이다. 김재홍이 시의 길, 혹은 시인의 길에 대해서 간곡하게 주문했던 것도 이런 한계를 극복하기 위해서였다.

시의 길은 현실법칙을 추구하거나 그에 얽매이는 것이 아니라 삶의 본질을 탐구하고 상처 받은 이웃들을 사랑하면서 참된 자아를 찾아 떠나는 고독한 순례의 길일 뿐이다.(중략)

7 「우리 시대 서정시를 위한 한 노트」, 『꽃진 자리에 향기 더 붉다』, p.259.
8 『시와 진실』, p.6.

시인의 길이란 결국 불운한 운명의 표정성, 상처받은 인간의 내면 풍경을 전광석화처럼 읽어내서 희망의 언어로 표현해내는 절망의 도형수라고 불러 볼 수 있으리라.[9]

시는 명예를 위한 도구가 아니며, 삶을 개선하기 위한 실용적인 도구 또한 아니다. 삶의 본질을 탐구하고 상처 받은 이웃들을 사랑하고 참된 자아를 찾아 떠나는 고독한 순례의 길이 시의 정도라고 김재홍은 판단한다. 그렇기에 시인의 길 또한 이와 동일해야 한다. 불운한 운명의 표정성을 읽어내고, 상처받은 인간의 내면 풍경을 간취해서 희망의 언어로 표현하는 것이 시인의 임무라고 이해한 것이다.

시와 시인의 임무를 이렇게 규정한 김재홍이 시에서 가장 강조한 것은 진정성, 혹은 진실이다. 그의 첫 번째 비평집의 제목이 『시와 진실』인 것도 이 때문이며, 2002년 문학수첩에서 간행된 비평집의 제목 또한 『현대시와 삶의 진실』인 것도 이 때문인데, 이렇듯 그는 '진실'이라는 용어를 계속 강조한 바 있다. 그는 『현대시와 삶의 진실』에서 이런 정서를 표방한 작품을 쉽게 발견할 수 없었던 시단의 현실을 개탄한 바 있다.

양적으로는 크게 팽창되고 확대된 듯이 보이지만 발표되는 시들을 자세히 읽어 보면 실망스런 모습이 역력하다. 정성을 기울여 읽어 보다 도무지 무슨 말을 하려는지 종잡을 수

---

9 「시의 길, 시인의 길」, 『꽃진 자리에 향기 더 붉다』, p.238.

없는 경우가 많고, 함량 미달인 경우가 허다하다. 질적인 면에서 도저히 폭발적인 양을 따라가지 못한다는 말이다. 무엇보다도 문제점은 삶의 진정성을 느끼게 하는 시, 삶의 진실을 깊이 있게 일깨워주는 시가 많지 않다는 점에 놓여진다.[10]

그 연장선에서 그는 오늘의 우리 시에서 가장 절실한 시의 내용은 바로 진정성의 확립에 있음을 거듭 강조하고 있다.[11] 진정성이란 다소 모호한 뜻을 담고 있긴 하지만, 문학적인 경우로 한정하게 되면, 그것은 우선 언어유희와 반대편에 있는 것이 아닐까 한다. 실제로 김재홍의 비평세계에서 모더니즘 류의 작품에 대해서는 후한 평가를 내리지 않는다. 그의 비평서나 연구서를 펼쳐보아도 모더니즘적 경향을 보인 작품이나 그러한 경향에 경도된 작가들에 대한 비평이 거의 보이지 않는 까닭이다.

그는 모더니즘과 리얼리즘이라는, 문학의 절대 두 지존을 사이에 놓고 볼 경우에도 그는 오히려 후자에 더 친연성을 보이는 것도 이와 밀접한 연관을 갖고 있는 것처럼 보인다. 그 단적인 예가 1990년 서울대학교 출판부에서 간행된 『카프시인비평』이다. 납, 월북 문인에 대한 해금(解禁)이 1988년에 이루어졌는바, 그는 2년이 채 안된 시점에 이들을 문학사적으로 복원하고자 이 연구를 시도했고, 그 결과로 이 책을 상재한 것이다. 카프시인에 대한 이런 작업은 그에게 문학사복원이라는 측면에서도 의의가 있는 것이지만, 그의 문학관을

---

10 『현대시와 삶의 진실』, 문학수첩, 2002, p.350.
11 위 책, p.371.

엿볼 수 있는 좋은 계기가 되기도 한다. 그는 이념적 편향이라는 약점에도 불구하고 삶의 질을 개선하고자 한 카프 시인들의 노력, 곧 시의 진정성, 삶의 진정성에 대해서는 이렇듯 긍정적으로 평가하고 있었던 것이다. 반면 모더니즘은 자본주의 문화에 대한 사적 고민의 흔적이라고 하더라도 김재홍은 이들의 문학적 행위를 언어유희의 국면에 치우쳐 있다고 판단하고 있는 듯하다. 언어유희란 시적 진정성과는 전연 관련이 없다고 본 것이다. 김재홍은 어떻든 문학에서의 편향적 태도에 대해서는 언제나 경계의식을 갖고 있었다. 따라서 그가 "참여/순수라든가 전통지향성/모더니티지향성이라는 도식적인 틀에 편향되기 보다는 값진 시적 진실로서 진정성을 확대해야 한다"[12]고 한 이유도 여기서 찾아진다.

3) 창조 정신과 깊이의 시학

진정성이란 무엇이고, 또 진실이란 무엇인가. 김재홍은 시와 시인이 보여주어야 할 핵심 요체로 이들 덕목을 지목했는데, 추상적이고 관념적이기조차 한 이 개념들에 대해 하나의 문장으로 제시하는 것은 쉽지 않은 일이다. 추상이나 관념만큼 수많은 요소를 요구하는 것도 없기 때문이다. 그러나 김재홍이 내세우는 진정성이란 문학내적인 문제로 한정할 경우 의외로 간명하게 간취할 수 있을 것으로 보인다. 바로 삶의 진실이다.

한국 현대사에서 삶의 진실은 언제나 외면당해 왔다. 때로는 정치적인 이해관계에 의해서, 때로는 집단 간의 이해관계에 따라서 진정

---

12 위 책, p.372.

한 삶의 모습은 훼손된 채, 앞으로 나아갈 방향을 찾지 못하고 방황하고 있었던 탓이다. 김재홍이 판단한 것처럼, 한반도는 과거 100여 년의 세월 동안 겨울과 어둠의 시대였으며, 부정적이고 암울한 이 정서가 인간에게 불온성을 강요했다. 시는 그러한 어둠을 뚫고 새로운 길을 개척해야 하고, 그것이 시의 존재 이유이자 또 시를 읽어야 하는 이유라고 김재홍은 늘상 생각해 온 터이다. 그리고 그는 그러한 도정을 안내해야 하는 것이 곧 새로운 시정신의 발견이라고 이해했다.

김재홍은 그러한 시정신 가운데 가장 앞에 놓은 것이 바로 창조정신과 발견의 정신이다. 창조나 발견은 현재의 질곡을 이해하는 정신이며, 또 이를 통해 미래로 나아가는 정신이다. 그는 그러한 정신의 중요성을 인지하고 한국 시사에서 그 모범적인 사례가 무엇인지에 대해 지속적으로 탐색했다. 그 도정에서 그가 발견한 것이 만해 한용운의 창조정신이다. 한용운은 그의 박사학위 논문이기도 하거니와 그것이 1982년 『만해 한용운 연구』로 상재되었다. 김재홍이 한용운을 주목한 것은 그가 투철한 애국자요 구도자라는 사실 때문만은 아니었다. 한용운 시인이 김재홍에게 매력을 끈 이유는 그가 발견한 창조 정신 때문이었다. 만해는 님을 향한 갈망을 통해서 사랑의 힘과 실천을 발견했고, 평화의 정신을 창조했다고 본 것이다. 만해로부터 얻은 그러한 시정신은 이후 김재홍의 비평에 있어 주요한 정신으로 다가오게 된다.

그가 예순 여섯 나이에 성북동 심우장에서 별세하기까지 소리높여 외쳤던 생명사상, 자유사상, 평등사상, 민족사상,

진보사상, 민중사상은 어려운 시대일수록 빛과 향기를 더해 가는 이 땅 정신사의 소중한 가치 덕목이 아닐 수 없다. 무엇보다도 그가 시집 『님의 침묵』 88편으로 완성해 낸 사랑의 철학과 평화의 사상이야말로 해방 후 이 땅 역사가 험난한 고비에 이를 적마다 올바른 길을 인도해 주는 희망의 나침반으로서 빛나고 있는 것이다.[13]

만해의 시정신은 김재홍의 비평정신을 이끌어가는 핵심 기제 가운데 하나이다. 실제로 김재홍이 만해와 관련된 여러 사업에 종사하면서 다양한 임무를 수행하는 것도 이 때문이고, 그가 1991년 창간한 계간 시전문지 『시와 시학』의 모토인 "하늘엔 별, 땅엔 꽃, 사람에겐 시"라는 것도 만해 한용운의 사랑 정신과 평화 정신에 힘입은 바 크다고 하겠다.

사랑과 평화의 정신은 이후 생명과 자유의 정신으로 더욱 확대되어 나아간다. 사랑은 바로 생명을 태어나게 하는 원초적 씨앗이면서 동시에 생명을 자라게 하고 꽃피게 하며, 열매 맺게 하는 원동력이라고 본다. 반면 자유는 억압과 구속이 없는, 주체의 요구대로 살아가는 삶의 정신이라고 인식하는 것이다.[14] 오랜 불행의 역사 속에서 우리는 "나 아니면 안 된다"라든가 '흑백 논리'가 지배하는 삶을 살아왔다고 판단하고, 이는 모두 사랑의 정신, 자유의 정신이 부족한 탓이라고 한다. 그리하여 이런 정신이 필요하다고 역설한다. "벚꽃

---

13 「한용운의 문학과 사상」, 『생명, 사랑, 자유의 시학』, 동학사, 1999, p.13.
14 「우리 시대 서정시를 위한 한 노트」, 『꽃진 자리에 향기 더 붉다』, pp.255-258.

지는 걸 보니/푸른 솔이 좋아/푸른 솔 좋아하다 보니/벚꽃마저 좋아"(「김지하, 「새봄9」전문)에서 보듯 '나'와 '너', 또한 '그'와 '저'도 함께 인정하고 존중되지 않으면 안 되는 현실[15]이 되어야 한다는 것이다.

사랑과 평화의 정신을 발견하고, 자유의 정신을 인지하는 것은 창조의 정신, 발견의 정신 없이는 불가능하다. 그리고 김재홍은 여기서 한걸음 더 나아가 이를 깊이의 정신으로 지칭했다. 그런 다음 그 깊이를 확보할 수 있는 유일한 길은 깨달음의 길, 곧 오도(悟道)의 길이라고 했다[16].

실상 김재홍의 비평 세계에서 가장 중요한 덕목이 아마도 이 오도(悟道)의 시학(詩學)에 있다고 해도 과언이 아닐 것이다. 그는 시를 자기 수양의 한 과정으로 이해했다. 시를 통해서 김재홍은 자신 속에 잠재된 정서의 깊이를 재단했고, 존재론적 한계를 극복하고자 했다. 이를 두고 비평적 거리라 할 수 있거니와 이런 경지는 시를 생산케 하는 서정적 거리와 동일한 차원에 놓이는 것이기도 하다. 이것이 그가 사유한 오도의 시학의 첫 번째 단계라 할 수 있다. 그리고 시의 창조 정신과 그에 따른 깊이의 발견, 그것이 두 번째 오도의 시학이다. 김재홍은 전자를 통해서 존재의 완성을, 후자를 통해서 삶의 진정성을 완성하고자 했다. 그런데 이 도정은 진행형이고 미완성일 수밖에 없다. 그것이 그의 운명이고 인간의 운명이지 않은가. 그렇기에 그것은 현재의 진실이 아니라 가상의 진실, 곧 미래지향적인 것이다. 그러니까 그것은 그에게 있어서 다가올, 혹은 성취해야 할 유

---

15 위 책, pp.261-262.
16 「서정시의 임무」, 위 책, p.265.

토피아인 것이다.

김재홍은 약간은 식상할 수도 있는, 근대라는 형이상학을 굳이 내세우지 않았다. 누구나 한번쯤은 언급했을 법한, 그 뻔한 사유에 대해서 가급적 말을 아껴온 것이다. 대신 그는 일상의 현실에 대해 주목하고, 그것으로부터 진정 무엇을 성취해내야 할 것인가에 대해 고민해왔다. 이런 맥락에서 보면 그는 실용주의자 내지는 현실주의자에 가까운 면모를 보였다고 할 수 있다. 그 존재성 속에서 그가 발견한 것이 오도의 시학이었기 때문이다. 그는 이를 통해서 자신을 향한 존재 완성의 욕구, 그리고 일상에 있어서의 생명의 정신과 자유의 정신을 희구하고자 했다. 요컨대, 오도의 과정을 통해서 존재의 진정성과 삶의 진정성을 이루고자 했던 것이 그의 비평정신의 요체라 할 수 있을 것이다.

3. 오도(悟道) - 그 영원한 길을 위하여

김재홍의 비평은 편협하지 않다. 이 말의 속뜻은 그의 비평관이 종합적이라는 데 있을 것이다. 그는 어느 한 면을 보지 않고, 다양하게 관찰하고, 이를 통해서 어떤 결론에 도달하고자 했다. 가령, 시연구의 교과서라 할 수 있는, 『한국 현대시인연구』(일지사, 1986)를 한 예로 들어 보자. 김재홍의 가장 의욕적인 연구서이자 핵심 저술이기도 한 이 책은 문학연구자들에게 좋은 안내자 구실을 해왔다. 이 책이 다루고 있는 시인은 모두 17인이다. 그 면면을 살펴볼진대, 이 땅에서 활동했던 중요 시인들이 모두 망라되어 있는 것이다. 한 가지 아쉬운 점은 납, 월북 시인들이 제외되어있다는 점일 것이다. 그러나 이는 그럴만한 사정이 있었다. 익히 알려진 대로 납, 월북 시인들에 대한 해금 행위가 이루어진 것은 1988년이었으니 이 책이 나올 당시에는 이들이 설 자리가 없었을 것이다. 이들에 대한 연구는 1990년에『카프시인 비평』으로 별도로 출간됨으로써 비평가로서의 중요 덕목이라 할 수 있는 균형감각을 잃지 않고 있었다.

『한국 현대 시인연구』가 학문 후속 세대에게 준 교훈은 비평에 있어서 종합적인 사고가 얼마나 중요한가를 일깨웠다는 점이다. 김재홍은 여기서 각각의 시인들의 출생배경과 성장, 그리고 영향관계를 일목요연하게 제시함으로써 시인마다 가지고 있는 장점들을 입체적으로 조명하는 성과를 보여주었다. 그러니 시인론을 쓰게 될 경우에 가장 먼저 검토해야할 책이『한국 현대 시인연구』였던 것이다.

시인들에 대한 이 같은 접근방식이 그가 평생의 신념으로 간직하고 있었던, 시의 진정성, 삶의 진실과 연관되어 있는 것처럼 보인다. 하나의 시각으로 시인이나 작품을 바라볼 경우 그것들이 갖고 있는 모든 것을 제대로 탐색해 낼 수 없는 것인데, 그런 일면적 시각이야말로 시의 진정성, 삶의 진실과 외따로 고립되어 있는 것이 아닐까 한다.

김재홍은 늘 무엇인가를 갈망해왔고, 탐색하고자 했다. 시인과 시를 통해서 자신이 누구이고 사회는 또 어떤 것인가에 대한 질문을 계속 던져 온 것이다. 그 의문의 겹을 뚫고 나오는 힘이 바로 상상력에 기반한 창조 정신이었다. 그리고 그 근저에는 깊이의 시학, 곧 오도의 시학이 놓여 있었다. 오도는 김재홍에게 있어 삶의 구경적 형식이었고 내용이었다. 그러므로 그에게 시와 시인은 영원한 타자이면서 자기이다. 시는 그의 영원한 동반자이다. 시에 대한 사랑은 지금 현재도 그렇고 앞으로도 영원히 지속될 것이다. 자기를, 삶을 깨닫게 해주는 세계, 오도(悟道)란 결코 끝이 보이지 않은 구도(求道)의 과정이자 길이기 때문이다.

현대문학의 정신사

저자 약력

▌송 기 한

충남 논산생
서울대학교 국어국문학과 졸업
동 대학원 졸업. 문학박사. 문학평론가
UC Berkeley 객원교수, 『시와 시학』 평론상 등 수상
현재 대전대학교 국어국문창작학부 교수

주요저서

『한국 전후시와 시간의식』
『고은:민족문학의 길』
『한국 현대시사 탐구』
『1960년대 시인연구』
『한국 현대시와 근대성 비판』
『한국 시의 근대성과 반근대성』
『서정주 연구』
『현대시의 유형과 인식의 지평』
『정지용과 그의 세계』
『육당 최남선 문학연구』 등